人民共和國文化與文學叢書

七　編

李　怡　主編

第 6 冊

21 世紀中國詩歌現象整體觀

羅　麒　著

花木蘭文化事業有限公司

國家圖書館出版品預行編目資料

21 世紀中國詩歌現象整體觀／羅麒 著 — 初版 — 新北市：花木
蘭文化事業有限公司，2019〔民 108〕

序 4+ 目 4+212 面：19×26 公分

（人民共和國文化與文學叢書 七編：第 6 冊）

ISBN 978-986-485-778-4（精裝）

1. 中國詩 2. 當代詩歌 3. 詩評

820.8　　　　　　　　　　　　　　　　108011433

特邀編委（以姓氏筆畫為序）：

吳義勤　孟繁華　張　檸
張志忠　張清華　陳思和
陳曉明　程光煒　劉福春
（臺灣）宋如珊
（日本）岩佐昌暲
（新西蘭）王一燕
（澳大利亞）鄭　怡

ISBN-978-986-485-778-4

9 789864 857784

人民共和國文化與文學叢書
七　編　第六　冊　　　　ISBN：978-986-485-778-4

21 世紀中國詩歌現象整體觀

作　　者　羅　麒
主　　編　李　怡
企　　劃　四川大學中國詩歌研究院
總 編 輯　杜潔祥
副總編輯　楊嘉樂
編　　輯　許郁翎、王筑、張雅淋　美術編輯　陳逸婷
印　　刷　普羅文化出版廣告事業
出　　版　花木蘭文化事業有限公司
發 行 人　高小娟
聯絡地址　235 新北市中和區中安街七二號十三樓
　　　　　電話：02-2923-1455／傳真：02-2923-1452
網　　址　http://www.huamulan.tw 信箱 hml 810518@gmail.com
初　　版　2019 年 9 月
全書字數　196180 字
定　　價　七編13 冊（精裝）台幣25,000 元

21 世紀中國詩歌現象整體觀

羅麒 著

作者簡介

羅麒，1986 年生，黑龍江哈爾濱人，南開大學文學博士，師從喬以鋼教授，現任教於天津師範大學文學院，主要從事中國現當代文學與當代新詩研究。在《中國現代文學研究叢刊》、《光明日報》、《當代作家評論》、《文藝爭鳴》、《南方文壇》、《揚子江評論》、《江漢論壇》等 CSSCI 檢索期刊上發表論文二十餘篇，其中數篇被《中國社會科學文摘》、《人大複印資料》全文轉載，主持教育部人文社會科學研究基金項目一項。

提　　要

　　本書從創作機制、傳播模式和接受過程等三維視角出發，發掘、聚焦新世紀中國新詩創作與批評中的一系列典型重要的現象及現象特質，既客觀敞開、還原現象形態流變的歷史軌跡和整體風貌，又深入揭示、闡發現象流變與聯繫背後的內在規律，進而為總結新世紀中國新詩的成敗得失、繁榮當下的新詩創作提供有效的助益。同時，將研究對象置於宏闊的文化背景下，探討其與 21 世紀的複雜歷史、中外詩歌藝術傳統的關聯，最終建立起了 21 世紀中國詩歌創作與研究譜系。

人民共和國時代新文學史料的保存與整理——《人民共和國文化與文學叢書》第七編引言

李　怡

　　中國新文學創生於民國時期，其文獻史料的保存、整理與研究、出版工作也肇始於民國時期。不過，這些重要的工作主要還在民間和學者個人的層面上展開，缺乏來自國家制度的頂層擘畫，也未能進入當時學科建設的正軌。

　　作爲國家層面的新文學文獻史料的搜集整理工作始於新中國成立以後。

　　十七年間，作爲新文學總結的各類作家文集、選集開始有計劃地編輯出版。如在周揚主持下，由柯仲平、陳湧等編輯了《中國人民文藝叢書》。該工作始於 1948 年，1949 年 5 月起由新華書店陸續出版。叢書收入作家創作（包括集體創作）的作品 170 餘篇，工農兵群眾創作的作品 50 多篇，展現了解放區文學，特別是自《在延安文藝座談會上的講話》以來的文學成果，從此開啓了國家政府層面肯定和總結新文學成績的新方式。此外，開明書店、人民文學出版社等也先後編選了一些現代作家的選集、文集，通過對新文學「進步」力量的梳理昭示了新中國所認可的新文學遺產。

　　除了文學作品的選編，文學研究史料也開始被分類整理出版，如上海文藝出版社影印了二、三十年代的革命文學期刊四十餘種，編輯了《魯迅研究資料編目》、《中國現代文學期刊目錄》等專題資料，還創辦了《中國現代文藝資料叢刊》；作爲「內部讀物」，上海圖書館在 1961 年編輯出版了《辛亥革命時期期刊總目錄》。這樣的基礎性的史料工作在新文學的歷史上，都還是第

一次。第二年 5 月，在《中國現代文藝資料叢刊》的創刊號上，周天提出了對現代文學資料整理出版的具體設想，包括現代文學資料的分類法：「一、調查、訪問、回憶；二、專題文字資料的整理、選輯；三、編目；四、影印；五、考證。」〔註1〕標誌著中國新文學史料文獻研究之理論探討的起步。

作家個人的專題資料搜集、整理開始受到了重視，在十七年間，當然主要還是作為「新文學旗手」的魯迅的相關資料。1936 年魯迅逝世後即有不少回憶問世，新中國成立後，又陸續出版了許廣平、馮雪峰、周作人、周建人、唐弢等親友所寫的系列回憶，魯迅作為個體作家的史料完善工作，繼續成為新文學史料建設的主要引擎。

隨著新中國學科規劃的制定，中國新文學（現代文學）學科被納入到國家教育文化事業的主要組成部分，對作為學科基礎的文獻工作的重視也就自然成了新中國教育和學術發展的必然。大約從 1960 年代開始，部分的高等院校和國家研究機構也組織學者隊伍，投入到新文學史料的編輯整理之中。1960 年，山東師範學院中文系薛綏之等先生主持編輯了「中國現代作家研究資料叢書」，名為內部發行，實則在高校學界傳播較廣，影響很大。叢書分作家作品研究十一種，包括《郭沫若研究資料彙編》、《茅盾研究資料彙編》、《巴金研究資料彙編》、《老舍研究資料彙編》、《曹禺研究資料彙編》、《夏衍研究資料彙編》、《趙樹理研究資料彙編》、《周立波研究資料彙編》、《李季研究資料彙編》、《杜鵬程研究資料彙編》、《毛主席詩詞研究資料彙編》等；目錄索引兩種，包括《中國現代作家著作目錄》、《中國現代作家研究資料索引》；傳記一種，為《中國現代作家小傳》；社團期刊資料兩種，有《中國現代文學社團及期刊介紹》和《1937～1949 主要文學期刊目錄索引》。全套叢書共計 300 餘萬字。以後，教研室還編輯了《魯迅主編及參與或指導編輯的雜誌》，收錄了十七種期刊的簡介、目錄、發刊詞、終刊詞、復刊詞等內容。這樣的工作在當時可謂聲勢浩大，在整個新文學學術史上也是開創性的。另據樊駿先生所述，中國社會科學院文學研究所現代文學研究室在五十年代末也做過類似工作。〔註2〕

〔註1〕周天：《關於現代文學資料整理、出版工作的一些看法》，載《中國現代文藝資料叢刊》第 1 輯，上海文藝出版社 1962 年版。

〔註2〕樊駿：《這是一項宏大的系統工程——關於中國現代文學史料工作的總體考察》（上），《新文學史料》1989 年 1 期。

　　當然，這些文獻史料工作在奠定我們新文學學術基礎的同時也構製了一種史料的「限制性機制」，因爲，按照當時的理解，只有「革命」的、「進步」的文獻才擁有整理、開放的必要，在特定政治意識形態下，某些歷史記敘和回憶可能出現有意無意的「修正」、「改編」，例如許廣平 1959 年「奉命」寫作的《魯迅回憶錄》，1961 年 5 月由作家出版社出版。周海嬰先生後來告訴我們：「這本《魯迅回憶錄》母親許廣平寫於五十年前的 1959 年 8 月，11 月底完成，雖然不足十萬字，但對於當時已六十高齡且又時時被高血壓困擾的母親來說，確是一件爲了『獻禮』而『遵命』的苦差事。看到她忍受高血壓而泛紅的面龐，寫作中不時地拭擦額頭的汗珠，我們家人雖心有不忍，卻也不能攔阻。」「確切地說許廣平只是初稿執筆者，『何者應刪，何者應加，使書的內容更加充實健康』是要經過集體討論、上級拍板的。因此書中有些內容也是有悖作者原意的。」〔註 3〕

　　而所謂「反動」的、「落後」的、「消極」的文獻現象則可能失去了及時整理出版的機會，以致到了時過境遷、心態開放的時代，再試圖廣泛保存和利用歷史文獻之時，可能已經造成了某些不可挽回的物理損失。

　　1950 年代中期特別是「大躍進」以後，以研究者個人署名的文學史著作開始爲集體署名的成果所取代，除了如復旦大學、吉林大學、中國人民大學、北京大學中文系師生先後集體編著出版的《中國現代文學史》外，以「參考資料」命名的著作還包括東北師範大學中文系中國現代文學教研室《中國現代文學參考資料》（1954）、北京師範大學中文系編《中國現代文學史參考資料》（高等教育出版社 1959）、吉林師範大學中文系現代文學教研室《中國現代文學參考資料》（1961）等，所謂「資料」其實是在明確的意識形態框架中對文藝思想鬥爭言論的選擇和截取，東北師範大學中文系中國現代文學教研室《中國現代文學參考資料》在文學史的標題上彙編理論批評的片段，讀者無法看到完整的論述，而其他保留了完整文章的「資料」也對原本豐富的歷史作了大刀闊斧的刪削，甚至還出現了樊駿先生所指出的現象：

　　　　「大躍進」期間，採用群眾運動方式編輯出版的一些「中國現代文學參考資料」書籍，有的不知是因爲粗心大意，還是出於政治需要，所收史料中文字缺漏、刪節、改動等，到了遍體鱗傷的地步，叫人慘不忍睹，更不敢輕易引用。理論上把堅持階級性、黨性原則

〔註 3〕周海嬰、馬新雲：《媽媽的心血》，見許廣平《魯迅回憶錄：手稿本》1～2 頁，長江文藝出版社 2010 年。

和為無產階級政治服務的要求簡單化、絕對化了，又一再斥責史料
工作中的客觀主義、「非政治傾向」，也導致了人們忽略這個工作必
不可少的客觀性和科學性。〔註4〕

　　不過，較之於後來的「文革」，新中國十七年間的文獻工作還是值得充分
肯定的，新文學的史料整理和出版在此期間的確在總體上獲得了相當的發
展，——雖然「大躍進」期間也出現過修正歷史的史料書籍，不過，比起隨
之而來的十年文革則畢竟多有收穫。在文革那浩劫的歲月中，不僅大量的文
學文獻被人為地破壞，再難修復和尋覓，就是繼續出版的種種「史料」竟也
被理直氣壯地加以增刪修改，給後來的學術工作造成了根本性的干擾，正如
樊駿痛心疾首的描述：

　　　　「文化大革命」後期，有的高校所編的現代文學參考資料，竟
　　然把胡適的《文學改良芻議》和陳獨秀的《文學革命論》，與林紓等
　　守舊文人反對新文學的文章一起作為附錄。這就是說，他們不但不
　　是「五四」文學革命最早的倡導者，而且從一開始就是這場變革的
　　反對者、破壞者。顛倒事實，以至於此！不尊重史料，就是不尊重
　　歷史；改動史料，就是歪曲歷史真相的第一步。這樣的史料，除了
　　將人們對於歷史的認識引入歧途，還能有什麼參考價值呢？

　　　　「文化大革命」期間，朝不保夕的「黑幫」和「準黑幫」、他
　　們的膽戰心驚的親屬友好、還有「義憤填膺」的「革命小將」，從各
　　不相同的動機出發，爭先恐後地展開了一場毀滅與現代歷史有關的
　　事物的無比殘酷的競賽。很少有人能夠完全逃脫這場劫難。不要說
　　不計其數的史料在尚未公諸世人之前，或者尚未為人們認識和使用
　　之前，就都化為塵土，連一些死去多年的革命作家的墳墓之類的歷
　　史文物都被搗毀了。江青、張春橋等人為了掩蓋自己三十年代混跡
　　文藝界時不可告人的行徑，更利用至高無上的權力查禁、封鎖、消
　　滅有關史料，連多少知道一些當年內情的人也因此成了「反革命」，
　　甚至遭到「殺人滅口」的厄運。真可以說是到了「上窮碧落下黃泉」
　　的乾淨徹底的地步。

　　　　這類出於政治原因、來自政治暴力的非正常破壞所造成的損

〔註4〕樊駿：《這是一項宏大的系統工程——關於中國現代文學史料工作的總體考
　　　察》（上），《新文學史料》1989 年 1 期。

失，更是不知多少倍於因爲歲月消逝所帶來的自然損耗。試問有誰能夠大致估計由此造成的史料損失？更有誰能夠補救這些損失於萬一呢？」〔註5〕

至此，我們可以說，中國新文學的文獻史料工作出現了中斷。

中國新文學文獻史料工作的再度復蘇始於新時期。隨著新時期改革開放的步伐，一些中斷已久的文化事業工作陸續恢復和發展起來，中國新文學研究包括作爲這一研究的基礎性文獻工作也重新得到了學界的重視。1980 年，在中國現當代文學研究剛剛恢復之際，作爲學科創始人的王瑤先生就提醒我們，「必須對史料進行嚴格的鑒別」，「在古典文學的研究中，我們有一套大家所熟知的整理和鑒別文獻材料的學問，版本、目錄、辨僞、輯佚，都是研究者必須掌握或進行的工作，其實這些工作在現代文學的研究中同樣存在，不過還沒有引起人們應有的重視罷了。」〔註6〕

新時期的文獻史料工作首先體現在一系列扎扎實實的編輯出版活動中。其中，值得一提的著作如下：

作爲文獻史料的最基礎的部分——作家選集、文集、全集及社團流派爲單位的作品集逐漸由各地出版社推出，人民文學出版社與各省級出版社在重編作家文集方面作了大量的工作，中國社會科學院文學研究所現代文學研究室主編的《中國現代文學創作選集》叢書，人民文學出版社編輯出版的《中國現代文學流派創作選》叢書，錢谷融主編的《中國新文學社團、流派叢書》等都成爲學術研究的重要文獻，大型叢書編撰更連續不斷，如《延安文藝叢書》、《上海抗戰時期文學叢書》、《抗戰文藝叢書》、《中國抗日戰爭時期大後方文學書系》、《中國解放區文學研究叢書》、《中國淪陷區文學大系》等，《中國新文學大系》的續編工作也有序展開。

北京魯迅博物館於 1976 年 10 月率先編輯出版不定期刊物《魯迅研究資料》，人民文學出版社於 1978 年秋季也創辦了《新文學史料》季刊。稍後，各地紛紛推出各種專題的文學史料叢刊，包括《東北現代文學史料》〔註7〕、

〔註5〕樊駿：《這是一項宏大的系統工程——關於中國現代文學史料工作的總體考察》（上），《新文學史料》1989 年 1 期。

〔註6〕王瑤：《關於中國現代文學研究工作的隨想》，載《中國現代文學研究叢刊》1980 年 4 期。

〔註7〕黑龍江、遼寧社會科學院文學研究所共同編印，不定期刊物，1980 年 3 月出版第一輯。

《抗戰文藝研究》、〔註8〕《延安文藝研究》、〔註9〕《晉察冀文藝研究》〔註10〕
等，創刊於六十年代初期的《中國現代文藝資料叢刊》於七十年代末期復刊〔註
11〕，創刊較早的《文教資料簡報》也繼續發行，並影響擴大。〔註12〕

　　1979 年中國社會科學院文學研究所現代文學研究室發起編纂大型史料叢
書《中國現代文學史資料彙編》，該叢書包括甲乙丙三大序列，甲種爲「中國
現代文學運動、論爭、社團資料叢書」31 卷，乙種爲「中國現代作家作品研
究資料叢書」，先後囊括了 170 多位作家的研究專集或合集近 150 種，丙種爲
「中國現代文學期刊目錄彙編」、「中國現代文學總書目」等大型工具書多種。
甲乙丙三大序列總計五六千萬字，由 60 多所高校和科研機構的數百位研究人
員參加編選，十幾家出版社承擔出版任務。這是自中國新文學誕生以來規模
最大的一項文獻整理出版工程。2010 年，知識產權出版社將已經面世的各種
著作盡數搜集，在《中國文學史資料全編·現代卷》之名下再次隆重推出，
全套凡 60 種 81 冊逾 3000 萬字，蔚爲大觀。

　　一些較大規模的專題性文學研究彙編本也陸續出版，有 1981～1986 年天
津人民出版社出版的由薛綏之先生主編的《魯迅生平史料彙編》，全書分五輯
六冊計三百餘萬字，是對於現存的魯迅回憶錄的一種摘錄式的彙編。除外，
先後有上海社會科學院文學研究所主編的《上海「孤島」時期文學資料叢書》、
廣西社會科學院主編的《抗戰時期桂林文化運動史料叢書》、中國社會科學院
文學研究所魯迅研究室主編的《1923～1983 年魯迅研究學術論著資料彙編》
以及《中國人民解放軍文藝史料叢書》、《新文學史料叢書》、《江蘇革命根據
地文藝資料彙編》等。

〔註 8〕 四川省社科院文學所與重慶中國抗戰文藝研究會聯合編輯，1981 年底開始「內
　　　　部發行」，至 1983 年 1 期起公開發行，到 1987 年底共出版 27 期，1988 年 3
　　　　月起改由四川省社科院出版社出版，重新編號出版了 3 期，1990 年由成都出
　　　　版社出版 1 期。
〔註 9〕 陝西省社會科學院文學研究所和陝西延安文藝學會合辦的《延安文藝研究》
　　　　雜誌，於 1984 年 11 月創刊。
〔註 10〕 天津社院文學所創辦，最初作爲「津門文藝論叢」增刊，1983 年 10 月出版
　　　　第一輯。
〔註 11〕 上海文藝出版社 1962 年 5 月創刊，出版 3 輯後停刊，第 4 輯於 1979 年復刊。
〔註 12〕 最初是南京師範學院內部編印的資料性月刊，創辦於 1972 年 12 月，1～15
　　　　期名爲《文教動態簡報》，從第 16 期（1974 年 3 月）起更名爲《文教資料簡
　　　　報》，並沿用至 1985 年底。1986 年 1 月該刊改名《文教資料》，1987 年 1 月
　　　　改爲公開發行。

上述「文學史資料彙編」中涉及的著作、期刊目錄可謂是文獻史料工作的「基礎之基礎」，在這方面，也出現了大量的成果，除了唐沅等編輯的《中國現代文學期刊目錄彙編》〔註13〕外，引人注目的還有董健主編的《中國現代戲劇總目提要》，〔註14〕賈植芳等主編的《中國現代文學總書目》，〔註15〕《中國現代作家著譯書目》，〔註16〕郭志剛等編《中國現代文學書目匯要》〔註17〕，應國靖著《現代文學期刊漫話》，〔註18〕吳俊、李今、劉曉麗等編《中國現代文學期刊目錄新編》等。〔註19〕此外，來自圖書館系統的目錄成果也為釐清文學的「家底」提供了幫助，如國家圖書館、上海圖書館編《1833～1949 全國中文期刊聯合目錄》（補充本）、〔註20〕《民國時期總書目》〔註21〕等。

隨著史料文獻的陸續出版，文獻工作的理論探索與學科建設工作也被提上了議事日程。

20 世紀 80 年代以來，學術界即不斷有人發出建立「中國現代文學文獻學」的呼籲。《中國現代文學研究叢刊》1985 年第 1 期刊登了馬良春《關於建立中國現代文學「史料學」的建議》，他提出了文獻史料的七分法：專題性研究史料、工具性史料、敘事性史料、作品史料、傳記性史料、文獻史料和考辨性史料。《新文學史料》1989 年第 1、2、4 期連續刊登了著名學者樊駿的八萬字長文《這是一項宏大的系統工程——關於中國現代文學史料工作的總體考察》。樊駿先生富有戰略性地指出：「如果我們不把史料工作理解為拾遺補缺、剪刀加漿糊之類的簡單勞動，而承認它有自己的領域和職責、嚴密的方法和要求、獨立的品格和價值——不只在整個文學研究事業中佔有不容忽略、無法替代的位置，而且它本身就是一項宏大的系統工程；那麼就不難發現迄今

〔註13〕上下冊，天津人民出版社，1988 年。
〔註14〕南京大學出版社，2003 年。
〔註15〕福建教育出版社，1993 年。
〔註16〕兩冊（含續編），書目文獻出版社分別於 1982、1985 年出版。
〔註17〕小說卷、詩歌卷各一冊，書目文獻出版社，1994 年。
〔註18〕花城出版社，1986 年。
〔註19〕上海人民出版社，2010 年。
〔註20〕中央民族大學出版社，2000 年。
〔註21〕北京圖書館編，書目文獻出版社 1986 年～1997 年陸續出版。它以北京圖書館、上海圖書館、重慶圖書館的館藏為基礎，收錄了 1911 年至 1949 年 9 月間出版的中文圖書 124000 餘種，基本反映了民國時期出版的圖書全貌。

所作的，無論就史料工作理應包羅的眾多方面和廣泛內容，還是史料工作必須達到的嚴謹程度和科學水平而言，都存在著許多不足。」

1986 年北京語言學院出版社出版了朱金順先生的《新文學資料引論》，這是關於中國現代文學史料學的第一部專著。

1989 年，中華文學史料學學會成立，著名學者馬良春任會長，徐迺翔任副會長，並編輯出版了會刊《中華文學史料》，〔註22〕2007 年，中華文學史料學學會在聊城大學集會成立了中國近現代文學史料學分會，標誌著新文學（現代文學）文獻學學科的建設又上了一個臺階。

進入 1990 年代，從學術大環境來說，新文學研究的「學術性」被格外強調，「學術規範」問題獲得了鄭重的強調和肯定，應當說，文獻史料工作的自覺推進獲得了更加有利的條件。近 20 年來，我們的確看到有越來越多的學者自覺投入了文獻收藏、整理與研究的領域，河南大學、清華大學、中國現代文學館、重慶師範大學、長沙理工大學等都先後舉辦了現代文學文獻史料研討的專題會議。2004 年至 2007 年，《學術與探索》、《中國現代文學研究叢刊》、《河南大學學報》、《汕頭大學學報》、《現代中文學刊》等刊物闢專欄相繼刊發了專題「筆談」，《中國現代文學研究叢刊》還在 2005 年第 6 期策劃了「文獻史料專號」，《現代中國文化與文學》設立「文學檔案」欄目，每期發表新文學史料或史料辨析論文。新文學文獻史料的一系列新的課題得以深入展開，例如版本問題、手稿問題、副文本問題、目錄、校勘、輯佚、辨偽等等，對文獻史料作為獨立學科的價值、意義及研究方法等多個方面都展開了前所未有的研討。

陳子善先生及其主編的《現代中文學刊》特別值得一提。陳子善先生長期致力於中國現代文學史料研究，尤其對張愛玲佚文的搜集研究貢獻良多。2009 年 8 月，原《中文自學指導》改刊成為《現代中文學刊》，由陳子善先生主持。這份刊物除了對中國現代文學研究突出「問題意識」之外，最引人矚目之處便是它為現代文學的史料文獻研究提供了大量的篇幅，不僅有文獻的考辨、佚文的再現，甚至還有新出版的文獻書刊信息及作家故居圖片，《現代中文學刊》的彩色封底、封二、封三幾乎成為學人愛不釋手的歷史文獻的櫥窗。

劉增人等出版了 100 多萬字的《中國現代文學期刊史論》，既有「中國現

〔註22〕《中華文學史料（一）》由上海百家出版社 1990 年 6 月推出。

代文學期刊敘錄」，又有「中國現代文學期刊研究資料目錄」的史料彙編，從「史」的梳理和資料的呈現等方面作了扎實的積累。〔註23〕2015 年 12 月，劉增人、劉泉、王今暉編著的《1872～1949 文學期刊信息總匯》由青島出版社推出，全書分四巨冊， 500 萬字，包括了 2000 幅圖片， 正文近 4000 頁，涵蓋了 1872～1949 年間中國文學期刊的基本信息。

　　一些著名學者都在新文學的文獻學理論建設上貢獻了重要的意見。楊義提出「文獻還原與學理原創」的「八事」：1、版本的鑒定和對這些鑒定的思考；2、作家思想表述和當時其他材料印證；3、文本真偽和對其風格的鑒賞；4、文本的搜集閱讀和文本之外的調查；5、印刷文本和作者手稿，圖書館藏書和作家自留書版本之間的互補互勘；6、文學材料和史學材料的互證；7、現代材料和古代材料的借用、引申和旁出；8、圖和文互相闡釋。〔註24〕

　　徐鵬緒、逄錦波試圖綜合運用文獻學、傳播學、闡釋學、接受美學等理論方法，對中國現代文學文獻學的基本概念進行界定，嘗試建構中國現代文學文獻學理論體系的基本模式。〔註25〕

　　2008 年，謝泳發表論文《建立中國現代文學史料學的構想》，〔註26〕先後出版《中國現代文學史料概述》（廈門大學出版社 2009 年版）和《中國現代文學史料的搜集與應用》（臺北秀威信息科技股份有限公司 2010 年版）、《中國現代文學史研究法》（廣西師範大學出版社 2010 年版），就「中國現代文學史料學」問題闡述了自己的詳盡設想。

　　劉增杰集多年現代文學史料研究和研究生教學成果而成《中國現代文學史料學》，〔註27〕此書被學者視為 2012 年現代文學史料考釋與研究方面的「重大突破」。

　　最近十多年來，在新文學文獻理論或實際整理方面作出了貢獻的學者還有孫玉石、朱正、王得後、錢理群、楊義、劉福春、吳福輝、林賢次、方錫德、李今、解志熙、張桂興、高恒文、王風、金宏宇、廖久明、李楠、魏建等。

〔註23〕新華出版社，2005 年。
〔註24〕楊義：《文獻還原與學理原創的互動》，《.河南大學學報》2005 年 2 期。
〔註25〕徐鵬緒、逄錦波：《中國現代文學文獻學之建立》，《東方論壇》2007 年 1～3 期。
〔註26〕《文藝爭鳴》2008 年 7 期。
〔註27〕中西書局，2012 年。

　　隨著中國文學傳播與研究的國際化，境外出版機構也開始介入到文獻史料的整理與出版活動，如香港牛津大學出版社出版蕭軍《延安日記》、《東北日記》，臺灣秀威信息科技股份有限公司出版謝泳整理的《現代文學史稀見資料》，臺灣花木蘭文化出版社自 2016 年起推出劉福春、李怡主編《民國文學珍稀文獻集成》大型系列叢書。

　　在中國現代文學的史料文獻意識日益強化的同時，當代文學的史料文獻問題也被有志之士提上了議事日程，洪子誠、吳秀明、程光煒等都對此貢獻良多，〔註 28〕這無疑將大大地推動新文學學科的文獻研究，更為新文學研究走向深入，為現代新文學傳統的經典化進程加大力度，甚至有人據此斷言中國新文學研究已經出現了現代文學研究的「文獻學轉向」。〔註 29〕

　　但是，與之同時，一個嚴峻的現實卻也毫不留情地日益顯現在了我們面前，這就是，作為新文學出版的物質基礎——民國出版物卻已經逼近了它的生存界限，再沒有系統、強大的編輯出版或刻不容緩的數字化工程，一切關於文獻史料的議論都會最終流於紙上談兵，對此，一直憂心忡忡的劉福春先生形象地說：「歷史正在消失」：「第一，我們賴以生存的紙質書報刊已經臨近閱讀的極限；第二，歷史的參與者和見證者現在很多都已經再沒有發言的機會了。2005 年，《人民日報》海外版的消息，國家圖書館民國文獻，中度以上破壞已達 90%。民國初期的文獻已 100%損壞。有相當數量的文獻，一觸即破，瀕臨毀滅。國家圖書館一位副館長講：若干年後，我們的後人也許能看到甲骨文，敦煌遺書，卻看不到民國的書刊。而更嚴重的是，隨著一批批老作家的故去，那些鮮活的歷史就永遠無法打撈了。」〔註 30〕

　　由此說來，中國新文學的文獻史料工作不僅僅有任重道遠的沉重感，而且更有它的刻不容緩的緊迫性。

　　新文學百年文獻史料，即便是中華人民共和國文學史料這一部分，也是好幾代史料工作者精心搜集、保存和整理的成果，雖然現代印刷已經無法還

〔註 28〕參見洪子誠《當代文學的史料問題》(《長沙理工大學學報》2016 年 6 期)，吳秀明、章濤《當代文學文獻史料研究的歷史與現狀——基於現有成果的一種考察》(《文藝理論研究》2012 年 6 期)，吳秀明、章濤《當代文學文獻史料研究的歷史困境與主要問題》(《浙江大學學報》2013 年 3 期) 等。

〔註 29〕王賀：《現代文學研究的「文獻學轉向」》，《長沙理工大學學報》2016 年 6 期。

〔註 30〕劉福春：《尋求中國現代文學文獻學學科的獨立學術價值》，《長沙理工大學學報》2016 年 6 期。

原它們那發黃的歷史印跡，無法通過色彩和字型的恢復來揭示歷史的秘密，然而，其中盡力保存的歷史的精神和思想還是「原樣」的，閱讀這些歷經歲月風霜雨雪的文獻，相信我們能夠依稀觸摸到中國新文學存在和發展的更為豐富的靈魂，在其他作品選集之外，這些被稱作「史料」的文學內部或外部的「故事」與「瘢痕」同樣生動、餘味悠長。

2019 年 1 月修改於成都江安花園

《21 世紀中國詩歌現象整體觀》序

吳思敬

　　中國是個詩歌大國，然而歷來是熱心寫詩的人多，而熱心評詩的人少。宋代詩人洪适早就說過：「好句聯翩見未曾，品題今日欠鍾嶸」；金代詩人元好問也曾發出：「誰是詩中疏鑿手，暫教涇渭各清渾」的呼喚。進入現當代，這種局面仍未曾改觀。翻開劉福春編撰的《中國新詩書刊總目》，可以發現，所收錄的詩人、詩集的數目比起詩評家、詩歌評論集的數目，要多出幾十、幾百倍，完全呈壓倒優勢。這種情況表明文人心中普遍存有一種重創作、輕評論的傾向，同時也說明想當一個稱職的詩評家，其實也的確不易。也正由於如此，當我讀到羅麒所著《21 世紀中國詩歌現象整體觀》時，就不只是對書中所寫的內容感到驚喜，更為我們的詩壇出現了一位熱心評詩的青年評論家感到欣慰。

　　這位青年評論家帶給我們的不是某一首詩歌的評點，也不是某一個詩歌問題的專論，而是全景式地對中國新世紀詩壇的考察。寫這樣一部書是需要有實力、有眼光、有膽氣的。我在回顧新世紀詩歌前十年狀況的時候，曾寫過一篇文章，叫《仰望天空與俯視大地——新世紀十年中國新詩的一個側面》，我沒敢全面論述新世紀十年的詩歌，只選了一個角度來寫，故副標題小心謹慎地稱之為「一個側面」。而羅麒則頗有些初生牛犢不怕虎的氣魄，居高臨下，視野寬闊，敢於正面強攻，針對新世紀以來的諸種詩歌現象寫成了一本專著，顯示了一個青年批評家的理論抱負。

　　羅麒是新世紀詩壇的親歷者，是沐浴著新世紀的陽光與風雨，伴隨著新世紀詩人一路走來的。他閱讀了新世紀詩人的大量詩作，目睹了這十餘年來大大小小的詩歌事件，對新世紀詩歌有一種先天的貼肉感，對新世紀的詩人，尤其是青年詩人懷有深厚的情感。在對各種詩歌現象的描述中，羅麒採取的是客觀、公允的立場，他更多地是尋求對詩人的理解，即使是對某種詩歌現

象予以批評，也是擺事實，講道理，而絕無某些網絡批評的自以爲是、口出狂言、惡語傷人。正是懷著對詩歌的熱愛，對新世紀詩人的深情，才使他分外留心這一代詩人走過的匆匆腳步，記錄下他們的創新與實驗、挫折與進取、追求與夢想，從而使這部書具有一定的實錄性，爲當代學者的進一步研究，也爲後代學者的詩歌史寫作，提供了豐富的資源。由此看來，羅麒不愧是新世紀詩壇的一位忠實的書記員。

羅麒對新世紀詩歌現象的研究，屬於共時性的研究，即研究者與研究對象處於同一個時空之中，它的好處是有一種現場感、貼肉感，當然也容易有跳不出現場的局限，聰明的作者會懂得如何利用與評論對象同在一個現場的優勢，但又要避免「只緣身在此山中」的局限。

要打破「只緣身在此山中」的局限，就在於評論家要有較深的理論素養與較高的理論視點。《21 世紀中國詩歌現象整體觀》顯示了羅麒對現象學的深入理解與把握，他意識到現象學主張「回到事物本身」，「現象」的本意就是顯現出來的東西。當羅麒把這部書的題目確定爲「詩歌現象研究」的時候，其實他始終沒有忽視本質。他所指的現象是與本質緊密聯繫在一起的，他在描述新世紀詩壇種種現象的同時，其實也是在揭示詩歌創作的某些規律性的東西。因此羅麒在論述新世紀詩歌現象的時候，並不是把諸種現象單擺浮擱地並置在一起，而是思索現象與現象之間的關係，現象與本質之間的關係，力求對諸種現象做出較爲合理的評析。由於 21 世紀的詩歌現象極其豐富與駁雜，在具體地探究每一種詩歌現象的時候，他還分別借鑒了歷史的、美學的、社會學的、性別學的，以及文化研究的種種方法，從而使一片現象世界迸發出理論思辨的火花。

對詩歌評論家而言，僅僅停留在詩歌現象的描述與對詩歌文本的品味上，還是不夠的，他既要入乎其內，又要出乎其外。正是理論思維的介入，使這部描述詩歌現象的書沒有停留在現象本身，不是自然主義地有聞必錄，也不是流水賬式的大事記，而是精心採集、比較，把近似的內容集中在一起，把諸多現象視爲研究的載體，按照「文本——作者——讀者——世界」的結構納入到整個中國詩歌生態圈中，在對相關文本的研讀及對文本與作者、讀者、世界的關係探討的基礎上，完成對詩歌現象的闡釋，從而獲得了一種超越性。

羅麒描述新世紀的詩歌現象的時候，還注意到一個最核心的現象，就是所謂的「詩歌熱潮」。這種熱潮是由詩歌現象、詩歌事件以及這些現象和事件

中的主體創作所共同組成的,「這其中文本是各種詩歌現象與事件的最基本元素,也是當下詩歌的核心組成部件,諸多詩歌現象林林總總,但其根本上是由文本與其作者主體、讀者以及世界的不同互助方式決定的,其運行模型爲『什麼樣的人爲了什麼樣的事件寫了什麼樣的詩,被什麼樣的人閱讀產生什麼樣的影響,並形成什麼樣的現象』,⋯⋯將不同詩歌現象納入到同一個相對科學的研究體系內」(《21 世紀中國詩歌現象整體觀・緒論》)。羅麒所稱的納入到同一個相對科學的研究體系內的詩歌現象,實際上已構成了思想史、詩歌史領域中涉及的「學案」。諸如作者在書中論述的「網絡詩歌」、「打工詩歌」、「底層寫作」、「地震詩歌」、「下半身寫作」、「新紅顏寫作」、「新及物寫作」、「梨花體」、「羊羔體」、「余秀華現象」等,均可以視爲詩歌的「學案」。作者把這些內容豐富又有一定的內在聯繫的詩歌現象,以「學案」的形式予以考察和描述,凸顯了問題意識,既包括豐富的原生態的詩歌史料,又有作者對相關內容的疏理、綜述與論斷。這是一種全新的對新詩發展的敘述,從內容上說,它更側重在新詩與社會的關係、新詩對社會上不同人的心理所產生的影響;從敘述形式上說,它以「現象」爲核心來安排結構;從方法上說,它側重在考據與論斷的結合。因此這種論述的價值不只是在詩歌美學上的,而且也是在詩歌社會學、詩歌倫理學、詩歌文化學上的。

　　寫詩與評詩,雖說是緊密相關的,但二者畢竟是兩個行當。相對詩人而言,詩評家要有特殊的修養。唐代史學家劉知幾在《史通》中提出論者須兼具「才、學、識」三長,三者之中,以識爲先。有了這種獨到的眼光,方能穿透層層雲霧與迷瘴,直抵詩人的心靈,才能在紛紜複雜的詩歌現象中挖掘出背後的眞諦。當然,具有這樣一種獨到的眼光也是很不容易的。陸游晚年曾說:「六十餘年妄學詩,工夫深處獨心知」;宋人吳可亦有「學詩渾似學參禪,竹榻蒲團不計年」的說法。人同此心,心同此理。我在詩歌的海洋中經過四十年的沉潛尋覓,不敢說有多麼深的體會,但是對陸游、吳可的學詩不易的說法卻是深感共鳴的。羅麒正處在最好的年華,願他把已取得的成就作爲新的起點,把詩歌評論作爲自我實現的手段,讓自己的生命在與詩歌的碰撞中發出燦爛的光輝。

2018 年 7 月 7 日

〔作者單位〕:首都師範大學中國詩歌研究中心

目

次

緒　論

　　中國詩歌在 21 世紀的十餘年歷史，是可以用「熱鬧」二字來形容的。它傳承了 20 世紀中國新詩的精神和藝術血脈，在全新的消費主義經濟語境、後現代文化語境和互聯網傳播語境的多重影響下生長，呈現出諸多樂觀喧騰的景象：詩人多代同堂、隊伍壯觀，詩歌數量以幾何級數增加，作品發表門檻降低乃至消失，抒情主體構成更具包容性，從前不具備詩歌創作權力或能力的「普通人」，均可自由地參加詩歌創作；各種創作交流會、學術研討會、朗誦會、詩歌節、詩歌大賽、詩歌采風、詩歌排行榜等詩歌活動，接二連三，進行得如火如荼；一些創作群落或詩歌旗幟競相湧現，引人注目，「底層寫作」、「打工詩歌」、「70 後寫作」、「80 後寫作」、「下半身寫作」、「詩歌地理學」、「新紅顏寫作」等，眾多口號、主張和理論名詞的輪番轟炸，刺激著讀者早已有些麻木的神經；一系列或積極或消極、或嚴肅或戲謔的詩歌事件，幾乎連綴、貫通了 21 世紀的前十幾年，從世紀初的「盤峰論戰」，到後來的「梨花體」、「下半身」、「低詩潮」、「韓沈之爭」、「地震詩歌」、「羊羔體」、「忠秧體」、「許立志自殺」、「腦癱詩人」余秀華一夜成名等等，釀成了詩壇事件大於文本的奇怪現象，彷彿當下詩歌是靠事件支撐，讀者骨子裏對詩歌文本似乎並不十分關心……

一、21 世紀中國詩歌發展概況

　　進入 21 世紀後，文學在整個文化生態格局中，很難再像 20 世紀那樣佔據支配性的位置。來自網絡信息革命、消費主義文化和大眾審美文化等因素的多重壓力，敦促著文學不得不重新定位自己的新座標。而相比於更具穩定

性的小說、散文、戲劇，詩歌作爲變化速度最快、變化可能性最多的文體，則比較集中地體現了 21 世紀文學的新動向；所以對於 21 世紀初中國詩歌的研究，不僅對詩歌自身的進一步發展具有重要意義，或許也是把握「新世紀」文學整體狀貌與運行規律的有效途徑。由於處在相對穩定的歷史時期之內，這十幾年間並沒有發生足以改變詩歌乃至整個文學歷史走向的轉折性事件，中國詩歌主要還是延續了 20 世紀 90 年代詩歌的發展態勢，或者說二者之間的聯繫大於差別。在這個問題上，任何武斷地割裂二者聯繫的思考方式，都是存在邏輯錯誤的，因爲公元 2000 年除了在數學意義和時間刻度上標示的特殊性之外，所謂的「千禧年」並不會讓人類社會在前後直接產生根本性的轉變。從另一個角度看，進入 21 世紀以來，科技和經濟的迅猛發展，確實導致了社會思潮或輕或重的轉變，文學作爲文化生態的重要組成部分，首先經受了這種變化的影響；於是對時代變化感受相對敏銳的詩歌，也就不可能不帶上某些 20 世紀那個時段內無法具備的新特點。有鑒於此，筆者以爲相較於 20 世紀，21 世紀詩歌的發展變化主要體現爲兩個方面：一是傳承了 20 世紀詩歌的某些精神與方法，並在其基礎上獲得了自然發展；二是它在劇烈變化的現實條件中，受到了包括經濟語境、文化語境、傳播語境等外力的「綜合」影響，從而生發出新的變化。

作爲新文學先鋒軍的中國新詩，自從問世以來就一直命運坎坷，其中的起承轉合、興衰浮沉，使得它的歷史斑駁豐富，多元而複雜。這種極度不穩定的發展模式和運動軌跡，一方面肇源於詩歌內部不斷產生的新的藝術追求的刺激，另一方面則是由於社會的動盪、變革乃至戰爭不斷地波及新詩，使之常常是熱潮連著低潮，低潮中又醞著熱潮。在 20 世紀 20 年代現代文學草創時期，新詩的發展勢頭雖然喜人，郭沫若、汪靜之、徐志摩、聞一多、馮至等春秋流轉，創造社、湖畔詩派、新月派、沉鐘社等魏紫姚黃，各種風格、思潮均有嘗試，但卻承受著巨大的文化阻力，開創之功利在千秋不假，但在藝術上卻限於歷史原因的牽制，未能達到至高境界，建設氣息淺淡。隨後的 30 年代，新詩的合法性已經不容置疑，受眾群體也逐漸擴大，並且悄然進行參與，漸成詩歌創作的主流，西方現代派詩歌的先進藝術理念也與中國古典詩詞的意蘊完成了對接，新詩迎來了「狂飆突進」的大發展時期，戴望舒、卞之琳、何其芳、艾青、穆旦、鄭敏等一大批優秀詩人的經典佳構，直到今天仍然無愧於不可撼動的詩歌創作模本。遺憾的是，就在新詩藝術趨至高速

發展、藝術創新力最旺盛的繁榮季節，日本侵略者和國民黨製造的隆隆炮聲，卻結束了和平發展的歷史記憶，國家與民族的各項事業基本上陷入停滯甚至倒退之中。新詩雖然在艱難的時局中蜿蜒前行，不時有七月詩派、九葉詩派的高峰閃現，但因負擔著宣傳抗戰意志和愛國思想等超載的政治重任，不可避免地妨礙了藝術水準的繼續攀升。1949 年以後，由於特殊的歷史條件制約，和政治環境的外來影響，新詩面臨著從藝術訴求向政治訴求的轉折，「爲工農兵服務」的創作方向在提升大眾化境地同時，在客觀上中斷了 30 年代新詩藝術拓展的探索之路，之後的一系列政治運動和十年浩劫，又讓中國新詩進入了二十年的藝術萎縮期；然而，就在一片「沉沉暮靄」的氛圍中，卻也潛藏著一股追求先鋒精神、銳意創新的藝術暗流，最終成爲新詩重新出發的藝術積累。

　　說起當代詩歌中的先鋒性，大體可以追溯到 20 世紀 60 年代後期，詩人食指、啞默、黃翔等人在荒蕪了二十餘年的新詩藝術探索道路上，重新留下了足跡，隨後的「白洋淀詩群」的作品中現代感已初見端倪，形成了先鋒詩歌的準備期狀態。這裡的「先鋒」意味著勇開新路、標新立異、披荊斬棘的先行者，它是現代主義藝術最爲重要、最爲恒久的特徵之一，也是新時期以來代表新詩成就的主流詩歌形態。當朦朧詩浮出歷史的地表之後，先鋒詩歌已然形成和傳統潮流分庭抗禮、蔚爲大觀之勢，中國新詩也在事實上走出了近三十年的陰霾，重新回到了追求先鋒藝術探索性的正常軌道，應該說，這是截至目前新詩歷史上最重要的一次轉折，既是一次對錯誤路線和歷史誤會的糾正，更是具有開創性和啓蒙意味的詩學建構、文化建構。甚至在 80 年代，詩歌又晉升爲「第一文體」，詩人贏得了代表著啓蒙社會、思想自由、藝術先鋒的「尊稱」，時隔半個世紀後新詩再次迎來發展繁榮期，朦朧詩也以其深遠的影響力長期佔據著詩歌藝術探索的主力位置，直到今天，在很多讀者的意識中，新詩的基本樣態依然應該是朦朧詩的樣子。然而，好景不長，隨著改革開放和國家發展重心向經濟建設的位移，很快詩歌與詩人就淪爲了無關緊要的附屬品和次要者。朦朧詩後的「第三代詩歌」，雖然在先鋒藝術上探索的路上走得更遠，創作成就也達到了一個新的高度，但依然無法改變詩歌走下神壇的「結局」，於是也就有了海子在 80 年代的關口留下的告別世界前的孤獨背影。到 90 年代，市場經濟和商品大潮的洶湧，使先鋒詩歌再次進入沉潛狀態，詩人不僅已經失去了頭上的光環，甚至還成了被嘲笑的對象。而後，

政治局面、外部環境、社會趨勢的逐漸穩定，大眾的政治熱情逐步趨於常溫後，詩歌探索也進入相對穩定的狀態。本來中國詩歌終於可以斂心靜氣地去追求崇高藝術價值的道路，然而事與願違，價值取向的多元化，使「崇高」已經不再是一種天然正確的唯一價值取向，並且似乎是崇高的藝術追求本身也出了問題，「崇高」的詩歌遭遇了空前的價值危機。相比於「爲工農兵創作」的時代，詩歌創作甚至連一個最荒唐的目標都已失去，這無疑又是中國詩歌一次實質性的低潮；當然，這並非全是壞事，因爲詩歌在重新尋找價值的道路上又尋回了自由抒發情感、展示心靈的感覺，和介入現實、處理複雜生活的能力，而這恰恰是孕育新的詩歌熱潮過程中不可或缺的必需營養。

　　所以，可以毫不誇張地說，沒有 20 世紀 90 年代的詩歌低潮期，就不會有 21 世紀初詩歌的所謂「熱潮」，詩歌在其低潮期所積攢的情感能量和思想力度，仍是 21 世紀初詩歌的精神內核，大量的低潮期創作更爲 21 世紀中國詩歌的新發展提供了充足的藝術準備。正是基於這樣一種內在的傳承關係，筆者認爲一味使用「新世紀」的概念略有不妥，「新世紀」這一概念雖然能夠標示出 21 世紀與以往時代的迥異，但卻有割裂歷史傳承的嫌疑。當然，在 21 世紀的最初幾年這樣的提法也無可厚非，畢竟剛剛進入全新世紀的人們對改變舊世界有極度的渴望，希求進入 21 世紀以後舊有的所有秩序幾乎都有所改善。而就目前的狀態和趨勢看來，人們恐怕還無法預想下一個世紀將會是什麼樣子，所謂的「新世紀」只是一個漫長的大變革時代的波瀾不驚的序幕，所以對於這十幾年以來中國詩歌的新發展、新變化來說，「21 世紀以來」的概念或許更爲合理、恰切，它既能顯現 20 世紀詩歌歷史的沿革，同時又會給未來更爲宏大的變革留有餘地。

　　21 世紀初的詩歌對於 20 世紀先鋒詩歌這種精神與方法的傳承，主要體現在三個方面：最爲明顯的傳承恰恰是 21 世紀初詩歌所展現出的對於前代詩歌的反叛性。「每一階段的先鋒詩潮都因前一階段先鋒詩潮『影響的焦慮』而萌動，都以對前一階段先鋒詩潮的反叛與解構而崛起」。〔註 1〕這種反叛性實質上是帶有先鋒性質的所有詩歌不斷自我否定的發展規律決定的，也是先鋒、實驗詩歌最主要的特質之一。21 世紀初詩歌的反叛性應該從兩個層次理解，一方面，它與 20 世紀 90 年代詩歌的解構特質保持一致，它們針對朦朧詩爲

〔註 1〕　羅振亞：《朦朧詩後先鋒詩歌研究》，中國社會科學出版社，2005 年版，第 4頁。

首的 80 年代詩歌中的啓蒙色彩和宏大敘事，進行了深刻的反思和否定，具體的表現就是個人化寫作的興起。90 年代詩歌事實上並沒有完全解構「宏大敘事」和「思想啓蒙」的任務，詩人們雖然從個人思想到創作實踐都較爲徹底地拋棄了 80 年代的思維和寫作習慣；但讀者們並沒有接受這種帶有「叛逆」性質的解構行爲，他們依然視朦朧詩爲現代新詩的正統，而對於「個人化寫作」、「口語詩歌」、「詩歌敘事」等新近的詩歌藝術成果始終嗤之以鼻，甚至不接受這些文本進入詩歌範疇。而 90 年代詩歌創作和詩人們的沉潛狀態，也十分不利於解構運動的推進。進入 21 世紀以來，「解構 80 年代詩歌事業」的局面有了新變化，或者說有了完成的現實條件。發表門檻的消失，讓那些衝在先鋒藝術探索最前端的文本能夠被公之於眾，而不會因爲過度的「反叛」性被阻止發表，只要詩人自己有發表作品的意願，無論是怎樣激進的作品他人都無權干涉，更確切地說是無力干涉。而這種作品在網絡新媒體上能夠引起的關注、重視，遠遠超過了依賴於傳統紙媒刊物的 90 年代詩歌。所以說 21 世紀初的詩歌其實繼承並放大了 90 年代先鋒詩歌的反叛性一維，在新的歷史語境和現實條件下完成這一場「歷久彌新」的解構運動。另一方面，21 世紀以來的詩歌創作，也產生了不同於 90 年代詩歌的新特點，其中一些特點就是針對 90 年代詩歌的個人化寫作的有的放矢的解構。比如當下詩歌創作中較爲普遍的「新及物傾向」，就與 90 年代的詩歌「及物」傾向有著較大差別。90 年代詩歌的「個人化寫作」雖然在一定程度上實現了對「宏大敘事」的解構，並且有不俗的創作實績，但它也使詩歌創作的焦點主題缺失，整體藝術取向分散，甚至「個人化寫作」一度成爲詩歌迴避社會責任的堂而皇之的藉口，過度強調詩歌技巧的方法論而陷入「技術主義」的泥淖之中。這時詩歌的「及物」只是把目光集中在雞零狗碎的凡俗生活上，以完成對「大題材」的拋棄。21 世紀以來的具有「及物」傾向的詩歌作品則有了新的內涵，這些作品有的把關注重點轉向社會底層，並且能夠做到如實地反映底層生活，體現了詩歌的「民間力量」，一批「草根詩人」走到了詩歌舞臺的中央位置，用詩歌創作爲底層發聲，成爲當下詩歌的獨特景觀。還有大部分詩人能在國家遭受自然災難時，團結一心，快速反應，創造出「地震詩歌」的創作熱潮，雖然存在許多不足和困惑，但也展示了詩歌的對於社會的介入力量。對於社會責任的重新承擔，就成了對 90 年代詩歌「個人化寫作」最好的反撥和糾偏。這兩個層面的反叛性也可視爲當下詩歌最明顯的先鋒性「基因」。

　　這種傳承性也體現在 21 世紀初詩歌創作的原創性上。原創意味著「逃避重複、拒絕傳統」，創造自身所處時代的詩歌的獨特範式，也是每一個詩人都要追求的目標。在新詩的百年歷史中，這種原創性雖然在中間有許多曲折，但一直是沒有斷絕的傳統，每一個時代的詩人總是試圖用屬於自己的方式和情感內容來規避「影響的焦慮」。「如果我們長期作爲有寄主的描紅者出現，而不是從現實生存和生命的原動力出發跡寫詩歌，我們不僅不能獲具被仿寫者的精神深度，甚至即使在形式上也談不上高標準的自覺。」〔註2〕這種以詩歌代紀劃分爲單位的原創性，要依賴於每一個寫作個體的創新性，眾多的各式各樣的個體創新匯聚起來，就成爲了一個時代詩歌的整體原創性，顯示出某些區別於前代詩歌的特殊品質，在這種特殊性中，本時代的寫作個體又能感受到價值感和歸屬感。關於先鋒詩歌的原創性問題，有一個比較普遍的誤會，很多人認爲這種原創性的基本組成單位就是詩歌藝術層面的方法論創新，以詩歌的藝術形式或者創作範式來標示這一時代詩歌的本質特徵或說原創性。然而事實上，這種認識顯然忽略了詩歌內容與情感的創新，21 世紀初先鋒詩歌的創新性，就集中體現在詩歌作品所反映的社會內容和情感的創新上。由於十幾年來現實環境的急劇變化，生活的速度和思維的速度都在變快，甚至連情感的速度都已經加快了，一些新鮮事物和情感幾乎在沒有磨合期的情況下，就順利地進入了詩歌創作，這些素材都是前代詩歌不可能涉及的，而由這些素材加工而成的詩歌文本，自然就具有鮮明的時代特徵和原創性。最好的例子就是「打工詩歌」的出現和興起，隨著「打工者」階層在 21 世紀初成爲一股不可忽視的社會力量，並開始爲自己的權力而發言，「打工詩歌」也就成爲詩歌界最值得關注的創作現象，即便是在藝術上依然有許多需要改進的地方，但也完全不妨礙「打工詩歌」成爲我們所處時代獨有的一種社會共同記憶，絕後與否不好預測，但至少一定是空前的記憶。就像只有在我們所處的時代，才有可能像許立志這樣的詩人，把「龍華富士康跳樓事件」這種素材寫入詩歌，那種人的異化和工業社會的殘忍，讓人讀後脊背發涼，不得不思考相關的社會問題。

　　最後，讓人覺得尷尬的是，21 世紀初的詩歌也繼承了詩歌的邊緣化地位和處境。縱觀新詩的歷史，詩歌作爲在古典文學中當之無愧的「第一文體」，

〔註2〕陳超：《先鋒詩歌的困境和可能前景》，人民文學出版社，2007 年版，第 30 頁。

在現代社會可謂是命運多舛，眞正佔據文學主流地位的時間其實很短。如果再聯想到在當下社會文學所處的邊緣化地位，結果簡直是讓人沮喪的。從 20 世紀 90 年代或者更早幾年開始，詩歌乃至文學就已經在淡出人們的視野，人們越來越對那些不能夠直接帶來經濟效益的事物疏遠，即便是依然有文字閱讀的習慣，也會把重點放在新聞或者成功學書籍上。在每一個人都在想著怎麼「先富起來」的時代，詩歌顯然帶著某些不合時宜的理想，「耽誤」時間又「浪費」感情。相比於十年前，當下詩歌遭遇的接受困境恐怕還更嚴重，表面的「熱鬧」無法掩蓋無人讀詩的現實，面對受眾的不理解，當下詩歌顯得束手無策，沒有什麼辦法，只能靠一次又一次的詩歌事件製造熱點，吸引眼球，頗有些「炒作」的嫌疑。而隨著網絡自媒體的大發展，人們的文化生活變得更加種類繁多，微信朋友圈、微博、貼吧、論壇都佔用著現代人大量的業餘時間，留給文學的發揮空間實在已經小的可憐，而網絡上的玄幻小說、恐怖小說、情感小品甚至是耽美文學，還要把這塊小小的「蛋糕」竊走大半，留給嚴肅文學的空間跟二十年前已經無法相比了。而詩歌僅僅是嚴肅文學中的一小分，其處境更是可想而知。總之，詩歌界表面上的「熱鬧」景象甚至是「繁榮」的假象，並沒有從根本上改變長期以來詩歌的邊緣化地位，仔細考察一下就會發現，這種邊緣化的程度甚至還有增無減。

　　對於處在安定的社會環境與變革的思想土壤中的 21 世紀詩歌而言，傳統美學和詩歌規律的傳承，與互聯網、消費主義、大眾文化等因素合力推動的變革是並行不悖的。從進入 21 世紀以來，關於詩歌領域是否眞正存在著「新世紀」特徵的爭論就沒有停歇。一方觀點認爲，21 世紀詩歌不過是 20 世紀 90 年代形成的「個人化寫作」的延續，全新的審美趣向和詩歌思想暫時並沒有現身；並且認爲 21 世紀詩歌缺少一個「新」的文學界面所必備的明確的歷史「轉折」和「標識」。因此，一味「鼓譟」新世紀詩歌的新異特徵還爲時尚早。另一方觀點則認爲，中國文學帶著穩健而難免浮躁的步履、昂揚而不乏沉鬱的神情已然走進 21 世紀，在消費文化生態下，文學的性質已經發生了很大的變化，儘管文學精神屬性在減弱，但畢竟文學的新質新面已經得以呈現，這是無法否認的事實；詩歌作爲文學中最爲敏感、前衛的藝術形式，在反映時代特徵方面無疑是最爲迅速與充分的，比如詩歌中的「肉身化敘事」、「打工詩歌」、「新鄉土詩歌」、「詩歌地理學」等主張的提出與實踐，顯示出詩歌並不沈寂的「新世紀」身影。應該說，兩種論調都有合理的成分，但其結論

卻不約而同地有過分簡單的嫌疑，作爲發生在較爲穩定的歷史時期內的 21 世紀中國詩歌，不會因爲某個事件或某個運動而發生突變，詩歌內部的一些新事件和新主張，並不能成爲隔離斷代的理由，它本質上依然是 20 世紀詩歌探索基礎上的繼續發展；但是，隨著網絡數據技術、消費主義、後現代主義等因素從各個角度潛滋暗長的影響，已經形成一定規模，中國詩歌在 21 世紀初已經顯現出許多異於 20 世紀 90 年代的新現象，這些現象是否能夠完全地開啓一個新的詩歌時代，現在仍然言之尚早。因此，對於這樣一個詩歌生態的定性和研究不應該過早下結論，更爲有效的辦法是客觀地還原變化的狀態和趨勢，這與德國哲學家胡塞爾開創的現象學研究理論所秉承的「回到事實本身」的原則不謀而合。這種不去做主觀先入爲主的選擇和判斷，而是按照事物對我們所呈現出來的方式去認識的現象學方法，對於 21 世紀以來錯綜複雜而又不能急於定論的中國詩歌，是有指導性意義的。所以，著眼於 21 世紀初中國詩歌範疇內一些值得關注的重要現象，努力從文本、事件、原因探究等多角度還原詩歌創作、傳播與接受的眞貌，從而得以窺見 21 世紀中國詩歌的新貌與症候，是具有實際操作性和一定的學術意義的。

二、21 世紀中國詩歌面臨的歷史語境

文學創作從來就與其所處的環境不可分離，但文學的變化發展又有其獨特的性質，往往或超越或滯後於其所處的社會進程。因此，當今文學創作和文學研究就陷入了矛盾之中，人們既渴望將文學及其語言概括爲一個獨一無二的、龐大封閉的文本專區，卻又自相矛盾地同樣渴望將文學置於更大、更廣闊的話語語境中來，以使其與社會相關。具體到詩歌創作領域，當下的政治、經濟、思想和文化語境，對於詩歌創作的影響是顯而易見的，從 20 世紀 90 年代中期以來，在全球經濟一體化、文化政治多元化等外在環境影響下，我國市場化進程加快，經濟高速發展，社會文化語境進入了一個日新月異的發展階段，國人的口中最多出現的「與世界接軌」的論調，令人目不暇接。當下詩歌創作的歷史語境也發生了深刻的變化。

首先，是以消費爲中心的經濟語境。由於經濟以及市場化的成功轉型，當下社會進入到一個大眾消費時代。極大豐富的物質財富構成了輝煌的歷史圖景，人們行進在絢爛奪目、光影斑駁的物質化空間裏，盡情地享受著美食、服飾、汽車、別墅、花園帶來的滿足；而這一切反過來又極大地刺激著人們

無限膨脹的佔有欲和消費欲。女人們認為自己最像女王的那一刻，是穿上
PRADA 穿行於購物商場的時刻，在購買昂貴商品的舉手投足間，就好像擁有
了整個世界，物質的獲取所帶來的精神滿足感，已經超越了以往任何一個時
代。無論承認與否，國人確已擁有了一個統一性的「信仰」，不約而同地加入
了「商品拜物」的行列。馬克思認為，所謂的商品拜物，並不是出於宗教經
驗的原因，而是把「商品」想像成自然的，天然的，彷彿其可供人們使用的
價值並不是人的勞動賦予它的屬性，而是它本身就有的特質。於是，在商品
拜物的時刻，人和他的勞動統統不見蹤影。〔註3〕於是，人在面對商品的時候，
看到的是它的價值以及其表面的魅惑力；於是商品本身就成了價值，物質的
價值並不來自於它本身，而是在交換流通過程中產生的。

在此基礎上，阿多諾發現，由於文化工業是置身於資本主義的商業體系
中的，所以大眾文化的生產就不得不遵循這個體系的基本法則。但是文化生
產又秉承著藝術創作的傳統，所以它還可以把自己打扮成非商品的模樣。換
言之，文化已經成為一種新的商品拜物教的形式。因為在現代社會，文化生
產出現了商品拜物的特色：它通過把藝術變成商品而讓自身成為一個值得崇
拜和追隨的神秘物，而這種崇拜和追隨，可能是因為大眾文化會給人們提供
一種「反商品」的體驗或者幻覺。在市場機制原則化運行下的文學創作，自
然也深深地帶有物化的烙印，並且潛移默化地影響著文學藝術的評判標準。
人們不再以文學藝術本身的內涵價值為尺度，而是以碼洋、發行量的多寡衡
量其價值，因為「數量」的龐大可以直接與「宏大」景觀相關聯，以掩蓋文
化內涵的瑣碎和平庸。於是，人們看到各類排行榜中的暢銷書，彷彿銷售額
的量化就能夠代表某種「文化」的品質，自然而然，如何最大限度地滿足廣
大的受眾群體而非文學藝術品的審美價值，這是在市場經濟下文學家、藝術
家優先考慮的問題。為了擺脫詩歌作品「曲高和寡」的僵局，宣傳造勢就成
為詩人們鑽營的生存之道。由此可見，詩歌創作在當下消費時代也要充分符
合消費邏輯，正如讓·波德里亞所言：「消費邏輯取消了藝術表現的傳統崇高
地位。……流行以前的一切藝術都是建立在某種『深刻』世界觀基礎上的，
而流行則希望自己與符號的這種內在秩序同質：與它們的工業性和系列性生
產同質，因而與周圍一切人造事物的特點同質、與廣延上的完備性同質、同

〔註3〕　〔德〕馬克思：《資本論》第一卷，人民出版社，2004 年版，88～89 頁。

時與這一新的事物秩序的文化修養抽象作用同質。」〔註4〕因此，詩歌創作只有遵守消費社會的運行規則，才能同其他商品生產要達到「同質」，方可在消費社會容身。這也就解釋了爲什麼有些懂得規則的作家或藝術家在現代社會遊刃有餘地暢行其間，爲市場量身定做符合消費口味的作品，打破深度模式、自我消解傳統崇高地位，從而實現其作爲商品的價值。

然而，在消費時代，我們也不無痛心地看到，圍繞在藝術創作上的光暈消失了，藝術本身的價值被悄然掩蓋了，大眾在現代化消費語境中忘記了事物本身的價值，甚至創作者也在這種境況下忘記了文藝本身的價值，這使得本應該堅固的東西都煙消雲散了。如果文學藝術只是一味地迎合大眾口味，消解崇高，無異於對自我精神高度的消滅和戕害。作爲文學藝術中較爲特殊的一員，詩歌創作在消費時代將承擔某些反抗消費文化和剔除商品拜物的任務，這也是詩歌生存在 21 世紀所要面臨的最根本和最宏大的歷史語境。

其次，當下社會的文化語境越來越走向後現代文化所設想的未來圖景。消費主義、娛樂文化盛行，原有的文化權利體制已經被打破，精英主義不再成爲社會文化的核心；高雅藝術與通俗文化的界限變得越來越模糊，反藝術、反審美、後情感的文藝作品大規模流行；建立在理性主義基礎之上的啓蒙文化走向衰落，「宏大敘事」失去了魅力和受眾，甚至遭受了大眾的普遍反感和拋棄，那些致力於反應普通人凡俗生活的文藝作品成爲主流；在全球化資本的主導下，世界進入了全球文化共同震盪和並存的時代，民族主義與全球主義論爭加劇，「閉門造車」的文化心態已經走到了盡頭，民族文化與世界文化已經結成了共生的同盟，任何脫離世界主流價值和普適價值的文化創造都難以被人接受，而民族文化的特殊性和民族性也受到了全球化話語的挑戰；人們的生活體驗被各種各樣的技術媒介和科學現實塑造，時間和空間分裂，人們總是處在不同區域的共同體驗之中，而人們的社會身份、階級差別、角色區分等日益清晰。

在 21 世紀初，面對這樣劇烈變化的文化圖景，尚未完全從傳統觀念中解放出來的中國人，往往會感受到變化帶來的莫名恐慌，這源於對未來不確定性的焦慮，也是對於後現代文化圖景中某些新鮮事物的拒斥心理在作祟。事實上，「後現代主義是產生於現代資本主義社會內部的一種心態，一種社會文

〔註4〕 〔法〕讓·波德里亞：《消費社會》，劉成富、全志剛譯，南京大學出版社，2000 年版，第 21 頁。

化思潮，一種生活方式。它旨在批判和超越現代資本主義的『現代性』，即資本主義社會內部占統治地位的思想、文化及其所繼承的歷史傳統；提倡一種不斷更新、永不滿足、不止於形式和不追求結果的自我突破的創造精神；爲徹底重建人類現有文化，探索盡可能多元的創新道路。」〔註5〕這種社會文化思潮與生活方式與當下中國的特殊國情相結合，自然就會產生一些「四不像」的文化景象，在一定的歷史階段內，這些文化現象可能都得不到大眾的普遍理解。於是人們選擇不去追求所謂的文化意義，而陷入現實的享樂主義和「狂歡化」的權力解構遊戲中，「消費社會借著極爲豐富的產品、形象和服務，借著其所倡導的享樂主義，借著其所創造的親近的、誘惑的欣快氛圍，標示出了其誘惑戰略的波及範圍。」〔註6〕於是我們在 21 世紀的最初幾年間共同見證了許多類似「鬧劇」的文化事件。比如「芙蓉姐姐」、「木子美日記」、「梨花體詩歌」、「豔照門」事件等等。而近幾年間，這種「鬧劇」事件幾乎成爲文化生活的常態，越來越多的人用「行爲藝術」的方式謀求個體在宏觀世界中的存在證明，各種「惡搞」、「秀」已經佔據了人類文化生活的主要領域，傳統的文化機制正在走向沒落。人類的文化生活越來越向「狂歡化」方向發展，所謂的「狂歡化」來源於巴赫金的狂歡理論，他認爲：「狂歡節彷彿是慶賀暫時擺脫占統治地位的眞理和現有的制度，慶賀暫時取消一切等級關係、特權、規範和禁令。這是眞正的時間節日，不斷生成、交替和更新的節日。它與一切永存、完成和終結相敵對。它面向未完成的將來。」〔註7〕這種文化思潮的根源其實是非統治階層或被統治階層「嘲諷權」的濫用，在傳統的文化「威權」不再能完全佔據文化統治地位，開始走向解體時，原本那些在文化上被支配的社會個體獲得了某些文化權力，但這種權力並沒有達到擁有支配他人力量的程度，只能停留在「發聲」的階段，其表現形式就是文化社會的底層擁有並學會行駛自己的「嘲諷權」，對於那些依然頑固據守的傳統文化「威權」進行嘲諷。掌握文化「威權」的階層則會在一定程度上放任「嘲諷權」的行駛以發洩被統治階層的反抗情緒，以保證對文化「威權」的繼續持有。而在取得類似的「民主」權利的初期，人們往往會貪戀「嘲諷」的快感

〔註5〕　高宣揚：《後現代論》，中國人民大學出版社，2005 年版，第 96 頁。
〔註6〕　〔法〕吉爾・利波維茨基：《空虛時代：論當代個人主義》，方仁傑、倪復生譯，中國人民大學出版社，2007 年版，第 2 頁。
〔註7〕　〔蘇〕巴赫金：《巴赫金全集》第六卷，李兆林、夏忠憲等譯，河北教育出版社，1998 年版，第 11 頁。

而無法自拔，形成某種過度「嘲諷」的文化圖景，這一階段內的學藝作品往往也就呈現出解構大於建構的樣態。

在這樣一種文化語境下，文學創作的難度其實比以往更大，具體到詩歌創作領域，「狂歡化」的文化選擇讓詩歌中難免沾染到某些「非詩」的成分。在藝術探索層面由於種種限制的突然撤出，在煥發生機的同時也會有「矯枉過正」、自由散漫無節制的危險。而爲了盡可能快速的超越前代詩歌創作，可能走上過度解構的道路，導致詩歌藝術品質的下降。

最後，互聯網在全世界範圍內的普及，帶來了「新媒體時代」的信息革命，形成了前所未有的開放的傳播語境。吉登斯認爲，現代世界是一個「快速飛逝」的世界，它具有三種基本動力：時空分離、抽離化機制、制度反思性。在前現代時期，多數人的生活，其時間和空間通過「地點」連接在一起；而在現代時期，人們又越來越多地有機會從地點中分離。在這裡，大眾傳媒起到了至關重要的作用。〔註8〕互聯網時代的到來，讓這種所謂的「快速飛逝」變得更加「迅雷不及掩耳」，製造現實的也不再僅僅是媒體，每一個原本等待接受信息的個體，都將成爲信息的新起點和加工廠，傳統媒體依賴的地緣連接和共時性經驗，已經不再是藝術傳播的「金科玉律」，信息的「爆炸式」傳播改變的不僅僅是傳播的速度和方式，更是一種信息生產的革命性進化。從此信息的來源不再是單一的信息生產者。換言之，不再有人是信息的主人，人們每生產一段信息就把地部分信息的「再創造」權力讓渡給信息的接收者，信息的傳播最終將形成一種無限大的「網狀結構」，個體的信息創造只能充當某一系統的某個節點，信息已經不再是人類能夠完全把控的交流載體，甚至可能產生某種類似於智慧生命的自生成機制。

以互聯網爲代表的信息革命，已經發展成爲了人類社會的一種新的思維方式。基於互聯網、大數據和雲計算的實現，現代社會事實上達到了「每個個體、時刻聯網、各取所需、實時互動」的狀態，也是一個「以人爲本」的新文明時代。在這一思維的影響下，人類生活的各個層面都有了相應的變化。

信息革命對於文學傳播的影響是巨大的，這不僅表現在傳播方式的便捷化上，而是已經滲透到文學創作的內部，影響文學作品的生成。傳播語境的改變，事實上是拉近了科學與文學的距離。具體到詩歌創作，原本幾乎沒有

〔註8〕 〔法〕安東尼·吉登斯：《現代性與自我認同》，趙旭東、方文譯，生活·讀書·新知三聯書店，1998 年版，第 17 頁。

內在聯繫的詩歌與科學，在新的傳播語境中產生了深層次的接觸。由於科學的影響，詩歌的藝術形式、表達技巧及存在方式發生了重大變化。人們關於詩歌的傳統觀念也遭遇了巨大的挑戰。計算機技術和互聯網技術接入詩人和讀者的生活，改變了詩歌文本的形態，並達成了讀者與詩人以詩歌文本爲橋樑的現實互動。〔註9〕

　　在這三種語境的共同影響下，21世紀以來的詩歌創作也具有了鮮明的時代特徵，這些特徵已經不再僅僅是對20世紀中國新詩的延續和傳承，而可以說是一種基於時代影響的「變異」。由於時間尚短，研究者也不可能對正在發生的「變異」具有歷史性的反思眼光，現在斷言這種疑似的「變異」是否具有革命性或者成爲新詩發展道路上的轉折時代是不負責任的。但是，立足當下、從實際創作出發，結合時代語境考察當下詩歌創作，是有機會得出階段性的結論，從而影響創作實踐的。

三、研究現狀、範圍與方法

　　1949年以來，眾多詩歌批評家和研究者都紛紛以不同的方式，致力於當代詩歌研究和詩歌「當代史」的書寫。應該說，這是一項難度頗高而且常常費力不討好的工作：在現象層面，眞貌與假相混雜，以至於在同一歷史語境下也黑白難辯；在文本層面，則是泥沙俱下，讓人眼花繚亂，許多優質文本由於多種原因無法及時地得到客觀公正的價值認定；不少新銳的文學思潮、藝術技巧對於整個當代詩歌的價值，必須在多年後才可能被眞正認識。但是，身處「當下」的在場感，又讓所有對當下詩歌創作的研究都變得意義非凡，其成果與後來者的研究論著共同折射著當代詩歌的探索足跡與影像，構成了新詩批評的歷史的一部分。

　　進入21世紀後，中國新詩發生了遠遠超出人們想像的變化，推送出一個異常喧騰、繁複的詩歌時代，無論是詩歌內部的精神特質、文本構成方式，還是詩歌外部的生長環境、受眾群體的心理預期，都在在或隱或顯地偏離、逸出已有的理論苑圍，不斷地給詩歌研究者們製造「麻煩」與「障礙」。儘管如此，一批詩學研究者依然知難而進，爲當下詩歌與詩歌研究奮然前行而披荊斬棘，開闢道路，並且取得了不菲的成績，他們對於21世紀初中國新詩的

〔註9〕　〔美〕馬橋瑞・帕羅夫：《激進的藝術：媒體時代的詩歌創作》，轟珍釗譯，
　　　　上海外語教育出版社，2012年版，第4頁。

新質特徵給予了及時、客觀地關注，表現出深入詩歌現場的極大熱情，這無疑對形成詩歌寫作與批評之間的雙向交流、良性互動的局面，具有非常重要的作用。縱觀 21 世紀以來的詩歌評論，從對詩歌文本及詩人創作活動的分析研究，到對當下詩歌歷史存在語境、文化構成機制等問題的追索，都已經形成比較成熟的良好研究態勢。一批頗有建樹的詩歌批評家湧現出來，這其中既有上個世紀即已產生較大影響的謝冕、洪子誠、吳思敬、王光明、程光煒、陳仲義、陳超、張清華、羅振亞等，繼續跟蹤詩歌新變化，引領詩壇的批評風向，並以他們為中心，日漸組構起幾個重要的詩學研究基地，更有姜濤、周瓚、張德明、霍俊明、張立群、劉波等一批年輕的富有活力的批評界新力量。這些批評家均在 21 世紀詩歌批評領域擁有不俗的業績，他們一改 20 世紀 90 年代「知識分子寫作」與「民間寫作」論爭的簡單的二元對立格局，在多元理念的支撐下，提出許多新的詩學主張，如詩歌地理學、第三條道路、完整性寫作、神性寫作、低詩歌運動、生態詩歌、打工詩歌、底層詩歌、新紅顏寫作等等，並且就詩歌倫理、詩人道德底線、詩歌標準、網絡詩歌、後口語寫作等問題進行討論與爭鳴，已經十分有效地推進了 21 世紀詩學理論建構。進入 21 世紀以來以各大高校為載體的理論研究基地初步建立（如北京大學、北京師範大學、首都師範大學、南開大學等），研究力量更加集中，同時也培養出更多具有研究能力的青年學者。各種國際、國內學術研討會不勝枚舉，尤其兩岸四地的詩學研討已經成為 21 世紀詩歌研究的常態，定期舉行的國際研討會極大地促進了研究界的內部交流。詩人與評論家之間的交流更加通暢，能夠做到互通有無、相互促進，以大陸為主體、輻射港澳臺、聯通國際研究界的詩歌批評生態已經基本形成。

詩歌研究在進入 21 世紀以來掀起熱潮，建樹頗多，具體到詩歌現象研究範疇，主要成果集中在以下兩個方面：

其一，對於一些近年來顯現出的新的詩歌現象，詩歌研究界進行了較為密集和全面的批評論述，形成了幾個比較重要的研究領域。這其中關於「打工詩歌」與底層寫作的研究就是頗具規模的，不僅有柳冬嫵的《從鄉村到城市的精神胎記——中國「打工詩歌」研究》這樣的專門研究著作，而且在《文藝爭鳴》、《當代作家評論》、《南方文壇》等主流文學研究刊物上都曾有關於「打工詩歌」或底層寫作的專欄出現，討論十分激烈，也具有一定的社會影響。「打工詩歌」圈內最具知名度的詩人鄭小瓊也曾多次引起討論，並在《名

作欣賞》上出現一個專欄評論。吳思敬的《面向底層：世紀初詩歌的一種走向》、張清華的《「底層生存寫作」與我們時代的寫作倫理》、張未民的《關於「在生存中寫作」——編讀箚記》、蔣述卓的《現實關懷、底層意識與新人文精神——關於「打工文學現象」》等眾多批評文章從多角度、多層面地奠定了這一問題的基本研究角度和觀點，將肇始於 20 世紀末的知識分子寫作與底層寫作的爭論提高到了新的層面，並在針對詩歌現象的批評中展現了詩歌評論行業的人文關懷和社會承擔，在打工詩歌價值認同、打工詩人主體身份、打工詩歌的藝術水準等重要問題上研究界達成了基本共識。同時，在打工詩歌未來前景和發展趨勢、打工詩歌創作倫理與傳統詩歌倫理關係上也存在某些爭論，如錢文亮首先在《倫理與詩歌倫理》中對「打工詩歌」的「倫理優越感」發難，指出當下「詩人的寫作只應該遵循詩歌倫理」〔註 10〕。張桃洲也發表了《詩歌的至高律令》表達了類似的觀點。《南方文壇》在 2006 第 5 期同時推出了羅梅花的《「關注底層」與「拯救底層」——關於「詩歌倫理」的思辨》，馮雷的《從詩歌的本體追求看「底層經驗」寫作》和王永的《「詩歌倫理」：語言與生存之間的張力》等一組文章則站在較爲中立立場上，認爲打工詩歌是「90 年代詩歌」介入精神的延續，詩歌介入政治和社會倫理問題是詩歌正當的職責，但不能矯枉過正，以爲關注底層，具有現實精神就可以犧牲詩歌技巧和審美原則〔註 11〕。在眾多打工詩人以及詩歌批評家的共同努力下，打工詩歌從一個長期被忽視的詩歌現象逐步發展成爲當今詩壇的顯在問題，受到了國內外詩歌評論界的高度關注，這些評論很大程度上爲打工詩歌的進一步創作提供了參考，並激發了打工詩人評論打工詩歌的熱潮，形成了批評與創作相互促進的完整詩歌評論圈。

又如在 21 世紀最初幾年就已經成爲中國詩歌批評最重要問題之一的詩歌網絡化傳播現象，引發了評論界的普遍熱議，參與批評和爭論的既有學院派的知識分子，又有網絡詩人與新銳詩評家。爭論的首要問題就是網絡詩歌的定義和範疇，王本朝、張立群、尹小松、王璞等對此問題均有長篇論述，其中王本朝先生在《網絡詩歌的文學史意義》中給出的定義獲得更多支持：「網絡詩歌，準確地說就是以網絡爲載體寫作、發表和傳播的詩歌。網絡既是詩

〔註10〕錢文亮：《倫理與詩歌倫理》，《新詩評論》（總第 2 輯），北京大學出版社 2005 年版。
〔註11〕王永：《「詩歌倫理」：語言與生存之間的張力》，《南方文壇》，2006 年第 5 期。

歌的載體形式，也是詩人的生存方式、詩歌的傳播方式和讀者的閱讀方式。」
〔註 12〕隨著網絡詩歌問題持續加溫，更多著名批評家開始致力於發掘網絡詩歌區別於紙媒詩歌的新特質，首先是自由性。創作的自由、發表的自由以及交流的自由，都使網絡詩歌與紙媒詩歌區別開來。吳思敬認為：「網絡詩歌寫作給了詩人充分的自由……與公開出版的詩歌刊物相比，網絡詩歌有明顯的非功利色彩，意識形態色彩較為淡薄，作者寫作主要是出於表現的欲望，甚至是一種純粹的宣洩與自娛。這裡充盈著一種自由的精神，從而給詩歌帶來了更為獨立的品格。網絡為任何一個想要寫詩並具備一定文學素養的人洞開了一扇通向詩壇的門戶……網絡詩歌也許不具備人們理解的詩的某些特徵，但重要的是作者通過網絡書寫，自由暢快地表達了個人的感受，這比較符合詩歌創作的初始意義。」〔註 13〕（《新媒體與當代詩歌創作》，《河南社會科學》2004 年第 1 期）謝向紅、李震等批評者也發表了相似觀點，自由性成為網絡詩歌最具有活力的特徵成為研究界的共識。其次是便捷性，研究者普遍認識到，在網絡上，詩歌發表、詩歌傳播與詩歌交流都是方便快捷、迅速及時的。張立群、王珂、張閎等評論者比較完整地論述了這一特徵，他們認為網絡文化就是新時期的大眾文學，互聯網的無限延伸創造了肥沃的土壤，大眾化的自由創作空間使天地更為廣闊。沒有了印刷、紙張的繁瑣，跳過了出版社、書商的層層限制，無數人執起了筆，一篇源自於平凡人手下的文章可以瞬間走進千家萬戶。最後是平民化，或者說大眾化。在網絡時代，由於大眾的普遍參與，中國新詩重新煥發出青春和活力。吳思敬在《新媒體與當代詩歌創作》頗為精彩地論述這一特徵，他認為網絡詩歌可以滿足非職業作者在傳統印刷媒體中無法輕易實現的自我表現欲。絕大多數批評者也對此表示認同。關於網絡對於詩歌的影響問題則存在一些爭議，網絡詩人和網絡詩評家大多認為積極影響遠大於消極影響，詩歌在網絡中找到了新的生存道路，學院派批評家則更為敏銳和完整地捕捉到網絡對於詩歌產生的消極影響，如無序的隨意狀、網絡寫作的質量不高、網絡詩歌的原創性差，更有研究者認為網絡詩歌尚處於「幼年期」。自從誕生以來，網絡詩歌一直是研究界的焦點問題，在反覆的爭論、定義、歸納之下網絡詩歌已經進入到傳統文學研究序列。同樣長期作為研究熱點的詩歌現象還有地震詩歌、詩歌創作地域性差異、80 後

〔註 12〕 王本朝：《網絡詩歌的文學史意義》，《江漢論壇》，2004 年第 5 期。
〔註 13〕 吳思敬：《新媒體與當代詩歌創作》，《河南社會科學》，2004 年第 1 期。

詩人創作等，這些熱點問題構成了 21 世紀以來詩歌研究的基本內容，也爲後來學者提供了 21 世紀初詩歌研究的基本途徑和主要論題。

其二，在對具體詩歌現象的觀察和研究中，提煉出一系列新的詩歌理論問題，豐富了詩歌研究範疇，增加了詩歌研究的理論深度。這其中最引人矚目的例子當屬「新紅顏寫作」的提出，這一概念最早出現在 2010 年 5 月李少君和張德明的博文《海邊對話：關於「新紅顏寫作」》，他們將進入 21 世紀以來，在網絡媒體特別是博客上，年輕女詩人極其詩作的大量的集體性湧現的現象概括爲「新紅顏寫作」，這一概念一經提出，就受到大量詩人的質疑，與李少君等概念提出者發生爭論，而後大量新銳詩歌批評家加入論爭，一時間大量有關當下女性詩歌創作的研究文章紛至沓來，張德明的《「新紅顏寫作」：一種值得關注的詩歌現象》、霍俊明的《博客時代的女性詩歌：可能、限圍與個人烏托邦——兼談「新紅顏寫作」》、劉波的《網絡時代的多元審美——由當下女性詩歌現狀談「新紅顏寫作」》等一批詩評家的評論文章對「新紅顏寫作」概念的內涵與外延的界定，並著力於其內在的詩學意義和文學史價值的發掘。詩人紅土的《「新紅顏寫作「及其他》、詩人李潯的《我看「新紅顏寫作」這個概念》、詩人重慶子衣的《女性詩歌自由舞蹈的最佳時代》等文章爲自我歸隊的代表性詩人對「新紅顏寫作」的認知與理解，體現了「新紅顏寫作」實際上是批評家和詩人之間一次不約而同的文化認同和理論表述，並最終結集成《新紅顏寫作及其爭鳴》（南方出版社 2010 年版），成爲宣言式的詩歌理論定義，但是這種命名或定義並沒有得到女性詩人們的普遍認同，時至今日不少被納入到「新紅顏寫作」範疇內的女性詩人依然拒絕接受這種人爲設定，甚至不惜對命名者口誅筆伐，論爭中所展現的「爭鳴性」讓本身略顯感性的命名過程成爲一個詩學理論問題。

又如「新及物寫作」的提出，詩歌的及物寫作的概念是在 20 世紀 90 年代的詩論中開始出現的，主要是概括 20 世紀 90 年代先鋒詩歌的文本特徵：「拒斥寬泛的抒情和宏觀敘事，將視點投向以往被視爲『素材』的日常瑣屑的經驗，在形而下的物象和表象中挖掘被遮蔽的詩意。」〔註 14〕然而在此同時，90 年代詩歌也陷入了在觀照日常性事物時表現出私密化和狹窄化，詩人往往更多地沉湎於自我在面對「事物」時的「個人化」的體驗，一定程度地拒絕

〔註 14〕羅振亞：《朦朧詩後先鋒詩歌研究》，中國社會科學出版社，2005 年版，第 176頁。

了詩歌寫作的「倫理」存在，有意地迴避了詩歌與社會的關係問題，使詩歌在「自足性」和「社會性」之間游移不定，陷入兩難境地。進入 21 世紀以來，詩歌這種尷尬境遇有所改善，詩歌的先鋒性與社會現實性在某種程度上有所融合，隨著打工詩歌、底層寫作、災難詩歌、詩歌倫理關懷等概念以及創作實踐的深化，研究界開始注意到詩歌的這種新的「及物」傾向。眾多關於打工詩歌、災難詩歌等問題的論述中，研究者們不約而同地開始強調詩歌的社會功能，對於關注現實、反映現實、反思現實的詩歌給予更多關注和鼓勵。「新及物寫作」的概念實際在不自覺的具體詩歌評論實踐中建立起來，南開大學文學院畢業的宋寶偉博士在其論文《新世紀詩歌研究》中就已經敏銳地把握到這一概念，並將其作為一個新晉的詩學問題加以提出，受到批評界的普遍認可，具有較大的可發掘空間。

總的來說，對於 21 世紀以來詩歌現象的研究已經在評論界逐層展開，一系列熱點詩歌現象和這些現象背後所蘊含的詩學問題已經進入研究界視野並形成一定規模，成為當下詩歌研究中具有一定發展前景的重要方向。但是，對 21 世紀詩歌現象的研究雖然取得了卓越的成績，卻依然無法完全涵括日新月異的詩歌發展現實，還存在著幾個不容忽視的缺憾：

第一，大多批評分散在一些較為具體的熱點問題上，並在熱潮過後缺少必要的總體反思，對於 21 世紀中國詩歌的總體走向的把握，一些研究者顯得亦步亦趨，缺少學術勇氣，現出一種局部化、零散化的批評局面。有分量和宏闊眼光的高質文章、論著，除吳思敬的《本世紀初中國新詩的幾種態勢》（《詩刊》2006 年 5 月・上半月刊）、《新世紀十年：一輪不溫不火的詩歌熱正在中國大陸悄然興起》（《詩潮》2010 年 11 月號）；王光明的《近年詩歌的民生關懷》（《河南社會科學》2006 年第 11 期）；羅振亞的《喧囂背後的沈寂與生長：新世紀詩壇印象》（《天津師範大學學報・社會科學版》2008 年第 4 期）；陳仲義的《中國前沿詩歌聚焦》（中國社會科學出版社 2009 年 9 月第 1 版）等之外，在 21 世紀詩歌批評領域並不多見，而且這些重要文章雖然從宏觀上把握了當下詩歌的脈搏，卻大多沒有從現象學角度切入問題。值得一提的是，張德明的《新詩話：21 世紀詩歌初論（2000～2010）》（暨南大學出版社 2010 年版）一書對 21 世紀以來主要的詩歌現象進行了比較有序的疏理，具有不小的學術價值，但該書限於「詩話」的形式，輕鬆自如有餘，思考深度略顯不夠。另外，南開大學畢業的宋寶偉的博士論文《新世紀詩歌研究》在一些新近詩

歌現象的歸納和描述上具有參考價值，但對一些重要的詩歌現象也稍有忽視，尚顯粗放。因此從現象學角度切入研究 21 世紀以來中國詩歌的空間還是比較廣闊的。在 2014 年最新出版的《新世紀詩歌精神考察》對於一些具體問題的提出和關注具有一定的創造性，作者霍俊明以其敏銳的學術感覺，在第一時間對詩壇的一些現象做出了「快速反應」，並佔有了大量資料，有不小的學術意義，但在文字的可讀性上個人化色彩稍重，有些語言不夠符合學術規範。

　　第二，當前的詩歌批評在指導創作實踐的功能上略顯乏力，不少批評滯後於詩歌創作。進入 21 世紀以來，整個中國文學本質上發生的變化之迅疾，讓人措手不及，詩歌亦不例外，從內容到形式、情感模式到理論基礎的變化都堪稱天翻地覆，或者說，不能停止的變革才是 21 世紀詩歌的最大主題。然而，全面考察新世紀詩歌的論述，其主要方法與上 20 世紀末相比併沒有什麼根本性的改變，這一方面固然是因爲年輕的新銳批評者尚未能充分掌握批評的話語權，另一方面則是由於現有的單一的批評理論對現實創作闡釋的逐步失效，在新的具有洞見力的批評理論出現之前，詩歌創作中那些已經或即將頻繁出現的新變化、新面孔、新現象，令舊有的批評理論顯得尷尬落伍，無計可施。比如詩歌傳播多樣化機制、新及物寫作、「梨花體」詩歌等問題雖然議者眾多，卻始終沒有達成相對一致的共識，形成帶有體系性質的理論建構，一些批評者甚至依然以個人好惡或狹隘的道德觀作爲批評的準則，這在數據時代基本類乎於結繩記事。這樣說並不意味著已有的詩歌批評理論對 21 世紀中國詩歌的全部失效，與其苦苦守望新理論，倒不如在已有的理論中尋找新營養，綜合運用各種批評理論，用最包容的批評心態去理解、闡釋那些看似「離經叛道」、逸出傳統批評理論統攝範疇的文本，才是解決現有問題的有效途徑。以現象學理論爲基礎，綜合諸多理論方法，分析 21 世紀以來中國詩歌領域具有代表性的現象，應會具有一定理論意義。

　　第三，現有的研究成果大多有難以拉開研究主體與研究客體的距離的瑕疵，在提供「在場感」的同時，某種程度上忽略了客觀立場的重要性。一方面，大量以「知人論詩」爲指導思想的研究成果，雖然讓詩歌批評人情味十足，但也更具爭議性，由於視角單一、焦距較短，以至於難以呈現真實的詩歌「影像」，研究者或是忠厚長者功成名就不忍疾言厲色，或是本身從事刊物編輯等相關工作有諸多顧慮，或是與被評論者關係莫逆不便指點其痛處和軟

肋，或是人微言輕需保證發表渠道暢通不敢直刺要害，凡此種種，都因為失去了客觀的立場而不能在詩歌批評中展現原生態的結論，這也導致當下詩歌在詩人的互相吹捧和傾軋、批評者的睜一眼閉一眼下變得更加撲朔迷離，這對 21 世紀詩歌的健康發展構成了不小的損害。另一方面，多數研究者忌憚某些因素，盡可能規避敏感的現實問題，選擇「止於藝術」，這本身雖然無可厚非，但卻有割裂詩歌與社會基礎的聯繫的可能，正所謂「不平則鳴」，如果無法從文本的情感表達中感受對現實規則的不滿和對生活不公的憤怒，詩歌對當下中國的意義也許會大打折扣。

綜上所述，雖然諸多研究者已經對 21 世紀以來的詩歌現象有一定程度的定義和論述，但仍有一些問題沒有形成定論或尚具研究空間，比如商業化語境中詩歌將如何生存與堅守？網絡時代的傳統紙媒詩歌去向何方？創作主體多元化帶來的身份認同危機如何處理？21 世紀詩歌在世紀初是否就有可能遭遇經典化焦慮？等等，這些問題都是研究者們需要進一步解決的，所以本書選擇 21 世紀以來中國詩歌現象研究作為題目，無意也不可能把所有問題一一解決，但倘若對於某些問題闡釋的見解能夠為問題的回答提供一種可能，那即是詩歌批評的一點進步，也就是本書期待的初衷。

本書以「21 世紀初中國詩歌現象研究」為題，著重研究進入 21 世紀以來中國詩歌所顯現的諸多現象中具有代表性和深層意義的一些現象，追尋其發生根源及輻射影響，通過對這些現象的分析、界定、釐清，描繪 21 世紀初中國詩歌現有境遇和位置的形成機制。全書論述重點就是對 21 世紀中國詩歌諸多現象的歸納、整理和分析，基於對具體詩歌現象的宏觀把握與微觀研究形成主要內容和基本觀點，對相應的具體創作傾向和宏觀的詩歌歷史走向做出謹慎的預估，對 21 世紀初中國詩歌的主要問題和症候做出客觀而深刻的批評，為中國詩歌在 21 世紀的再出發提供客觀而有益的參考。

21 世紀初中國詩歌所顯現的一個最核心的現象就是所謂的「詩歌熱潮」，奇怪的是，在詩歌作品量激增、詩歌活動頻繁、詩學爭論熱度上升的表象下，「詩歌熱潮」卻缺少了真正的受眾群體，這種圈裏熱鬧非凡、圈外冷眼旁觀的狀態就是十幾年來中國詩歌的最無奈的境遇，如何理解這種「不溫不火的熱潮」（吳思敬語）是釐清 21 世紀初詩歌脈絡的關鍵。所謂詩歌「熱潮」是由所有的詩歌現象、詩歌事件以及這些現象和事件中的主體創作所共同組成的，這其中文本是各種詩歌現象與事件的最基本元素，也是當下詩歌的核心

組成部件，諸多詩歌現象林林總總，但其成因根本上是由文本與其作者主體、讀者以及世界的不同互動方式決定的，其運行模型爲「什麼樣的人爲了什麼樣的事寫了什麼樣的詩，被什麼樣的人閱讀產生什麼樣的影響，並形成什麼樣的現象」，將其中確定的因素設置爲定量，其他變化因素設置成變量，將文本形態作爲最終的驗證數據就有可能做到還原「事情本來的樣子」，將不同詩歌現象納入到同一個相對科學的研究體系內。

　　本書從詩歌文本出發，根據這樣的模型和現象學的「回到事實本身」基本理念將「新紅顏寫作」、「打工詩歌」、「底層寫作」、「新及物寫作」、「地震詩歌熱」、「下半月刊現象」、「口語化寫作」等現象或傾向，按照「文本——作者——讀者——世界」的結構納入到整個中國詩歌生態圈中，其中核心元素文本與其他元素的相對關係的變化以及文本內部的因素聚合，都會產生相對應的詩歌現象。文本與讀者之間關係的轉變就會產生諸如「網絡化傳播」、「下半月刊現象」等現象，「新紅顏寫作」、「打工詩歌」、「地域性詩歌」等問題則是源於文本與作者之間關係的多元化和複雜化，「新及物寫作」、「地震詩歌熱」等則主要研究文本與世界的互動關係，「口語化寫作」等現象研究文本內部的相關問題。總之，諸多現象是研究的載體，通過對現象的分析、界定、釐清，試圖把握 21 世紀中國詩歌在整個文學、社會、文化機制中眞實位置和處境，爲中國詩歌在 21 世紀的再出發提供客觀而有益的參考，也爲將來成熟的當代詩歌史的撰寫積累必要的養料。

　　本書以 21 世紀初中國（限大陸地區）詩歌現象作爲研究對象，力求把握 21 世紀初詩歌的律動規則，勾勒出當下詩壇紛繁變化的圖景。研究的主要方法是，注意將詩歌的外部歷史、文化研究和詩歌內部的文本研究結合起來，梳理、甄別繁雜的詩歌現象與詩歌文本，以「現象學」研究爲主要方法和出發點，結合文化研究和性別研究的相關理論，將社會學、文化學、城市學、信息科學等相關領域及臨近學科的分析方法引入研究過程使之達到準確的理論概括，大量運用新批評等文本細讀方法，努力做到詩歌的宏觀概括與文本的微觀探析的融會。

第一章　傳播方式的變革與詩歌創作的「新熱潮」

　　如果單純從作品的數量和詩人的活躍程度考量，21 世紀以來的詩歌發展可謂掀起了一股「熱潮」，它遠比 20 世紀最後十年的詩壇熱鬧。種種喧囂的?象似乎表明，一個新的詩歌時代已然降臨，詩歌復興又重新擁有了希望與可能。然而，真實的情況卻是詩歌邊緣化的程度正在日益加深，詩歌越來越少有人問津，作品不勝枚數和詩人層出不窮背後，是深刻而內在的沈寂，不但經典匱乏，在拳頭詩人的輸送上，也無法和 20 世紀 80 年代、90 年代抗衡。

　　這種看似矛盾的尷尬局面其實不難解釋，因為表面的「紅火」和真正意義上的創作「繁榮」在發生機理上存在著本質的區別。斷言 21 世紀詩歌熱鬧興旺，是說詩歌權力下放以後，那些曾經的詩人和並不完全具備創作能力或條件的詩歌愛好者，在短時間內創作熱情得到充分激發，從而導致詩歌創作數量陡增，每年在總數上均可以同《全唐詩》相媲美，各種詩歌活動也因之而頻繁舉辦，絡繹不絕，看點增多。而真正意義上的「繁榮」，則應該從作品的質的方面進行估衡，要有相對穩定的天才詩人代表和眾多優秀的文本作為支撐，縱覽當下詩壇，雖然歌者雲集，但令人頓感天高地闊的大詩人尚未顯影，因此只能是繁而不榮。

　　在一定程度上可以肯定，造成 21 世紀詩壇「虛假繁榮」局面出現的關鍵因素，是詩歌權力的回歸和下放；而引發詩歌權力格局發生變革的根源乃是詩歌傳播方式的變革。不難看到，如今網絡技術的成熟，已從多方面改變了

人類的生活；詩歌創作作爲人類精神文化生活的一部分，自然也概莫能外。網絡與詩歌結緣後，迅速成爲當下詩歌傳播的主要方式，傳統的紙媒刊物市場進一步被擠壓；詩歌的網絡化傳播，更讓詩歌創作生態在整體上發生了深刻的變化。詩歌創作變得越來越開放、自由，詩人們可以不再受發表門檻的限制，沒必要再迎合紙媒詩歌刊物的口味，一些在機遇轉換之後萌生的實驗性文本，也豐富了當下詩歌創作的內涵。

只是網絡帶給詩歌的影響並不僅僅是推動作用。由於網絡傳播本身的複雜性和詩歌創作的特殊性，網絡詩歌在 21 世紀呈現出了以往詩歌不曾有過的新氣象。而傳統的紙媒詩歌刊物也並沒有就此放棄「戰場」，紛紛主動調整策略，以和時代取得呼應，這就形成了以網絡傳播爲主、以紙媒詩歌刊物爲重要補充的全新詩歌傳播格局。而傳播格局的變革，也反過來從多個角度影響了詩歌創作生態乃至詩歌品質。可以說，傳播方式的變革是對 21 世紀初中國詩歌影響最深遠、最具時代特徵性的變化，它是當下詩歌其他因素發展、變化的前提和背景。

第一節　詩歌的網絡化生存與發展

中國詩歌在 21 世紀走過了坎坷的十幾年，這幾乎與網絡文學的產生和發展同步，當 1999 年的大陸讀者看到《第一次親密接觸》，開始把網絡與文學懵懵懂懂地聯繫在一起時，中國詩歌正在「盤峰論戰」的餘聲繞梁中尋找屬於「新世紀」的某種詩學可能，或許在當時不會有人想到，網絡的介入會成爲當代詩歌異於先代詩歌的本質特徵之一。

早在 20 世紀的最後幾年，就已經有關於「網絡詩歌」的論文面世，而後的諸般論述更是讓「網絡詩歌」成爲詩歌研究的焦點之一，然而時至今日，真正意義上的「網絡詩歌」概念該如何界定依然是一個問題。狹義上講，所謂的「網絡詩歌」必須是利用網絡技術手段在線創造的迥異於傳統紙媒詩歌的電子詩歌文本，超文本詩歌和多媒體詩歌是這類文本的主要代表，但這類作品數量不多，佳作更少，雖可能一時引起如潮的熱評，但尚不足以構成一種獨立的具有研究意義的詩歌類型。真正具有研究可行性、能形成創作和批評規模的其實是廣義上的「網絡詩歌」，有關這一概念闡釋的觀點頗多，有人把它看成是跟網絡有關的詩，有人認爲它是受到網絡影響而具有了某種一致

特徵的詩，也有人相信它就是這個多媒體時代裏的先鋒詩〔註1〕。筆者更願意相信這一概念首先應該從詩歌的創作和傳播場域角度考慮，這類論斷中較有代表性的是張立群將「網絡詩歌」的概念歸納爲「在網絡上創作並通過網絡發表的，可以獲得廣泛迅速閱讀與交流的網絡原創性作品」〔註2〕。這一概念強調的是「網絡詩歌」的「在線」和「原創」，比較客觀完整地劃定了廣義「網絡詩歌」的界限，但仍有不足，因爲詩歌的創作是否完全在線完成，往往無法考證；所以，凡是那些首先發表並傳播於詩歌網站、論壇和個人博客的詩歌文本都應該被納入到「網絡詩歌」的研究視野。從這一點不難發現，網絡詩歌非但不是一種新的詩歌體裁，甚至不是限定某種內容和形式特徵的詩歌類型，它是產生於網絡時代的特殊的寬泛而巨大的詩歌範疇。

多數文學愛好者或許並不知道，網絡詩歌跟網絡文學的到來其實難分先後，在 20 世紀的最後一年文學與網絡有了「第一次親密接觸」，就在同一年「界限」（http://www.limitpoem.com）作爲第一個純詩網站開啓了詩歌與網絡的聚合時代，在同樣漫長而迅速的十幾年中，網絡詩歌的變化和發展並不能完全被囊括在網絡文學的發展之內，而呈現出與新世紀詩歌自身特質相適應的諸多現象。

一、詩歌的網絡化生存

中國從來都是詩的國度，尤其在古代中國幾乎沒有任何其他文體能夠企及詩歌在文學中的地位，新詩創生以來也是群星璀璨，20 世紀 30 年代的中國新詩達到了令人讚歎不已的高度，各種流派、各種風格讓新詩迅速壯大，雖然之後因爲種種原因詩壇的百花齊放局面被中止，但卻無法阻止人們對於詩意年代的追憶。20 世紀 80 年代文學在廢墟中重建，首先發出聲音的依然是詩歌，在阿諛諂媚、虛假誇飾和個人崇拜壟斷詩壇許久之後，食指、黃翔、林子、北島、舒婷等一大批詩人把詩之精神重新喚回神州，那個年代至今仍是讓人懷念的「詩的年代」，爲一本雜誌或詩集跑上十幾里路幾乎是當年每個知識青年的必修課，諸種詩集詩作的傳抄吟誦更是先於詩歌的出版。然而在人心動盪的 80 年代末，詩歌卻漸漸失去了文學的中心位置，這其實源於整個文學在社會生活中地位的邊緣化，或許也是轉型期的陣痛之一，人們不再關心

〔註1〕　李子榮：《「網絡詩歌」辨析》，《文藝爭鳴》，2006 年第 7 期。
〔註2〕　張立群：《網絡詩歌與大眾文化特徵》，《河南社會科學》，2004 年第 1 期。

主義和政治，同時也忘了追求理想和自由，在精神上變得一無所有，詩歌換不來經濟增長也無益於五年計劃，詩人成了窮困潦倒、矯情無用的代名詞，「做一個詩人」不再是青年的理想選項。再樂觀的詩人也能明顯感受到詩歌的「邊緣化」，個中曲折說來心酸，但對於詩人們最迫切的是找到生活和精神上的出路；於是有人放棄詩歌寫其他文稿賺錢，有人乾脆下海變成商人，有人轉行到出版業做編輯。海子知道寫詩養不活自己，更知道在 20 世紀 90 年代寫詩將意味著什麼，於是他在 90 年代的門口選擇了通向天堂的「梯子」。進入 20 世紀 90 年代後詩歌漸漸被其他文體擠壓，小說的強勢崛起和散文的風靡一時都讓詩歌的生存空間不斷狹窄，這與法國文論家布呂納介的「文體抗衡論」觀點不謀而合，雖然他所下的弱勢文體最終會消亡的結論有些過於武斷，但詩歌的弱勢地位已是不可爭辯了，出版業的全面改制，使經濟利益成為最重要的出版選擇機制之一，大部分詩集無法完成這個任務，紙質媒體為了生存必須加入大批廣告和迎合大眾口味的內容，身為「孤獨的藝術」的詩歌只能退居幕後，既然詩人們無法阻止本就少得可憐的詩歌版面淪為讀者隨手翻過的無用信息區，那就必須去尋找紙媒以外的新場域和新出路。

　　從 1969 年全球網絡最初的四個節點，到 1994 年中國互聯網的正式誕生，網絡在改變世界格局和人類生活的同時，也為在紙媒時代走向邊緣的詩歌提供了新的大陸，就在各路詩人和學者在盤峰為民間和知識分子或者其他問題爭得不可開交的那一年，原本在詩歌界並不十分著名的李元勝做了一件對中國詩歌意義非凡、令人刮目的事，他主持的純詩歌網站「界限」（http://www.limitpoem.com）在 1999 年 11 月的創辦，是新詩自覺謀求網絡生存空間的標誌性事件，開啟了新詩的網絡化時代，隨之而起的眾多詩歌網站成為 21 世紀初詩歌在網絡世界的主要存續方式，更是在紙媒領域遭遇危機後詩歌棲身的最恰當的抒情場域。

　　或許是詩歌在網絡世界重建聖域的願望最為迫切，比起幾個主流文學網站，詩歌網站的出現不僅在時間上不落後，而且成熟速度極快，短時間內已經在詩歌圈內立足，在合法性等問題上並沒有遭遇到一般網絡文學所經歷過的責難，在「界限」開創不久，各種詩歌網站、論壇如雨後春筍般出現，僅截止到 2006 年就有 700 餘個〔註3〕，這些網站和論壇事實上代替紙質媒體成為了詩歌

〔註3〕 評論家李霞曾在《漢詩網站眾生榜》中做過統計（截止到 2006 年 5 月），共收集到大陸範圍內現代漢語網站論壇 798 個。

的主要陣地，每年約有 100 萬首詩作發表在上面，網上讀詩也成爲了詩歌被閱讀的基本方式之一。各詩歌網站也是各擅其長，經過長期的磨合、發展和交流，形成了一定的辦站特色和品牌策略。「界限」（http://www.limitpoem.com）起步最早，在網站版塊設置與管理機制、網刊創辦、發表平臺和交流平臺等方面具有指導意義，特別是「藏詩樓」、「詩人照」、「地域詩歌專欄」等欄目引人注目，網站還承辦了頗有影響的民間詩歌獎：「匯銀／柔剛詩歌獎」，堪稱詩歌網站中的「前輩」；2000 年「詩生活」（http://www.poemlife.com）橫空出世，近千位詩人及批評家的鼎力加盟使其擁有了極高的人氣，其欄目設置是之後大多數詩歌網站的傚仿對象，其中「詩通社」及時更新大量詩壇動態，「詩觀點文庫」收錄詩歌評論文章，還爲有影響的國內外當代漢語詩人建立「詩人專欄」，每月定期出版的《詩生活》月刊，也以穩定、專業、高效的特點爲讀者和網友所熱愛。「詩生活」不僅是詩歌網站中無可爭議的巨無霸和先行者，而且充當著各大詩歌網站、論壇鏈接點和交通站的功能，從而確立了自己的盟主地位；「中國詩歌庫」（http://www.shigeku.org/）別出新意，專心製作網絡詩歌庫，合併了許多同類網站，形成了現今規模最大、門類最齊全的網絡詩歌庫，單只中國新詩一類就收藏了 519 位詩人的 5174 首詩，是中國最大、最完整的在線現代和當代詩歌文庫，繼承了同類網站「靈石島」的良好口碑和運營模式，提供便捷的詩歌檢索服務，具有極大的文獻學價值，是每個新詩研究者和愛好者的可靠資料庫。有了這些先行者的探索，詩歌網站迎來了豐收期，秉承特色辦站的原則，又相繼出現了「女子詩報」、「一行詩網」、「翼」、「現在」、「荒誕工廠」、「磁場」、「詩家園」、「中國當代詩歌網」、「中國詩人」、「當代詩歌論壇」、「新漢詩」等一系列網站及論壇，它們不僅發表各類詩歌文本和評論文章，轉載詩壇動態和舉辦詩歌活動，更重要的是，這些網站按照某一詩學主張嚴格地篩選、發表風格相近的詩歌文本，逐漸形成了具有流派特徵的詩歌團體。這樣的例子在新詩的歷史中也比比皆是，像「七月詩派」、「現代詩派」、「他們詩派」等這樣以刊爲名的詩派自不必說，就是「新月詩派」、「朦朧詩派」這樣獨領風騷的流派也要靠《晨報副刊》、《今天》這樣優質土壤的支撐和滋養，詩歌網站就在新世紀詩歌的發展中扮演了這樣的角色：2000 年 7 月，沈浩波、朵漁等詩人提出的「下半身寫作」就是以「詩江湖」網站爲主要平臺的，馬非、尹麗川等多位 70 後詩人提出了「詩歌從肉體開始，到肉體爲止」的口號，成爲新世紀初期主要的詩歌寫作潮流之一，儘管多受非議，卻影響深遠；2004 年，「中國低詩潮」網站建

立，以「反詩性」狂歡，吹響了「崇低」的號角。一群主張審丑、還原世俗、呈現生活原生態的詩人們，憑藉自己的網站，掀起了一輪反本質、反權威、反崇高的詩歌俗化寫作；同年，「第三條道路」網站建立，這個被許多人標榜為「中國 21 世紀詩歌最大流派」的網站彙集了「知識分子寫作」和「民間寫作」之外的龐大詩人群，代表詩人有莫非、樹才、譙達摩、趙思運、羅雲鋒等，雖然這一群體內部不斷分化，穩定的詩人也有三四百人。「第三條道路」總體上秉承「獨立、多元、傳承、建設、提升」的價值及好詩主義、有著寬廣主義的精神內涵。此外，如「女子詩報」對挖掘女性詩歌的助益，「現在」作為「打工詩歌」主陣地的積極作用以及「第三極」論壇與「神性寫作」的密切關聯都是不容忽視的。這些網站的建立和有效運行，讓本來各自為戰的詩壇重新找到了集結的地標，本已在文學視野邊緣獨力苦撐的詩人們也終於獲得了集團作戰的優勢，雖然眾多所謂的流派依然只是鬆散的創作團體，但這種發展模式無疑是個重新步入正軌的必由之路。

中國詩歌網站的發展至今已有十幾年的歷史，它不但是新的詩歌理論與創作的集結地，更記錄著新世紀詩歌各流派及團體的點點滴滴，成了真正的「詩的江湖」，而眾多處於「廟堂」的官方紙質刊物和官辦協會也紛紛辦起網站，如《詩歌報》的「詩歌報」網站，中國詩歌學會的「中國詩歌論壇」，《詩選刊》的網上選稿論壇等，都有效地溝通了紙媒詩歌與網絡詩歌，使詩歌網站更成體系，並在紙媒詩歌難覓出路時承擔起了傳承詩學文化的主要責任。

如果說詩歌網站是詩歌從紙媒轉向網絡後的主陣地，那麼詩人博客就是張揚個體意識的私家花園。進入 21 世紀以來，博客成為一種不可或缺的生活方式和時尚，在詩歌界尤其明顯，似乎「開博」已是詩人必備的標籤，其原因不難理解，在長期的話語壓抑之後，抒情個人化已嬗變為顯在的寫作趨向，而相配套的個人抒情場域並不完備，博客的出現使詩人們得到了對自己作品的最終選擇權和闡釋可能，可以不必再依託於某種紙刊或者網站自由地黏貼、創作自己最為看重的作品，尤其能夠給予那些沒有被刊物或網站選中的詩作以新的生命。詩人在博客中發表的詩作，可以完全不用顧忌那些所謂的「忌諱」或不合時宜的因素，最直接、最輕鬆、最真誠地去表達和表現自我精神，真正地拋開不必要的束縛，這些詩作貴在剔除了多餘的功利性，出乎自然，「在這種『無目的』的氛圍裏，書寫者的創造力、想像力和天性獲得最

充分的敞開」〔註4〕。擁有充分創作自由的博客，事實上並非只是詩人們自娛自樂的散漫場所，許多極具社會責任感和思想厚度的詩作也是從詩人博客中被挖掘出來，在汶川地震後的第一時間，詩人朵漁即在其博客上發表《今夜，寫詩是輕浮的……》，這首後來成為地震詩代表作的作品著力反思了大災難後的人性與世界，詩人反覆捫心自問同時也拷問了整個民族的心靈，不論是思想深度和情緒韻致都高出一般的地震詩歌一籌，影響巨大。有趣的是，隨後各大網站和刊物轉載這首詩時，或多或少的都有所改動，細心品味其中的奧妙，或許能夠體會到詩歌的個人化寫作與大眾傳播間微妙複雜的對立統一關係，稱得上值得玩味的文化現象。這個典型的例子同時也說明博客對於詩歌原創性至關重要的留存作用，這在某種程度上是對詩歌本質精神的一種不自覺的堅守。值得注意的是，在自由度如此之高的博客世界中，本可以以不具名的方式出席的詩人們，在開博時或開博後不久都以實名或常用筆名現身，從表面上看這是詩人們主動放棄了部分自由權利，也有人天然地認為這是另一場名利爭奪戰的開始；但事實上，這是詩人博客不斷自律的必然結果，也是詩歌本身的自律機制使然，詩人們在完全私人化的博客中注重尊嚴和形象並不是壞事，這對網絡環境和當下詩壇都是有益的維護，詩人博客如同其他詩歌傳播載體一樣都需要遵循詩歌藝術的創作秩序，自由、個人化的寫作與嚴肅的詩歌創作規律並不矛盾，不違背網絡倫理和基本藝術準則的作品才可能真正免受權力話語的侵害，在自由的土壤中暢快地拓展詩歌的美學空間，也只有如此，詩人博客才能對詩歌的傳播起到應有的推動作用，其背後所蘊藏的無限的藝術潛能和思想魅力才有現實意義。

　　另外，形形色色的詩歌論壇則是另一個不可忽視的重要「戰場」。十餘年來的各次論戰，幾乎都有詩歌論壇的直接或間接參與，其中大部分就以詩歌論壇為主戰場。詩歌論壇本質上是各詩歌網站的延伸，以其實時交流的功能成為整個網絡詩歌領域中最熱鬧的場所，在詩歌論壇中人們可以自由的發言、評論，觀點的表達不受時空的限制，聚合力的增強也讓它比現場的研討會等場合更易形成陣營，在這裡，有人為文學走向、詩歌命運這樣的宏大問題爭論不休，也有人為團體流派、個人創作甚至是遣詞造句而唇槍舌戰，比較重要的有「沈韓之爭」、「真假非非」之爭、「中間代」命名之爭、「梨花體」之爭、「現代詩存亡」之爭、「第三條道路」的內部分化之爭、「低詩歌」冠名

〔註4〕　陳仲義：《中國前沿詩歌聚焦》，中國社會科學出版社，2009年版，第123頁。

所有權之爭、「下半身」與「垃圾派」之爭、「神性寫作」的論爭、「韓於之爭」等等，這其中有主動約戰的，有被動應戰的，可能也有心照不宣「唱雙簧」的，當代詩歌就是在這種不斷的論爭中調整、重構、尋找出路的，不論這些論爭的意義是否真的存在，如此大規模的詩學論爭至少證明了詩歌頑強的生命力和作為話題的可傳播性，作為詩歌論戰策源地的詩歌論壇可以作為瞭解當代詩歌現實狀況和派別體系的一個窗口，但對於那些無事生非的無關於詩歌本體的爭鬥鬧劇也必須加以警惕。

總之，紙媒時代的傳統詩歌正在快速地向互聯網陣地轉移，由詩歌網站、詩人博客、詩歌論壇組成的網絡傳播體系已經基本建立並能夠滿足詩歌的日常活動需求。可以說是網絡提供了詩歌被邊緣以後的生存空間，這是詩歌的不幸也是詩歌的幸運，它能更早更全面的與信息化生活接軌，如果能繼續保持良好的發展勢頭，詩歌終會走出邊緣化的窘境。

二、網絡詩歌的新氣象

按照傳統的文學理念，比如像《鏡與燈：浪漫主義文論及批評傳統》中文學四要素理論所說的那樣，世界——作家——作品——讀者和體驗、創作、接受三個過程，構成了一個完整的文學活動。艾布拉姆斯這一理論顯然沒有預見到會有如同網絡這般強有力的媒體出現並成為影響文學活動的重要因素，在他所概括的四要素之間，網絡遊刃有餘地重新連接了其中任意兩者，有人說「在四要素組成的三環結構中，現代傳媒參與了每兩個相鄰要素之間的動態工程」〔註5〕，頗有見地的揭示出網絡等新媒體對文學活動的重要影響作用，但由此把以網絡為首的現代傳媒作為文學的第五要素或許還為時尚早。筆者認為，直至目前更實際的做法，依然是從文學活動中的新現象入手研究並慎重定論，網絡究竟將在文學活動中扮演什麼角色事實上還無法蓋棺論定。縱觀當代詩歌，許多新變化都與網絡的介入密切相關：

首先，在網絡平臺的護持下，詩歌的寫作主題選擇和藝術審美取向上走向了非功利性和去政治化。自從 20 世紀 80 年代以來或是更早，那種以某種特定目的創作的功利性詩歌已經成為人們唾棄的對象，甚至被別出了詩歌的範疇。其間對一些當年所謂的「詩人」雖然應該抱有人道的同情，但諸如帶

〔註5〕 單小曦：《現代傳媒：文學活動的第五要素》，《文藝報》2007 年 3 月 30 日。

有「光輝領袖」、「萬萬歲」之類詞語和情感的詩作，確被認爲是不應該再大面積出現的。或者說，歷史主義的同情只針對集體無意識的過去，在國際潮流的正向引導下，詩歌理應是所有保持清醒的文明活動中最清醒的那一個。新時期以來的詩人們無疑都意識到了這一點；然而大環境的限制讓詩歌創作在主題和精神上依然受縛，這對於久經磨難的中國新詩來說自然算不上水深火熱，可「假裝蒙昧的清醒」總是讓人氣悶的。幸運的是，網絡詩歌的出現和迅速崛起讓整件事情有了好轉。眞正有藝術水平和精神力量的詩人們，再也不必看著《新聞聯播》或是《參考消息》的臉色寫作，從賦予自由權利的層面上看，詩歌網站的出現爲網絡詩歌創作自由提供了法理依據，詩人博客的興起則爲自由創作提供了更切實的保障，在「發表」這一最低層次的功利性目的都不再重要以後，詩人可以選擇不爲任何東西寫作，這或許沒有爲了政治正確和教化民眾來的那樣千篇一律的「高尚」，但藝術主題的自主起碼在藝術倫理上達到了高尚的境界。「寫什麼」已經不再被規定，甚至不是「半命題」，詩歌創作的主題如此自由恐怕在整個中國詩歌史上也不多見，於是我們可以看到沈浩波的《一把好乳》這樣的詩作，且不論情感格調的雅俗，全詩確實傳達了詩人的眞實所想，最後一句「別看你的女兒／現在一臉天眞無邪／長大以後／肯定也是／一把好乳」，也在庸俗俚語中蘊含了人生的某種悲涼感，正是話糙理不糙，強烈的畫面感優劣難辨但確實讓人印象深刻，只是之後的一些闡釋和論證讓讀者們忘記了讀到此詩的最初感受。像這樣的作品還有很多，它們難說有什麼特定的主題或是寫作目的，卻能從字裏行間袒露詩人內心所想和寫作動機，形成了「無主題的眞話」，雖然無法在思想性上尋求高度，卻能還原生活體驗，反觀荒誕的現代中國史就能體會到它在還原「眞實」這條戰線上矯枉過正也並不過分。去功利化和去政治化的任務基本完成後，詩人們自然學會了闡發和實踐個性化的創作理念，追求與眾不同的詩歌體驗，博客作爲「最後的發表園地」，更助長了詩人個體意識的張揚，而隨著這種趨向的不斷深化，非議和不解也就相伴產生，於是又導致新的口誅筆伐與反唇相譏。其實，這些問題大可冷靜地看待，就算永遠無法達成共識和統一的藝術標準也無所謂，至少我們還做成了一件事——在詩歌創作中較爲徹底地去除了僵化文明和專制文化的流毒，尋找到了一塊自由寫詩的園地，這也許就是黃翔當初把他的《火神交響曲》貼上街頭的目的，也許就是我們這個時代關於詩歌理應達成的「共識」，從這一點看生活在這個時代的我們和那

些有益與無益的詩歌爭論都是幸運的，能得到這樣的機會就應該感謝網絡。

其次，網絡爲現實主義詩歌的「及物寫作」傾向提供了廣闊快速的平臺和自動篩選並具有行動力的受眾。「及物寫作」的概念在 20 世紀 90 年代成爲詩歌界重點討論的問題，在這種寫作風氣的薰染下，「拒斥寬泛的抒情和宏觀敘事，將視點投向以往被視爲『素材』的日常瑣屑的經驗，在形而下的物象和表象中挖掘被遮蔽的詩意。」〔註6〕出現了一批介入、處理具體的人事和當下的生存，捕捉俗世生活的詩意的佳作，如侯馬的《種豬走在鄉間路上》、唐丹紅的《看不見的玫瑰的袖子拭拂著玻璃窗》、賈薇的《咳嗽》、楊克的《在東莞遇見一小塊稻田》、馬永波的《電影院》等。然而這種創作傾向雖然破除了「宏大題材」一統天下的格局，卻過多地沉湎於自我在面對「事物」時的「個人化」的體驗，一定程度地拒絕了詩歌寫作的「倫理」存在，迴避了社會良心和人類的共同理想，即日常性詩歌注重個人內心複雜感受的同時，忽略了需要「關注」的人和事。這一時段的詩歌創作實際上迷失在了「社會性」與「獨立性」的二元選擇中，進入 21 世紀以來這種現象得到改觀，在保持詩歌的獨立性、自足性的同時，詩歌視域變得廓大，既保持了與社會的平等對話，又延伸了「世俗批判」意識。詩歌的社會內容有較大幅度的增加，「底層詩歌」、「打工詩歌」、「災難詩歌」、「詩歌倫理關懷」等概念的提出顯示了詩歌與社會關係的改善。在這一過程中間，網絡雖然沒有起到直接引導的作用，但卻搭建了快速連接詩歌與社會的橋樑，公眾事件會通過網絡第一時間成爲詩人關注的焦點，詩人從而做出反應並在第一時間通過網絡反饋於公眾，最明顯的例子就是中島、韋白、啞石、林雪等一大批詩人在汶川地震後掀起的「地震詩歌」運動，這些詩歌的創作根本等不及刊物的發表，詩人有在第一時間發出聲音承擔社會責任的強烈願望，網絡恰好能滿足這一要求，在事後結集出版前，大部分佳作已經在網上流傳甚久並引起強烈反響，如韋白的《躺在廢墟中的孩子們》、啞石的《日記片段：成都》、中島的《孩子》等作品，表達對地震死難者特別是死難兒童的深痛哀悼，被網友們紛紛轉載以寄託哀思。值得一提的是林雪的《請允許我唱一首破碎的苕西》和朵漁的《今夜，寫詩是輕浮的》等作品，它們都充滿對生者自身的反省，對道義感羸弱的懷疑、對「救世情懷」的空指與氾濫的控訴，對社會良知缺失的憤怒，當然也

〔註6〕 羅振亞：《朦朧詩後先鋒詩歌研究》，中國社會科學出版社，2005 年版，第176頁。

不乏詩人出於對「活著」真誠的感恩之情的表達。特別是朵漁在詩中反覆地追問和反思「今夜，我必定也是／輕浮的，當我寫下／悲傷、眼淚、屍體、血，卻寫不出／巨石、大地、團結和暴怒！／當我寫下語言，卻寫不出深深地沉默。／今夜，人類的沉痛裏／有輕浮的淚，悲哀中有輕浮的甜／今夜，天下寫詩的人是輕浮的／輕浮如劊子手，／輕浮如刀筆吏。」這幾乎沉默了整個中國詩壇的詩句，在互聯網上迅速的傳播，甚至引起了不容忽視的一股反思情緒，眾多網友的支持和呼應遠比刊物和詩集引起的反響要快得多，朵漁在 5 月 12 日地震當日晚寫出此詩草稿，一經張貼，幾乎每個看到的網友都會轉載，所以作品在進入集結出版序列之前就已經成為公認的代表作品，而後更成為難得的具有經典意義的文本。網絡對於現實主義詩歌的影響也不僅僅在「時效性」和「傳播力」上，更體現在其「包容力」上，著名打工詩人鄭小瓊的創作和成名就是例證。如果沒有網絡，就不存在打工詩歌的原始傳播媒介，可以說是網絡讓打工者有了身兼詩人職責的可能，那種指望官辦刊物或是民刊主動去尋找打工詩歌的想法是不切實際的，因為專職的詩人們已經基本佔據了發表版面，是網絡的無限空間才使發表詩歌不受版面和作者身份的限制，打工詩歌才有了浮出地表的機遇；加之打工詩人的特殊身份和其作品的特殊意味，才使打工詩歌在網絡上迅速傳播，形成規模效應，從而引起了公眾關注，成為一股不可忽視的詩歌力量。同時，通過網絡打工者們可以超越地域和工作時間的限制，連接成一個整體，為打工詩歌進一步介入打工者的生活起到助推作用，近來影響頗大的《女工記》就是鄭小瓊通過網絡聯繫等渠道搜集、整理並記敘下 100 位女工的打工生活，寫成一百首詩，有著文學與社會學的雙重價值。總之，在網絡的助推下，當代詩歌正在保證創作自主性的前提下逐步擺脫過分瑣碎、過度私語的泥淖，重新覓回了詩歌應該抱有的社會責任感，形成一股「新及物寫作」的潮流。

再次，網絡通過改變人類日常的交流方式，一定程度上引導了詩歌語言的發展方向。著名哲學家維特根斯坦早在 1938 年就表示：當我們進入一個新領域時，語言就會要些新花樣，不斷給我們驚喜。互聯網系統是個足夠新的領域，事實也正如這位大哲學家總結的那樣，整個人類的語言系統都在因網絡而改變著，詩歌作為最精粹的高難度語言藝術，也就必須又一次面臨巨變，就像口耳相傳的傳播方式要求詩經朗朗上口、易於記誦，印刷術的出現和文字的精英化要求唐詩宋詞整句工言、典雅和韻一樣，網絡作為以瞬間信息交

流爲基礎的傳播媒介，要求詩歌語言的日常口語化，一切詰屈聲牙的字句都無法被讀者瞬間把握，以致於造成意義傳達的失靈。在大多數的網絡詩歌文本中，充斥著的都是一種平淡、隨意、冷漠的口語組合甚至是「口水」的氾濫。這種口語化傾向雖然在一定程度上降低了詩歌的文學性，但卻增強了詩歌的包容性，詩歌語言的口語化讓對日常經驗和物質訴求的表達成爲顯在的可能，並充滿現場感，大部分口語詩歌就是對日常生活片段的複製，從而使讀者的「期待視野」與文本結構發生對應性關係，詩歌的閱讀與鑒賞也因此而變得順利起來。如溫青的一首短詩《喝過》：「一個男人，一瓶酒／是白的／也是啤的／就看對飲的人姓啥／喝過就是喝過／沒有男人，沒有女人／只有酒／甚至沒有顏色。」全詩通俗易懂，基本就是由日常用語組成，甚至還帶有方言俗語，蘊含的思考卻是值得玩味的。詩歌語言的口語化也直接導致了詩歌語言具有了戲謔和幽默的特徵，給讀者以輕鬆快樂的閱讀體驗，其本質是詩人通過對詩歌語言的嚴肅性和神聖性的解構來尋求創作上的快感。這種傳統自古有之，不少反諷詩、幽默詩均可謂經典佳作；但網絡化後的戲謔和幽默似乎變得更加順理成章，詩人在戲謔的口吻背後究竟有沒有一顆嚴肅的心變得難以釐定，或者這種文本本身就存在多義性的闡釋可能。

最後，網絡技術和交流平臺催生出了超文本詩歌、多媒體詩歌，造就了具有實驗性和超越性的詩歌存在新方式。這類詩歌借助聲音、影像、動畫、超級鏈接、對話框等幾乎一切紙媒以外的傳播媒介，利用電腦編程技術將各種本來自成體系的傳播方式或藝術形式凝聚起來，形成超越文本的信息集團。這類詩歌在臺灣發展較早，也稱爲「數位詩」，這些詩歌集聽覺、視覺甚至觸覺於一身，兼具多媒體性、多向性和互動性。在網站「中國網絡詩歌」（http://www.zgwlsg.com）上，有專門的「音畫詩」欄目，這是多媒體詩歌比較系統的創作和搜集平臺，其中的一些詩作如《蒙古長調沉醉的草原》、《高山流水在琴聲》、《走在家鄉的大地上》、《點絳唇‧致別夢依雲》、《沉默的弧度》等，皆來自於網友的自主創作，製作相對精良，雖然跟起步更早的臺灣「數位詩」佳作《金龍禪寺》（洛夫）、《用腳思想》（商禽）、《黃昏留入目中》（辛郁）等比較還顯稚嫩，卻屬於可貴的實驗性文本。但從總體而言，超文本詩歌和多媒體詩歌在新世紀中國詩歌的範疇中還只是滄海一粟，以目前的規模和創作水平看尚難成氣候，與用傳統方式寫作的詩歌尚無可比性。

三、網絡傳播的負面影響

詩歌與網絡結緣的二十年時光匆匆而又充實，無論是詩人還是研究者都對網絡的作用感佩不已，這幾乎成了網絡詩歌的定論，2009 年底，《界限：中國網絡詩歌運動十年精選》出版，在序言中李元勝說：「十年之後，當我們回顧潮起潮落的網絡詩歌運動，才發現它其實呈現出了截然不同的一面，更積極的一面。可以毫不誇張地說，它徹底改變了中國當代詩歌的格局。」〔註7〕韓東、于堅等重要的詩人也紛紛肯定了網絡的巨大作用。誠然，網絡在當代詩歌最危急的時候曾經伸出了援手，而且一直攙扶了近二十年；但從某種程度上說，網絡也綁定了新世紀詩歌，在網絡笑容可掬的背後藏著可怕的「潘多拉之盒」，它一旦開啟就會把詩歌帶入又一個困境，所以過分依賴於網絡的新世紀詩歌必須警惕以下幾個問題：

第一，網絡世界的倫理缺失可能會對詩歌造成負面影響。網絡世界在自由開放的同時也有魚龍混雜的弊端，由於沒有話語門欄，任何人在任何時候只要有一臺電腦連接網絡就可以暢所欲言，這就難以避免地造成正常倫理在網絡世界的間歇性失效，助長低俗、暴力甚至是罪惡的滋生，在水平參差不齊的網絡詩歌的另一端，很可能隱藏著為數不少的別有用心者，他們樂於挑起事端，散播謠言，以達到不可告人的骯髒目的，這就在很大程度上影響了網絡詩壇的純潔性。雖然詩歌本身並不是白紙一張，純淨無邪，但負面的創作會拉低當代詩歌創作的整體水平，個別醃臢的詩歌更會毀掉詩的形象，比如「下半身寫作」、「中國低詩潮」中的某些劣質作品，非但沒有直面生活本質的優良質素，甚至惡意地侮辱人性和詩歌精神，這類作品必將被真正意義上的詩歌拒之門外。特別是網絡因為管理難度過大，不能進行及時的清理，久而久之，它們的禍患更不可小視。詩歌倫理雖然不一定要具有多麼崇高的標準，但至少不能低於日常生活中的常規倫理，藝術創作的包容性也必須有合情、合理、合法的界限，那些「非詩」、「偽詩」必須加以遏制和批判，對刻意擾亂網絡創作秩序的渣滓更要毫不姑息地加以清理，從而保持住網絡詩歌的積極發展方向。

第二，網絡詩歌中較為普遍的大眾化複製和機械化重複傾向，會阻止經典文本的產生，甚至最終導致新世紀詩歌創作的乏善可陳。雖然網絡在個人

〔註7〕 李元勝：《界限：中國網絡詩歌運動十年精選》，重慶大學出版社，2010 年版，
　　　　第 1 頁。

化寫作的潮流中功不可沒，但仍有一大部分詩人要麼笨拙地模仿他人，要麼機械地重複自己，在缺少競爭出版機制之後，缺乏藝術創作的激情與靈感，對自我超越有心無力，甚至沉溺於自我營造的歡呼聲中樂不思蜀。爲數寥寥的優秀作品，夾雜在這些濫竽充數的無病呻吟之中，極大地增加了發掘好詩的難度，大量缺少新意、匱乏眞知的作品也很難留住本就日漸縮水的讀者群。回顧新世紀以來的詩歌創作，經典篇章可謂少之又少，有品位、有力量、有情懷的作品更是難得一見，相比前代，在詩歌創作理論方面確有相當的深化和發展，但眞正能與前代經典相比的果實並不豐厚，這不得不讓人惋惜和思考。要改變這種局面首先要求詩人必須不斷追求新的自我，追求筆觸的擴張，同時虛心接受批評界的積極建議和意見，揚長避短，改善創作態勢。其次要求批評者們構建合理的詩歌準則和評價機制，杜絕濫竽充數的吹捧和不負責任的謾罵，讓詩歌評論更加專業化、規範化，以適應網絡時代的要求。

第三，通過網絡，詩歌界內交流越發便捷，網絡詩歌論爭與批評數量增多，規模增大，但成熟度較低，仍處於哺乳期〔註8〕，很多論爭與批評並非眞正的有話要說，而只是流於不加檢點的放縱、強暴、嬉戲和惡搞，這些都暴露出主體人格的缺陷和低層次的話語結構，不容掉以輕心。詩學論爭自古有之，對於詩歌創作也有珍貴的進補；但是網絡上的詩歌論爭與批評和紙媒上的詩歌批評、論戰尚不可同日而語，網絡詩歌論爭已經基本涉及到詩歌創作的方方面面，但始終未能劃定令各方信服的準則，且敵對性、幫派性強烈，一些浮於表面的論爭更是下移到人身攻擊的層面，除了幾番熱鬧，並未給新世紀詩歌留下什麼可供參考的資源，幾乎無益於網絡詩歌的發展和建設，拉幫結派卻難成流派的窘境，也導致了許多不健康因素的生成。

第四，各類新奇的網絡詩歌事件讓網絡詩壇乃至當下詩壇都熱鬧非凡，似乎沒有故事或事故發生的詩壇是不正常的，今天微博采詩，明日長詩接龍，各種獎項、發佈會、研討會層出不窮，然而這一切都難掩詩歌依然堪憂的前景，面對其他文體尤其是網絡小說在網絡上形成產業鏈的現狀，同樣無法逃避消費文明的詩歌也必須尋找到適合自身特點的前進方向，而不是原地踏步，除了激起層層塵煙之外無可圈點。

「詩歌在網上」的說法早已有之，現在看來對之似乎應該有所調整，因

〔註 8〕 陳仲義：《新「羅馬鬥獸場」——十年網絡詩歌論爭縮略》，《文藝爭鳴》，2009
　　　　年 12 期。

為詩歌不僅在網上生存和發表，而且詩歌已經內在地具有了某些網絡化特徵。所以，這裡套用一個時髦的網絡詞彙「雲端」，網絡早就不僅僅是一個平臺，它更是一種機制，在「雲端」我們不僅能夠存儲詩歌，更能創建新的詩學。

第二節　紙媒詩歌刊物的蛻變與實驗

在「詩人」還是一個光鮮標籤的 20 世紀 80 年代，一本載有朦朧詩的刊物甚至能夠挽救一對青年人的愛情。而判斷一個詩歌創作者能否在成千上萬的「文學青年」中尊享「詩人」美譽的重要標準，就是其在文學刊物上發表詩作和被官方選集選入的數量和頻率，因此詩歌刊物或文學刊物中的詩歌板塊自然成了眾多詩人的天堂樂土。那時，紙媒詩歌刊物在整個詩歌傳播過程中佔據著絕對的壟斷地位，它就如橫亙在詩人與繆斯燈塔之間的巨人，不登上他的肩膀，就無法沐浴到高雅藝術的真正光輝。然而，隨著時間的推移，詩歌作品的傳播媒介發生了翻天覆地的變化，紙媒詩歌的命運也隨之開始經歷不斷的升降浮沉。

一、傳統詩歌刊物的艱難處境

幾個小小的、能疏放被理性擠壓的個人情感的刊物版塊，讓剛從詩性爆發時代走出的人們趨之若鶩，那種對於文學的疑似政治情感後遺症的狂熱，是今天的同行們無法理解和模仿的。正因為幾乎掌握了「詩人」稱號的實際授予大權，詩歌刊物在長時間內扮演著詩壇「欽差大臣」的戲份，有了《詩刊》、《星星》、《詩林》等刊物的引導，詩歌的風向也就不再那麼難以捉摸，那些因應和刊物導引而為人景仰的詩人雖然路途艱辛，但目標確定、方向清晰，便捷而安全。其中，愛情詩甚至一些政治抒情詩的逐步解禁，則讓詩歌刊物在作品來源方面愈發廣博，在整個 80 年代都體現為引領風向和推陳出新的光輝形象。直到 90 年代，隨著詩人會被「餓死」的「真相」人盡皆知，文學本身已經掉落神壇，純文學刊物的生存空間在「大眾化」、「時尚」、「消費主義」等因素的輪番轟炸之下日趨狹窄，詩歌刊物不得不從「金字塔」尖上退下來，開始準備在經費和稿費的泥淖中尋找尚能立足的一方「淨土」。進入 21 世紀以後，隨著網絡詩歌的興起以及諸多網絡論壇、網站的強勢介入，詩歌刊物本來已經岌岌可危的處境變得更加艱難。

　　首先，最嚴重的困難來自經濟層面。現代人實不該把所有讓人遺憾的事情都算在市場經濟的賬上，因爲市場經濟從根源上引導中國人進入了「現代」生活範疇，物質層面的變化固然十分明顯，精神層面的改變也不是無跡可尋。在市場經濟運作最爲有效的近二十年，無論是人們接收的信息或孕育的理想，比起 80 年代都稱得上是面目全非，這種變化並非是「一邊倒」的腐化；但不可否認的是，利益、得失、成本核算成了人們思想活動的構成核心之後，不少人爲了先富起來，即把與經濟不相關的東西先放在一邊甚或是乾脆拋棄了。令人扼腕的是，在這裡文學特別是詩歌成了第一批「受害者」。如果說「詩人」的稱呼在一夜之間褪去了尊敬的成色還能被勉強接受的話，那麼在 90 年代至今的一系列文學作品中，「詩人」形象被普遍與「僞君子」、「精神病患者」相等同就不能不讓人難過了。置身於這樣的時代，即便是再熱愛詩歌的人，也必須痛苦地承認詩歌乃至文學的落敗，儘管他們內心深處極度不情願，他們清楚，作爲上層建築的一部分，詩歌是無法在「求富」階段與經濟基礎相提並論的，在市場經濟面前除了讓路別無他法，因爲沒有人會在吃不起豬肉的情況下整天思考情感問題和哲學問題。對於當時的詩歌刊物而言，最直接的結果就是在它們還不甚明瞭「市場」是什麼的時候，就已經失去了「市場」。相比於流行音樂、的士高舞廳、電子遊戲機，文學能夠給整日奔波的人們帶來的放鬆和歡愉似乎來得太慢，而詩歌往往更由於難懂和沉重，首先被原來的讀者所放棄，於是在街上很少再見到少年手拿「詩刊」行走的景觀了，即便遇到不合時宜地拿著有關文學刊物者，或許拿的也只能是《青年文摘》或《最小說》；於是乎那些關於詩的文字只好躲到圖書館的角落和研究者的書架。也就是說，在幾乎所有事物都一股腦兒地追求「大眾化」的時候，詩歌刊物卻成了不折不扣的「小眾」產品，很難再有人爲了讀詩去掏腰包了。但是，時至 21 世紀後，出於多種因素的聚合效應，詩歌卻又一次「火」起來，眾多詩人團體、詩歌活動、詩歌獎項層出不窮，雖然這一切並不能夠標示一個健康的詩歌生態已經形成，但「熱鬧」總歸要好過無人問津。可惜這種熱鬧又往往來自網絡詩歌，詩歌刊物的「市場」越來越狹小了，解決辦刊經費和作者稿費已經成爲它們最現實也最棘手的問題。

　　其次，詩歌刊物作爲 20 世紀詩歌的最主要傳播媒介，在世紀之交後的十幾年間，其時效性已經很難跟上時代的節奏。博客和微博的出現對詩歌創作事實上有很大意義，但對於詩歌刊物他們擺出的卻是另一副臉孔，越來越多

的詩人傾向於把自己的博客或其他自媒體平臺作為作品的首發平臺，即便是一些還在上學的詩歌愛好者，也會首先把自己的習作發佈在博客上與筆友們分享，這讓詩歌刊物原有「創作平臺」的功能基本喪失。相比於網絡上直接迅速的即時評論系統，詩歌刊物在讀者與作者互動層面的那些「古典而笨拙」的努力已經快要淪為笑柄，它只能靠少數批評家偶而為之的對發表過的詩作做一番並不及時的「時評」；並且其中約稿、等稿、組稿的過程更是十分艱辛，雖然它在質量上會遠高於網路平臺上那些不負責任的評論、吹捧甚或謾罵，但幾個月的積累和等待恐怕早已耗掉了讀者的耐心，把詩作壓在手裏與評論文章一起發表，也只是「拆東牆補西牆」的無奈之舉。

最後，詩人群體的分散讓詩歌刊物措手不及。和詩人「扎堆」的 80 年代詩壇不同，新世紀的詩人不再是成群出現的整體，甚至一些優秀詩歌寫作者不再承認自己是詩人，部分老一輩的優秀詩人也漸漸淡出詩歌創作，新人新作又沒有及時跟上，在「盤峰論戰」之後，知識分子和民間創作之間又顯得壁壘分明，這些都讓詩歌刊物的編輯們在本已減少的優秀作品中更加難以取捨、諸多顧忌。「小圈子」文化在詩歌刊物上的顯現也逐漸明顯，這與新詩剛剛產生時不同流派各有創作陣地的情況並不相同，而是夾雜了更多詩歌以外的因素，這或許在短時間內熟絡了某些關係和情感，甚至造就了詩壇的幾番「熱鬧」，但卻漸漸地失去了高質量的詩歌創作群體，詩歌刊物的公正性也開始遭受非議。總之，諸多的現實困境與網絡詩歌新力量的加入，讓傳統紙媒刊物在世紀之交的處境和前景頗不景氣。

二、辦刊策略的轉變

「新世紀」不是萬能的，這三個字不會理所當然地改變所有事物，但已經發生和正在進行的變化卻是不容忽視也無法逆轉的，這些變化的發生或許遠遠早於「2000」這個年頭，但其影響卻需要這個時代來承擔。

在洶湧的信息浪潮和爆棚的物質文明進化的雙重衝擊下，文學的節奏驟然變快，而本來就以快節奏著稱的詩歌，則要經受更嚴苛的極速考驗，無論是五分鐘就能完成的撰詞、分行和配圖的空間日志，或是七十字的嬉笑怒罵皆成文章的自媒體微博，從文字到詞語，從意義到情感，無限的便捷帶來更傾向於愉悅的文學體驗同時，也帶來了囫圇吞棗式的消化不良，詩歌當然不能例外。消費主義隨著商業文明的文化統治，引發出更為細化和深刻的物質

需求增長點，與之伴生的精神層面的滯後，成為中國社會的隱憂，文學逡巡於對抗商業文明與順應消費主義之間，總是以為自身充滿力量的詩歌，在真金白銀面前無法避免的「被發生關係」，高高在上的詩人們不得不為買泡麵和香煙的錢擔憂，作為詩歌最主要甚至是唯一的傳播途徑的詩歌刊物，也不可能無限度地提供「補給支持」，撥款只能應付日常的開銷以及跟節節攀升的物價相比少得可憐的作者稿費和編輯薪酬，遺憾的是，這些杯水車薪的投入和產出對於振興「詩歌產業」的幫助微乎其微，於是幾個規模較大的刊物幾乎不約而同地決定：詩歌也要「求變」。

最明顯的變化首先體現在刊制的改變。進入 21 世紀後，各種老牌詩歌刊物相繼都把刊制調整為半月刊，形成了一種特殊的「下半月刊」現象。這中間，詩歌界資格最老、最具權威性的《詩刊》非常典型。它一直秉承「刊載詩歌作品，繁榮詩歌創作」的辦刊宗旨，推出大量新人，如林的名篇佳作，為詩歌發展做出過巨大貢獻；但其多年來沉穩、嚴肅，一成不變的選稿宗旨和嚴格的辦刊方略，也給人造成拒人於千里之外的觀感，這在包容性漸強的大環境下無疑有些不合時宜，甚至影響了刊物的受眾面。2002 年，為了增加讀者數量，同時也為尋找新鮮血液，《詩刊》由月刊改制為半月刊。原有的《詩刊》作為上半月刊，主要刊發名家力作，展示當下詩歌動態，進行詩歌理論爭鳴，基本保留了刊物原有的內容、風貌和品質。增設的下半月刊主要刊發具有探索性的青年詩人和詩壇新人的作品，在僅僅改制一年以後，《詩刊》就多發表詩歌 2000 餘首，推出青年新人 600 餘位，極大地拓展了稿源範圍，使選材標準更符合時代精神，對受眾面的擴大也有一定的幫助。但《詩刊》的下半月刊改制也有其負面的效應：其一，雖然《詩刊》本身嚴守多年來的辦刊傳統，作風依然嚴謹務實，但一些盲目仿傚、「學習」的刊物就很難在「下半月刊」中保證刊發作品的質量了，刊稿數量的成倍增加必然影響到編輯團隊的工作質量，下半月刊的增設使越來越多的「人情稿」、「關係稿」進入刊物，「版面費」的出現更是直接把刊物質量讓渡於經濟效益，甚至一些刊物的「下半月刊」已經在運營上不受主刊的管轄，變身為「造幣機器」，從中能夠得到直接經濟效益的傳統詩歌刊物也就睜一眼閉一眼，默許某些下半月刊「胡作非為」了。其二，一些底子薄、根基淺的小型刊物剛剛因為某些亮點吸引了小部分受眾，但盲目的增設下半月刊擴大規模，不僅沒能帶來效益，更失去了「船小好調頭」的機動性優勢，逐漸淪為「拿錢排稿」的「娼妓型」刊

物,「明碼標價」倒也「公平合理」。《詩刊》增設下半月刊是基於其自身特點做出的正確決策,甚至可以說在快節奏的當下《詩刊》為詩壇提供了新的增長點和生命力,但這種模式卻是難以照搬的,在「潛規則」和經濟效益的引誘下,能夠主動且真的有能力嚴守質量關的刊物可謂是鳳毛麟角,多數刊物在「下半月刊」的風潮之下,或是無奈或是竊喜地失去了應有的水準與操守,雖然沒有出現象《灕江》改版成《中外煙酒茶》這種令人痛心的極端案例,但一些刊物的短視和盲從依然消耗了刊物的長遠影響力,最終失去了本就不多的讀者。

在眾多增設下半月刊的文學刊物中,《星星》是一個獨特的存在。同樣是在 2002 年,《星星》推出下半月刊,幾年間都已發表優秀的網絡詩歌為主,第一時間找準了刊物改革的方向,其刊發和介紹的眾多網絡詩歌作品和詩人也都不同程度地受到了關注。2007 年《星星》下半月刊迎來重要轉折,成為當下詩壇唯一的專門詩歌理論與批評月刊,這是雜誌社在經濟壓力有所緩解的前提下,根據當下詩歌發展規律的要求所下的一步妙棋,《星星》下半月刊從此成為當下詩壇最集中、最前沿的理論研究與詩歌批評陣地,與上半月刊的原創詩歌交相呼應,成為詩歌界乃至整個文學類刊物中運營最成功的範例之一,這次極具代表性的刊制改革讓《星星》有更廣闊的空間進行詩歌理論的研究與批評,其創作和理論並重的辦刊理念也對其他同類期刊具有相當大的啓發,它讓這個 1957 年就創刊的老牌詩歌刊物煥發了新的青春,走出了一條既符合文學內在發展規律又切實可行的新道路,這既是《星星》一貫的開放姿態所致,更得力於主編梁平與編輯團隊對於文壇新形勢的精準把握。近年來,《星星》進一步改革為一月三刊,上旬刊依然主打原創詩歌,中旬刊為詩歌理論,下旬刊著重推出散文詩,使刊物的結構更加立體化,更具包容性,成為詩歌刊物改革風潮中的翹楚。《星星》將下半月刊改製成為理論專刊的做法,可以說是一種「改革的改革」,不僅刊物在內容上更加豐富,而且把刊物整體思想深度提高了一個層次,成為了真正意義上的全面的「詩刊」。

「下半月刊現象」作為一個獨特的詩歌現象,其實是非常複雜的,不能用積極或消極的二元思維去概括和理解,不同詩歌刊物改制之後的不同結局也恰恰說明了這一點,增設下半月刊的首要目的當然是增加刊幅和內容厚度,從而贏得更多受眾,可諸多詩歌刊物各有其特點,開辦下半月刊也不是

提高競爭力的「靈丹妙藥」。但不論這些改變是否達到預期或者說贏得良好的口碑，都是傳統紙媒詩歌在新媒體時代尋找出路的勇敢嘗試，也是傳統媒體在轉型期所必須經歷的蛻變過程。

另一個較爲有效的改革方向就是對刊物欄目的調整和增減。判斷一種文學刊物水準高下的最直觀標準，除了作品的質量就要屬欄目的設置了，欄目設置的優劣能直觀地體現刊物的審美趣味和思想導向，是編輯團隊能力的直接體現。進入 21 世紀以來，詩歌刊物欄目設置一個最明顯的變化，就是對詩壇新人和網絡詩歌的逐步重視，其中《詩刊》的「新星四人行」、「博客詩選」、「每期頭條」，《星星》的「世紀詩心與文本內外」、「跨世紀星座」、「新秀 T 型臺」、「每月詩星」，《詩選刊》的「網絡詩選」、「特別推薦」，《詩歌月刊》的「先鋒時刻」等等，不勝枚舉，還有幾乎每種詩歌刊物都會有的「原創詩歌」一類的欄目，都是意在推出詩壇新人，呼喚創作創新的欄目設置。諸多詩歌刊物這種開放、前衛、先鋒的姿態是十分顯豁的，這也折射出在新媒體時代詩歌刊物急於求新、求變的整體心態。這些欄目在客觀上確實使詩歌刊物更具包容、開放的品質，放眼未來的辦刊導向也確實讓很多詩壇新人嶄露頭角；但一些刊物片面追求新人新作，忽視了刊物的經典性，更有甚者不負責任地將「新人展臺」作爲換取「人情」與金錢的交易市場，使欄目改革局部變質，則留下了不小的教訓。

還有一種較爲有效的欄目改革就是專刊、專號的大規模應用。就如同當年《上海文學》力舉「尋根文學」、《收穫》對先鋒文學持續關注、《鍾山》不遺餘力地把「新寫實小說」推向高潮一樣，「概念開掘」也是詩歌刊物改版的最重要手段，一時間諸如「70 後詩歌」、「80 後詩歌」、「打工詩歌」、「地域詩歌」、「新紅顏寫作」、「跨文體詩歌」、「兒童詩」等概念，在各詩歌刊物的大力推動下成爲整個詩壇的關注焦點。然而詩歌刊物「熱炒」概念的做法，並非一味地進行「概念轟炸」以吸引眼球，這其實也是傳統紙媒詩歌刊物尋找新定位的一種可貴嘗試。因爲「刊物只有揚棄泛化模糊的讀者定位，重新選擇，瞄準某一特定的讀者階層，才能在市場競爭中獲勝。期刊的讀者定位，應該通過欄目的策劃，體現這樣一種傾向，即面向某一讀者群體的某一個或幾個方面，這樣才有較強的針對性，並體現出個性特色」〔註9〕。根據正在流行的概念編輯相應的專欄，自然是最穩妥和常用的辦法，但這種長期專欄雖

〔註9〕 張平：《與時俱進是文學期刊的生命所在》，《飛天》，2002 年第 7 期。

然能夠獲得「長效價值」，卻難以堅持，見效速度慢，可以作為刊物的特色欄目循序漸進；而以「專號」或「專輯」的形式對某個特殊問題（如 5・12 汶川地震詩歌專號），或是某個特定群體（如女性詩人）進行集中關注，可以形成一種短時間內詩歌閱讀的「轟動效應」，與現實問題的接觸更加緊密，便於形成基於某個特定群體或問題「短期強效」的創作和研究熱潮。這種長期效應與短期效應相結合的發刊模式，不失為兩全其美的辦法，事實上很多專號、專刊因為精良的製作和編輯的慧眼識珠，不僅在當時當地引起轟動，更有克服局限成為經典專刊者，比如《詩刊》先後推出「女詩人作品輯」、「女詩人作品選」、「新世紀十佳女詩人專欄」等專欄或專刊，成為研究當下女性詩歌創作的珍貴資料；《星星》聯合《南方都市報》和新浪網共同推出的「甲申風暴・21 世紀中國詩歌大展」，從個人、網絡、流派、民刊等多個角度較為全面地呈現當下詩歌生態與風貌；《詩選刊》相繼出品的「中國民間詩歌專號」、「中國女詩人作品專號」等專號期刊，也都是相關領域的重要文獻。這些專刊專號的存在，極大地方便了閱讀者與研究者，使他們幾乎省去了從泥沙俱下的駁雜「詩堆」中苦苦尋找精品的痛苦過程，但也帶來了相應的問題：一方面，詩歌刊物作為專刊篩選作品的主體，很難兼顧全面與先鋒性，一些相關題材的作品因為各種非藝術的原因被忽視，而專刊的便捷和令人難以產生懷疑的公正態度，更讓那些被「埋沒」的作品和詩人難以再被尋回。另一方面，專刊的製作雖然並非為了生產「概念」，客觀上卻在短時間內生產了過多的詩學概念，這些「概念」有些已經在研究界和創作界達成共識，更多的並沒有被普遍接受，一些所謂「概念」或「命名」更像是一種強制的「貼標籤」活動，這些「概念」多是含混不清、難以界定，造成了許多不必要的麻煩。比如「中年寫作」、「中生代」、「中間代」與「60 後寫作」這四個相近的命名，其實大同小異，中間的很多詩人和作品是完全重合的，然而「概念」的提出者們基於不同的目的和各自的視角，跑馬圈地般地劃定概念和界限，使這些概念區分起來十分困難，有人為地將問題複雜化的嫌疑。

　　上述這些辦刊策略上的轉變，既是傳統紙媒詩歌刊物順應時代的積極嘗試，同時也是在新的媒體力量壓制下尋找出路的迫切需要。傳統的詩歌傳播方式在「傳統」被擊破後，依然想盡辦法堅守陣地，這些辦法裏雖然也有不少的昏招或說遺憾，但至少讓詩人和讀者們看到了以傳統紙媒的傳播方式繼續保證和提高詩歌品質的一種可能。

三、民刊的合流和實驗性創作

如果說網絡傳播在新的一輪詩歌「熱潮」中扮演了最重要的角色，傳統詩歌刊物通過努力改革推波助瀾的話，民刊的崛起和大規模流通，則是當下詩歌先鋒性和開放性的另一種渠道保障。

所謂民刊，是指那些沒有進入正規刊行渠道自辦印刷，依靠交換、贈閱等方式流通的詩歌刊物。民刊一般認為有兩種，一種是不具備發行刊號（ISBN）的詩歌刊物，大量的詩歌民刊都屬於這一類，比如《詩歌與人》、《詩參考》、《葵》等；另一種是雖然具有發行刊號，但不進入期刊發行渠道，只是個人或民間團體自發編輯、印刷並有選擇性贈閱的非期刊製詩歌刊物，經常借「以書代刊」的形式出現，如《明天》、《漢詩》、《詩歌現場》、《中西詩歌》等。不同於傳統紙媒詩歌刊物，民刊雖然依舊以紙質媒體為傳播媒介，但因為其本身屬於辦刊人、辦刊團體或捐助者，在法律允許的範圍內，不會受到相關部門的諸多管制，無須理會傳統詩歌刊物中那些條條框框，一般情況下，辦刊人受投資捐助者委託組織相關人員編輯刊物，並不以盈利為目的，志趣相投者投資或讀者捐助是它主要的經濟來源，所以刊行量也很有限。在沒有穩定經費收入和缺少官方支持、認定的情況下，依然有大批民刊出現，足見民間辦刊的熱情和前景。由於各種詩歌民刊大多並不在市場上流通，讀者閱讀和收集起來十分困難。在眾多的詩歌民刊中，具有代表性的主要有：《羿》、《詩歌與人》、《詩文本》、《趕路詩刊》、《今朝》、《低詩歌運動》（廣東）、《尺度》、《詩參考》、《偏移》、《翼》、《新詩界》、《詩江湖》、《標準》、《下半身》、《新詩代》、《詩前沿》、《潛行者》、《朋友們》、《新詩刊》（北京）、《活塞》、《說說唱唱》（上海）、《東北亞》、《流放地》、《剃鬚刀》（黑龍江）、《太陽》（吉林）、《極光》、《詩歌》（山東）、《陣地》（河南）、《明天》、《鋒刃》（湖南）、《自行車》、《漆》（廣西）、《詩叢刊》、《第三說》、《長線詩歌》（福建）、《九龍詩刊》、《傾斜》（浙江）、《揚子鱷》（廣西）、《唐》（陝西）、《大風》、《人行道》（四川）、《詩歌雜誌》、《大十字》、《獨立‧零點》（貴州）、《玩》（江蘇）、《原生態》（山西）等。這其中既有辦刊已經多年的「老牌」民刊，也有剛剛創辦的新晉刊物，雖然在規模、歷史、影響上還遠不及傳統詩歌刊物，但這些民刊所共同承載的詩歌數量與詩歌閱讀量卻不可忽視，因此稱其為「民刊大潮」也不為過。

詩歌民刊對於中國當代詩歌發展最重要的意義，莫過於對先鋒詩歌的包

容和孕育。20世紀80年代後，一大批具有先鋒實驗性質的文學作品如雨後春筍般出現在百廢待興的文壇，詩歌界亦不例外；然而保守了太久的詩壇無法接納和容忍大規模先鋒詩歌的「崛起」，一時間，那些具有新的藝術特質但並不十分「好懂」的詩歌難以找到發表渠道。它們「那種不馴服的『異端』姿態和反傳統的價值取向，必然引起社會『程序』的注意和控制，於是乎屬於體制範圍內的報刊和載體便順理成章地紛紛對先鋒詩人『森嚴壁壘』起來。」〔註10〕於是「民刊」就成為先鋒詩歌的必然選擇，從最初的小作坊印刷和地下流通，到逐漸形成先鋒詩歌的民刊「小傳統」（西川語），再到擁有正規書號成為合法出版物得到研究界的認可，詩歌民刊走過了艱辛的三十年，與此同時，從前朦朧詩、朦朧詩到第三代詩、再到90年代直至21世紀初的詩歌「新熱潮」，先鋒詩歌在藝術探索上也是不斷進取。然而跟民刊產生的最初的幾年相比，進入21世紀以來，眾多民刊在辦刊思維和創作實踐上都出現了明顯的變化。

　　首先，詩歌民刊將追求先鋒藝術的實驗性創作延展成為常態化的刊物構成主體，用不斷翻新的新概念、新作品、新理論，來製造具有相當長度和韌度的創新性刊物品質。詩歌民刊之所以能創造常態化的實驗性創作基地，要歸功於對於「民間」精神的堅守，體制內的老牌詩歌刊物往往以「嚴明的編輯、選拔，嚴明的單一發表標準，大詩人、小詩人、名詩人、關係詩人——什麼中央省市地縣刊物等級云云雜雜，把藝術平等競爭的聖殿搞得森森有致、固若金湯」〔註11〕，在這種境遇下，即便是能夠進入主流視野的優秀詩人，也是無法放開手腳創作先鋒詩歌的。既有的創作習慣和發表制度對詩歌發展來說已經是一種負面的束縛，詩歌標準的重新劃定是無法避免的「流血革命」，而能夠拾起刀劍斬斷羈絆的恐怕只有來自民間又服務於民間的詩歌民刊了。所以，自從在20世紀80年代詩歌創作重新回到正軌以來，但凡帶著或清新或陌生的氣息撲面而來的，大多都是來自於民刊，從「他們詩派」、「非非詩派」的語言自我呈現和語感強調，到『第三代』心儀的反詩的事態冷抒情；從于堅的拒絕隱喻，到伊沙的『身體寫作』和反諷策略；從徐江、侯馬、宋曉賢等倡導的「後口語寫作」，到余怒突出歧義和強指的「超現實寫作」，

〔註10〕 羅振亞：《朦朧詩後先鋒詩歌研究》，中國社會科學出版社，2005年版，第25
　　　　～26頁。
〔註11〕 徐敬亞：《歷史將收割一切》，《中國現代主義詩群大觀1986～1988》前言，徐
　　　　敬亞、孟浪、曹長青、呂貴品編，同濟大學出版社，1988年版。

民間詩歌始終以詩歌民刊爲陣地，一次又一次地衝擊著不再牢不可破的詩學壁壘，並形成了類似一種「反傳統」的傳統。進入 21 世紀以來，民刊繼續在反傳統的先鋒道路上奮勇前行，最具代表意義的當屬《詩歌與人》，它不僅具有兼容並蓄、海納百川的編選態度，且能堅守嚴苛的詩歌藝術標準，更爲可貴的是刊物能夠持續不斷地提出經得起推敲的詩學主張，「70 後詩歌寫作」、「中間代寫作」、「完整性詩歌寫作」等詩學概念和主張，在《詩歌與人》用「以書代刊」的形式提出後，已經基本得到創作界和理論界的普遍認可，成爲當下詩歌不容忽視的重要概念。這些產生廣泛影響的詩學主張，不僅體現了編者黃禮孩的前瞻性和詩歌勇氣，更爲刊物開拓了編選與創作空間。而沉悶保守缺乏變化的刊物被「汰洗」的事實，則說明推陳出新是一本刊物的生存延續的最重要因素，然而推陳出新並不是靈光乍現、劍走偏鋒式隨便拋出幾個詩學概念那麼簡單，它必須在深厚的學理基礎之上經過艱難探尋後方能實現。「低詩潮」運動則是先鋒藝術創新常態化的另一個重要例證，「先後『加盟』的，有破壞即建設的『空房子寫作』；性作爲突破口的『下半身寫作』；反理念反現狀反方向的『垃圾寫作』；縱橫禁區的『後政治寫作』；言之無物的『廢話寫作』；遊戲性的『灌水寫作』；『不潤飾不飾眞』的『反蝕主義』；『與世界不正經的』的荒誕寫作；對存在不斷追問體悟的『俗世此在寫作』；『爲天地立心、爲生民立命』的『民間說唱』；立足國計民生的『民本詩歌』；專注底層的打工詩歌；堅持『反抗、反諷、反省』再次復出的『撒嬌派』；反詩道、反病態、主張輕狂的『放肆派』；力戳謊言和騙局的『軍火庫』；爭取人權、民主的『中國話語權力』等等」〔註 12〕。這些詩學概念和創作實踐中，既有有責任感的詩學建構，也有半開玩笑的詩歌遊戲，但類似的運動不論結局如何，都在較長的一段時間內證明了詩歌活力的持續存在和眞實定位，它甚至一度讓先鋒詩學都顯得不再那麼標新立異了，因爲標新立異本身已經被常態化，或許讀者並不能完全接受這樣高強度的推陳出新，可畢竟這是當代詩歌仍有開拓前景的一個並不恰當卻頗有說服性的論據。然而，令人遺憾的是，民刊在促進先鋒詩歌創新常態化的過程中，並沒有把握好「度」，過多的詩學理論創新往往是眾聲喧嘩、吵鬧不堪，一些缺乏理論基礎和成功實踐的創作實驗顯然有譁眾取寵、扮醜撒潑的嫌疑，放任骯髒污穢、毫無詩意的語

〔註 12〕陳仲義：《「崇低」與「祛魅」——中國「低詩潮」分析》，《南方文壇》，2008 年第 2 期。

言進入詩歌，也刷新了當下詩歌刊物對於詩歌品質控制的下限。總之，由民刊作為主陣地的先鋒詩歌創作的常態化，應該在詩歌史上有其意義特殊的一筆，雖然現在看來這一筆並不那麼光彩。

其次，詩歌民刊自身的「同仁」氣質更加濃厚，以不同民刊為中心聚攏的具有相同詩歌追求的創作群體漸成體系。共同的詩歌追求是民刊產生的溫床，幾乎每一種民刊內部都有某種詩學追求的強大基因，如早期的民刊《非非》提出「反文化、反崇高、反理性」的詩歌主張；《他們》倡導「口語化寫作」；《現代詩內部交流資料》推出「第三代」的概念，都成為後來重要的詩學主張，併發展出相應的詩學流派。這種在刊物出版時就表明立場和主張，並以此作為刊物的核心理念進行詩歌編選的傳統，一直延續到了 21 世紀，諸種民刊往往旗幟鮮明，且擁有人數不少的創作群體。如倡導詩歌「不解性」的民刊《不解》，旗下擁有余怒、沙馬、宋烈毅、老黑、邵勇、潘漠子、黑光、周斌、鮑棟、徐勤林、蒼耳、胡子博、丁振川、陶世權、陳末、遠人等一批詩人，這群帶有美國學者蘇珊・桑塔格的「反對闡釋」理論色彩的詩學主張下彙集的詩人，雖然水平良莠不齊，但卻都強調詩歌文本的「不可解讀」因素，反對個體對客體的任意「介入」，甚至想要在文本中「驅逐」作者，拒絕外在於藝術欣賞的解釋。相似的情況還有很多，就像當年《現代漢詩》、《傾向》、《九十年代》都強調秩序與責任，追求詩歌高妙的修辭和精湛的思想的綜合融會，成為「知識分子寫作」的重要陣地一樣，《詩參考》因為一貫強調詩歌日常性和口語化原則，成為「民間寫作」的「麾下大將」一樣，《下半身》、《朋友們》則為鍾情肉體烏托邦、追求在場感的「下半身寫作」提供詩歌現場一樣，《翼》、《女子詩報》為當代女性詩歌寫作提供聚居地，也為詩歌評論界提供了比較權威的女性詩歌讀本一樣，21 世紀詩壇很多這種「同仁組織」，比較重要的還有「低詩歌」創作群體的主要陣地《低詩歌運動》和「打工詩歌」創作群的主要陣地《打工詩人》等。因為有著相同或相近的詩歌追求並且有較為固定刊物為依託，逐漸演變並開始顯現出輕微的流派意識，這些都讓意蘊相近的詩作或主張相似的詩人能以「集束」方式在詩壇亮相，給讀者以更深刻的印象，讓研究者能更清晰地把握新的詩學理論建構的某些動向。但是，「同仁」傾向事實上讓多數詩歌民刊具有某種「自閉」或「排他」的嫌疑，在條件並不成熟、聯結也並不緊密的情況下，人為形成某種流派式的詩歌團體組織，實際上並不利於詩歌發展和個人創作，過多的詩以外的因素被

帶入刊物編選的考慮範疇，容易犯「拉幫結派」的錯誤，最終極有可能損害民刊賴以生存的開放性和自由精神。

最後，詩歌民刊在經歷了對傳統詩歌刊物的反叛期後，逐步開始與傳統詩歌刊物進行融匯互滲，二者間原本涇渭分明的關係，也變得有些曖昧混沌甚至和諧起來。這種情況很大程度上要歸功於進入 21 世紀以來傳統詩歌刊物的寬容姿態，一些「老牌」詩歌刊物如《詩選刊》、《詩刊》、《星星》、《詩潮》、《詩歌月刊》、《綠風》、《詩林》等近些年都十分注意編選民間詩刊的作品，《詩歌月刊》、《詩神》曾出版過民間詩歌專號，《詩選刊》更是將每年的最後一期刊物完全留給民間詩歌。雖然這種寬容、開放、接納的姿態不排除民刊在近年來巨大影響力的震懾因素，但傳統詩歌確實是走出了既得口碑又見成效的一步，甚至在 2002 年的「首屆中國民間詩歌發展研討會及民間詩歌報刊年會」上，老牌詩歌刊物《詩選刊》提出了「民間詩歌刊物已經成為中國詩壇的半壁江山」的口號，其對民刊的重視程度可見一斑。另一方面，民刊在奮勇前行了多年以後，也存在某種轉向的意願。大多數民間詩歌刊物是難以數十年如一日地保持其先鋒性和叛逆性的，我們所說的常態化的先鋒實驗，實質上是一種「接力賽」，新刊新作層出不窮造就了詩歌民刊衝鋒在前的形象，但不能忽略的是，那些創刊較久的民間刊物幾乎都越來越呈現出寬容、多元的刊物素質，少數民間刊物甚至已經開始顯得平淡，這與傳統紙媒詩歌刊物的轉變是不謀而合的，銳氣的衰減當然不完全是壞事，這是民間詩刊走向成熟的表現之一，但與傳統詩歌刊物的合流在很多人看來也就變得順理成章了，這其實也是許多民間刊物辦刊者和活躍在民間詩刊的優秀詩人的共同願望，民刊想要做大做強，就必須犧牲某種原有的特質和個性，詩人們也不可避免地存在文學史焦慮而渴望進入更權威的研究者視野。即便如此，民刊對於當代詩歌的影響依然是非常顯著的，隨著與傳統詩歌刊物合作的加深，民刊在新媒體時代依然大有可為。

第三節　傳播新格局下的詩歌生態

傳播方式之於文學的作用長期以來並沒有得到足夠的重視，人類創造和使用文字直到進行文學創作的起源，其實都不是簡單的主觀上的某種靈感忽現，而是外在客觀條件與內在能動性之間科學的聚合結果，中國詩歌當然也

不例外。從口口相傳需要官方遍尋采風的《詩經》，到以雋永字跡流轉在細長竹簡上的楚辭，再到每每引得洛陽紙貴的唐宋詩抄，傳播載體的物化讓詩歌不再是單純的語言藝術，也是文字的昇華，印刷術的出現和紙的普遍應用，則讓文字的生命變得更加長久，也使文學成為可能。詩歌作為中國人最早掌握的文體類型，幾乎見證了文學傳播的整個歷史，於是不難發現，在中國詩歌複雜的發展歷程中，有兩條發展主線是較為清晰的，一是意義指向的由單一到多義，二是詩歌創作方法與創作能力的傳承與擴展，這些都與文學傳播方式的便捷化和傳播範圍的不斷延展密不可分。工業革命以後，西方出版業的大變革和現代化印刷廠的普及，令傳播方式的物化走向高潮，現代電腦存儲技術更讓文學的存儲變得空前的方便和迅速，一塊小小的硬盤甚至可以放下從古至今所有的文學名著。新媒體時代的詩歌生態又將如何？

一、詩歌傳播格局的變化

　　回望信息傳播的歷史不難發現，網絡傳播的出現才是真正劃時代的傳播變革，它並非那種僅僅擁有更高的傳播和存儲效率以取代舊有傳播媒介為目的的傳播方式，而是一種全新的、開放式的、具有媒介包容力的傳播系統，它既有對抗舊有紙媒的一面，同時又能很容易地與其他傳播媒介相融合。從根本上講，網絡傳播不僅僅是傳播方式，更是具有某種特定思維模式的媒介平臺，以往的傳播媒介會漸漸的在這個平臺上安定下來，並根據平臺的變化調整自身的策略和運行機制，與網絡傳播一起組成嶄新的傳播格局。所以，網絡對於文學傳播的作用絕不只是簡單的升級或是加速，而是由內而外的滲透性變革。

　　如果說中國詩歌 21 世紀後才存在某些質變因素的話，那一定是傳播格局的變化。「雲」詩歌（即網絡詩歌）在越發壯大的互聯網上不斷的創作、傳播、存儲，已經成為詩歌傳播的最普遍方式，紙媒詩歌依然以刊物形式作為傳播的重要陣地，二者間的互動、互滲、互補，在近年來已經成為推動詩歌「新熱潮」的核心力量。一方面，詩歌創作主體對網絡傳播所提供的「無門檻」准入機制，非但沒有任何抵抗力，而且迅速地對之產生了嚴重的依賴，這個接受過程幾乎沒有經歷磨合期的不適應，詩人們在短短十年間就已經完全習慣了在網上寫詩、交流、接受評論。我們無法去逐一考察詩人們究竟是已經習慣用鍵盤敲擊的方式寫詩，還是先寫成手稿然後再發佈到網上；但無論在

寫作中用哪種方式，網絡都已成爲詩歌生活的主要場域。值得注意的是，新世紀很大一部分詩人仍舊比較看重紙質詩集的出版和發行情況，然而這種關注已經是收藏願望大於傳播願望，這種對於出版紙質詩集的熱衷，也能折射出詩人們某種經典化的焦慮。另一方面，作爲讀者，大眾已經習慣於從網絡上獲得生活中的大量信息，這是一個漸變的過程，在 21 世紀的最初幾年，人們從網絡上捕捉一些新鮮獵奇的「非必要信息」，主要用於滿足某種娛樂心理；近幾年來大部分涉及現實生活的必要信息如社會新聞、交通路況、娛樂談資乃至小道消息等，都已成網絡信息傳播的主流內容，且不論這些內容的眞實度或者健康度如何，僅僅是爆炸式的信息傳播模式和不可思議的傳播廣度、速度，就已經在事實上改變了整個人類社會的文化生態。尤其是像中國，由於在網絡時代之前並沒有穩定的閱讀習慣，在網絡傳播「襲來」時很難有所固守，所以文學最早搭上了網絡傳播的順風車。近年來，以起點文學網爲首的一干文學網站差不多佔據了文學生產的半壁江山，每天有數以千萬計的點擊閱讀量，這種情況在詩歌創作領域更爲明顯，幾乎所有新創作的詩歌文本，都率先出現在詩人的博客和詩歌網站。即便是年紀較大的傳統詩歌讀者，也逐漸學會、適應了在網絡上閱讀、分享作品，更不肖說新一代讀者了；並且這些熟練掌握網絡技術的青年，已經成爲詩歌網絡傳播和宣傳的主力軍，他們的網絡創作和網絡閱讀正在演變成現代人的日常「習慣」。

與此同時，傳統的紙媒傳播渠道似乎只能接受「退居二線」的命運。關於詩歌刊物的現狀，前文已有詳細論述，這裡不再贅述；但需要注意的是，在網絡詩歌生態已經成型並得到長足進步的同時，詩集和詩歌選集等形式的紙質出版物並沒有數量上的明顯減少。這一方面是因爲相比於上個世紀，近十幾年來我國的出版政策發生了不小的變化，出資出版詩集這種並非奢侈的消費，能夠被很多人所接受，他們願意出版個人詩集或某一群體的選集，作爲紀念或贈送親友，這無疑是對現代人文化生活的一種有益的豐富。另一方面，詩集特別是詩歌選集依然有其存在的必要性和重要性，因爲紙質文本總能帶來某種網絡詩歌無法取代的「美感」，這種「美感」源於人們在心理層面對以往的詩歌呈現形式和經典作品閱讀記憶的懷念，它在未來很長一段時間內還會不可或缺。在手持閱讀設備已經空前發達的今天，最高級、最暢銷的閱讀設備，仍把顯視器設計成白紙的顏色和質感，給人一種類似於紙質文本的閱讀體驗，這在一定程度上說明了紙質文本的不可替代。詩人們雖然並未

直接言明，但在自己的作品被選入選集出版成爲紙質文本後，往往更能尋找到價值感，這也說明紙媒傳播還在一如既往地承擔著詩歌創作「經典性」保持和開掘的部分工作，它是對網絡詩歌傳播的重要輔助和補充。

經過近十幾年的發展與融合，新的詩歌傳播格局已經基本形成，「雲」詩歌與「紙」詩歌各有千秋又密不可分，在這樣一種前所未有的新格局下，詩歌生態究竟發生了怎麼樣的變化呢？

二、網絡開闢的廣闊空間

說起傳播格局的轉變對詩歌品質的影響，必須先澄明一個問題，那就是傳播方式的改變並不直接作用於文學作品，這種相應的變化其實是一條影響鏈，最爲深刻的變革是在其中間環節潛滋暗長的；網絡的強勢介入改變了當下詩歌傳播的格局，然而其對詩歌品質眞正起作用的部分卻是通過「人」來起作用，這個重要的中間環節是詩歌的創作和接受環節，起作用的「人」是詩人和讀者。詩歌的歷史發展有其內在規律，同時詩歌發展更重要的變量則往往由創作者和接受者的需要和追求支配；所以口耳相傳的時代，只能出現《詩經》那樣短篇幅、多重複的詩歌，有了能系統記錄的文字後，楚辭那種篇幅長、才情厚的詩歌應運而生，而後知識和文字被精英階層壟斷，詩歌漸漸發展爲受各種規則和體制支配的文體，或者說士族雅客的專利，到唐宋時期詩人們對作品傳播的追求和詩名的渴望愈加強烈，唐詩和宋詞交相輝映也就順理成章了，至此精英階層的詩歌體系建構已經完成並達到頂峰，如此說來就難怪當初魯迅斷言一切好詩到唐代已被做完了。直到新詩出現，詩歌雖然還未從根本上脫離精英階層的掌控，但在某種程度上已經開始有大眾對創作和閱讀的參與，而在詩歌傳播方式逐步實現網絡化的今天，詩歌的「權力」歸屬必然會發生巨大的變化。

網絡平臺的傳播和閱讀，讓越來越多的詩人或詩歌愛好者能夠通過網絡將自己的詩作共享給完全不相識的讀者，這不僅是傳播手段上的突飛猛進，更是整個詩歌生產鏈條的一次重大革命。詩歌的發表權力從小部分人掌握到作者隨心所欲，從前那些因爲發表無門被埋沒，或者根本沒想讓別人閱讀自己作品的人，幾乎在一夜之間就可以與傳統的精英詩人們在創作權層面平起平坐了；同時，那些已看膩刊物上貌似莊重實則無聊之詩的人，可以通過互聯網大飽眼福，看看世上是否眞的有令人眼前一亮的詩每天被創造出來；那

些對當下詩歌狀態不滿已久卻無緣踏入專業評論領域、無處發洩的人，也能在三五好友或意見相左的同好者間「指點江山」了；那些無數次把心底的詩在本子上一遍遍描摹的人，終於可能鼓起勇氣把自己的珍藏示人了。總之，網絡對詩歌的介入，已遠不止於傳播，當下詩歌也正是因為網絡的存在，而俘獲了一定的開放性和互動性的特質，而在這種特質下生長出來的作品或網絡詩歌活動，的確與以往時代的詩歌構成了某種本質性的差別。

2011 年情人節前夕，當時正引領著網絡潮流的人人網（www.renren.com）主頁的狀態發佈欄出現了一個細微的變化：增加了一個名為「查看三行情書活動」的按鈕，點擊進入後，每一位用戶可用三行、不超過 100 個文字表達內心最真摯的情感。時值西方情人節，如此煽情的活動卻又非善於把握商機的廠商的營銷活動；年輕的用戶們因之眼前一亮，紛紛寫下屬於自己的三行情書，點擊發佈後，每個人的三行情詩都自動生成一張圖片，配以粉色的背景和動人的背景音樂，活動上線短短幾天內就已經有 659034 人參加。經調查，這六十多萬人大多是在校學生和剛剛畢業進入社會的大學生，他們在短短一週內創作的「三行情書」，雖然多是表白情感的遊戲之作，但也不乏耐人尋味的精品，比如「記得高考前，你想要我那支很好寫的鋼筆／當我不情願地問你會送給我什麼的時候／你呆呆地指著自己」，就借中學時代一個青澀的小情境，傳遞出令人莞爾又兼具溫暖情調的細膩心理信息，直接地引發了很多同齡人的共鳴與集體記憶，其意蘊並不是一句簡單的「遊戲之作」可以概括的。再如「螃蟹在剝我的殼，筆記本在寫我。／漫天的我落在楓葉上雪花上。／而你在想我」。乍一看去，不知所云，全無邏輯，但細細思量後又不難發現，作者要表達的是只有世界顛倒、「你」才會想起我的那種刻骨相思無人訴說的情感，疼痛感清晰深刻又隱隱的藏著某種灑脫。類似的作品還有很多，這些已經找不到作者的詩，至今仍能讓讀到的人心中一熱，其在當年那個情人節的夜晚的溫情脈脈之態就更可想而知了。在那之後的一段時間裏，「三行情書」在人人網上逐步擴展到親情、友情領域，眾多網友紛紛用這一種獨特的方式，向父母親朋傳達平時羞於表達的真情實感，繼而在網上又開始出現大規模的以學校或學院為單位的「三行情書」，眾多「冠軍」作品都十分精彩，也有一些理工科院系的學生用本專業的獨有數字、編程等語言系統寫出「三行情書」，趣味性更強。人人網的「三行情書」活動，與之後線上線下掀起的創作熱潮，究竟算不算當下詩歌創作的一部分，或許還不無爭議，詩歌研究界也

從未將這些「似詩」之詩納入到研究視域中；但追根溯源，「三行情詩」其實是一種特別的詩歌創作形式。它最早出現在日本，在 1994 年至 2005 年間，日本日語文章能力檢定協會每年都會舉行一項「三行情書」比賽，每次的投稿數都在一萬件上下。最多的是 2004 年，達到了 15578 件。參賽者年齡跨度也相當大，從不到 10 歲的小朋友到年逾 90 的老人。其中，女性又明顯多於男性。從內容上來看，情書有很多種：愛情，親情，友情……甚至還有主人對寵物的寵愛之情。因爲「三行情詩」在體式和情感的含蓄表達方面與日本俳句十分相似，所以在日本很快流行開來，並開始輻射向整個漢語文化圈。從功能角度，「三行情詩」又能讓寂寞空虛的都市現代人暫緩匆忙的腳步，表達對他人的愛與感激；所以一時間成爲網絡上最流行的詩歌形式之一。而這種詩歌創作形式，同時也與我國新詩中的「小詩」傳統存在千絲萬縷的聯繫，2010 年 04 月 03 日，中央電視臺新聞頻道在晚間新聞裏播出日本「三行情書」的節選，這讓更多的中國觀眾都知道了「三行情書」，直至人人網利用自己龐大的用戶平臺推廣了「三行情書」後，引發出六十餘萬人自發地共同創作的奇觀。這是只有在新媒體時代才可能出現的大規模同趣創作，與 20 世紀 50 年代的詩歌大躍進及其後的全民皆詩有著本質差別。僅僅在數年前，人們還無法想像，用什麼樣的方式才能讓幾十萬人以相同、相似的方式，在同一時間（至少是短時間內）完成內容相近又凝聚著眾多個體智慧和情感原子的一首「大詩」，令人驚喜的是，就在人們不敢想像的時節，「成果」已經擺在面前，而且又沒有耗費過多不必要的人力與其他資源。可以說，「三行情書」活動的成功舉辦和推廣，其影響力雖然還說不上劃時代，但至少證明這個時代的青年人並沒有拋棄詩，只要有一個足夠開放、充滿樂趣的平臺，無處不在的詩歌種子就完全能夠長成參天大樹。而在「三行情書」的整個過程中，網絡都扮演著至關重要的角色，尤其在千千萬萬首「三行情詩」的生發階段，那些參與其中的作者就是在網絡這片沃土上，自由地傳遞快樂與哀愁的情感，用不具名的方式袒露真實的內心世界。我以爲，詩歌研究界有理由謹慎地懷疑「三行情書」的嚴肅性和其相關作品的原創性、文學性，但作爲一次自發的線上詩歌活動，「三行情書」意義深遠，應該給予重視。

如果說「三行情書」的例子展示了網絡對於線上詩歌創作和活動的基礎平臺作用，2014 年 10 月落幕的「全球華語大學生短詩大賽」則更體現出網絡對於詩歌傳播力量的強大。這本是一次始於線下的活動，最初由上海交通大

學 2012 級新聞與傳播專業碩士馬仁義同學策劃、發起，後經共青團中央學校部、全國學聯秘書處指導，上海交通大學團委、上海交通大學研究生會等單位介入主辦，並請來臧棣、何言宏、胡曉明、肖水、王明韻、陳朝華、陳先發、周清印、須文蔚、蔣方舟作為比賽的終評委。評委中有北大中文系教授，也有《詩歌月刊》主編，更有《南都週刊》、《半月談》的主編，還有臺灣詩人，構成十分複雜，幾乎覆蓋到了與當下詩歌發展相關的各個層面，他們也都是對詩有相當瞭解和研究的「內行」。如果僅僅如此的話，比賽或許也只會在小範圍內引起漣漪，主辦方最明智的決定，是利用微博平臺將整個比賽全程直播，最初從來自海內外 828 所高校的 6528 篇作品篩選出 540 篇入圍作品，而後在網上召集了來自兩岸四地 60 所高校的 99 名相關專業在校學生作為初評評委，評選出 118 篇入圍作品，又經過專業評委的復評和終評最終產生 52 篇獲獎作品。整個評選過程和晉級作品在「上海交通大學研究生會」的新浪微博上都能隨時查閱，可以說這是近年來聲勢最大、波及面最廣、評選規格最高的詩歌比賽，最終甚至引來人民日報、中國青年報等主流媒體的關注，根據微博話題統計，「短詩大賽」相關活動和作品最終閱讀量達到 7820 萬次〔註13〕。這無疑是詩歌與新媒體的一次「無縫對接」，在很多人仍然質疑「這個時代是否還有人寫詩」的時候，6000 多首詩歌已經在活動上線兩個月內彙集到主辦者手中，事實證明詩歌並未遠離人們的生活，這種完全在線上傳播的詩歌比賽活動或許還難以被認定為一種詩歌熱潮，但卻不失為當下詩歌發展的絕佳契機——一個激發更多年輕人對語言的敏感和想像的契機。或許還會有人對比賽的嚴肅性抱以不信任的態度，覺得這更像是狂歡而不是真正的詩歌創作，我們不妨用幾個獲獎的文本做一番辯解。

> 我在外面流浪，回來時
> 故鄉瘦了一圈——
> 墩子叔走了，門前的池水
> 幹了一半。
>
> 屋後駝背的柳樹

〔註13〕以上數據及詩歌文本均來自於新浪微博@上海交通大學研究生會發佈的「短詩大賽」話題（http://weibo.com/p/10080859fc2e106688a7b04617847e7284aa04/home 跡 from=page_100808&mod=TAB#place）

頭髮散落了一地，
老房子蹲在墳邊，屋頂的白雲
仍在風中奔跑。

這首由湖北美術學院在校學生彭彪創作的《過故人莊》，最終獲得了唯一的特等獎，全詩並沒有晦澀的意象和繁複的修辭，甚至沒有對故人已逝的悲聲大放，寥寥數句，盡是寂寞蕭索，故鄉的破敗與遊子的落寞相得益彰，意蘊深沉，同時用詞凝練、語感自然。又如二等獎獲獎作品《流浪》:「大風吹著我和山崗／我面前有一萬座村莊／我身後有一萬座村莊／千燈萬盞／我只有一輪月亮」，短短五行，將一位苦行浪子的形象刻畫得頗爲生動，孤寂中不失驕傲。再如《不急》:「我想變成天邊那朵白雲／用盡整日晴天／只從左邊／移到右邊」，詩短小精幹，成功推出了幽默慵懶、憨態可掬的抒情主人公形象，細讀之下，又別有一番孤獨滋味。通過這些獲獎文本不難看出，當代年輕人的心中其實是大有詩情的，他們的創作在品質上也並不比某些經常露臉的「專業詩人」差，詩壇不能因爲現實壓力的擠壓和傳統詩歌圈子的拒斥，就放棄這些詩歌的未來和希望。這些作品無法確定是否創作於互聯網，但可以確定的是，正是互聯網絡特別是微博提供的傳播渠道，讓這些飽含眞內容、眞情感的詩作得以被數以萬計的讀者閱讀、轉載、討論，每個可能無意中瞥見這些作品的網絡路人，均可能成爲詩歌的傳播者和推廣人，這就是詩歌的網絡傳播最激動人心的特點，每個個體微小的力量和動作，通過網絡的彙集就能形成巨大的傳播合力，甚至在短期內形成詩歌熱潮。作爲詩歌的關注者和批評者，期待用一場成功的「短詩比賽」就讓當下詩壇煥發活力的想法，顯然是有些幼稚了，但必須看到在新的傳播格局下，網絡或者新媒體的介入給苦於尋找出路的當下詩歌帶來了無限可能性。

前兩個例子分別從發生和傳播的角度證明著網絡對於詩歌的推動力，兩次成功又輕鬆愉快的詩歌活動，讓熱愛的詩歌的人們能在新媒體時代觸摸到詩歌的未來；但必須正視，不論我們以多麼樂觀的心態去描畫詩歌未來的藍圖，也無法遮蔽詩歌中最沉重的那部分，那或許才是這個時代詩歌眞正的力量所在。在 2014 年即將過去的時候，「大象微紀錄〔註 14〕」在新浪微博發佈

〔註 14〕此爲新浪微博用户@大象微紀錄，隸屬於上海易騰文化傳播有限公司，其簡介爲：我們是中國微紀錄片的探索者和引領者。有故事，有情感，有思想，我們的理想是「用心改變世界」。

了紀錄片《我的詩篇》預告片,視頻一經上線馬上引來全網關注,在各種自媒體平臺被廣泛傳播。《我的詩篇》是全球首部完全從詩歌的角度深入表現工人題材的紀錄電影,也將是中國首部借助互聯網由大眾合力完成的紀錄電影。「打工詩歌」的話題早已經是詩歌研究界顯在的主戰場,可遺憾的是,無論批評家和詩人們如何悲天憫人地去發掘「打工詩歌」的內在意蘊和其背後隱藏的種種社會問題,真正關注並瞭解「打工詩歌」的人依然不多。文學與社會學簡單的聯姻在新媒體時代無法找到市場,這些堅持寫詩的打工者並沒能得到實際意義上的幫助和理解。《我的詩篇》的出現或許是某種改變的開始,電影雖然還在緊張的拍攝中,但僅僅是預告片就已經讓看到的人在潸然淚下同時陷入沉思。「白白的骨灰,輕輕的白,坐著火車回家」,「只目擊到,前半部分/地球,比龍華鎮略大,迎面撞來」,「摟抱著值機的墓碑和靈柩,賞著雪/而災難的地球,正往下雪的那邊/慢慢慢慢慢慢地傾斜」,當這些詩句被用各地方言或悲苦或冷靜地朗誦出來,再理性的人也無法不動容,再冷漠的人也不能視而不見、聽而不聞了,當這一切在網絡上不斷傳遞時,這部本以詩歌為主題的電影就不再僅僅止乎詩歌了,它更是對「底層如何發聲」的拷問,而這事關我們所處時代的社會正義和歷史真相。令人難過的是,就在電影拍攝過程中,在片中出現的許立志已經在著名的富士康縱身一躍,永遠與世界告別了,通過攝製組發起的眾籌活動,如今許立志詩集遺著《新的一天》總算由作家出版社出版面世了。就眼下的狀況看,《我的詩篇》能否最終在中國大陸地區上映並獲得票房與口碑的雙認可還是個未知數,可不管結局如何,事件本身已經足夠讓我們既唏噓又振奮,唏噓那些悲慘中堅強的命運,振奮於那些與詩歌有關的這個時代難得的正義和良心。正因為有了網絡的參與,對「打工詩歌」的討論和反思終於有機會走出狹小的學術圈子,走向大眾傳媒,也走向每個善良讀者的內心,這中間網絡巨大的社會效應力顯露無遺。

可以說,網絡對於詩歌事業的推動是多方面、多層次的,這種嶄新的推動力讓當下詩歌擁有了前所未有的開放性和互動性,詩歌的「權力」已經開始掌握在每個人手裏,網絡打開了自由詩歌的「伊甸園」。

三、詩歌選本的「經典化」努力

網絡傳播讓詩歌的「權力」擴大到每一個社會個體手中,從根本上改變

了詩歌的創作和閱讀生態。但對於這種難得的「權力」認識的幼稚，也使當下詩歌創作過程中出現了很多「權力」濫用的現象，過度的敘事化，過度的口語化，以及身體寫作的氾濫乃至「下半身寫作」的流行，都是在長期壓抑後得到詩歌自由引發的「狂歡」式的自我表現。這些現象是當下詩歌經典性缺失的主要表現，網絡傳播讓整個世界變小，交流的效率大幅度提高讓一切文學藝術的速度加快，但詩歌並不是一種求「快」的藝術形式，相反的，很大程度上講詩歌是一種要求「慢」的藝術。一方面，從詩人角度看詩歌創作是一個先由外在事物觸發而後再經藝術加工，把自身情感和現實事物呈現出來的過程，雖然現代人的思維反應速度和處理複雜信息的能力已經遠超古人，但寫詩依然不是「競速遊戲」，創作的速度與詩歌質量非但不成正比，而且短時間內完成創作很可能粗製濫造，這對詩歌質量而言是一種很大的損害，「李白斗酒詩百篇」的故事畢竟只是傳說，縱使天縱奇才也必須有沉澱生活和藝術鍛造的過程，才可能創造出瑰麗的詩篇。現代生活特別是互聯網生活讓信息流轉的速度達到歷史上的最高點，人類的生活節奏已與古人的時代不在一個頻率上，這就對現時代的詩人提出了更高的要求，既要做到迅速反應，又要能夠沉澱生活，而擁有這種才華和創作條件的詩人只是少數，於是在全新的互聯網生活中，想要創作出具有經典性的詩歌作品本身就是極具難度的事情。另一方面，從接受者角度看，信息爆炸讓每一個詩歌讀者都很難在混雜龐大的數據群中定位到自己感興趣的文本，即便是偶爾在網絡上看到一首心儀的作品，也不一定有當場複製和記錄的條件，而時過境遷，過不了多久再去尋找時，就已經很難找到最初被感動剎那的閱讀感受了。因為新的文本層出不窮，甚至已經把某些具有經典文本潛質的作品埋在列表的底部了，這就使從眾多網絡詩歌作品中尋找優秀文本成為一種時間成本很高的閱讀活動，並與信息時代人們所要求的接受信息的快捷方便是背道而馳的。也正因為這樣，網絡自身是很難在「快」與「慢」之間尋找到詩歌創作的開放性與經典性的平衡點的。

這時，紙質媒體的優勢就有了用武之地。相比於每時每刻都在更新的網絡傳媒，紙媒體的傳播機制本身，更符合經典作品生成的要求，紙媒體上的創作和閱讀都需要較長時間，在詩歌創作層面這就是十分可貴的「沉澱」的時間。而在紙質媒體中，詩歌選本又尤其具有經典性，作為對一個時段或某種潮流、傾向的詩歌創作的篩選和評估，詩歌選本當是經過去偽存真過程的

優秀文本的集合。對於詩人來講，在出版詩集越來越容易的今天，作品能夠入選權威性的詩歌選本，顯然是更為榮耀的事情，因為這不僅代表了專業圈子的認可和肯定，而且擁有了獲得更多讀者最有效的渠道。對於讀者而言，把大量的篩選工作交給專業人士，從選本中關注那些符合個體欣賞口味的作品，也更為符合信息時代的接受規律。但是，編選詩歌選本在當下詩壇其實是一件苦差，「希望自己的選本能像歷史上的『詩三百篇』那樣，選出個大家都首肯的權威性來」，〔註15〕無疑是編選者們的最高理想；但現實的情況卻遠非那麼簡單了。

　　首先，編選的標準並不是統一的，這涉及到一個十分宏觀的問題，那就是「詩歌標準」問題，在研究界也曾發生過針對當下詩歌創作的詩歌標準大討論，可遺憾的是對於「什麼是好詩」這樣一個詩歌選本必須首先面對的問題，學界並沒有達成共識。文學審美作為建立在主觀審美趣向基礎上的精神活動，是難以有程式化的客觀標準的，詩歌的鑒賞尤其如此。有的人認為情感真摯是第一準則，有的人則認為藝術技巧的成熟應該被優先考慮，有的人認為文本的社會指涉才是最重要的指標，諸如此類，即便是將所有的因素綜合考慮，對於很多重要詩歌文本的評價依然難以達成共識。對於詩歌選本來說，如何確立讀者能夠普遍認可的詩歌標準就成了首要問題。其次，自媒體時代（以博客、微博、微信等為代表）的到來讓詩歌數量呈幾何級的增長態勢，在浩如煙海、泥沙俱下的當下詩壇，想要精選出優秀文本是需要極大的閱讀量和超出常人的鑒賞水平的，這也幾乎是一個人的力量不可能達到的工作量極限。所以一方面選材範圍必須加以界定且不能過大，年選是一種比較可靠和合理的選擇範圍與方式，另一方面，這項工作需要高效的編選團隊，編選人自身的藝術鑒賞力將在很大程度上影響詩歌選本的質量。最後，當下詩壇一些不足為外人道的「潛規則」往往會混淆視聽，讓詩歌選本的公正性受到損害。「圈子」的存在讓詩歌選本不得不面對文本質量與親疏關係的矛盾，這種弊端實際上也可謂源遠流長，詩人「圈子」從來存在，建立在此基礎上的詩歌評論「圈子」也就不難理解，「圈子」的外力過分干預詩歌選本的生成，確實有可能讓選本的導向有失偏頗。

　　詩歌年選是當下詩壇最主要的詩歌選本形式，這種年度選本的形式既有優中選優的經典性保持，同時也有相應的時效性，對年度的詩歌創作做一番

〔註15〕謝冕：《新詩三百首‧序二》，《新詩三百首》，中國青年出版社，2000年版。

總結是十分有益的，留下一些質量較高的作品既有資料學的價值，也爲下一年的詩歌創作做出正確的引導。近年來比較有影響的詩歌年選主要有《詩刊》年選和《中國新詩年鑒》兩種。

《詩刊》年選的歷史並不長，2011 年 12 月《詩刊》的下半月刊推出了「2011年度詩選」，這是作爲最權威的詩歌刊物《詩刊》第一次推出年度詩選，它與其他的詩歌年選最大的差別也就在其權威性上。《詩壇》多年來在眾多詩歌刊物中一直佔據著較高地位，雖然這種地位已遠不及 20 世紀 80 年代時那樣「高高在上」，但相比於那些「接地氣」的民間刊物，依然透著高貴冷豔的氣質，似乎對於「民間」的詩歌刊物和日日進逼的網絡詩歌不屑一顧。年選的出品事實上是《詩刊》主動向市場和其他詩歌刊物靠攏的表現。從選材範圍看《詩刊》的年度詩選主要有兩個選材方向，第一自然是一年中在《詩刊》雜誌刊登的詩歌作品，包括「年度優秀詩歌推薦篇目」和「重大題材詩歌推薦篇目」兩個欄目，在數量上基本佔據整個年選的半數位置，這來自於《詩刊》對自身刊發作品和辦刊水準的高度自信，多年來《詩刊》本身就一直是詩歌優選的代表，在這些已經經過層層篩選的作品範圍中選出年度詩歌，確實有優中選優的效果，這些詩歌作品的質量也是值得信賴的。另一個選材方向則是其他的詩歌刊物或綜合性文學刊物及各種報刊的文學副刊，其中包括「期刊掃描」、「重點推薦」、「年度新詩人推薦」、「年度精選」、「年度網絡影響力」等欄目，這些欄目的設定其實是值得玩味的，其中體現了一定的閱讀引導性和創作導向性。從總體上看，三本《詩刊》年選（2011、2012、2013）都是十分看重自身的權威地位的，氣魄很大，給人一種「官家采詩」的觀感，從實際效果上看，《詩刊》編輯團隊的專業能力還是名不虛傳的，年選中的詩歌文本確實都有過硬的質量，基本上代表了當年度詩歌創作的最高水準。但其不足依然是明顯的，自信的姿態可以理解但是確實導致了選材上的不全面，尤其對網絡詩歌重視不夠，這當然與《詩刊》一貫秉承的嚴肅詩學理念有關，但卻是個不小的遺憾。總之，《詩刊》年選以其當仁不讓的權威性和經得住考驗的選本質量，成爲近幾年來最具影響力的詩歌年選，也爲其他詩歌年選提供了重要的參考。

《中國新詩年鑒》的歷史則要長很多，從 1998 年橫空出世以來，它一直是詩壇最具影響力的詩歌年選之一。主編楊克十數年如一日堅持耕耘，也讓《中國新詩年鑒》成爲頗具口碑的民間詩歌選本。《中國新詩年鑒》從編選之

初，就明確地在封面上標出「藝術上我們秉承：真正的永恆的民間立場」，經過了十幾年具體的選本運作，「年鑒」的詩學立場就是具有明確針對性的民間立場，甚至成為當下詩壇重要的理論主張。《中國新詩年鑒》在內容上分成兩部分，前半部分主要是以「民間立場」作為基準選出的年度詩歌作品，後半部分則為詩歌評論選本，將一年之內的影響較大的詩歌評論文章按照一定的主題編輯起來。除了堅定的「民間立場」以外，「年鑒」還有選材範圍廣的特點，十分重視網絡詩歌作品，不把選材範圍局限在報紙和刊物上。另一點值得注意的是，《中國新詩年鑒》每年的編選都是由詩人和詩歌評論家自願報名共同完成的，雖然只是「臨時」的編輯團隊，但因為更接近當下詩歌創作的最前線，其編選質量十幾年來一直都是值得信賴的。但不可忽視的是，《中國新詩年鑒》堅持秉承的「民間立場」使其在編選過程中的審美選擇上更傾向於口語化、個人化的詩歌文本，所體現出的編選者堅持的詩歌標準也不夠純粹，一定程度上妨礙了權威性的生成。

另一種值得關注的詩歌選本是那些以個人審美取向作為基礎的，代表選本是伊沙主編的《新世紀詩典》。《新世紀詩典》是詩人伊沙開設的微博詩歌薦評專欄，包括了該欄目一年內推薦的現代漢語詩歌。在選薦作品時不以姿態、立場、資歷、輩分取捨作品，只以作品質量為唯一評價標準，引得網絡用戶持續關注。伊沙每天在個人微博推薦優秀的詩歌文本並做短評，依靠伊沙個人的詩歌鑒賞力和創作經驗作為選編的基礎，在網絡上很有市場，很多讀者已經把每日等待它的更新作為一種習慣性的閱讀，對於推廣當代優秀詩歌文本作用不菲，很多閱讀者也因為對伊沙個人藝術水準的認可而信任其選編的作品。應該說，這不失為一種成功的互聯網思維詩歌實驗，它建立在作者與讀者相互信任的基礎上，提供的是個性化的閱讀體驗。但其缺陷也是客觀存在的，過分依賴於伊沙個人的藝術節操，即便真如他所宣傳的那樣「只以作品質量為唯一標準」，也無法完全排除編選者的個人情感和好惡。

一部成功的詩歌選本是可能提高一個時代詩歌創作的辨識度的。作為發掘當下詩歌創作中的經典性作品的最重要手段，詩歌選本必須不斷提升審美高度，同時要增加選編的包容性，這樣才有可能完成「留住經典」的任務。

網絡傳播帶給詩歌創作前所未有的開放、自由的生態，而針對網絡傳播缺乏經典性挖掘的缺點，傳統的紙媒傳播也提供了詩歌選本作為詩歌網絡傳播的重要補充。這種兼具開放性和經典性的詩歌創作生態總體上是健康的，

這種創作生態也的確催生了詩歌創作的「新熱潮」；但同時，網絡詩歌也必須建構和提高自律性，紙媒詩歌則應該增強開放性並與網絡詩歌通力合作，只有這樣，才可能使一場場「熱潮」推出當代詩歌創作中眞正意義的高峰。

第二章　詩歌主體身份認同

　　詩人這個稱謂，自古以來就罩著某種神秘而聖潔的光環，但其意義指向卻一直是比較明確的。通常情況下，詩人指那些寫詩的人；從嚴格的意義上說，應是在詩歌創作上有一定成就的人的代稱，他們會通過作品抒發內心激情，鞭撻社會醜惡，傳誦人間的眞善美。至於能夠載入文學史冊的詩人，應已經屬於文學家、藝術家的範疇，備受尊重。但是，自 20 世紀 80 年代末開始，這種對詩人長期、平穩的認定出現了新的變化，不僅詩人頭上的光環失去了光澤，他們不再「高人一等」；甚至人們逐漸發現，詩人在經濟高速發展的時代，是什麼都不會做、都做不了的最無用之人，相比於眾多辛苦勞作的生意人，他們敏感、脆弱、清高，窮酸，不易接近，除了跟「正常人」唱反調外，簡直一無是處。這種認知一直持續到今天，雖然當年「餓死詩人！」的聲音已經減弱，幾近於無，但大眾心目中詩人的身份稱謂依然不具備明顯的褒義色彩。因此，在這個時代堅持寫詩的人，就不可避免地遭遇到「身份認同」危機，有時他們甚至也不明白該不該稱自己爲詩人，也難以清楚詩人應該怎樣在當今社會立足。

　　另一方面，詩歌創作主體的構成結構自古至今都比較穩定。長久以來，只有社會精英階層的人才掌握文字，能夠從事文學特別是詩歌創作的人，更是「高尚士也」。時至 20 世紀後，現代教育的引入和普及，讓詩歌創作主體的數量有了大幅增加；可創作主體的結構基本上還主要屬於處在社會精英階層的知識分子，直到 20 世紀末的「盤峰論戰」前後，民間寫作合法性的問題才被提了出來。正是這種「鋪墊」，使詩歌創作主體構成在 21 世紀發生了根本性的變化。網絡詩歌的興起和發表門檻的消失，讓「天賦詩權」不再是一

句空話，任何有一定的文字能力並掌握基本寫作技巧的人，都可以作爲詩歌創作的主體，工人、農民、無業者、清潔工這些從前不可能從事正常詩歌創作（大躍進時代的全民皆詩屬於非正常社會形態下的特例）的社會分子，現在均可以自由地進行嚴肅的詩歌創作，即便把「詩人」的桂冠戴在自己的頭上也無傷大雅。問題是，「天賦詩權」絕不意味著「天賦詩才」，發表門檻的消失，也不是說詩歌藝術就沒有門檻。詩歌創作畢竟需要一定的專業知識和技巧才能入其堂奧，若要寫出嚴肅、優秀的作品，恐怕更離不開相應的人生閱歷和思考。

上述兩個相關變化導致的結果，決定了詩人們必須在創作中自覺獲得「詩人」之外的身份認同。而性別、年齡、所處地域等創作主體最根本的個人屬性，都成爲詩人們尋找新的身份認同的方式。

第一節　女性詩歌的熱潮與性別認同

討論創作主體的個體屬性對於一個時代詩歌的整體影響，或許最不能忽略的就是性別因素了。「性別與文學的關係複雜而深刻。無論在社會生活中，還是在文學創作以及文學研究中，性別都不是一種孤立、靜止的存在，而是與階級、種族、文化、宗教等方方面面的因素縱橫交織，相互聯繫和滲透，在由人的活動所構成的歷史與現實中呈現出極爲豐富的樣態。」〔註1〕尤其是在改革開放後的三十年間，女性詩歌創作幾乎是整個中國新詩中最耀眼的增長點。因爲種種特殊而又「平常」的因素制約，在悠長的中國詩歌史上，女性詩歌長期以來都是只能用尋找蛛絲馬蹟的眼光找尋的屏弱的存在，能夠讓人懷想和崇拜的幾個名字，也不過是固若金湯的男性中心文化中幾絲淡淡的漣漪。直到 20 世紀 80 年代，世界範圍的婦女解放潮流已經成爲不可逆轉的文化趨勢，女性受教育的程度獲得了根本的保障，男權中心文化也終於隨著思想禁錮的逐步消解，而產生了某種令人欣喜的鬆動；於是「浮出歷史地表」成了一代女詩人最光榮也最幸運的使命。她們不同於陳衡哲、冰心、盧隱、白薇、林徽因、蘇雪林等，那一代在中西文化的最初碰撞中產生又飽受殘酷戰爭和政治運動洗禮的女詩人，在發出「時代聲音」的同時，純粹的個體經驗尚未萌動，而舒婷、翟永明、伊蕾、王小妮、唐亞平、陸憶敏、傅天琳、

〔註1〕　喬以鋼：《性別：文學研究的一個有效範疇》，《文史哲》，2007 年第 2 期。

張燁們，已經能夠清醒地認識到「性別」的存在，並且在作品中開始尋找「女性」本該擁有的不依附於男性的某種社會地位與文化定位，像翟永明、伊蕾等勇敢的女詩人更用女性獨有的詩歌方式對抗著男性社會和男權中心文化，「黑夜」意識已經成為一個女性文學時代的代名詞，「你不來與我同居？」〔註2〕這樣充滿挑釁男權社會意味的句子，也已經成為某種文化意義上的「經典」。進入 90 年代後，已經產生影響的「老」詩人，和李輕鬆、魯西西、安琪、呂約等「新」作者聯袂，沖決性別意識，向廣闊的社會和日常生活尋覓詩情，激情之外有了技術的制衡與配合，在消費性的文化語境中表現出從容練達的風度。

　　雖然人數並不眾多，但女性詩歌在 20 世紀 90 年代實際上已經迎來了「黃金時代」，這種與女性主義理論傳播相同步的創作熱潮，具有時代上的不可複製性，而按照我們處理一切事物總要遵循歷史主義原則的眼光看，當時間的指針進入 21 世紀，女性詩歌似乎更應該發生一些不同尋常的變化或事件。這種把每一個時間節點都看作歷史節點的觀點不值一駁，但女性詩歌進入 21 世紀後，確實在創作群體、審美志趣、美學特徵等多方面出現了較為深刻的變化，然而這些變化是否能作為建構一個歷史節點的論據，則需要進一步仔細研究和思考。

一、「新紅顏寫作」

　　進入 21 世紀以來的女性詩歌，其實並沒有表面上那樣平靜，這其中最具轟動效應的事件，當屬「新紅顏寫作」的提出。和詩壇其他的「概念轟炸」事件不同，「新紅顏寫作」這個概念是在相關詩學現象和問題的大量累積基礎上提出的，提出後的第一時間就迅速得到反饋並引發了詩學爭鳴，這些爭鳴雖然糾結的問題不盡相同，但基本上還應斷定為是在學理範圍內的有效爭鳴。正是在長久的爭論聲中，「新紅顏寫作」也成了一個各方均不甚滿意卻又沒有更好命名的無奈選擇。

　　2010 年 5 月，詩評家張德明和詩人李少君在海南的一處酒吧夜賞海景，談起詩壇的種種新變化，不約而同地關注到博客時代女性詩歌創作的一股「熱潮」正在席卷詩壇，他們發現女性詩人呈群體性崛起之勢，女詩人們詩歌創

〔註 2〕　伊蕾：《獨身女人的臥室》，載《伊蕾詩選》，百花文藝出版社，2010 年版，第88 頁。

作上的數量之大、質量之高著實令人刮目相看，這在以往的詩歌史上是難以想見的。於是，「新紅顏寫作」的命名就在這樣浪漫的場景下開始孕育、誕生了，事後二人同時在個人博客發佈《海邊對話：關於「新紅顏寫作」》一文，這篇6000多字的對話文章，幾乎在一瞬間就引起了激烈的反應，首先是一系列詩人對這一概念發表意見，呂布布、夏春花、沉魚、紅土、古箏、書女英慧、重慶子衣、李濤、胡雁然等，提出了對於「新紅顏寫作」概念界定的不同看法。而後霍俊明、張立群、劉波、符力、趙金鐘、何平、何宏言等青年詩評家也紛紛加入討論，短短一個月，關於「新紅顏寫作」的討論就已進行得如火如荼。在討論初期，各路詩人和詩評家還能夠就事論事，在概念的界定和範疇方面提出符合學理的意見，後期有更多的詩人加入後，很大一部分討論就成了劃界線、分派別、占山頭，甚至演化成相互之間的人身攻擊。那麼，在「新紅顏寫作」命名已經塵埃落定的今天，回頭細細思量，它的提出究竟有無足夠的依據呢？

進入 21 世紀以後，網絡博客開始流行，許多詩人紛紛開通博客，並高頻度地發表詩作，大量讀者也紛紛留言參與互動，不經意間瞭解一位詩人的最好辦法就變成了關注他的個人博客，讀者和研究者甚至可以在博客上與詩人進行詩學討論。隨著越來越多的詩人和詩評家開通博客，博客上的詩歌圈子也逐步形成並發展壯大，甚至有時會讓人產生恍惚，我們的詩壇究竟是實體的，還是藏在顯示器背後的虛擬世界裏，但能確定的是詩歌的博客時代真的到來了。受到網絡自由化特徵和開放性氛圍的影響，「詩歌博客時代的女性詩歌寫作最為真實地呈現了女性情感世界的方方面面，也最為豐富地展示了女性詩歌藝術探索和審美呈現上的不拘一格」。〔註3〕而在這個年輕一代女性詩歌寫作群落中，金鈴子、重慶子衣、橫行胭脂、李成恩、施施然等無疑是領軍人物，她們的共同點是年輕，以個人博客為主要創作陣地，近年來比較集中地出品了為數不少的優秀作品，詩歌作品較有活力，仍然在創作成長期、潛力巨大，並且得到了傳統紙媒和詩歌評論界的普遍認可。情況相似的女詩人還有衣米一、胡茗茗、玉上煙、阿華、林莉、冷盈袖、燈燈、代雨映、馮娜、姚月、翩然落梅等。這些博客時代的女性詩人在創作傾向上大致分為兩種：一種是以橫行胭脂、金鈴子、衣米一、胡茗茗等為代表的，她們強調現代社會裏自由獨立的女性對生活和命運的思考探索，她們在明確了自身的

〔註3〕 張德明：《新世紀詩歌研究》，暨南大學出版社，2013年版，第156頁。

「現代性」的命運的同時，也明確了自由獨立所帶來的孤獨和喜悅，這使她們的詩帶有一種複雜而決絕的玉石俱焚的氣質；另一種創作傾向則是對古典詩意和傳統文化的守護和回歸，雖然這種創作活動依然是以「現代女性」的身份進行的，但女性身上獨有的某些特質顯然比同時代的男性詩人們與傳統文化更爲合拍，比較有代表性的是施施然、林莉、翩然落梅等，而且越來越多的女詩人接近類似的創作傾向。總的來說，博客時代的女性詩歌創作確實形成了不小的潮流，大批「70 後」、「80 後」女性正在成爲當下女性詩歌創作的中堅力量，在年輕詩人中，女詩人作品的發表率甚至高於同年代的男詩人。

　　正是在這樣的整體背景下，「新紅顏寫作」的概念「應運而生」。可以肯定地說，它確實不是憑空臆想的「概念轟炸」，而是建立在當下女性詩歌創作活動基礎之上，也確實比較直觀地凝聚、抽象了女性詩歌創作顯豁的特點；而且這個概念具有多種層次。首先是「女性」的，「紅顏」專指年輕美麗的女子，雖然在中國傳統文化上，與「紅顏」沾邊的詞語都不夠吉利，但如果直接改成「女性」，又無法概括這一創作潮流中女詩人的年齡屬性，所以即便「紅顏」一詞常與「薄命」相連，容易引起「只看紅顏不論詩品」的誤讀聯想，可是暫時也並沒有更好的命名替代它。其次，「新紅顏寫作」概念兼具現代性與民族性色彩：說它具有現代性，是因爲之前的女性詩歌主要是沿著西方女性主義理論框架前行的，說它具有民族性，是考慮到新一代的部分年輕詩人的確存在著回歸傳統文化的創作傾向，繼承了傳統文化的中美和善，「紅顏」的命名本身也有古典韻味。最後，「新」的內涵是創作主體的現代新女性身份，她們的創作是自然、自發、自主、自覺的新創造，並借用新創造來打破傳統女性的悲劇歷史命運。由此可見，「新紅顏寫作」這個概念的提出，有著相當的理論和實踐依據；但在一些問題上也還有可再商榷之處。比如在概念範圍的界定上，什麼年紀的女詩人算年輕，算「新紅顏」，沒有被納入的那部分女詩人的創作就是「舊」的嗎，這樣的劃分標準顯然是有些想當然的武斷。即便是概念的提出者能一一解釋這些問題，「新紅顏寫作」也遠遠不能代表整個當下女性詩歌創作，它們之間應該是被包含與包含的關係，「新紅顏寫作」所指代的博客時代年輕女詩人整體崛起的現象，是當下女性詩歌的核心現象，但要想深入瞭解當下女性詩歌的全貌，就必須進行整體觀照，而不應把目光僅僅局限於某個特色並不十分鮮明的創作群體上。

二、性別視角與立場的變化

「新紅顏寫作」的提出及其背後多年以來博客女詩人集中崛起的態勢，是當下女性詩歌最為博人眼球的閃光點；但是，所謂「新紅顏寫作」遠不是女性詩歌的全部，它抓取到的當下女性詩歌的某種特殊性，並不能涵蓋女性詩歌的總體特性。博客時代的到來，不但在影響女性詩歌創作，更參與了整個詩歌創作的活動，或許「新紅顏寫作」只是女性詩歌在特定時間內與傳媒結合自然而然出現的創作現象；所以不能將其視為當下女性詩歌的某種標誌性進步或成績，在對這種尚不能定性的「熱潮」保持冷靜客觀同時，我們要看到它在現象層面上區別於前代女性詩歌的實際意義，而潛藏在它背後的不僅僅是創作群體的崛起，還有當下女性詩歌創作的某些深刻變革。想要理解「新紅顏寫作」這一現象，就必須追根溯源，所以我們不妨把「新紅顏寫作」現象作為一個出發點，分析當下女性詩歌創作出現的有別於以往創作的新動向。

第一，每逢談起女性詩歌，似乎都無法避免地要考慮其蘊含的女性意識，20 世紀八、九十年代女性主義思潮的集中來襲同時，讓女性文學創作擁有了某種濃重而堅決的「女性意識」。於是研究界在看待女性文學特別是女性詩歌時，「順理成章」地就認為女性意識是女性詩歌的必備品，他們覺得女性詩歌是需要在作品中「以細微的差別取得更引人注目、與眾不同的結果」〔註4〕的，而對這種「細微的差別」的判定，卻又往往與傳統文化對女性性別角色、性別氣質的刻板印象聯繫在一起，「執著於對抗男性」的姿態直到今天在女性詩歌研究中依然是一個難以說清的誤解。20 世紀八、九十年代的女性詩歌之所以在女性文學史上具有劃時代的意義，很大程度上歸功於女性詩歌在這一時期完成了「女性意識的內化」，女性意識已經不再單純是女詩人們創作中的「細微的差別」，更內化為大部分女性詩人精神上的抒情起點。只是不得不承認，由於時代發展和認知水平的限制，當年的大部分女詩人還局限在較為單一的精神向度與幽微封閉的私人體驗中；而進入 21 世紀後，女性詩歌最明顯的進步就是一定程度上完成了「女性意識的外化」，呈現出更加開放的詩質與包容的精神氣度。其最顯著的表現就是「女性意識」向「性別意識」的自覺轉變，當下女性詩歌在逐漸走出「自我女性意識」的局限之後，並沒有選擇刻意迴

〔註4〕 〔德〕斯特凡·博爾曼：《寫作的女人危險》，寧宵宵譯，中央編譯出版社，2010 年版，第 21 頁。

避性別問題，而是用更爲寬廣的詩歌胸懷把兩性間的問題及女性的獨有體驗相結合，把性別問題作爲整體性的存在完整地加以考量，把「性別意識」自覺地融入到創作主體的世界觀中。正如女詩人鄭敏多年前所說：「女性主義詩歌中應當不只是有女性的自我，只有當女性有世界、有宇宙時才眞正有女性自我。」〔註5〕女性詩人們越來越接近性別問題的實質，她們清晰地認識到，生理性別雖是與生俱來、無法改變的，但社會性別則是父權制社會意識形態強加的文化設定，是在歷史、宗教、種族、經濟、文化等因素的合力作用下產生的多維機制。在這樣一種結構中，女性如果因爲某種原因失去自審意識，將導致自身「女性意識」的狹隘化，使之淪爲只停留在「生理」抗爭層面的淺薄意識。於是，將政治、經濟、權力、文化等其他範疇與性別理論綜合運用，從而避免對「生理性別」的過度闡釋，成了整個女性文學界和性別問題研究者們最有把握的前進途徑。

　　理論層面或意識層面的轉變投射在當下女性詩歌寫作的實踐上，使女性詩歌創作的關注點發生了變化，這種變化並非單一的「視線轉移」，而是從簡單到複雜的多層次演進。一方面，在那些對性別對立持續關注的詩人和作品中，詩人的介入角度已經不再是從弱勢看強勢的「仰望」，也基本褪去了防備的姿態和倔強的情緒，可以十分平和地看待兩性間的問題甚至是對立與鬥爭，立場上變得更加中立。比如趙麗華的《一個渴望愛情的女人》：「一個渴望愛情的女人就像一隻／張開嘴的河蚌／這樣的縫隙恰好被鷸鳥／尖而硬的長喙侵入」，詩中描寫的是男女兩性間關於愛與性的「糊塗賬」，然而詩人像「攝相機」一樣記錄了女性渴望愛情、男性趁虛而入得到女性身體的過程，情緒上冷靜客觀，並沒有表達出身爲女性的心有不甘，甚至是一點點對於自身以及那些被欺騙的女人們的同情，彷彿只是在冷眼旁觀一齣美好的愛情被赤裸裸的「性陰謀」侵吞的悲劇。還有尹麗川的《愛情故事》、邵薇的《小手指》等詩作，都用類似的視角觀察男女兩性間的複雜關係，她們在觀察中運用了女性獨有的細膩筆觸和敏感神經來尋找靈感，但卻拒絕以女性的姿態或立場思考兩性問題，並不刻意的以「性別」作爲準繩來與男性劃清界限，這是當下女性詩歌創作尤其是兩性題材詩作中比較普遍的處理方式。另一方面，一些女詩人的詩歌寫作不但眞誠深刻，而且表現出清醒的社會性別意識和眞切的人文關懷。她們往往並不把男女兩性間的關係作爲詩作的主題，而

〔註5〕　鄭敏：《女性詩歌研討會後想到的問題》，《詩探索》，1995 年第 3 期。

是熱衷於表現當代婦女在社會變革和日常生活中的眞實樣態，比如榮榮的詩歌大量的瞄準底層市民的生存境況，忠實地再現生活的粗糲紋理，有評論家將她比作是詩歌界的池莉，在《鐘點工張喜瓶的又一個春天》中就有「她擦拭掉的灰塵堆積起來／卻高過春天／溫情和愛情一樣遙遠／未來如同疾病／讓人心驚肉跳」這樣的句子，「灰塵」與「疾病」聯袂而成的「未來」，在不知不覺中消磨著年輕的生命，愛情成了虛無縹緲的奢侈願望，詩人所要傾訴的也絕不是對美好情感的嚮往，而是對大時代下的小人物生存狀態的唏噓和質疑，這其中對於生活與苦難的理解之深絕不亞於那些「故作深沉」的男性詩人。藍藍的詩在視域的廣度和思考的深度上都達到了值得關注的高度，她的《火車》、《從絕望開始》、《艾滋病村》等一系列反映社會底層生存狀態的作品頗具厚度，也因耐人尋味引起了大眾的些許注意，這些作品素材擇取冷峻犀利，感情把握節制內斂，在克制冷靜的語詞中產生對讀者的心靈的極大震撼，詩中蘊含的對於社會、歷史的責任感和悲憫氣，在當下女性詩歌創作中都是極具代表性的。另外，鄭小瓊、阿毛等女詩人的部分作品，也很好地印證了當下女性詩歌中「女性意識的外化」的過程。

其實，在「女性意識」層面發生的改變，是要靠性別視角的狀態來判斷的，對什麼事情發聲？站在什麼角度發聲？爲誰而發聲？搞清楚這三個問題。基本上就可以理解當下女性詩歌創作中「女性意識」的外轉傾向。而女性詩人視域的逐步寬廣則是這些變化的起點，越來越多的女性詩人不再糾結於「小我」的情感自足，而是從單一聚焦轉變到多點關注，甚至更加側重對社會歷史問題的思考，將女性詩歌創作主體所特有的性別特質融入到更爲主流的創作實踐中，形成了區別於前代女性詩歌的創作風尚。

第二，情慾書寫作爲女性詩歌研究界的顯在問題一直備受關注，當下女性詩歌在情慾書寫方面也出現了不少新的變化。在女性的身體已經愈發以某種精神消費品的形態充斥媒體的今天，很難想像在短短三十多年前的文學作品中還不能提及男女性愛，是詩人林子作爲時代的先驅，以那首《只要你要》成爲當代女性詩歌情慾書寫的先鋒：「只要你要，我愛，我就全給，／給你——我的靈魂，我的身體／常春藤般柔軟的手臂，／百合花般純潔的嘴唇，／都在默默地等待著你……愛／膨脹著我的心，溫柔的渴望／像海潮尋找著沙灘，要把你淹沒！」儘管其中不乏「手臂」、「嘴唇」等涉及女性軀體的語彙，但與之聯繫在一起的，是戀愛中少女至眞至純的情感，這樣的情感借助於詩

人的適度把握，得到了優美而恰切的呈現。〔註6〕即便如此，在詩歌中提及有性意識指涉的身體器官，依然是需要極大藝術勇氣的。進入新時期以來，我國婦女在性意識和性知識層面得到了初步的解放，婦女們越來越清楚地認識到性不僅僅是生育的手段，更是作為女性應有的生活乃至權利，它也並非全由男性主導、以取悅男性為目的。於是，在詩壇上出現了一批以先鋒的姿態正視欲望、確立自我、倡導性別對抗的詩人詩作，但這種風潮發展到一定程度後，過於直白的感情鋪陳和恣意無度的欲望表達，反倒成了男權文化中心「樂見其成」又「不以為然」的活靶子，男性讀者們像是在觀賞一場「酒池肉林」般的欲望表演，卻根本不在乎也無法感受「表演」中女性的抗議與控訴。進入21世紀後，情況有了新的變化，情慾書寫仍舊作為一個重要母題活躍於女性詩歌創作實踐中，但在堅持、繼承20世紀80年代的「黑夜」意識與90年代的身體自覺的基礎上，開始尋找情慾書寫的多向發展。陳仲義對此曾有精到的論述：「這一寫作維度在相對平溫中，煥發出女性特有的聲息，主要體現為四種脈象：或者延續為鄭小瓊載道式的階級抵抗與性別爭取；或者旁逸出尹麗川們相對純生理心理的快感宣洩；也有海男一以貫之的愛欲表現、衍化為語詞的臆想型迷幻，以及王小妮式的彌散著母性的光輝和日常詩意。」〔註7〕這「四種脈象」基本概括了在新的歷史時期內、新的社會風潮和新的文化語境下，女詩人們在情慾書寫層面所能作出的不同選擇，這其中，鄭小瓊的「載道式的階級抵抗與性別爭取」和王小妮的「彌散著母性的光輝和日常詩意」，都是當下詩歌中不可多得的可貴嘗試。

　　鄭小瓊是當下女性詩歌創作群體中的「異類」，這一部分源於她的身份所造成的養成環境的迴異，另一部分原因則是她詩中那股決絕強硬、毫不妥協的「雄性」氣質。她善於在詩歌中使用女性軀體器官，但卻不像20世紀80年代中期那樣用這些女性軀體器官展現女性自慰、意淫、發育、來潮、懷胎、分娩等私人經驗，而是將這些器官作為一種新的符號系統，去打破由男性主導的世界的價值成規和價值標準。在她的《人行天橋》、《女性》、《屈辱》等詩作中，能夠深深地感受到女性軀體器官所散發出來的冷峻殘酷的氣息，絲毫感受不到對於男性讀者的取悅情緒，而且總是隱隱帶著某些「不合時宜」

〔註6〕　喬以鋼、羅麒：《超越時代的愛情歌吟——重讀林子〈給他〉》，《南方文壇》，
　　　　2013年第3期。
〔註7〕　陳仲義：《新世紀：大陸女性詩歌的情慾詩寫》，《福建論壇》，2009年第1期。

甚至是帶有「敵意」的突兀與強硬。究其原因，是鄭小瓊本身的身份屬性制約著她的創作，她能比其他女詩人更直接地在性別爭取與階級抵抗中間架橋鋪路，她毫不吝惜地用女性軀體器官來增強她的詩給世界帶來的冰冷的疼痛感，「以個人感官溝通外界，建構流動的情慾身體和意念身體，發展向外放射的傳播空間。」〔註8〕從某種意義上講，鄭小瓊才是「黑夜」意識在當下女性詩壇的真正傳承者。

與鄭小瓊不同的是，成名更早的王小妮選擇了另一條道路，早在「黑夜」意識彌漫整個詩壇的時候，王小妮就清醒地拒絕了當時女性詩歌普遍具有的「女神」情結，而是熱衷於還原每一個實實在在的「女人」。她的詩中表現男女歡愛的成分很少，甚至有人說她是「無性別」詩人，與情慾寫作不沾邊。其實，她的一些作品很早就將「母性」作為出發點，很多人都認為最為神聖的「母性」是與情慾絕緣的，事實上母性是性與生殖器官的更高形態，是一個女性成熟的最高標準，王小妮的詩或許是種「無欲望形態的欲望表達」，或者說是一種更高層次的欲望表達，在著名的組詩《十枝水蓮》中，詩人用水蓮的生長過程來比喻女性充滿疼痛與神聖的生育經驗，這中間不僅有女性身體的全程參與，更是一種上升到靈魂層面上的身體寫作，充滿悲憫與智慧。

總之，在「黑夜」意識時代產生的女性詩人最擅長卻並不十分成功的獨白詩寫路徑，在當下已經幾乎失效，女詩人們在這一問題上或傳承、或旁逸、或另闢蹊徑的選擇，讓女性詩歌的情慾書寫迎來了眾聲喧嘩的局面，也成為當下女性詩歌發展的新動向之一。

第三，當下女性詩歌除了一以貫之地表現女性的性別立場和生命體驗外，更多地將詩歌視野集中在波瀾不驚的日常景象和現世生活上。事實上，王小妮在 20 世紀 90 年代就已經開始在生活瑣屑中尋找意趣盎然的詩意。詩歌對於日常審美空間的關注，並不是新近的轉變，但這種關注成為眾多詩人的共同志趣卻是在進入 21 世紀以後；尤其值得注意的是，對於日常審美空間的關注，在女性詩歌創作中頗為流行。路也、榮榮、安琪、阿毛、宇向、藍藍等 60 後、70 後女詩人，紛紛嘗試將日常生活經驗詩化，捕捉日常生活的瑣碎細節，暗示幽微曲折的心靈軌跡。這些作品絕不是生活場景和瑣屑的胡亂堆積，而是帶有女詩人個體獨特的生活節奏感，使其超越原有的生活體驗，造成陌生化的效果，大大提升了想像力容量與閱讀的深度，因此成為一道不

〔註8〕 鄭慧如：《身體詩論》，臺灣五南圖書出版公司，2004 年版，第 7 頁。

俗的風景。比較有代表性的是路也，她用細膩的詩心與流暢的詩語，構築了一座充滿愛與平靜的伊甸園——「江心洲」，在同名組詩中，詩人對日常經驗的詩意發掘達到了一種極致，在她筆下，站臺、火車、菜地、候鳥、乃至廚房裏的鍋碗瓢盆都能成爲詩語，其中不乏「我一個人生活／上頓白菜炒豆腐，下頓豆腐炒白菜／外加一小碗米飯」這樣的句子，雖然難以脫離個人私情感的小情小調，但這種事事入詩、物物著筆的方式並未引人厭煩，而是讓人在細細品味、咀嚼後，體會到介乎於虛實之間的生活智慧和平淡樂趣，足顯詩藝的功底。飽受爭議的趙麗華其實也是在日常瑣屑中尋找詩意的行家，其代表作品《一個人來到田納西》就是這樣一首作品，乍然看去不知所云，很多讀者直到現在依然不能接受這樣的作品進入詩歌範疇，對其嗤之以鼻。其實，整首詩「毫無疑問／我做的餡餅／是全天下／最好吃的」只有十三個字，連起來也才一句，但卻設置了一個立體的情境，詩人孤身來到異域，舉目無親的淒涼和那份淡淡的樂觀和倔強，是能夠引起一些讀者共鳴的，「做餡餅」只是異國寂寞生活中的小小情境，極容易被忽視，詩人能夠抓住稍縱即逝的感覺，將兼有孤獨和某種自豪感的複雜情緒濃縮在寥寥十三個字裏，這並不是一件坊間小兒都能戲仿的「尋常事」，詩人的飽受爭議恐怕還是委屈的成分多些，她的其他詩作大多兼有對日常生活的入微體悟和不俗的思想深度，是理應被客觀和公正認識的。「更多的年輕女詩人善於描摹生活場景的細節和隱秘細微的心理圖景，並且這種特殊的言說方式和場景設置恰恰在於通過生活的描摹又偏離和超越了日常的軌跡，從而帶有想像和提升的高度，也帶來了詩歌閱讀的深度」〔註9〕當下女性詩歌審美的「日常化」，並不意味著女性詩歌寫作和女詩人們陷落在日常瑣屑和蠅營狗苟的圈圈中不能抽身，恰恰相反，她們不約而同地試圖在日常化的景物和感受中尋找靈感，並通過女性所特有情感滲透與加工，使之具有某種普遍的象徵意義，這種象徵意義的獲得實質上是詩歌先鋒精神的另一種沿革。

三、創作中的困惑與迷失

如前所述，基於當下女性詩歌創作現狀的「新紅顏寫作」概念的提出，著實讓博客時代的女性詩歌創作晉升爲研究者和讀者的「寵兒」，大批具有一定藝術水準和創作熱情的年輕女詩人，也支撐起了相當龐大壯觀的抒情群

〔註9〕霍俊明：《新世紀詩歌精神考察》，河北大學出版社，2014年版，第166頁。

落，為當下詩壇輸送了大量優秀的文本。進入 21 世紀以來，在性別意識、情慾書寫和審美日常化等方面，女性詩歌也清楚地顯現出一些新的動向，較比前代更加多樣化，在某些方面有著長足的進步；但不可否認，也存在不少亟待解決的問題，出現了幾點迷失。

其一，當下女性詩歌創作雖然在逐步走向多樣化，但在個人經驗抒發的同質化問題上依然是沉屙難愈。早在 1989 年翟永明就曾說：「題材的狹窄和個人的因素使得『女性詩歌』大量雷同和自我複製，而絕對個人化的因素又因其題材的單調一致而轉化成女性共同的寓言，使得大多數女詩人的作品成為大同小異的詩體日記，而詩歌成為傳達說教目的和發洩牢騷和不滿情緒的傳聲筒。」〔註10〕這段話或許說的有些過火，但其中提到的「大同小異的詩體日記」的論斷，放在今天似乎也無可厚非。一方面，許多女詩人在博客時代都在私密經驗和世俗情感上作自我抄襲，在詩歌發表的准入機制失效後，缺乏藝術上的自律，沉溺於已經比較成熟的寫作模式，刻意規避具有難度的創造性寫作。另一方面，除了少數像鄭小瓊那樣擁有特殊身份和較為堅定的寫作目標、抒情主調的女詩人外，大多數作者缺乏對深刻題材的駕馭能力，導致詩歌創作的題材過度集中於甜蜜愛情、溫暖親情、生活體驗、閨中私語等領域。至於那些能力本就不足的詩人，就更沒辦法在已有女性詩歌成就的基礎上更進一步了。這樣說當然不是反對那些向前代經典致敬或是乾脆模仿的作品，模仿是創造的開始，但因過度模仿而忽視創造的初心就顯得十分可惜了。

其二，一些女詩人特別是活躍在個人博客上的「美女詩人」，熱衷於用高更新率和發帖率賺取眼球，時不時的貼上幾張「玉照」，一會兒是獨自遠行，一會兒是下棋品茶，小資情調十足，但在詩歌創作上卻是乏善可陳，頗有些「繡花枕頭」的嫌疑。對於生活情調的取捨選擇，涉及到人生觀和價值觀，這裡自然不能置喙，但詩歌創作最緊要的還是情感的真。選擇在自媒體平臺上展示自己的生活狀態當然無可厚非，可是如果從這些外表甜美做派優雅的「精緻」的女詩人口中忽然冒出諸如「疼痛」、「苦難」、「淚水」、「震顫」這樣的詞語，總讓人覺得有些靠不住。當然，這或許是源於大眾認知中對於長相姣好的女性的某種偏見和定式思維，可一個熱衷於做「生活秀」的人，飽含深情甚至淚眼婆娑地用「晚會主持人」般的腔調控訴社會不公，描寫底層的苦難，質問人性的匱乏時，很難不讓人聯想到一場催人淚下卻別有用心的

〔註10〕翟永明：《「女性詩歌」與詩歌中的女性意識》，《詩刊》，1989 年第 6 期。

「苦難秀」。在網絡時代，任何個體對於自我表達的方式的選擇或許都是合理的，絕不能因爲觀察者的好惡質疑他人表達自我的權利；可是詩歌終究有它自己的標準，矯揉造作的情感是不能成爲詩的。

其三，相比於 20 世紀八、九十年代的女性詩歌經典佳作，當下許多女詩人的作品顯得過分的輕盈、甜膩，力量不足。不可否認，輕盈甜膩是如今這個時代審美趨向的現實狀況，社會中傳統意義上的「男性角色」與「女性角色」都在不斷地中性化，而在各種矛盾錯綜複雜的社會轉型期內，秉承這種溫柔又不失平和的審美趨向是相對安全的，同時這也是對過去那些過分激烈的反抗、解構的一種歷史性反撥，在短期內這或許更符合時代的要求和讀者漸趨清淡的口味；但從長遠角度看，這對於女性詩歌的未來發展將是一種制約，跟大眾審美保持高度一致的審美趨向，往往具有十分強大的同化能力，也就是說，一些我們尚未感受到的、具有獨特價值的可能性或許被提前扼殺。

其四，大量以身體爲書寫出發點或書寫對象的女性詩歌湧現，其中一部分作品欲望色彩濃重、將生理快感直接文本化，對造愛過程、快感體驗直言不諱。「身體寫作」作爲女性文學的特質本身本屬天經地義，並無問題，以「黑夜」意識肇始的女性詩歌身體寫作也在三十年間逐步發展，留下許多經典之作。但是，詩歌中的「身體」絕非一般生理、物理意義上的「身體」，它是一種融合了文化與歷史的存在，是滲透了時間價值與空間意義的存在。對生理性一面的過度開掘，會導致「身體」本身的多元意義消解，使相應的詩歌美感大打折扣，造成女性身體經驗資源的擱置和浪費。更何況在女性「身體寫作」中往往有少數人濫竽充數，對待寫作的態度極不端正，把其單純地視爲發洩性欲的出口，致使許多非詩的、低俗的東西混淆視聽。

雖然當下女性詩歌創作仍有不少可改進之處，但不能就此看衰女性詩歌的前景，許多女詩人還處在於寫作的轉型期，只要她們能夠在反思的基礎上作持續性寫作的調整，並沿著已有的道路堅持探索下去，女性詩歌的美好未來或許並不遙遠。

第二節　「代際」寫作中的身份認同

從上個世紀末開始，代際問題就是中國文學界一個被廣泛討論的熱點。何謂代際問題？簡單說，它就是以生物學的自然屬性作爲劃分基礎，然後立

足於社會文化的視野，審視並探討代與代之間的關係。〔註 11〕文學作爲人類文化的重要產物和人類精神活動的特殊結晶，與創作主體的價值觀念、思維方式、情感體驗乃至於語言習慣等都是息息相關的；因此，也就不可避免地會被打上代際群體的精神烙印。正如古人所說：「一代之言，皆一代之精神所出，其精神不專，則言不傳。」〔註 12〕

要想搞清楚文學的代際問題，首先必須正視代際差異。所謂的代際差異大致有兩個維度，一方面生活在同一代際的個體在共同的經歷、相似的教育、統一的社會文化影響下，所形成的這一代際所特有的總體特徵和精神特質；另一方面，由於現實環境和社會階段的變化，不同代際之間的差異是客觀存在的，在某些特定的歷史時期內，這種差異會被放大到兩個代際間無法互相理解和溝通的程度，以致產生代溝。這種「不同代人之間在社會的擁有方面以及價值概念、行爲取向的選擇方面所出現的差異、隔閡以致衝突的社會現象」，〔註 13〕事實上是時代和社會進步的必要成本，沒有代際差異，就意味著後一代人會毫無保留地將自己的人生建立在前代人的基礎之上，而一切都從模仿前代人開始，就意味著在社會演進的過程中缺乏必要的揚棄步驟。文學則更是如此，研究文學的代際差異是可能加深對文學本身的理解並獲得某種具有前瞻性成果的理想視角；尤其是對 1949 年以後中國社會重新進入相對穩定時代的當代文學而言，根據瑪格麗特‧米德「重大事件產生一代人」的理論來劃分人群，就更相對合理了。從革命戰爭年代走來的一代人爲第一代人，「十七年」中成長起來的一代是第二代，文革後到改革開放以前成長起來的一代人則是第三代，這三代人歷經離亂，可以說是爲時代和國家犧牲最多的人；同時他們之間又各有區別。然而，就當下文學研究而言，他們都已經不再是主要的研究對象，因爲活躍在當下文壇的創作者已經是 1978 年以後參與高考的「第四代人」。然而不得不提的是，中國在 1978 年進入新的歷史時期以後，這種代際差異變得更加明顯和細化，原因是經濟、政治、社會進入全面的提速發展期，近四十年的發展歷程中，幾乎每一個十年社會環境和現實情況都會有革命性的變化。

〔註 11〕 洪治綱：《中國新時期作家代際差別研究》，人民出版社，2014 年版，第 1 頁。
〔註 12〕 王思任：《王季重十種》，任遠點校，浙江古籍出版社，1987 年版，第 75 頁。
〔註 13〕 周怡：《代溝與代差：形象比喻和性質界定》，《社會科學研究》，1993 年第 3 期。

對於文學的代際研究其實已經取得了不俗的成績，這其中尤以洪治綱的
《中國新時期作家代際差別研究》爲最。這部新近出版的學術著作系統而清
晰地闡述了代際差異對於文學發展的重要作用，這裡無需多言。可即便如此，
學界仍有很多不同的聲音，不少研究者認爲以時間概念爲準繩來劃分文學的
代際，是一種十分機械化的、缺乏創造性的「偷懶」行爲，是批評家的失職。
更有研究者乾脆否定了文學代際存在的合理性，認爲代際的歸納會遮蔽文學
的多樣性和個性，有「貼標籤」的嫌疑。這些擔心當然不無道理，但卻都忽
略了兩個重要問題，一是比起其他的分類方式，時間是最天然也最無可爭議
的一種劃分標準，其客觀性是其他劃分方法無法取代的，二是研究文學的代
際特徵和代際差異並非簡單的歸類，而是對某一代際的共性和個性、不同代
際間的關係的整合性研究，它與文學研究中較爲普遍的個體性研究並不在同
一個層面上，自然也不是二元對立的，相反，這種整合性研究反倒是文學研
究中較爲薄弱的環節。

　　把問題具體到當下詩歌創作上則又有其特殊性。在詩歌創作圈和研究
界，代際差異以及相應的定性、命名、研究早已有之，而且諸如前朦朧詩、
朦朧詩、第三代、中間代等代際劃分，已經在研究界達到基本的共識，這些
代際劃分併非是完全按照時代來劃分的，但均是在時代劃分的大前提下，通
過綜合作品特點和詩人創作情況來界定的，這種文學和美學的雙重視角，也
是當代詩歌研究理應具備的基本維度。縱覽當下詩壇，最爲活躍的，是「60
後」、「70 後」、「80 後」三個代際的詩人，他們無論是在創作實踐還是在審美
心理層面都是存在著明顯的代際差異的。因此從社會學的角度，用出生時間
作爲標準來區分「60 後」、「70 後」、「80 後」三個代際就有了充分的必要性和
合理性。改革開放後的三十年，是整個中國社會眞正擁抱現代性的三十年，
雖然這三十年並不長，其間出生的人年齡跨度也不大，但 20 世紀 60 年代初
和 80 年代末出生的兩代人，幾乎在世界觀、人生觀、價值觀、審美取向、性
觀念乃至法制觀念等各個心理層面都相差甚遠，就是年紀相差不到十歲的「70
後」與「80 後」，在人生態度、政治理想、人生規劃上也存在著嚴重的分野。
而作爲人類情感表達最直接、最眞誠的方式，詩歌有展現和透視這種差異的
當然義務和特殊功能，它所能記錄的代際差異和變化，事實上有時也是整個
人類社會都沒有涉足過的精神史和經驗史，它對於未來可能性的好奇，誘惑
著很多研究者終究要進入這個領域。同時，研究代際差異的立足點，往往是

不同代際的成長經歷，特別是童年時期的集體記憶和共同經驗，這種歷史性的研究方式有助於尋找一個代際的歷史定位和不同代際更迭間的繼承和否定。研究當下詩壇的代際差異，不僅能夠為詩歌研究領域增加一種有益的研究角度，可以和傳統的以創作為標準的流派劃分相結合，而成為多維度的詩人類別辨識體系；更是文學研究走向社會的一種有效途徑，這種方式能夠利用並不宏大的核心問題，連接歷史、現實與未來，形成對當代人心路歷程的忠實記錄，還可能展現出某些屬於無法預測的未來的潛在趨向。

客觀地說，21 世紀以來的詩壇，沒有哪一代人或者哪一群落能夠獨領風騷，這本來也是一種健康的文學生態圈應該有的樣貌。可仔細回想，新詩史上年輕人真正走在風口浪尖、引人注目的要麼是新詩的創生期，要麼是 20 世紀 80 年代的撥亂反正時期（可以說是另一個創生期）；但長期以來，論資排輩的傳統和「資深藝術家」們對年輕人的有意遮蔽，都使「新人」很難出頭。是網絡技術的空前崛起，讓詩歌界擁有了前所未有的希望，年輕詩人無需等候前輩的提攜幫助，自主自由的發佈作品讓創作主體的年齡不再是佔有詩歌資源平臺的決定性因素之一；相反，許多上了年紀、跟不上時代變化又自視甚高不願屈尊降貴的「老人」，只能對著空空如也的草稿紙指指點點一通亂罵，他們的落伍就像是為即將繁榮的詩壇做了最後的墊場演出。於是當下詩壇擁托出這樣一副奇特的圖景：成名多年的「60 後詩人」們依然堅持寫作，並保有較為穩定的閱讀群體和詩歌評論關注度；正值寫作成熟期的「70 後詩人」不斷開拓自己詩歌的場域，熱衷於詩歌活動，極大限度地活躍了詩壇氛圍；「80 後詩人」精力旺盛，銳意進取，開始以詩壇未來主人翁的姿態集體亮相。他們之間詩歌理念各有不同，但又能做到並行不悖，各自表述，形成了當下詩壇一個耐人尋味的有趣結構形態。這裡我們選取「60 後詩人」、「70 後詩人」、「80 後詩人」三個頗具特色且差異明顯的三個代際作為研究對象，從代際差異的角度重審當下詩壇創作主體的構成，並分析他們在通過「代際」尋找身份認同時的不同特點。

一、60 後詩人群的認同焦慮

出生於 20 世紀 60 年代的詩人，在其童年的文化背景中是難以尋找到多少美好的詩意的。在動亂的年代，或許生存和隱忍才是最有用的教育，當很難幸福得起來的童年記憶宏大到那個時代的所有人都熟視無睹的時候，這種

苦難反倒不那麼明顯了。他們適應甚至熱衷於集體生活，但同時在孩童時期也深深感受到不受控制的集體的可怕；他們渴望在精神上和現實中尋找自由，卻在生活面前忙於創造整個國家的財富導致無暇他顧；他們開始受到符合普適價值的教育並懷有相應的社會理想，可「八十年代」的終結卻讓他們真切地感受到了幻滅的滋味。正是這樣共同際遇和記憶的影響，才有了這一代人，也才有這代充滿「尷尬」和「矛盾」的詩人。

　　這代詩人的尷尬從命名就已經開始。長久以來，對於這個年齡段的詩人一直沒有一個確定的稱謂，「60後詩人群」只是一個創作群體的合稱，而不是嚴格的或理想的詩學概念。他們既沒來得及趕上「朦朧詩」大潮，又與之後整體崛起的 70 後詩潮格格不入，他們幾乎是在後一代詩人已經集體亮相之後，迫於經典化的焦慮和發現年紀偏大後特別的急迫感，才不無妥協和扭捏地提出了「中間代」的命名。「一代人有一代人的出場方式，和詩界其他代際概念的先有運動後有命名不同，中間代的特殊性在於它的集成。也就是，在已經存在著這麼一批優秀詩人的前提下，中間代出來了，這是一種後續的整合，按理也是一種勉力的整合，幸運的是它得到了同代人和前代後代詩人的積極響應和認同。」〔註14〕這個概念囊括的詩人絕大多數出生於 20 世紀 60年代，開始創作於 20 世紀 80 年代，創作成熟於 20 世紀 90 年代後，這其中大家耳熟能詳、享譽詩壇的有侯馬、伊沙、徐江、臧棣、余怒、啞石、安琪、馬永波、老巢、格式、黃梵、潘維、葉匡政、娜夜、古馬、唐欣、萊耳、非亞、路也、樹才、桑克、趙思運、藍藍、海男、王明韻、朱朱等等，再加上比較早慧，在 20 世紀 80 年代就已經成名的韓東、楊黎、何小竹、陳東東、張棗、西川、海子、李亞偉、駱一禾、張小波等詩人，幾乎就是 20 世紀 90年代以來詩壇最核心的力量。這些詩人的作品雖然沒有 70 後詩人的「表演」那麼搶眼，但事實上在很長一段時間內都是最能代表中國詩歌的主要精神內涵的，在進入 21 世紀後，60 後詩人依然是詩壇的主力，也是被評論界和讀者普遍認可的一代詩人，他們的創作有著比較明顯的特點。

　　第一，由於所處時代的特殊性，詩人們對帶有歷史遺留的現實秩序厭惡反感，常常有意規避或置疑，往往以隱性敘事的手法刻寫一代人的精神陣痛。像侯馬的《他手記‧411》、雷平陽的《昭魯大河記‧九》、唐欣的《童年片段》、

〔註14〕安琪：《中間代！》，黃禮孩主編：《中間代詩全集‧序言》，海峽文藝出版社，
　　　2004 年版，第 2 頁。

趙思運的《廣播》和《露天裏看一部「文革」黑白電影》等等，無不間接卻又客觀、真實地記錄了「文革」慘劇與醜劇的始末。或許是源於童年的傷痛記憶，或是對自身懵懂跟隨的難以言說的追悔情緒，他們並不願意站在舞臺中央控訴時代和政治的殘忍，又缺少前代詩人那種「現身說法」的歷史性體驗，和後代詩人「事不關己」的嘲諷態度，於是他們的詩在精神內涵上又遇到了尷尬，他們無法擺脫苦難歷史的潛移默化，卻又沒有條件也不甘心做一個控訴者，他們有反思歷史的心態，卻必須面對現實的碎屑，最終在時代的「板塊碰撞」中無所適從又不甘沉默，他們的詩存在於對荒謬歷史的解構之後與新時代精神的建構之前。如老巢《村莊在此處是一個朋友》的「北京今天天氣可以看成／一個國家的臉色／印堂發黑。一些想飛來的鳥／被迫原地聽風聲／／不是國家元首不用檢閱三軍／是，我也不檢閱三軍／我名氣還不足以驚動媒體／再活 50 年我會名揚天下／／前世我女兒把花草種哪／哪就是天上，就沒有窮人／而如今我流落京城／一個人一匹馬，虛度光陰／／王府井。燈市西口往西／走過老舍故居就是藍月亮／一個小酒館，收容我一夜夜／恍若隔世的刀光劍影／／老舍老巢，字面意思都是／老房子。不知他投水時腦海／閃沒閃現我古代的身影／老巢，活在當年就是屈原／／醉倒在萬聖節門前／鬼門關，全世界形同虛設／人類，已經不能阻擋／我迎接光明解救村莊的力量／／村莊在此處是一個朋友」。這首詩據說創作於詩人 50 歲生日的當天，其中不難發現詩人對於城市生活的厭倦，但在已經殘破的鄉村記憶中同樣無法尋找到靈魂的棲息之所，在「知天命」的年紀只能繼續孤獨前行，難以確證可認同的身份。

第二，60 後詩人的成長歷程和遭遇暗合了當代中國社會的幾次起伏、變遷，鮮明地烙印下「中國特色」的精神徽記──一切都處在相互拉伸的兩端：「這代人是生在城鄉結合部的……城市是他的棲身地，但又感到格格不入。因為無人過問，他的周圍從來都沒有規範的社會組織。這種經歷教給他的最深刻的東西，是對無拘無束生活（藝術生活？）的著迷……他的立場和情感，永遠有農業時代／工業時代、本土文明／外來文明、個人經驗／社會規範兩種界面，這兩種界面的相反相成，也是他經常所能提供給你的風景。」〔註15〕進入 21 世紀以來，60 後詩人群身上那種 80 年代延傳下來、歷經 90 年代磨洗

〔註15〕李晆：《這麼早就回憶了》，許暉主編《「六十年代」氣質》，中央編譯出版社，2001 年版，第 84～85 頁。

的理想主義情懷，以及「以紙角做曠野」（張承志語）的「肉搏」精神，在浩浩蕩蕩的市場經濟洪流和無處不在的消費主義陰霾中，顯得那麼曲高和寡、不合時宜，最終只能是傷痕累累、鎩羽而歸，幻化成了一種別樣的詩寫歷程和情緒。像瘦西鴻的新作《眼睛裏的海》，「那麼多的事物奔湧　隱藏明亮於自身／晦暗伸出更加陰暗的手　折斷了視線／打量和仰望像兩隻蟲子　那麼多的事物被爬行／想像中的美　自縊於陌生的阻隔／蠢蠢的眼睛欲動　蠢蠢蒙住了自己的眼睛／視線蠕動如螞蝗遙遠地爬　爬向虛無／／時間與風厚如銅牆鐵壁　厚如史書發黴的文字／凝視像一個棄兒　東遊西蕩在塵世的煙縷間／／那麼多的美好被擱置　被無端地忽視／還沒被看見　已臨近死亡」。在詩中我們能夠看到許多印象性的事物於腦海中奔湧，而這些事物又是阻斷現世，存在與虛無縹緲間的。詩人崇尚孤獨的自慰式的寫作，其內心的糾結和矛盾也躍然紙上。

　　第三，在經歷了 21 世紀初「中間代」命名後的短暫焦慮和迷茫後，60 後詩人群的創作呈現出某種新的風貌。在經歷命名爭論後，60 後詩人群的文學史自覺意識萌生，他們害怕被歷史過早地湮沒，從而導演了一次「集團」式的集束爆發，此時無論「中間代」詩人還是詩作，都出現了井噴期，其中不乏佳作，如侯馬的《他手記》、徐江的《雜事詩》、雷平陽的《雲南記》、安琪的《給外婆》、李少君的《草根集》、臧棣的《慧根叢書》、余怒的《飢餓之年》等等。這些作品顯露出一種自如渾然、灑脫不羈的風格，形式上自由、開放，詩藝水準得到普遍提升，可謂各臻其態、群芳薈萃。如安琪《情動俄羅斯並致我的母親》「年幼時／我跟著母親練習俄語：／捲起舌頭，抵住上顎／再送出聲音／於是那聲音便能拐彎／便有一些憂傷的抒情的味道／彌漫空中。那時母親年輕／喜歡在靠窗的鏡子前／紮她的兩根小辮一邊／還哼著歌……當我在／遙遠的北京聽到中國人演唱／俄羅斯歌曲我同時想起了／你清脆悅耳的歌聲／我的母親你有漂亮的面孔／嬌小的體格但這一切都已老去／你有胸懷大志但如今正被女兒／記錄——／用來作為胸懷大志的／失敗案例。」在平靜如水的敘述語言中，飽含著對母親的深情和對童年時光的懷念，流暢自然，有一種娓娓道來、閒庭信步的獨特韻致。

　　60 後詩人就是這樣一代在苦難歷史中出生，在社會巨變中成長，畢生苦於尋找自身歷史定位的稍顯尷尬的「時代歌者」，他們的創作成就和文學史地位事實上與他們所經歷和見證的變革時代並不十分相稱；但要明確的是，在

當下詩壇這種開放、自由、輕鬆的創作環境下，60 後詩人的創作生命是會被延長的，他們雖然很難在劇烈變化的新時代再充當引領者，卻也不那麼容易被淘汰，隨著生理上的成熟與思想的沉澱、深邃，60 後詩人群在今後很長一段時間內，肯定還是詩壇的主要動力之一。但不能忽視的是，從 60 後詩人的創作中不難發現，他們或多或少地都會存在某種認同焦慮。作為當下詩壇經歷過最多歷史變故和改革歷程的一代詩人，他們最終難以確定自己在歷史與現實間的位置，難以釋懷的「歷史問題」讓 60 後詩人備受困擾。

對這種焦慮多數的 60 後詩人十分苦惱，但也有一些詩人能夠用超然的創作在生活與創作、歷史與現實之間找到平衡點，較為有效地緩解了這種身份認同的焦慮。李少君和他的詩歌創作就是其中之一。從 21 世紀之初自覺的生態寫作開始，李少君的詩便以某種與眾不同的氣質，在詩壇獨樹一幟。它拒絕矯揉造作的情感表演，也不搞故弄玄虛的文字遊戲，更不靠稀奇古怪的荒誕意象吸引眼球。那種往返於自然和世俗之間從容的思想漫遊，那種日常平淡生活中的詩意發現與提升，以及那種不事雕琢、娓娓道來的藝術形態，在當下愈發「燥熱」的詩壇不啻於一縷輕風，送來了一股清涼的慰藉。

在詩集《神降臨的小站》裏有一系列紛至沓來的風景名勝，讓人仿若是在隨詩人進行愉快而豐富的旅行，南渡江、西湖、涼州、太和殿、三里屯、珞珈山、三亞甚至河內、紐約，行之所至，都打上了詩人或置身於都市緊張或逃逸於自然閒適的精神印記。長久以來，文學創作和研究常常忽略空間因素，討論敘事文類時總是關注時間線，研究抒情文類時多沉溺於對情感線索的搜尋，沒意識到空間因素作為敘事和抒情的載體或場域的重要性。針對這一現實，理論修養深厚的李少君則有意識地注重在詩歌中凸顯空間場域，而「行走」恰恰是他理解和尋找新的空間場域的最好方式，這一點也是他超出一般風景詩或生態詩的獨到之處。

李少君善於選取那些帶有某種固定文化意義的抒情場域，所以讀者單看詩歌題目，可能無形中受先在的文化記憶和積澱支配，對文本內容做出某種「預測」，而在真正閱讀時這種預測往往又被瞬間突破。如和浪漫淒美的愛情故事連在一起的「西湖」，乃一片傳奇與詩意的所在，但是到了詩人的《西湖邊》裏卻悶熱難耐，害得煩躁的他與女伴發生了爭吵，直到湖邊一陣自然的清風吹來，「我和她的爭吵／也一下子被風吹散了」。詩中的西湖雖美，但它的邏輯線索並沒有按照預測、想像的方向發展，而代之以男女間的爭吵，「顛

覆」了西湖的傳統文化內涵，結尾兩句既喻指與女伴間爭吵的不快消除，又使全詩進入了「景」融於「情」的境界。再有《在紐約》，很多人對國際時尚的大都市「驚歎不已」，「樂此不疲」時，詩人的「摩天大樓才是主體」，「地上活動的人類，不過是點綴」的焦慮反諷裏，透著的固然是拒絕情結，但也不無對其自然的美和秩序的另一種發現。由於詩人對於空間因素的獨特理解和巧妙設置，這種對「情」與「景」微妙關係的處理在《涼州月》、《河內見聞》、《三亞》等詩中同樣精彩，對這些詩歌若用固有的文化眼光審視，恐怕難以體悟真意，只有摸清其以「情」帶「景」的機制，同時又瞭解相關景物的文化背景，才能領略其別樣的美感。李少君詩歌空間場域的出色把握，並不排斥時間因素。相反，詩人也特別擅長在行走途中的某一個空間點停住腳步，以非凡的智慧在縱向的時間線上尋找詩意，如他的《我總是遇見蘇東坡》便以黃州赤壁作爲駐足點，與古人神交於千年之外，別有一番古趣今韻。

　　與那些動輒就討論「存在」或「死亡」的詩人型「哲學家」不同，李少君詩中討論的問題、寄寓的人生觀往往比較輕鬆樂觀。因爲詩人不熱衷於追求刺激的非常規體驗，而喜歡在習焉不察的日常生活中攫取新鮮的詩意。這種「接地氣」的取材方式和抒情角度，使他的詩一方面言之有物，平易近人，走出了當下詩歌浮躁空泛的窠臼；另一方面又由於對日常體驗的智性思考和獨特處理，克服了家長里短的乏味無聊。

　　如《那些無處不在的肯德基餐廳》即堪稱這方面的佼佼者。城市快餐廳可謂熟視無睹的常見景物，人們每天都會在那用餐、休息、閱讀、如廁、會面以至於閒坐，或者說它早已不是餐飲場所那麼簡單，而成了承載著更爲複雜的城市公共功能的文化場域，那裡聚合著喜與悲、歡笑與哭泣、閒適與忙碌、富足與貧困。然而對這樣重要的文化場域，當下詩歌很少涉足。李少君這首詩的意義就在於它發現了快餐廳中那些或忙碌、或焦慮、或無助、或孤獨的現代靈魂，並把他們相互交織的狀態用飽含溫情的幽默筆觸描繪出來，餐廳服務員機械地清掃地面，卻無涉這些靈魂和軀體短暫休憩的細節描寫，令人讀之莞爾。「大都市裏，兩個才十四歲的小情侶能去的地方／就只有離家不能太近也不能太遠的肯德基餐廳了／這是一個朋友的小女兒偷偷告訴我的，她還說／她就是這樣度過她冗長的少女時代的……」就是這樣普通而典型的生活被詩人「點石成金」後，竟散發著高於生活的詩意。

　　相比於從人們熟悉的生活場景中提煉詩意，李少君把握人間真情的能力

同樣不可小覷。如《老年》、《和父親的遺忘症作鬥爭》中深沉厚重的父子眞情在不飾辭藻、不放悲聲的境況下，靜靜地流淌而出，雖走筆平緩卻感人至深。再如《沒有西西不好玩》把兒童玩伴之間那種相互依賴、吸引又略顯羞澀的憨態描摹的可喜可愛、純淨無暇。

　　李少君的詩以其自然超脫的思想意蘊和對日常生活的智性哲思在詩壇贏得了聲名。坦白地說，他並非技巧型的詩人，華麗的修辭和陌生的手法似乎與他的詩無緣。《神降臨的小站》走的即是這種貌似拙樸無華實則是「無招勝有招」的藝術路線。具體說來，一是在語言的散文化表達方式上做文章。應和隨手採擷的詩意，詩人運用平實的日常口語再恰當不過。可貴的是敏銳的語感和多年寫作練就的功力，使他又能通過平白話語的不凡組合創造詩語，詩句既有較強的可解釋性，又蘊含著詩人營造的多義性，好讀更耐讀。如「西方的教堂能拯救中國人的靈魂嗎／我寧願把心安放在山水之間／／不過，我的心可以安放在青山綠水之間／我的身體，還得安置在一間有女人的房子裏」（《四行詩》）。體量甚小的瞬間感覺滑動，通往的卻是對靈魂和信仰的追問，舉重若輕。尤其是他還大膽把網絡、短信、微博、BBS、QQ 等新潮詞彙帶進詩歌，擁有了更多的讀者群。二是詩句中幾乎不出現荒誕、恐怖或沉重的意象，而更願意使用乾淨、澄澈的「亮色」意象，寄託複雜的情愫與幽思，特別是白鷺、隱士、雲霧、草原、月亮、山等幾個鮮明的「主題語象」讓人印象深刻。像其中的隱士那種高潔傲岸、超脫不羈的個性正是詩人理想中的人生狀態，《隱居》、《隱士》、《新隱士》等詩就是這種身份和心境的具象化，它們昭示著詩人在超然物外的同時，也帶著對人世俗物的不捨和關心，情緒複雜，意蘊豐富。三是抒情視角的切換自如嫻熟，如《鄱陽湖邊》、《霧的形狀》等詩在抒發個人情感時，並不局限於第一人稱視角的汪洋恣意，而常常用全知全能的視角從自然的角度反觀自身，以達成自身與自然萬物的融合渾然，這種視角的頻繁轉換和使用，決定了李少君詩歌擁有著些許神性，彷彿能夠代自然言說，清靜高遠，禪意深湛，平白易懂，卻又適合反覆研讀推敲，給讀者留下了更廣闊的再造空間。

　　李少君的詩兼具自然詩意和智性哲思，以一種無技巧的沉靜狀態，傳達了詩人一系列邊行走、邊體驗、邊思考的情思意緒。這種詩歌態度和表達方式，對當下詩壇活動大於文本的喧囂氛圍，和眾多詩人努力把詩寫得更像詩的雕琢風氣，構成的恐怕就不僅僅是一種啓示了。

二、70 後詩人群的認同變異

不同於 60 後詩人的低調、沉潛，以沈浩波、朵漁、尹麗川、劉春、江非的爲代表的 70 後詩人群，早在進入 21 世紀之前就已經嶄露頭角，名聲已然不小。2000 年與 2001 年，《詩歌與人》和《草地》等刊物均推出了「中國 70 年代出生的詩人詩歌展」，海風出版社還出版了《70 後詩人詩選》。2005 年，獨立民刊《後天》雜誌，開始編輯「1970～1979」中國 70 後先鋒詩歌檔案，共出三期，收入 130 餘名 70 後詩人的代表作品。2008 年 2 月 2 日，中國新詩的門戶網站詩生活網專門推出「新中國 70 後詩人作品展」。相比於較爲保守的 60 後詩人，70 後詩人群體異常善於自我營銷，他們很明確地提出想要建立起屬於自己的詩歌領地，熱衷於各種詩歌活動，爲詩壇的繁榮做出了不少實績，70 後詩人的群體崛起也成爲當下詩壇一個頗具爭議的重要現象。對於 70 後詩人的爭議或質疑，大多集中在對「下半身寫作」的口誅筆伐，在時過境遷的今天回頭去看所謂的「下半身寫作」，它並不只是一場詩歌界的鬧劇和醜聞那麼簡單。

21 世紀初，這撥年輕的 70 後詩人「寫手」思想裏少有沉重的歷史羈絆，遂能更爲嫻熟地駕馭語言的舵盤，甚至製造一些別具匠心的語言遊戲和語言迷宮，排除歷史的嚴肅性之後，他們的作品擁有了更爲灑脫、放縱的情懷。他們常以另類的「肉體感受」表達現世的欲求和精神的迷茫，有時也難以避免地耽溺於對「性」的想像或身體的敘述難以自拔。如朵漁的《單眼皮》，作者借「她」青春發育期肉欲化的形象，回憶初中時代那個充滿性欲幻想的夏天，充滿撩撥性和性暗示的意象，彌漫著青春期少年懵懂的「身體」欲望與需求，借用懷舊情緒將那些有類似情感記憶的讀者引入「那些年」的青春夢境，手法和意圖都並無惡意，可是諸多感官細節的漸次展開，使人不免心生「邪念」，的確有將寫作拉入「臍下三角區」的嫌疑（這也是「身體寫作」被人們普遍詬病的地方）。其實，近年來思想漸漸脫離前期生理性「身體寫作」的 70 後詩人，用力點也已經發生了轉移，他們在高揚主體意識的同時向人性的深處掘進，如當年「身體寫作」代表詩人之一沈浩波的組詩《文樓村紀事》，「事實上馬鶴鈴已經五十多歲了／仍然顯得豐腴而周正／事實上她身患艾滋並且已經開始發作／事實上這個村子裏有成百上千像她這樣等死的人／事實上娶她的是一個正常的健康的男人／事實上這個男人也只能娶一個艾滋病人……事實上這個女人還能在床上叉開雙腿／事實上這個女人身上還有很多

肉／他真希望她永遠不死這樣他的床上／每天晚上都會躺著一個還活著的女人／事實上村子裏給大家都發了避孕套／事實上娶她的男人從來不用避孕套／事實上她問過他難道你不怕傳染上難道你／不怕死嗎？……但事實上他們都是賣血賣的事實上」（《文樓村紀事・事實上的馬鶴鈴》），詩人把身體語言瞄準「艾滋病村」，展示了一幅死亡、貧窮、荒謬四處蔓延的後工業社會的鄉村挽景，村民們攜帶艾滋病毒的「身體」成了指涉頗大的隱喻，赤裸裸地展示著中國現代化進程中那些被遺忘和拋棄的最沉痛、最悲哀、最麻木、最脆弱的生命存在，這些「一文不名」的生命苟且而生、屈辱而死，殘留於大地的是毫無血色的孤獨「鬼魂」。至此，詩人們已經領悟出了「身體寫作」的合法性、合理性原則：詩歌依附於身體，也紮根於心靈之中，只有兩者合二為一才能抵禦物化現實的壓迫，拯救詩人的詩魂。或者可以說，70 後詩人面對現實歷史題材時，潛意識中就有御用後現代來消解現實的寫作動機，這其實是他們在「狂歡化」的語境中尋求精神突圍、緩解精神壓力的必由路數。歸根結底，70 後詩人的「身體寫作」、「欲望敘事」某種程度上續接了「第三代」「玩世不恭」的寫作理念，同時是向 60 後詩人中解構敘事一支直接「借火」，並通過全新的方式進行深度闡釋。那些對於 70 後並不依託於文本就憑感覺生發出來的斥責和謾罵，確實已經超過了學術討論的範圍，「下半身寫作」有讓人難以理解的地方；但在這場詩歌運動中那些質量較高的作品裏不難發現，潛藏在紙面上的「肉欲」描寫下的，是深入到靈魂層面的精神信仰和政治訴求，而即便這些潛滋暗長的「深意」太難把握乃至無法碰觸，對待一種打破詩歌傳統的創作模式也不該過多苛責。

值得注意的是，70 後詩人不僅僅在創作上多有佳作，形成了陣容強大、創作力旺盛、藝術應變力極強的創作群體，更在詩歌傳播領域扮演者重要的角色。一方面，70 後詩人對於個人博客和詩歌網站的運用十分純熟，在微博等自媒體平臺上，70 後詩人也是網民關注的「意見明星」，他們對於詩壇熱點問題在第一時間就能做出反應。另一方面，70 後詩人中辦刊者甚多，這使民刊成為 70 後詩人的主要創作陣地，《外遇》、《七十年代詩報》、《下半身》、《審視》、《終點》、《偏移》、《詩文本》、《詩江湖》、《第三說》、《朋友們》、《東北亞》、《揚子鱷》、《外省》、《明天》、《後天》等刊物，都是 70 後整體性浮出歷史地表不容忽視的重要陣地。而且隨著網絡的飛速發展，這些民刊與相應的博客、網站相互配合，共同將 70 後詩歌創作推向了詩歌舞臺的中心。這其中

由黃禮孩主編的《詩歌與人》、《70後詩選》，以及由康城、黃禮孩、朱佳發、老皮等人編選的《70後詩集》，勾勒出了70後詩歌寫作的整體狀貌，成為重要的資料依據。然而我們也必須看到，詩人過分地把持詩歌刊物帶來的並不完全是自由穩定的創作平臺以及便捷的發表和評論，從這些民刊的字裏行間隱約能夠嗅出70後詩人難以治癒的文學史焦慮症。畢竟在沒有拉開時間距離的情況下，過高地評價還未最終成型的詩歌運動或創作潮流是有很大風險的，一些70後詩人這種既寫詩又評論的做法，實在有「王婆賣瓜」的影子，它對70後詩人群的藝術創作有時會有揠苗助長的反作用。

70後詩人這種通過「身體寫作」等比較激進的方式尋找身份認同感的做法，實際上是在「詩人」身份失效後，青年詩人對於前代詩歌傳統的反叛和解構。他們主動放棄甚至貶損「詩人」身份並不是「破罐破摔」的意氣用事，而是尋找新的身份認同時必須要經歷的「轉型」變異，於是就形成了既重視個人「小我」情懷和藝術追求，又不放棄集體出鏡機會的奇異的身份認同樣態。

三、80後詩人群的認同多樣化

新中國已經走過了六十多年，但說起真正享受到改革開放成果和國家恩澤的，還是從80後一代開始的。80後自打懂事開始，就幾乎沒有經歷過大規模的政治事件，滿眼都是國家的高速發展，經濟的騰飛跨越，這導致在80後的童年中，雖然並沒有像今天的孩童們那樣享受物質的極大豐富，但就幸福感而言是絲毫不差的。他們是第一代在「平靜」的年代成長起來的現代中國人，傳統的烙印已經愈見疏淡，成長期中正值西方普適價值和先進技術一股腦兒湧進國門之際，80後首當其衝地接觸了電子遊戲、手機、電腦、好萊塢電影，這令那些謹慎而保守的父母們倍感憂慮，家長們對於子女的這種「不像自己」懷著深深的恐懼，以至於在世紀之交凡是跟「80後」沾邊兒的事情都要教育、規勸、引導甚至批判。不到20歲的韓寒在全國人民眼前，把教育專家和現在都生活在美國的「三好學生」們駁斥的啞口無言，讓這份恐懼越來越深。但當時間進入21世紀，人們普遍接受了新事物、新思維、新生活後，漸漸發現「80後」其實並沒有什麼錯，只是因為比他們的父輩稍稍超前了一小步而被誤解成「怪胎」，歷史也將最後證明，在80後成為社會中流砥柱的2030年，中國將迎來百年未有的重大發展機遇，也許是法治國家的建成，也

許是經濟強國的真正繁榮，也許只是讓每個人都能活得有尊嚴。80 後有自己的理想、信念以及迥異於前代人的行為方式和思維習慣，他們可能會被應試教育消弭才華，但顯然不會失去創作詩歌的才情與勇氣。

事實上在 21 世紀的最初幾年，已經有不少 80 後詩人發表作品，其中鄭小瓊、董坤鵬、阿斐、春樹、丁成、逃亡、晶成華、嘎代才讓、李成恩、莫小邪、穀雨、子樂、唐不遇、熊焱、席笛海、肖水、澤嬰、南岩、遷客騷人（老遷）、上官朝夕等比較具有代表性，已經是詩壇不可忽視的創作力量。近年來，年輕詩人更是紛紛湧現，而且在各自的創作圈幾乎已經佔據著較高的地位和辨識度，比如鄭小瓊之於「打工詩歌」，李成恩、施施然之於「新紅顏寫作」，許多 80 後詩人已經成為詩壇備受關注的「明星」。80 後詩人群及其創作主要有以下幾個特點。

作為中國第一代獨生子女的 80 後，他們的創作並不依賴於一個外在的群體或是群體活動，相比於熱鬧非凡的詩壇，他們更願意躲在自己的書桌後面獨自寫作，這也就導致了 80 後詩人們的關注重點和視野十分多樣，既有鄭小瓊這種「鐵肩擔道義」願意為弱勢群體充當代言人的，也有施施然那種詩畫當酒一身典雅「民國範兒」的。也就是說，80 後詩人們在關注民生疾苦與觀照個人生活之間，並沒有形成整體性的選擇，他們享受並珍惜這種不選擇的自由。這也就決定了 80 後詩歌必然是具有很強的個性化色彩的，他們並不會按照某種詩歌以外力量的要求或限制而改變自己的風格，甚至根本不去顧及讀者和同行的反饋，在這種「自給自足」的創作狀態下，個性雖然得到了發揮空間，但缺乏與外界必要的交流也使 80 後詩歌有某種「自說自話」傾向。水晶珠鏈的《無法溝通》很好的印證了這一點，「有太多話想說／導致我坐在人群中／一聲不吭像一片擁有全部幸福的森林……」這是一個詩人，也是一代詩人共同的精神縮影。

多為獨生子女的 80 後，或許真的不太懂得與人交往，他們並不把前輩們那些所謂的「為人處世」當作金科玉律，他們認為在相互尊重個性的基礎上把事情辦好，遠比人際關係重要得多。童年時代的孤獨，讓 80 後在前代人眼中總有些「心裏不健康」的印象，這樣的看法正確與否放下不談，這種童年時代缺少兄弟姐妹相互依賴的孤獨經歷讓 80 後的詩歌中，總是有種自覺的獨立意識，這主要體現在他們詩中不依賴於權威或親人的獨立思考上，而這些思考絕不是「大人」們想像的那樣躁動和幼稚。水晶珠鏈的另一首詩《在消

失結束的地方》：「最先消失的是一個名字然後是無數個路牌／我伸出窗外的手被反向的風急速挽留／不是北京變成了廢墟那麼一定是我／在我獨自消失的快樂中，我對過去的每個人來說／幾乎是死一樣的神秘……」從語態到情感到內涵，都顯得嚴肅，甚至有些肅穆，這與社會對於 80 後狂熱、浮躁的普遍認知遠不相符，很難相信是出自二十歲出頭的青年人之手。相似的例子還有很多，80 後詩人中最著名的鄭小瓊的創作，幾乎承載了當今詩壇最沉重的精神和主題，如果不是事實擺在面前，80 後詩人承擔用詩歌「記錄歷史」的任務簡直讓人不敢相信。

另外，80 後群體內部存在很大的差異性。由於近二十年社會變革速度加快，過去十年一分期的通例在現在或許已經不太適用了。1985 年以後出生的一批詩人與 1985 年以前出生的 80 後詩人，在心裏機制和思維方式上已經存在較大差異，相對更優越的生活條件和教育狀況，讓 1985 年以後才出生的詩人們普遍有一種類似於「貴族氣質」的典雅從容，其中很大一部分詩人還比較熱衷於在詩歌中加入古典意象和典故，懷舊情懷較爲不合時宜地出現在這些年輕的詩作中。總之，不論是在現實社會中還是在詩歌領域內，被認爲「垮掉的一代」事實上呈現出的是生機勃勃的動力和熱情，在他們充滿情懷又不乏克制的詩句中，可以看到未來詩壇的希望。對於一個仍在快速生長、不斷更新的創作群體，評論界需要多鼓勵、多關注，給 80 後的年輕人以充分的藝術創造空間，不要用從前的條條框框去框定屬於未來而現代人根本沒能力想像的人生。身份認同的自由選擇和多樣化，讓 80 後詩人的集體特徵並不十分明顯，他們更喜歡堅持個體存在的方式，用更爲個性化的詩歌創作尋找屬於自己的價值。

「每個歷史時期的各種藝術形式都有著共同的時代特點，這一點確實令人驚訝，叫人費解。在不同的藝術形式中，總湧動著同一種創想，體現出同一種秉性……這種相同的藝術感勢必引起相同的社會影響。」〔註16〕當下詩壇與當今社會一樣是處在不斷變動之中的，而這些變動的根源則是歷史的，我們從前如何處理生活，生活今天就如何對待我們，相同的道理也同樣適用於詩歌。研究這個時代的詩歌，不能離開那段剛剛逝去的歷史；而歷史是通過人來實現其承繼的，詩人們需要感謝這個時代，互聯網把世界的邊界擴展

〔註16〕 〔西班牙〕奧爾特加・伊・加塞特：《藝術的去人性化》，莫婭妮譯，譯林出版社，2010 年版，第 2 頁。

之後，詩歌的場域也變得更加廣闊，深沉的 60 後，激越的 70 後，青春的 80 後，能在開放的創作環境下各領風騷，這是詩壇令人欣慰的好現象，也是中國詩歌未來發展的必要基礎。

第三節　「地域詩學」：地域文化與身份認同

地域作爲一個空間概念，對創作主體的創作實踐具有重要的影響，《詩經》即是以地緣爲基礎采風，《楚辭》更是楚地文化最燦爛的綻放。然而，長期以來我們的文學研究忽視、弱化了空間維度，甚至可以毫不誇張地說，這種忽視、弱化幾乎已經滲透在整個華夏文明的基因之中。比如我們敬奉進而迷信處在時間維度上的祖先，卻難相信存在著另一個有「主」、「神」、「佛」居住的空間維度，所以有些人像公買公賣一樣，供奉神靈以祈求平安富貴。好在近些年來，很多研究界的有識之士已經意識到把空間維度引入到文學研究中的必要性，楊義認爲一個現代大國，應該有一張文學──文化地圖，「地圖概念的引入，使我們有必要對文學和文學史的領土，進行重新丈量、發現、定位和描繪，從而極大地豐富可開發的文學文化知識資源的總儲量。」〔註 17〕他是站在整個文學──文化的角度闡釋了文學地理學的重要意義。其實，地域環境對藝術創作的影響早就在世界範圍內得到認可。正如法國批評家丹納在論及意大利文藝復興時期繪畫時所指出的，「環境與藝術既然這樣從頭至尾完全相符，可見偉大的藝術和它的環境同時出現，絕非偶然的巧合，而的確是環境的醞釀、發展、成熟、腐化、瓦解，通過人事的擾攘動盪，通過個人的獨創與無法逆料的表現，決定藝術的醞釀、發展、成熟、腐化、瓦解。」〔註18〕也就是說，環境的「獨特」會造就藝術品的一部分特性，相同環境下的藝術品會產生某種相似性，但從時間概念上看，不可能產生完全相同的藝術品，環境即藝術創作中的地域因素在藝術作品生成和特性選擇中，扮演著極其重要的角色。

在文學地理學的研究領域中，詩歌是起步較早的，這不僅僅緣於《詩經》、《楚辭》等古典詩歌具有得天獨厚的地域文化傳統，在現代詩研究領域，學

〔註17〕楊義：《文學地理學會通》，中國社會科學出版社，2013 年版，第 57 頁。
〔註18〕〔法〕丹納：《藝術哲學》（圖文本），傅雷譯，天津社會科學院出版社，2004 年版，上冊，第 226 頁。

界也較早地提出了「詩歌地理學」的概念。2006 年 8 月，《詩歌月刊》（下半月刊）推出「詩歌地理特大號」專刊，刊載了大量帶有地理元素的當下新詩，並闢有「詩歌地理五人談」專欄，對詩歌地理的文化、傳統、心理、地域、自然等眾多問題進行了理論闡釋。同年 9 月，由中國詩歌學會主辦的「中國詩歌學術論壇」相繼在長春、蘭州、成都召開，共同的理論主題爲「詩與人」，因爲召開的地點分別位於東北、西北、西南，以及對人的社會性、文化性、審美理性、心理結構等問題的關注，必然涉及「詩歌地理學」這一命題，從而引起了廣泛的注意。隨著張清華、張立群、趙思運、楊四平、林童、耿占春、霍俊明等人大量的理論闡釋，「詩歌地理學」的提法開始逐漸被人們接受。其內涵大致分爲兩個層次：一方面是對詩歌與地理關係的重新審視，中國詩歌與地理、文化的關係自古以來就非常密切，可以說是水乳交融、合爲一體的關係。從最早的《詩經》、《楚辭》到魏晉、唐宋時期的「山水詩」、「田園詩」、「邊塞詩」，再到元、清時代的「記遊詩」、「邊塞詞」等等，詩歌與地理的聯姻，造就了數不勝數的經典詩作，這也是中國詩歌的重要特色之一。正是這些詩歌經典，讓我們領略到了中國文化的博大精深，同時也引領讀者遍歷山水、陶冶性情，建構起深厚的民族文化心理，積澱下了帶有中國色彩的「集體無意識」。這個傳統一直伴隨著中國詩歌從古典走到現代，雖然新詩出現以後，詩歌中傳統意義上的地理文化發生了某種短暫的「斷裂」和不適，但其本質上的文化象徵意義和建構方式，依然在新詩中得到了延續。另一方面，不同地域詩人的寫作總能顯現出與其所在地域相關的獨特藝術魅力，特定的區域文化通過「集體無意識」的方式滋養、影響了一代又一代詩人的寫作，這種影響與詩人接受怎樣的教育或受到何種寫作限制並無直接、必然的關係，詩人寫作的過程中總是有意無意地以最爲熟悉的故鄉爲抒情場域。這樣，共同的文化環境和現實條件造就了本區域詩人寫作中的某些共性，而當這些共性達到一定規模後，就成了區別於其他區域詩人創作的創作群體個性，這種個性和共性在某個時間點上的統一，則形成了該「地域詩歌」的獨特風貌。

「詩歌地理學」問題的提出，不是一種先在的概念推演遊戲，更不是憑空臆想的產物。它不僅有理論上的支撐和準備，更是建構在創作實績基礎之上的。譬如，牛慶國、沈葦、馬非、高凱、娜夜、古馬、唐欣、桑子等等一大批西北詩人，將具有西北地域性特徵的生活經驗融入詩歌寫作之中，延續

了西北地域作爲詩歌表現重鎮的傳統。而西南詩人如于堅、李亞偉、楊黎、
翟永明、宋煒、宋渠、萬夏、柏樺、張棗、馬松、楊黎、何小竹、趙野、歐
陽江河、孫文波、劉太亨、吉木狼格、二毛、吳克勤等，保持著南方詩歌特
有的敏感、細膩，以地域特有的方言寫作堅守詩歌精神，在「最易滋生詩歌
的靈魂」（翟永明語）的地方將詩歌的地域性特徵演繹得淋漓盡致。進入 21
世紀以來，這種地域性詩歌創作現象愈發強勁，《詩歌月刊》（下半月）2006
年 8 月的「詩歌地理特大號」在刊登 160 多位詩人的近 200 首和地理有關的
詩歌同時，還刊發了趙思運、北塔、林童、楊四平和張立群的理論文章；敬
文東的《抒情的盆地》（湖南文藝出版社，2006 年 6 月版）以四川盆地 20 世
紀 80、90 年代的詩歌寫作爲線索，探索了四川特殊的地理、氣候、方言、甚
至火鍋、茶館對詩歌寫作的意義和作用，並提出一系列中國當代的詩學問題，
將詩歌與地理的關係闡釋得十分詳盡，可以視爲近年來詩歌地理學闡釋的經
典文本；大批地域性詩歌選集相繼出版，其中《山東 30 年詩選》、《雪國詩人
——新時期黑龍江詩人優秀詩歌選》、《中國西部詩選》、《在路上——東莞青
年詩人詩選》、《深圳青年詩選》、《廈門青年詩人詩選》都具有不菲的價值。
但從理論推演層面上看，21 世紀地域性詩歌「爆發」這一現象似乎有些「反
常」。因爲席卷世界範圍的全球化浪潮，已讓許多地域性文化變得面目全非，
「地球村」的成形也讓原有的地理概念變得模糊不清，人類創造出越來越多
的同質化景象，鄉村概念的逐步消解和鋼筋、混泥土堆成的大城市，讓全世
界都存在於同一風格的景觀中。「如今，我們生活的地方日益變得無地方性，
相同的技術元素和社會元素進入了生活空間，造成了對生活空間的『殖民
化』。這樣的環境在使人們的生活變得方便之時，也消除了地方經驗的差異，
甚至消除了個人化的傳記經驗，人的地方性意識、某種歸屬感和屬性的形成
也會逐漸解體。」〔註 19〕在這樣的背景之下，詩人們似乎應該順應時代的潮
流，創造出一批更「現代化」的作品；可事實卻恰恰沒有按照這種想當然的
預想發展，詩人們用他們的創作實踐來證明，詩歌不會苟且於眼前的利益，
而是永遠在尋求個性與自由。

　　我們不妨以幾個不同地域詩人的創作實績爲入口，進一步分析當下詩歌
中地域性詩歌能夠立足並取得成功的現象。

〔註 19〕〔英〕麥克·克朗：《文化地理學》，楊淑華、宋慧敏譯，南京大學出版社，
　　　2005 年版，第 40 頁。

一、「向西去大理」：雷平陽詩中的雲南情結

雷平陽是整個西南地區詩歌界最響亮的名字，也是魯迅文學獎的得主，但讓人印象更加深刻的，卻是一個詩裏詩外充滿著想像的與現實的雲南的詩人。謝有順評價雷平陽的詩是「有根的」、「有方向感的寫作」〔註20〕，那麼這「根」與「方向」便在雲南。

2009年底，詩人出版詩集《雲南記》，得到讀者和評論界的一致好評，真正達到了「叫好又叫座」的效果，成爲近年來雷平陽詩歌的代表性作品。「雷平陽只想從一個草根的生命視角，寫出他眼中所見的昭通與雲南」。〔註21〕張德明的判斷無疑是準確的，在《雲南記》中讀者可以清晰地看見，詩人理想中的雲南與現實的雲南之間的糾纏與摩擦，少數民族的文化傳統正在日益淪陷於現代文明，雷平陽是在用飽含著體溫與真情的詩句，描繪著一個處在歷史節點與文化節點上的「詩中雲南」。

在《親人》一詩中，詩人毫不掩飾自己對故鄉的深情厚誼：「我只愛我寄宿的雲南，因爲其他省／我都不愛；我只愛雲南的昭通市／因爲其他市我都不愛；我只愛昭通市的土城鄉／因爲其他鄉我都不愛……／我的愛狹隘、偏執，像針尖上的蜜蜂／假如有一天我再不能繼續下去／我只會愛你我的親人——這逐漸縮小的過程／耗盡了我的青春和悲憫」。如果詩人只是不加限制地放開情感的閘門，那麼也就流俗於情感的宣洩了，這首詩卻不一樣，對於故鄉的迷戀，被詩人用一種很「狹隘」的方式濃縮起來，「逐漸縮小的過程」正是詩人克制情感的過程，正是這一份克制讓詩人對故鄉的情感達到了昇華，顯得尤爲可貴。而「我只愛……因爲其他都不愛」的格式給人印象深刻，粗略看去似乎是詩人玩的語言遊戲，其實是高明的情感推進的方法，這種方法也是雷平陽十分擅長的，在一首名爲《瀾滄江在雲南蘭坪縣境內的三十三條支流》的詩中，詩人用「又向南流×××公里，……河」的句式，把三十三條河逐一列舉，這已經不屬於正常的中文語言秩序，形式上的「作怪」也讓這首詩成爲一些評論者口誅筆伐的對象，拋開先入爲主的判斷，仔細研讀它就會發現，這三十三條河有的還存在，有的正在乾枯，有的已經不復存在，內在有一定的邏輯順序，其實詩是在表達對古老土地被現代文明踐踏的憤怒

〔註20〕謝有順：《雷平陽的詩歌：一種有方向感的寫作》，《文藝爭鳴》，2008年第6期。

〔註21〕張德明：《新世紀詩歌研究》，暨南大學出版社，2013年版，第120頁。

與傷感，但形式上的過度「實驗性」確實讓這首詩飽受非議。

雷平陽詩中的雲南書寫，不僅僅是對家鄉的質樸情感，更有對現代性的都市文明侵佔鄉土傳統和民族文化的反思。比如《在墳地上尋找故鄉》中，有「一千年的故鄉，被兩年的廠房取代」這樣的句子，對於故鄉被現代化的都市文明和工業社會侵佔，詩人是懷著憤懣與不平的，然而他又確定地知道，「我已經回不去了」，惋惜之情也是溢於言表，他想做的不過是爲迷人的卻在漸漸遠去的故鄉留一座精神上的「祠堂」，在心理上向先人交代，也供後人瞻仰。相似的作品還有《曠野上》、《離別峰》、《寺廟》、《過怒江》等，不勝枚舉。近年來，雷平陽最出色的作品當屬長詩《祭父帖》，很難想像在當下詩壇能有人把父子親情、歷史記憶、思鄉情懷、精神追求、民族文化和對現代性的反思融合在一首詩裏，幸運的是雷平陽做到了，整首長詩自始至終感情充沛而克制，連綿不絕又不顯拖沓，父子之情貫穿始終又自然融匯，在不著痕跡中眞情流露，而對於父親雷平陽並沒有刻意神化甚至是歌頌，而是忠實地把父親的一生記錄成卑微而無可奈何的、沒有方向的鄉村故事，又把這個普通的農民放置於眞實的歷史文化語境下，從一個平凡的人生中看到故鄉的迷失和文化傳統的淡化，甚至在父親生命的旅行中尋找整個中國人的命運軌跡和現實遭遇。全詩篇幅雖長，但遣詞用句凝練深沉，實爲不可多得的優卓文本。

雷平陽是這個時代難得的既擅長抒情又樂於敘事的詩人，而「雲南」永遠是他故事的背景，如果沒有敘事的成分，像雷平陽這樣的性情中人，他的詩往往會因爲感情過於充足而顯得不夠克制和含蓄，這種性格本身也可能是受了雲南文化的某種影響，而詩人出色的敘事能力讓他的詩收放自如，情感飽滿又能在關鍵處收束的住，從而在思想上達到某種只靠情感無法觸及的高度和深度。對於「雲南」，他的感情是複雜的，作爲一個時刻在詩中思考的人，他當然不會把筆下的家鄉變成旅遊宣傳片裏的如畫美景，他的筆觸是深刻的，他深知雲南美在何處，卻不會糾纏於美好的表象和由衷的愛戀，他更願意透過表面美麗的雲南，去發現這個地區內裏的矛盾乃至於病變，他是用另一種方式愛著「回不去」的雲南。

二、「雪國列車」：張曙光詩中的東北情懷

張曙光作爲「知識分子寫作」陣營中的代表詩人，在 20 世紀 90 年代就已經譽滿詩壇了。他詩歌那種質樸平實的創作風格、極強的敘事性和出類拔

萃的思想深度，受到了讀者與評論界的雙重認可；而作爲一位專事文學研究的大學教授，他懂得寫詩更懂得品味詩歌，是當下文壇不可多得的全能型的詩人。然而，研究界對他詩歌中強烈的地域氣息是缺乏必要關注的，這位來自東北哈爾濱地區的詩人，詩作中散發著濃鬱的「北大荒」氣質。

因爲身居龍江大地，白山黑水的地域風景對他的詩歌創作的影響是非常明顯的。「哈爾濱這座城市對我的寫作有著很大的影響，它四季的鮮明變化，它的容納了異域特色的風情，它的歐式建築，在其他地方都是難以找到的，這座歷史很短的城市具有國際化的色彩，包容性很強，沒有傳統文化的因襲和重壓，後者至少對我個人的寫作是重要的，簡單說，這些特點使我的寫作保持了純正的風格和世界精神」。〔註22〕善於描繪風景的張曙光，與北國風光的相遇可以說是詩壇的一大幸事，北國風光和相應的人文情懷，給張曙光的詩歌留下的最深刻的印記就體現在其塑造的一系列「北國」意象上。「從內心的靜穆思索或者情感移情的方式來賦予風景詩意化，這是張曙光筆下彰顯出的風景的視角」〔註23〕這種視角決定了詩人筆下生發出來的意象，往往是與周遭景物相契合的，最好的例子就是其詩對於「雪」的意象的書寫。

對於「雪」的鍾情幾乎成了張曙光詩歌的一種特別的風格，這讓他的詩似乎總是發生在冬天，他筆下「雪」的意象也能給人帶來陣陣寒意，對此他自己也曾解釋說：「雪總是連著死亡和寒冷，更多時候是死亡，因爲它在嚴酷的同時也美麗，它給生活同時帶來痛苦和意義」。〔註24〕事實上，這只是詩人對於「雪」的理想印象，在他的筆下，「雪」其實是多姿態的，比如《季節》中「季節進入季節像從一扇門／進入另一扇門，現在／長椅上落滿了雪，你仍在等待／直到夜晚召來了寂寞的燈光／在日子潰爛的口腔裏／一切都在迅速成長／房間空曠／雪地上有很多聲音」，雪既是季節更迭的使者，也是在孤寂的夜晚唯一陪伴抒情主人公的擬人化意象，於寒冷中能感受到絲絲溫暖。又如《得自雪中的一個思想》中，「這場雪突然降臨，彷彿／一個突如其來的思想／帶來了驚喜，憂傷，或幾分困惑」，「雪」是觸發詩人思考的靈光一現，

〔註22〕 張曙光：《生活、閱讀和寫作——答鋼克》，西渡、王家新編《訪問中國詩歌》，汕頭大學出版社，2009 年版，第 68 頁。

〔註23〕 陳愛中：《靜默地諦視世界——論張曙光的詩》，《文藝評論》，2012 年第 11 期。

〔註24〕 張曙光：《生活、閱讀和寫作——答鋼克》，西渡、王家新編《訪問中國詩歌》，汕頭大學出版社，2009 年版，第 65 頁。

安靜平和中也有些許激情暗湧。再如《冬天》中，「又下雪了／我在雪地上大步走著／跨過二十幾個冬天／奇怪地想了那些麻雀／想到生命真長／冬天真長」，雪成了一張彷彿永恆的幕布，任時光流轉，始終靜靜地映襯著生命的軌跡，寧靜而嚴肅。總之，作為張曙光詩歌中的一個核心意象，「雪」沒有被簡單粗暴地加上晶瑩剔透、冰清玉潔的常用標籤，而是用非常規的方式，讓「雪」這個本身特點較為定型的意象鮮活了起來，是一種深沉的不含因襲的鮮活，它源於詩人整個人生軌跡中對於雪的經驗性記憶和想像性呈現的完美統一。值得一提的是，正如詩人自己所說，哈爾濱是個四季分明的城市（東北三省的大部分地區皆是如此），在他的詩中，季節出現的頻度很高，而且每一個季節都被詩人賦予了新的意義或特質，比如他的《春天》一詩中既無生機盎然的景物，也無萬物復蘇的熱鬧，而是靜靜地積蓄著力量。這與東北地區的實際情況是十分吻合的。

張曙光詩中東北情懷的另一個重要表現，則是他對於特殊歷史時期東北地區的知青生活和勞動改造記憶的再現。東北，作為祖國的邊疆，極北的苦難之地，在 20 世紀六七十年留下了許多特殊的時代記憶，成為整個東北地區年長一代人的「集體無意識」，張曙光特別善於從這些記憶入手，反思歷史與現實。在《回憶：1967 年冬》中就有這樣的詩句：「1967 年／那一年在中國／詩人們早已絕跡／我讀著《詩人之死》／不時往爐子裏面／填入一兩塊木柴」。在那個特殊時期，詩人的浪漫和理想都是不合時宜的，詩意隨著詩人的自殺和詩集的焚毀而蕩然無存，一如毫無生機的寒冬，真正的詩意只能隱藏在爐子和木柴的生活隱喻中。另一首詩《冬日紀事》裏，這種情緒就表達得更為明顯，「我最終學會了緘默／因為在冬天裏無話可說」，這其中所蘊含的對時代的思考和對歷史的控訴都是頗為深刻的，「學會緘默」並不意味著對詩對自由的背叛，「冬天裏的無話可說」才是這一切荒謬的最終根源。

此外，張曙光的語言總是較為平白直接的，沒有過多的拗口長句和細膩繁複的推敲，直來直去的語詞另有一番爽快，這與東北人的爽直性格應該是有直接關係的，與其晦澀難懂地表達情感倒不如緘默不言了。在詩歌技巧上也是如此，他的詩中幾乎沒有那種彎彎繞繞的複雜炫技，也從不進行看似華麗的語言遊戲，也善於在平白無奇的語言中蘊含深刻的人生哲理。他是為數不多的能在現代漢語詩歌寫作中做到深入淺出、詩歌意義大於詩歌語言本身的詩人，是東北詩人最傑出的代表之一。

三、「夢裏敦煌」：古馬詩中的甘肅記憶

中國詩歌自古就有邊塞詩的傳統，這傳統彷彿是一個延續了千年的夢，始終紮根在風沙戈壁的大西北，而古馬就是這一傳統派遣給當下詩壇的優秀代表。

從 20 世紀 90 年代開始嶄露頭角，到近年來的佳作頻出，古馬的成長是整個詩壇都看在眼裏的，他的成長始終沒有脫離甘肅的土壤，而這土壤中的養分是絕對充足的。曾經孕育了絲綢之路、敦煌文明和樓蘭古國的土壤，在今天依然是一筆無法估量的文化財富，古馬的整個生活基點、生命記憶和人生領悟，都是根植於這塊土壤的，於是他的詩也就有了這土壤的「味道」。在古馬的詩歌創作中，屬於甘肅的神奇歷史的記憶，是一個標識性的存在，他的詩歌幾乎都會飽含著深厚的歷史底蘊，敦煌、樓蘭、西夏、玉門關、焉支、河西走廊、絲綢之路，這些歷史地名總是成爲他跨越時間長河的抒情場所，和田玉、黃驃馬、塞上牛羊、單于夜奔這些極富傳奇色彩的意象，也都是他懷想千年的詩意所在。比如這首《焉支花》：「根下單于睡覺／頭上牛羊亂跑／焉支花／顏色在你手裏／你舉著一年一度的雲／風兒吹手兒搖／祁連山下的女子／臉似胭脂腰似草」，古風色彩極其濃厚，讓讀者彷彿置身祁連山下，風吹草低見牛羊的奇景之內，在這種詩人設定完成的抒情場域裏，風兒、牛羊、女子、雲朵都成了有情之物、有意之景，一個漫天風沙中的浪漫故事躍然紙上。有評論者讚揚古馬有「種玉爲月」的能耐，說他的詩表達著「布清輝而耀千古」的人格精神和審美理想〔註 25〕，這雖然有些過譽，但卻道出了古馬詩中歷史文化底蘊的豐厚，以及這種底蘊帶來的詩歌意象和情感表達的神采飛揚，這也就是古馬的詩中總有一種難以言明的靈氣的原因。坐擁如此廣大神奇的歷史資源，又親身經歷著人類歷史上最重要的歷史變遷，古馬特別樂於在歷史與現實之間尋找一種充滿神秘感的朦朧的中間地帶，這也讓他的詩往往有跨越時間維度的奇妙韻致。《西涼月光小曲》就是這樣一首詩，在詩中抒情主人公化身月光，跨越千載，與夢中的女子相會，月光下的神秘相遇令人神往，渾不知身在何處。《玉門關小立》則是另一番景象，詩人獨立玉門，追思當年匈奴鮮衣怒馬、颯踏如流星，如今都化成煙塵風沙，今日「九萬里的風聲倒無半點殺氣」，透出些許無奈，玉門關成了詩人撫今思昔的思維

〔註25〕沈奇《種玉爲月的詩人──古馬印象》，見黃禮孩主編：《古馬：種玉爲月》，敦煌文藝出版社，2009 年版，第 183 頁。

節點，甘肅文化中深厚的歷史底蘊自然而然地內化成古馬的一種時間性和歷史性的思維習慣和抒情方式。

受到甘肅文化的深刻影響，古馬的詩呈現出某種類似於游牧民族性格的粗獷氣質，他自己也曾說：「我的詩應是一種強暴，把風馬牛不相及事物強行黏合，轉化爲我生命中遙遠而親近的東西，拓展想想無限可能的空間。」〔註26〕這種「強行黏合」確實略顯粗獷，但其實在細微的接縫處，詩人總能巧妙而不失優雅地處理好銜接問題，頗有種柔中帶剛、剛中有柔的高手風範。「月光」這一意象就是詩人最常用的「潤滑劑」，它本身具有的朦朧與神秘，讓本來不相關的諸多意象一起蒙上一層薄薄的光暈，顯得和諧自然、安靜恬淡，讀之並無絲毫不適。

另外，古馬的詩多用歌謠體，這在當下詩壇也是不多見的。聯繫到我國西北地區民歌的盛行，這種結構風格也就不難解釋了。歌謠體的大規模運用，讓古馬的詩有種獨特的親切感，給人以溫馨甜美的閱讀感受。總之，古馬之於甘肅，或者甘肅之於古馬，都是不可缺少的，甘肅需要古馬這樣能夠體現出千年文化積澱和底蘊的歌者，而古馬，則不能離開這塊文化土壤的滋養。

通過對這些地域詩人作品的解讀和特點的分析，不難發現，地域文化給詩人創作帶來的個性是詩歌生態中不可缺少的一抹亮色，那些企圖抹掉這種個性差異，把詩歌統一在某種思想或文化旗幟下的行爲是愚蠢而無用的。詩歌本身就會尋找自由、尋找差異，個性是詩歌創作的基礎。地域文化恰恰提供了一種個性生成的可能，而這種建立在有同區域內部的文化共性基礎上的藝術個性，更易於被人接受。由此可見，地域詩人和詩人創作的地域性的存在，是當下詩歌生態一種健康的發展方向，詩歌地理學研究也將是未來詩歌研究的一個重要理論維度。

〔註26〕黃禮孩主編：《古馬：種玉爲月》，敦煌文藝出版社，2009 年版，第 2 頁。

第三章 「新及物寫作」：詩歌與世界的互動

　　作爲連通文學意義與外在世界的橋樑，現實主義詩歌可謂源遠流長。但是，現實主義詩歌傳統和政治、經濟、文化等多維因素的關係密切而複雜，於是滋生出中國詩歌史上一個弔詭的事實：更爲依靠個人才華和精神個性的浪漫主義詩歌，反倒比現實主義詩歌更具有相對穩定的性質，甚至在某些特定的歷史時期內，現實主義詩歌還會遭遇蟄伏期或狂躁期。令人欣慰的是，一旦社會發展步入正軌之後，現實主義詩歌傳統就會跟隨著應和時代發展的步伐重新回歸；並且這中間每經歷一次「否定之否定」的過程，均會讓現實主義詩歌傳統增添新的內涵。而從創作主體的角度看，表達情感自然是詩歌創作的第一目的，但能在表達情感的同時，反映現實世界甚至於反作用於現實世界，則是詩歌創作主體的更高層次的追求。只是在以現代主義爲主流的新詩歷史上，現實主義詩歌傳統並沒有得到大規模的發展機會，但即便是在現代主義詩歌中也會經常出現現實主義的傾向，又或者我們本該「少談些主義」，避免用先入爲主的概念和眼光，去看待詩歌創作中的現實主義傾向。

　　當代詩歌的「及物」傾向在 20 世紀 90 年代發展起來，這是現實主義傳統一次集中的爆發，其初衷是要解構 80 年代以來的「宏大敘事」和啓蒙思想，讓詩歌回到現實生活，在當時的歷史條件下，這是一種值得肯定的創作傾向。但是，其缺陷也是十分明顯的，過分關注「雞零狗碎」的日常生活，許多文本甚至淪爲生活瑣屑的簡單鋪陳，缺少詩歌應該具有的情感和思想。對於那

些社會重大題材，90 年代「及物」詩歌幾乎是「談虎色變」的心態，因此常常過於刻意地迴避詩歌創作對其進行觀照。過分個人化的寫作傾向，讓許多詩歌成爲詩人們的竊竊私語，難登大雅之堂，也妨礙了詩歌經典性的生成。這時的現實主義傳統或說「及物」傾向，只是停留在「反映」現實的層面，並沒有達到詩歌與現實世界的深層互動。

　　進入 21 世紀以來，詩歌創作在延續 90 年代關注現實的傳統的同時，運用新視角和新方法，從更宏觀的角度關注現實生活。對於社會重大題材也不再一味迴避，同時，又十分關注社會底層的生存現狀，詩歌與世界的互動體系已經基本建立，並且顯現出 90 年代詩歌所不具備的社會責任感和介入精神，這對於改變詩歌的邊緣化處境作用不小。更爲可貴的是，這些創作實踐已經在一定程度上引起了社會的普遍關注，甚至形成了對現實生活的反作用。

第一節　詩歌創作中的「及物」傾向

　　改革開放後的三十年，堪稱中華民族重歸正途的歷史，之前的百年戰亂和政治浩劫，使我們的民族對於生命和生活都獲得了新的認識。被打斷了幾十年的現代化進程，雖然在 20 世紀 80 年代才姍姍來遲，但其速度之快是人類歷史上見所未見的，人民生活水平的提高未及國家經濟總量增長那樣令人咂舌，但比起百年來的離亂貧窮已經是地下天上的轉變。中國社會的政治、經濟正常化後，文化也不甘落後，知識精英階層重新佔領精神高地，大批國外的哲學、社會學、文學著作被迅速引入，這可謂中國近現代史上精神領域的又一次跨越式發展。在這場轟轟烈烈的思想解放潮流中，也不乏現代主義文學的即興表演，但現實主義傳統還是理所當然地唱了主角。當時的精英階層熱衷於開啓民智，雖然最終沒能取得全面的成功，但在 20 世紀 80 年代中華民族的文化素質和思想流向逐步回到了人類文明的正常歷史節點，至於當時的思想解放運動是否顧及了普通人的日常生活，已經並不重要。到 20 世紀 90 年代，改革成效初顯，只是改革帶來的人心動盪和貧富差距等社會現實，也無可逃避地擺在了人們面前，個體精神、平民意識的強化，使眾多老百姓不再關心遙不可及的宏大問題，而開始把目光移向自己的菜籃子和工資條，在這種境況下，「啓蒙」者無奈地放棄了抵抗。

一、「及物」寫作與現實主義詩歌基因傳承

詩歌的「及物」寫作概念在 20 世紀 90 年代的詩歌評論中開始出現，主要是指涉 20 世紀 90 年代先鋒詩歌的文本特徵：「拒斥寬泛的抒情和宏觀敘事，將視點投向以往被視爲『素材』的日常瑣屑的經驗，在形而下的物象和表象中挖掘被遮蔽的詩意。」〔註1〕所謂的「物」即「形而下的物象和表象」，這當然不僅指那些庸俗的生活瑣屑，而是指由生活中的點滴纖毫推而廣之的整個現實生活。「及物」其實是一種不無矯枉過正意味的現實主義審美趨向，它所針對的是 80 年代風行一時的羅蘭·巴特的不及物主張，是詩歌寫作經常陷於意識形態、宏大敘事和過於純粹境地的弊端，爲了警惕「聖詞」、「大詞」帶給詩歌的虛華浮泛的局面，90 年代詩歌自覺地走向日常詩意，也就是著意於將時代、現實語境中瑣屑、細小、凡俗的事物等「非」詩因子納入寫作範疇之中，摒棄對事物先驗的、本質化的規定，從而達到「物」的澄明的詩歌境界。

這種創作傾向有其深刻的思想和歷史根源。20 世紀 90 年代初，正是西方後現代主義被引入中國的關鍵時期，是繼續堅持「啓蒙」立場，還是用「解構」方式暫時解決眼前的現實矛盾？處在歷史選擇十字路口的思想界，並沒有給出十分確切的答案。此時，政治局面的激烈轉折曾使選擇的天秤一度向「解構」一邊傾斜，於是一切與意識形態、宏大敘事、集體記憶等相關的思想觀點和文藝作品，都成了被「拆解」的對象。應該說，這種做法能夠讓直面現實生活的人們，快速忘掉並不遙遠的傷痛之感，解構一切在導致「啓蒙」失效的同時，也確實讓轉折期的陣痛暫時得以緩解，是非、善惡、主義、價值在解構的大背景下，都顯得不再那麼沉重，放下精神負擔的人們似乎開始停浮於物質的富足了。新詩創作在這場「解構」大潮中，無疑是走在隊伍前列搖旗吶喊的，「消解意義」成了那個時代詩歌創作的必修課。就在詩人們紛紛把目光投向「物」，用個人化寫作尋找凡俗中的詩意的時候，另一種危險實際上也在潛滋暗長。

或者說，20 世紀 90 年代的「及物」寫作雖然使詩歌走向了客觀化境域，提高、拓寬了詩歌介入現實和歷史的能力，並且破除了「宏大題材」一統詩壇的格局，建立起詩歌與當下生活更爲密切的聯繫，也輸送出一大批優秀的詩歌文本，如侯馬《種豬走在鄉間路上》、唐丹紅《看不見的玫瑰的袖子拭拂

〔註1〕 羅振亞：《朦朧詩後先鋒詩歌研究》，中國社會科學出版社，2005 年版，第176頁。

著玻璃窗》、賈薇的《咳嗽》、楊克的《在東莞遇見一小塊稻田》、馬永波的《電影院》等，也的確在一定程度上構成了時代的經典，但是，其褊狹也是顯而易見的，它在觀照日常性事物時表現出的私密化和狹窄化，事實上背離了現實主義詩歌傳統。詩人往往更多地沉湎於自我面對「事物」時的「個人化」的體驗，卻拒絕了詩歌寫作的「倫理」存在，迴避了社會良心和詩歌中本該蘊含的美好人性理想，沒有完成「對當代噬心主題的介入和揭示」（陳超語）。「及物」詩歌過於注重對個人內心複雜感受的描摹和再現，卻忽略了遠處那些需要「關注」的人和事，詩人們以「集體遺忘」和「集體出逃」的方式，看似巧妙實則愚蠢地迴避、懸置了詩歌與社會的關係問題，或是躲進自己營造的「象牙塔」之中歎息自慰、顧影自憐，或是對著古今聖賢們一味地大放厥詞、孤高自許，詩歌的靈魂逐漸變得輕浮，「沉潛」得幾近失聲。它以「個人化寫作」的方式完成了詩歌對「意識形態」的剝離，卻又陷入了與社會「脫節」的弊端，這讓曾經看似無比正確的「解構」浪潮怎麼看怎麼有種飲鴆止渴的諷刺意味。對於這樣的歷史遺留問題追究責任沒有意義，如何處理詩歌寫作與社會關係的命題，使它在「自足性」和「社會性」之間找到平衡點才是當務之急。正像美國學者艾爾伯特・鮑爾格曼曾提出過的「後現代現實主義」的觀點：「接受後現代批評的教訓，解決後現代環境的意義含糊，採取堅韌態度，爲建立以共同慶祝活動爲中心的公共秩序而努力」〔註2〕。對於用現實主義實現祛魅的「解構」浪潮，一方面必須有足夠的思想和倫理上的警惕，另一方面要明確「消解意義」並不是最終目的，必須調整那些激進的思想來實現對現實的重構，也就是具有建設性的後現代主義。同時，鮑爾格曼指出，後現代的生態學、經濟學與社會想要抵制超現代的迷失方向與乾涸空虛的話，它們必須以現實爲基礎和中心。然而要十分注意的是，我們並不能在「意義消解」遇到現實困境後，就急不可耐地回到 20 世紀 80 年代的思想秩序中去，事實上那個年代也是永遠也回不去的。「在整個世界秩序四分五裂的狀況下，如果我們想通過一種有意義的方式得到拯救的話，就必須進行一場眞正有創造力的全新的運動……我們不可能退回到前現代秩序中去，我們必須在現代世界徹底自我毀滅和人們無能爲力之前建立起一個後現代世界」〔註3〕

〔註2〕 艾爾伯特・鮑爾格曼：《跨越後現代的分界線》，孟慶時譯，商務印書館，2003年版，第 140 頁。

〔註3〕 王治河：《別一種後現代主義》，《後現代主義》，陳曉明編，河南大學出版社，2004 年版，第 205 頁。

　　既然已有的方式方法經過二十餘年的實驗和實踐，無奈地成爲一個進退維谷的思想困局，那就證明現實主義詩歌的革新已經迫在眉睫了。當然，這並不是說「及物」寫作的方向有什麼缺陷，就趨向性而言，「及物」寫作不僅在解構崇高的初期顯現了作用，更是一個應該長久堅持的創作傾向，只是首先要解決 20 世紀 90 年代詩歌存在的不良傾向問題，使之成爲一種新的及物寫作，一種能夠眞正溝通詩歌與生活、與社會、乃至與世界關係的寫作。幸運的是，進入 21 世紀以來，數量眾多的現實主義詩歌，承繼了 90 年代詩歌「及物」寫作的精神；更爲令人驚喜的是，它在新的傳媒格局、文化環境和歷史條件下，又發生了某些本質上的轉移，具有了新的特質。當下的及物詩歌創作，在保持獨立性、自足性的基礎上，視域愈加廓大，既疏通了與社會的平等對話的途徑，又延伸了「世俗批判」意識。一方面避免了再次陷入「意識形態化」的窠臼，另一方面又讓詩人的「個人意識」承擔起價值關懷和社會責任。這種新變體現在兩個層次上，其一是視角層面的變化，越來越多的詩人和詩歌作品開始關注更爲廣闊的社會生活，這種關注角度的擴展不是對「假、大、空」的歌頌情懷的機械複製，而是建立在眞實感受和現實問題之上的具有社會責任感的關注，尤其是對於社會底層、城市打工者、弱勢群體等邊緣群體的空前關注和詩意撫摸，不僅迥異於對「意識形態」的再度依附，也不是對權力話語的寄生策略，而是以富有痛感的批判姿態切入社會生活，它不會終止詩歌的「求眞意志」，是現實主義詩歌的懷疑精神和反抗姿態的延續。其二是方式方法層面上新的個人經驗的呈現方式，這種「新」既是指信息科技革命帶來的不同以往的新的個人體驗，也是指對日常生活更爲細密的智性思考和審美觀照，尤其在對生活與生命的體驗方面，表現出了更高層次的理解與珍視。

　　詩歌「及物」傾向的再興，是當下詩壇進入 21 世紀後的十幾年來一直持續的顯在現象，它既是 90 年代「及物」寫作解構 80 年代詩歌精神傾向的延續，又是在解構之上建構了新的詩歌與社會交流秩序，是對 80 年代以來現實主義詩歌精神「否定之否定」的發展。雖然現在給這樣一種創作傾向定性還略顯急躁，但我們不妨大膽地暫時把它稱之爲「新及物」寫作，給這個還存在不斷變化中的新的創作傾向以足夠的重視。「新及物」寫作區別於 90 年「及物」寫作的兩個關鍵點，就是其具有的「新視角」和「新方式」，下面就根據 21 世紀現實主義詩歌創作實績，來探討「新及物」究竟新在何處。

二、社會問題的切實關注

提到詩歌，多數人會條件反射般地想到風花雪月，這並沒有錯。詩歌從都不是全民大眾的日常活動，長久以來都是少部分文化精英壟斷著詩歌創作，創作主體的身份又往往決定了他們難以將視線投射到社會其他階層。然而詩歌並不是純客觀的科學，而是最具有情感的藝術體裁，它有著自己的道德和使命——關注和展示所有生命的形式和情感。20 世紀 90 年代，在「及物」寫作傾向影響下，很多詩人關注到了本體的生命體驗和樣態，他們用細膩的筆觸展示和剖析自己的心理、情感、行為、意識，甚至是潛意識裏的性衝動，幾乎囊括了人的物質與精神層面的全部，這一傾向的出現不僅僅源於藝術上某種潮流的驅使。若從社會學的角度講，當人們處在劇烈的社會轉型期，個體經濟指數面臨巨幅的波動以致無法對未來的生活質量做出判斷時，道德、法律、情感、政治這些形而上的東西都會退居二線，這時大部分人均會選擇自己；所以過分的個人化寫作並不應該歸咎於詩人本身，它是一個由複雜的社會因素導致的結果。當時的詩人不是不講詩歌倫理道德，只是他們要用更多的精力去關注個體的貧窮和困惑，無意中規避了一些更有價值的領域書寫。而社會問題之所以稱之為社會問題，是因為其規格與門檻過高，個體的貧窮哪怕是死亡都算不上社會問題，只有一個階層的貧窮和困惑，才算得上是社會問題，而當時的詩人，似乎自己還在這個「社會問題」的泥淖中無法自拔。

進入 21 世紀以來，中國社會發生了巨大轉變，其中最明顯的莫過於經濟水平的大幅提升。可以肯定的是，大部分已經成名的詩人是衣食無憂的，經濟基礎的穩固事實上為他們開始把目光轉向自我外的他處創造了條件。然而還有一個並不明顯卻影響深入的現象，就是隨著貧富階層的分化、差距的加大，社會經濟基礎的內部結構在不知不覺間發生了質變，可以按收入劃分的清晰的階層已經出現，這本身只是經濟發展到一定程度的必然結果，但問題是這種階層劃分中，不同階層在社會地位上與經濟存量保持一致，這就與堅守著公平正義、共同富裕理想的民族心理產生了嚴重的悖裂。至此，新視角出現的條件已經成熟了。處在中層的龐大詩歌創作群體，同更多的處在底層的勞苦眾生有了階層的差異與距離，這種差異與距離促成了高層對低層的道義層面的關注。換句話說，因為不公平才有了倡導公平的必要，起點並不高尚不會影響整個社會活動的正確性，這種「新視角」很可能並不是出於詩人

們的善良天性做出的主動選擇，而是客觀差距的過分懸殊，讓詩人們無所適從的良性附加產品。那麼，90 年代的詩人們似乎像是集體失憶一樣，缺乏對底層的關注也就不那麼難以解釋，更不那麼難以啟齒了。當然，不是一切問題都要歸結到經濟層面，相對穩定的政治環境、普遍教育水平的大幅提高，以及十年浩劫中「鍛鍊」出的那批精神暴徒的銷聲匿跡，都讓詩歌有可能更多地關注底層。不管起因若何，底層寫作就這樣應運而生了，為數不少的關注底層、描繪底層、反思底層的文本出現在詩壇，它們思想性、藝術性上都有許多可取之處。

如田禾的《賣烤紅薯的老人》就是有代表性的詩篇：「一整天。我站在對面的窗戶／看這個人……／他那麼老了。／一個人站在牆角裏／眼睛一直看著／那些來來往往的過路人／他哪裏知道，突然開過來一輛／清障車。城管員摔爛了／他的紅薯，砸了他的爐子／誰也不容他多說一句話／他痛苦的表情，我看得很清楚／他是貓著腰走出去的／步履緩慢／大北風一直追著他吹」。詩人捕捉到了都市生活中常見的場景：城管與小販間的矛盾。他沒有做孰是孰非的判斷，但依然流露出對老人的無盡的同情與憐憫。「北風追著吹」中的一個「追」字，讓老人的淒涼無助與社會的冷漠無情形成了強勁的張力，全詩看似用「零度情感」的方式客觀呈現生活場景，其實在字裏行間已經做出了道德判斷，也透出些許無力改變現實的無奈，詩人不甘於做悲劇的目擊者，卻只能在這一場爭鬥中充當記錄員的角色。楊鍵的《啊，國度！》在情感上則更加激越：「你河邊放牛的赤條條的小男孩，／你夜裏的老乞丐，旅館門前待等客人的香水姑娘，／你低矮房間中窮苦的一家，鐵軌上撿拾煤炭的／邋遢婦女，／你工廠裏偷鐵的鄉下小女孩／你失蹤的光輝，多少人飽含著蹂躪／卑怯，不敢說話的壓抑」。整首詩結構上很簡單，只是羅列了幾組典型的底層形象，把痛苦的肉身與旅館、工廠、鐵軌等都市意象雜糅，傳達出一種切實的疼痛感，其中又包含著對悲劇成因的質問，這首詩頗為傳神地描繪出底層生活的真實樣態，冷峻中暗含悲憫。辰水的《羊群》則是另一種風格：「蒼穹下／黃土上／一個農夫攆著一群綿羊回家／農夫衣著襤褸，步履沉重／三個孩子還被反鎖在家裏／無人照看／他面無表情地只知道往前趕，往前趕／黃昏裏／那些被剪去身上毛的綿羊／露出鮮紅的肉來／醜陋極了，可憐極了／他們配合著農夫沿著小道往前趕，往前趕／越走越荒涼／並不時地停下來／低頭啃那些路邊更為卑微的小草」。詩人運用了典型的象徵手法，農夫

與愚昧的羊群並無二致，為了生存疲於奔命，卻從不懷疑自己的命運為何悲慘，還不時停下，「低頭啃那些路邊更為卑微的小草」，諷刺意味比較明顯，詩人眼中不僅看到了底層農民的困苦生活與精神貧瘠，更深深地感受到了令人窒息的麻木，這是對社會底層生活現狀的反思，細細品味，含義深刻且批判性十足。

對於底層問題的關注在當下詩壇已經成為主流，而社會問題的另一個方面——突發性事件，也成為當下詩歌重要的關注對象。進入 21 世紀後的短短十幾年間，中國大地就歷經了「非典」、「禽流感」、「豬流感」、「5‧12 大地震」、「玉樹地震」以及頻繁發生的大旱、洪水、颱風、礦難、泥石流等災難，天災與人禍共同作用並頻現中國大地，促使詩人們不得不在追問災難責任的同時，思考人生的終極問題，詩歌毫無疑問地承擔起這一文學表現之責，快速反應並凝結成深刻的文本，彰顯詩歌寫作的優勢與強勢，詩歌深蘊著的生命終極關懷以及社會倫理關懷，也在一定程度上撫慰、鼓舞了眾多苦難中的心靈。

正如批評家陳超所說，「勇敢地刺入當代生存經驗之圈的詩，是具有巨大綜合能力的詩，它不僅可以是純粹自足的、甚至可以把時代的核心命題最大限度地詩化。」〔註4〕這也是現實主義詩歌或者說「及物」詩歌，在新的視角下孕生出的新的品質。

三、日常經驗抒寫的智性提升

自 20 世紀 80 年代的朦朧詩把詩歌主體確立為活生生的人之後，日常主義詩風就始終與中國詩歌相伴相生，隨後的「第三代詩歌」把這種主題概念、群體意識的「社會人」，轉化為個體意識的「世俗人」，帶有更多的個人體驗的性質，年輕的詩人們渴望用更具個性的語言方式自由地表達思想。他們沒有深重的歷史記憶，沒有與「民主——國家」糾纏不清的互文關係，他們的詩歌有更多現實感受和個人的直接經驗。這種風格的直接表現就是平民意識的覺醒。他們認為詩歌說穿了就是「最為天才的鬼想像，就是最武斷的認為和最不要臉的誇張」；所以他們把詩寫得很瀟灑也很隨便，恣意自然，或以調侃、自嘲、惡作劇的方式褻瀆「神聖」，或以現代野蠻姿態放逐崇高和優雅，

〔註4〕 陳超：《求真意志：先鋒詩的困境和可能前景》，《最新先鋒詩論選》，河北教育出版社，2003 年版，第 2 頁。

即使面對生命與生存的問題時，也只是認同平凡人生命的本眞部分，肯定眞實、自由、具體的人性，不讓人的意識更多地滲入到矛盾、荒誕之中而倍感精神的煎熬。他們的詩裏，不再有顧城那般「用黑色的眼睛尋找光明」的執著，也不再像梁小斌一樣痛苦地疾喊「中國，我的鑰匙丟了」。進入 20 世紀 90 年代以後，這種嘲諷、憤怒、調侃的風格有所收斂，比較內斂和克制的日常主義詩風漸次主宰詩壇，這個時代的詩人們善於「從身邊的事物中發現需要的詩句」（孫文波語），操用一種比較健康的日常化寫作方式，但在 90 年代後期，由於對「朦朧詩」和「第三代詩歌」那種群體式寫作的過分警惕甚至是極端反感，日常化寫作陷入到了過分私人化的獨白困境之中。

　　21 世紀詩歌中的日常主義詩風，延續了 90 年代的詩歌傳統，但其開場卻差一點讓人驚出一身冷汗。21 世紀初，詩壇猛然掀起一股「肉欲狂潮」，「引體向下」般地把詩歌帶進了肉體狂歡的境地，其最爲突出的標誌就是「下半身寫作」的出現。由沈浩波、李紅旗、朵漁、宋烈毅、尹麗川等人組成的詩歌團體，推出詩歌刊物《下半身》。在他們看來，人的身體在很大程度上已經被傳統、文化、知識等因素污染和異化，只有回到身體，才能給予詩歌以前行的動力。從理論上講，這種基於原欲、本能的寫作，是「人」的觀念的一種深入理解的體現，畢竟身體是理解世界的基礎，正如理查德‧沃林所說：「身體是我們在世界中存在的關鍵……也是我們獲取經驗和意義能力的關鍵。身體代表著外在世界和我思得以發生接觸的內在世界場所」〔註 5〕。可遺憾的是，並不是所有參與「下半身寫作」的詩人，都能夠在內心深處明白這些道理，其中很多人只是在享受用詩歌宣洩肉欲的快感，一大批涉「性」且低俗的作品給當時的詩歌界造成了極大的污染。好在隨著詩壇對「下半身寫作」的不斷糾偏，當下日常主義詩歌在身體詩學方面又步入了相對平實、智性的狀態，不再棄理想、倫理於不顧，而是有了智性的思考和審美的觀照，眞正回到了「身體寫作」的原發點——對生命的深入理解與珍視。比如姚振函的《代表身體感謝》：「感謝疼／感謝脹／感謝麻／感謝酸、乏、癢、悶、喘等等／總之是感謝所有讓我疼痛、難受／活著沒勁、度日如年、看什麼也／不順眼的感覺／正是你們讓我知道／我原來還有一樣叫做身體的財富／我還有五臟六腑、心血管、腦血管／膽固醇、肝功能、乙肝六項／血脂、血糖、血

〔註 5〕〔美〕理查德‧沃林：《文化批評的觀念》，張國清譯，商務印書館，2000 年版，第 171～172 頁。

黏稠度等等等等／正是你們讓我開始正視、看重、敬畏／頂禮膜拜自己的身體／總之開始那身體當身體了」。這首詩把身體給抒情主體精神上的反饋一覽無遺地表述出來，趣味性很強，從詩句中又能體會到「身體」作為精神主體的載體，它的感受是需要被關注和認知的，從這一點上看，這首詩的思想性也是相當深刻的。

在處理生命體驗問題上，「下半身寫作」在被糾正後即進入了比較理想的狀態，而對日常生活經驗的開掘也有了新的進展，不少詩人自覺地在日常生活經驗的記錄和傳達過程中融入深刻的哲學思考，給日常主義詩歌以智性的品質提升，在這一點上李少君的創作是很具有代表性的。李少君的詩中似乎缺少那種激情勃發的洶湧熱情，而是多了一份沉穩持重，同樣真摯的情感用了更加理性的表達方式，把情感包裹於智性哲思中，既得了自然情感綿長不露的獨特韻致，也讓詩作能通過信手拈來的平常事物，以四兩撥千斤的巧妙筆觸締結出高遠深邃的人生感懷和大徹大悟的神啓意寓，閃爍出智性的光芒。《江邊》描寫的是生活中較為常見的游水情景，詩人把江邊眾多鳥兒定為江水的主人，用各自的方式「招呼著天上的、水裏的和陸地的賓客」，一副熱鬧畫面的背後是詩人夜裏孤獨遊向江心的身影，恰如眾鳥中孤高的白鷺，然而詩人筆鋒一轉，發出「誰又是這一場景的旁觀者」的疑問，視角一轉再轉，引人遐思，這與卞之琳的《斷章》頗有異曲同工之妙。《夜晚，一個複雜的機械現象》描寫詩人在異鄉酒店過夜時微妙的感受，諸多介乎於夢境與現實之間的奇思妙想讓詩人陶醉，而夜深人靜卻反倒讓詩人醒來，開始注意「窗外空調的驟停復響」，意識到夜晚也是複雜的機械現象。這其中詩人思考深度是常人難以到達的，這是用理性力量詮釋自然的一種大膽嘗試。《老年》則是一首筆調沉重的作品，它寫詩人與父親的閒聊中父親說起當年戰爭中的一段苦難往事，故事本身對於命運與人生關係的啓發性已經給讀者帶來震撼，父子間的默契親情也讓人動容，然而全詩最後的點睛之筆「說完，父親臉上閃過一絲瞬間歷盡滄桑的平靜／我杯中的熱茶也正冷下來……」又讓人不得不陷入沉思，這中間對於戰爭、歷史、人性的拷問遠遠超過字面本身的含義。這種能從常見的日常生活場景中體會到大智慧的能力或許並不是誰都具備的，但當下詩歌在處理日常經驗的方式上，確實比以往更具有智性的光輝。

日常主義詩歌在精神本質上，就是不斷尋找被科學理性和實證主義所遺忘、遮蔽的人的世界的過程，同時也是詩歌與社會溝通的最基本的方式，更

智慧地展現日常經驗的方式，無疑能夠讓詩人們在面對詩歌與社會的溝通問題時，更加清醒與淡然。

第二節　「打工者」詩歌

　　20 世紀的中國歷史，比以往任何一個世紀都豐富多彩。它在眾多的重要歷史事件中，有兩件無足輕重而又全不相干的事，一是新詩在經歷 80 年代的熱潮後，逐漸由曾經的文學中心和主角，退居邊緣，無奈地從大眾精神生活中淡出；另一個是在經濟發展的洪流之中，「工人」的內涵發生了根本性的轉變，從光榮的社會主義勞動者、社會主義國家的主人，轉變成人到中年又要再尋生計的「下崗工人」，和遠離家鄉在陌生的城市奔波生計的「農民工」。這兩件事看似全不相關，在時間上也並不完全同步；但卻在 21 世紀共同導演了詩歌界一部意味深長的「電影」。

　　在「打工」成為一個人人都要接觸和面對的話題的時候，「詩歌」正在成為越來越讓大眾讀者興致銳減的文體；而「打工詩歌」卻是一個難得的例外，作為當下詩歌中最引人注目的一環，「打工詩歌」的出現和流行，已經不僅僅是詩歌現象了，它所折射出的我們這個社會的心象，也不是詩歌這個文學範疇完全能夠囊括的了，與其說「打工詩歌」是詩歌現象，倒不如說它是社會現象更為確切，只是這種現象是以詩歌文本為載體，因此詩歌研究也就成為進一步剖析這個社會現象的必由之路。

一、來自「打工者」的底層寫作

　　「打工詩歌」作為當下現實主義詩歌創作中最成功的部分，比較完整地體現了 21 世紀初詩歌的「及物」傾向，這種傾向也與前代有所不同。20 世紀90 年代以來，詩歌因為「個人化寫作」流行而退守到瑣碎日常之中，對現實生活的現象「睜眼瞎」，成為詩歌被人詬病的主要原因。新世紀詩歌底層寫作特別是「打工詩歌」的出現，無疑是對這一傾向的糾偏。底層寫作激活了詩歌介入現實生活的熱情，重新構建起「詩人——詩歌——生活」的倫理關係，將詩人只顧內視的狹隘視域擴展到對社會的關懷。世賓曾經直白地指出當下「首要任務就是對創傷性生活的修復，使具有普遍性的良知、尊嚴、愛和存在感常駐於個體心靈之中，並以此抵抗物化、符號化和無節制的欲望化對人

的侵蝕，無畏地面對當前我們生存其中的世界⋯⋯直至重建一個人性的世界。」〔註6〕這是詩人勇敢肩負社會責任而發出的呼告，無論過程與結果如何，詩人們努力重建生活與藝術之間關係的姿態，值得人們的肯定。

「打工詩歌」是包含在底層詩歌範圍內的，要把握「打工詩歌」的來龍去脈，首先要清楚底層詩歌的含義。底層詩歌其實是對中國現代性進程的一個細膩的注腳，讀不懂它，也就很難全面體會轉折時期的「特殊的現代性」。什麼是「底層詩歌」？詩歌如何底層？而底層又如何詩歌呢？這其實是一個很無奈的命名方式，其最不合理之處就是指歸的不明確，究竟底層民眾創作的詩歌算是底層詩歌，還是描寫底層生活的詩歌算是底層詩歌呢？筆者認為，不管是否由身在社會底層的弱勢群體創作，只要是如實反映底層生活的詩歌都應該算作底層詩歌。相比於在概念的範圍大小上「錙銖必較」，更重要的是解決好底層詩歌內部的分類問題。事實上，所謂的底層詩歌是有悠久的歷史傳統的，《憫農》、《賣炭翁》、「三吏三別」這樣的詩作，也是中學課本的「常客」，這樣的詩固然是文學史上難得的經典佳作，在社會效應層面或許也在不同時空起到了某些積極的作用；但歸根結底，它們所傳達的感受和情感都是間接的，勞苦大眾從未有能力在詩歌領域為自己發聲，他們長期以來對待社會不公和生存困境的辦法，只有忍受直到死亡或者揭竿而起兩條路，陷入要麼無辜枉死要麼成功地成為另一種不公正秩序的建立者和維護者的惡性循環。所以也就不難理解古代士大夫們一邊哀歎民生疾苦，一邊又吟風弄月不知酒醒何處。當然從藝術角度看，過度的道德苛責是不必要的，畢竟一個有詩人關注底層勞苦大眾的時代，應該還算是歷史上難得的文明年代，只是這種悲憫的傳統經過歷朝歷代的磨難延續到今天，恐怕已經不再那麼靈光了。一方面「詩人」的光環已經退化了暗淡的「鐵箍」，政治壓迫或是經濟困難隨時會念起「緊箍咒」，能否再為底層代言已經是個值得懷疑的論題了。另一方面，隨著基礎教育的普及，勞苦大眾已經不再是單純的面朝黃土背朝天的奴隸或農民，他們的精神世界成分構成空前的複雜，他們不僅識字而且普遍具有了表達的能力和欲望。隨著網絡傳播技術的普及和自媒體時代的到來並且成為最後一塊拼圖，「打工詩歌」已經是一場箭在弦上的底層寫作的革命了。

〔註6〕 世賓：《「完整性寫作」的唯一目的和八個原則》，《星星》（理論版），2007 年
　　　　第 1 期。

　　然而這場革命的開始並沒有想像得那麼轟轟烈烈，20 世紀末一些零星的「打工者」開始進行詩歌創作，卻因為藝術水準和傳播渠道的限制，並沒有引起研究界的普遍關注。進入 21 世紀後，尤其是 2001 年《打工詩人》創刊並刊發 17 位詩人的作品之後，「打工詩歌」才最終成為一個詩歌流派，擁有了自己的創作陣地，打工詩人們的才能才有了真正的用武之地，一大批打工者開始大規模的詩歌創作；並且有一系列在藝術上有相當水準的作品出現，如柳冬嫵的《試用》、羅德遠的《黑螞蟻》、許強的《為幾千萬打工者立碑》、徐非的《一位打工妹的徵婚啟事》、曾文廣的《在異鄉的城市生活》、任明友的《訪古四章》、張守剛的《坦洲鎮》、沈岳明的《尋夢者》、許嵐的《流浪南方》等，都是很特別的詩歌文本。它們的特別之處在於詩間凝聚的一種情緒，這情緒牽連著數以億計的打工者憧憬現代又懷念家園、遠離了鄉村又迷失於城市的日日夜夜；是一群勤勞的農民生存於鄉土文明與城市文明夾縫中尋找希望的坎坷之路；是這個國家中第一批領受轉型期陣痛的群體對生活的不公、世界的嘲諷、命運的擺弄最強有力的回應。在這些詩作裏，我們看到了打工者的生存狀態，感受了鄉土破敗的滿目瘡痍，城市文明的冷漠、麻木，人性的涼薄和欲壑難填。當這種情緒被它真正的擁有者轉換成語言並最終成為一種詩歌經驗時，可能是詩歌史最激動人心的一幕發生了：作為經濟生活中的弱勢群體、精神生活上的長久看客的社會底層，同時拿起勞動工具和寫詩的筆，把自身最直觀、最真實、最迫切的感受用詩的形式記錄下來。這種直接經驗的情感抒放與以往的底層寫作是有著根本性區別的，他們每一句直指人心的充滿疼痛感的詩句，都來源於他們自身或身邊的疼痛，而不是單純的居高臨下的被道德綁架的同情心氾濫，對於現實主義詩歌來講，這是一次不得不正視的重大變化，從此以後，反映現實的詩歌屬於生活在現實中的每一個人，詩歌權利進一步的下放，讓「及物」寫作有了新的希望，或許這也就是「新及物」寫作的起點。

　　但不得不說的是，初期的「打工詩歌」雖然在文學史意義上收穫頗豐，卻缺少足以撐起一場詩歌革命的經典文本，大多詩作還留於記錄生活的表面，思想深刻性不夠，藝術水準也算不得上乘。這些問題都是客觀存在的，但卻不是否定「打工詩歌」歷史價值和藝術價值的理由，要知道，思想的深刻性不足和技巧上的不成熟，只是暫時阻礙這些打工詩人們的小困難，可以通過不斷的學習和創作實踐來彌補，研究界和讀者群對於這樣的創作群體肯

定是有等待的耐心的。他們最有利的武器就是他們得天獨厚的直接經驗的獲得渠道，只要堅持用直接經驗反映現實生活這條創作道路，思想的提升和技巧的純熟只是時間問題。當然，打工詩人們本身並不想把「打工者」永遠作為自己的身份標籤，但對「純詩人」寫作方式的追求與堅持現實主義的創作道路是並行不悖的，盲目地排斥「打工者」的身份而去追求某種虛無縹緲的「平等看待」，只會是捨近求遠。

「打工詩歌」最可貴之處在於它所提供的「在場感」。如鄭小瓊在《在電子廠》中所寫的：「被剪裁的草木，整齊地站在電子廠間／白色工衣裹著她們的青春，姓名，美貌／被流水剪裁過的動作，神態，眼神／這是她們留給我的形象，在白熾燈的／陰影間忍受年輕的衝撞，螺絲，塑膠片／金屬片是她們配音演員，為整齊的動作／注上現實的詞句，肉體無法寬恕欲望／藏在雜亂的零件間，這細小的元件／被賦予了龐大的意義……小成一塊合格的二元管」〔註7〕用最原始的符號去還原這首詩，無非就是女工們無聲地製作二元管的場景，但其中的詩意卻遠沒有這麼簡單。首句中詩人就運用了比喻手法，把生產線上一列列正值妙齡的女工喻為「被剪裁的草木」，其中已經隱含了女性對於美麗年華被束縛、被支配、被浪費的無奈與怨憤，接下來「青春、姓名、美貌」被「白色工衣」裹挾著，連「動作、神態、語言」都被流水線剪裁從而被程式化，「年輕的衝撞」也展現出女工們不甘於被資本與機器所異化的青春，然而她們的希望與情感卻都繫在這「細小的元件」上，元件背後是支配這一切的幕後黑手，資本綁架了少女們本就渺小的理想與淪為附庸的愛情，更讓少女們的世界無限狹小。詩人用女性感歎青春將逝、美貌不再的方式控訴時代的擠壓，其中凸顯的是一個女性抒情主體，性別使命運與時代對她們造成的傷害成幾何倍數增加，同比於同齡的打工男子，她們的失去與犧牲顯然更觸目驚心。同時，在短短的十幾行中，詩人又把自由與束縛、欲望與理想、心靈與肉體、個人與時代幾對矛盾陳列開來，批判中帶著對生存本質問題的思考，讓它們橫亙在讀者心頭，無法繞過又難以解答。

正是這種來自詩人本體的直接的「在場感」和「疼痛感」，讓「打工詩歌」成為這個時代最能反映出社會癥結的詩歌作品，是「及物」寫作傾向中最「及物」的那一類，更是「主動」底層寫作的典範。

〔註7〕 許強、羅德遠、陳中村主編：《2008 中國打工詩歌精選》，上海文藝出版社，2009 年版，第 14～17 頁。

二、都市與鄉村之間的時代哀歌

　　費正清在其主編的《劍橋中華民國史》中指出：「城鄉的劃分一直是中國現代文學史的顯著特點。」〔註8〕因此，當中國進入21世紀這一變革的時代，古老的農業社會被工業資本、信息社會連根拔起，城鄉裂變以崩裂的速度進行著斷根的劇痛，城市化工業浪潮席卷了中華大地。長期二元對立的城鄉差異結構被生硬地打斷，鄉土中國面臨著一個漫長曲折的城市化進程。這個進程並不是中國特有的，然而在已經高度全球化和信息化的今天，才開始進入城市化的快速路，卻是中國的特有國情，這直接導致了大量的在鄉村無法看到希望的又曾經或多或少接受過教育的農民湧入城市，他們與「圈地運動」時期進入倫敦的農民是有本質區別的，他們或許不知道進城意味著身份的丟失，但卻清楚地知道自己脫離鄉村生活的迫切願望，他們是否享受到了改革開放的成果尚難定論，但可以肯定的是他們在一片嚮往中過上了城市化或者產業化的生活，而且在改變生活的短暫新鮮感後，就馬上體味到城市化給人性帶來的異化。時代進步和城市發展需要這些「打工者」充當廉價而高效的勞動力，卻沒有考慮過給他們一個溫暖的家園，戶籍制度雖然不能管住農民的肉身，卻一直制約著他們的精神世界，不能同等地接受教育、醫療、保險，低廉的薪金和不時發生的欺詐和欠薪，讓「打工者」們剛剛進入城市就已經筋疲力盡，淪爲弱勢群體。他們行走在一個又一個工地間，在一家又一家工廠裏度過了青春，「工廠」成了連接都市與鄉村的中間點，早期「打工詩歌」的抒情場域也以工廠爲主，隨著「打工者」們對都市的不斷熟悉和感受，他們的抒情場域也就漸漸進入都市，這也造就了「打工詩歌」中從工廠、工地觀照都市文明的獨特視角。

　　工廠在出現之初便已經成爲架在貧瘠的農村與「現代性」滿爆的城市之間的橋樑，在鄭小瓊進入工廠時，從前對城市的經濟渴望與政治想像大部分與現實背道而馳，小部分引發了詩人對美好未來的些許信念。她此時的詩作非常關注工廠或城市中的物態化抒情對象，如「釘子」、「機臺」、「流水線」、「路燈」、「混凝土」、「人行天橋」等等，這實質上是突然步入城市文明的詩人，對自身生存環境衍變的緩慢接受和對舒適生活的憧憬。因爲「城市美的

〔註8〕　〔美〕費正清主編：《劍橋中華民國史》，上海人民出版社，1992年版，第537頁。

根源在於功能」〔註9〕，城市在某種程度上確實做了讓生活更美好的努力，新奇的事物也會讓初次接觸的邊緣人感受到魅力。然而不幸的是，鄭小瓊在極其短暫的新奇感之後迅速體會到難以言說的壓迫感：「站在擁擠的天河城，面對高樓，水泥道路，斑馬線，廣告招牌，我常常有一種無所適從的局促感，特別是穿過地下通道，看著來來往往面無表情的人群，都市的荒涼感在內心越來越濃……城市帶給我內心一種無所適從的擠壓感，不斷擠掉我內心那份情感、溫度、表情、喜悅、悲傷，讓我內心呈現出與城市天空一樣的灰色。」〔註 10〕內心細膩的詩人無法接受鋼筋水泥佔據自己本該鳥語花香的內心世界，這也就說明了她總是在冰冷的打工場面描寫裏暗含控訴的原因，工廠帶給這些女工的異化感，很快就不能完全概括她們所受到的心理侵害了，因為這種侵害更多來自於內心，而讓她們感覺迷茫、無助、緊張、隔閡的罪魁禍首就是城市，她們還沒有享受到城市的高質量生活，卻先患上了城市孤獨症和現代性抑鬱症，這也讓「鄭小瓊們」更早地識破了「城市讓生活更美好」的彌天大謊。於是，鄭小瓊的作品中電子廠、紡織廠、流水線、黃麻嶺漸漸少了，卻多了《黑暗》、《蛾》、《非自由》、《圖書館》這些典型的都市文本。鄭小瓊從一個地理上的流徙者最終成為了一個精神上的流徙者，由傳統的農耕文化所衍生出的自然美感方式，道德理性精神，已經沒有足以應對現代都市文明的超越性力量，在無法逃脫的城市裏，詩歌就成為了一座內在獨立的精神王國。「工廠」作為橋樑已經基本完成它的詩學使命，然而附著於其上的從農村到城市的精神胎記卻沒有消失，亦是打工詩人們繼續生發動人心魄詩句的源泉。

事實上，無論打工詩人們是否還在「工廠」這一特定場域內抒放情感，他們的情感和寫作活動本身都是存在於都市文明與鄉村文明的夾縫中，在兩種相互對抗同時又有意相互融合（或許是都市文明的單方向侵略性融合）的文明之間生存，就會切實感受到兩種文明的撕裂和鬥爭，這是整個中國社會精神裂變的端口，所以首當其衝的「打工者」們所能體會到的轉型期的陣痛，遠比有著城市合法居住權的市民們來得深刻和長久。說到城市文明帶來的「痛」，熟悉打工詩歌的人可能馬上會想起鄭小瓊那句「無法接起的四萬根手

〔註 9〕 蔣述卓、王斌、張康莊、黃鶯：《城市的想像與呈現》，中國社會科學出版社，2003 年版，第 11 頁。
〔註 10〕 鄭小瓊：《返回內心的真實》，《作品》，2008 年第 10 期。

指」，想像四萬根本該屬於妙齡少女的青蔥玉指散落在長長的機床上的情境，確實讓人頭皮發麻，彷彿有切膚之痛，極具衝擊力和感染力。但這畢竟只是肉體上的疼痛，而且只是部分打工者的不幸遭遇，然而精神上的痛苦是每一個打工者都無法逃避，同時又絕不能屈服的。且看鄭小瓊這首《黑暗》：「這些黑暗令人哀悼 這些人與物／在記憶中枯竭 冰凍數十年的河床之下／我們從泥濘的歷史中摳出腐敗的眞相／藏在泥坑深處的時光和灰燼的蹤跡……無數次從黑暗的霧中經過 在鏡中／遇見宮殿與黑色的蒼穹 變形的面孔／黑暗脆弱的月光成爲唯一的信仰／它溫柔伸出水袖 劃出了黑暗帝國的傷口」。「黑暗」、「哀悼」、「枯竭」將全詩的基調定格爲沉鬱頓挫，寥寥數句，從中甚至能看到歷史的沉重、自由的壓抑和眞相的遮蔽。人的「悲傷來自怯懦」，我們的憤怒是「徒勞的」，而對於黑暗的寬恕是「無能」的，在這樣的境遇裏詩人「忍受著熱血奔湧的衝撞」，用詩句道出眞相，並在黑暗裏堅守著「脆弱的月光」——痛苦中的人們最終的「唯一信仰」，詩人堅信：這一種信念雖然似「水袖」般溫柔，但卻能夠在「黑暗帝國」的城牆上劃出「傷口」。冰冷的語句背後是一顆熾熱而剛強的心，我們的時代和歷史曾經被宣傳成陽光明媚，然而愈是強烈的光明和讚美背後的黑暗和骯髒就愈是頑固，詩中展示的就是「影子的世界」，充斥著黑暗、謊言、欺騙、罪惡，對於社會和時代如此的觀察結果早已不是來自底層的專利產品，只是更多的人選擇對此視而不見。大部分讀者往往無法將如此陰鬱又富有沉重感的詩句與嬌小的鄭小瓊本人對號入座，這也就是她的創作別具高格之處，她擁有把目睹和經歷的這個時代最痛苦的景象展示給疲於奔命的大眾的創作勇氣，這樣做或許有些殘忍，畢竟把「美好時代」幻夢打破的過程是伴隨著劇痛的，但作爲時代的記錄者和言說者，詩人有義務把未來幸福的人們不願回憶的苦難留在詩句裏作爲見證，也爲前車之鑒。詩人自己也曾表示：「詩歌是我個人的心靈史，它是我對生命的眞實體驗，在時光一分一秒的流動中，它如影隨形就會顯現出來。」〔註11〕

　　詩歌的任務之一就是歌頌時代，對於「及物」寫作而言，詩歌也就是時代之歌，打工詩歌作爲最貼近時代的詩歌創作，卻很難在其中看到歌頌的意味，它也是一首時代之歌，但卻是一首吟唱在都市文明與鄉村文明夾縫中的充滿痛楚的哀歌。

〔註11〕 鄭小瓊：《深入人的内心隱秘處》，《文藝爭鳴》，2008 年第 6 期。

三、「打工詩歌」的藝術轉變

　　「打工者」這個群體在短短的二十年間急劇地擴張，其內部的年齡結構、性別比例、教育程度、專業技能都在迅速地變化著。相應地，「打工詩歌」並非一個穩定的詩歌潮流，在不到二十年間，打工詩歌在多個方面也有了相當明顯的變化。鄭小瓊是「打工詩歌」陣營中的代表詩人，也是其中創作成就最高，在詩壇和大眾傳媒上都具有相當知名度的「打工詩人」，發生在她身上的變化是具有代表性的，我們不妨以鄭小瓊的創作為例，來論述「打工詩歌」的新變化。

　　首先，「打工詩歌」的存在樣態經歷了從集體出鏡到個人抒放的轉變。在「打工詩歌」作為整體性的詩歌經驗為人熟知之前，我們甚至想不出一個響亮的名字來代表它，僅有柳冬嫵、徐非等少數努力創作的詩人，影響也不是很大。打工詩人們只能以集體列席的方式存在於詩歌界，經典作品的匱乏、領軍人物的缺席，都使「打工詩歌」在發展的初期總體特徵鮮明，卻少見個人風格，難登大雅之堂。「打工詩歌」本質上只是特殊時代和國情下一種難以複製的詩歌經驗，隨著其內部創作機制的形成和發展，「打工詩歌」這個名號或者說題材已經不再能恰切地概括其中任何一位詩人的全部情愫。鄭小瓊能夠在眾多打工詩人中脫穎而出並進入研究視野要歸功於其作品極高的辨識度。鄭小瓊的創作實踐開始於 2001 年她離家來東莞打工，環境的強烈反差和城鄉矛盾裂縫中的孤獨生存，讓敏感的她有了寫詩的欲望，從沒有受過專業訓練完全靠天賦和勤奮的她，很快把握住了詩歌的脈搏，自發的創作實踐擺脫了所謂詩歌流派的束縛，同時專業背景的一片空白也在客觀上規避了可能過早出現的文學史焦慮，使她的創作從一開始就越過了「打工詩歌」的藩籬，形成了自己獨有的個人風格。一方面，鄭小瓊善於將女性獨有的心理感受和切身的打工經歷相糅合，從細緻入微的生活瑣事中尋找到殊異於他人的新鮮詩意。描寫女工生活的《在電子廠》、《黃麻嶺紀事》等作品自不必說，近期的一篇作品《女性》也是這方面的代表：「石頭以不妥協的方式還原／女性的尊嚴　身體裏的月食／遮蔽著脆弱　憤怒如泉水般／清澈與薄弱　身體裏的野性／像星辰將黑暗灼傷　她的影子／藏著瓦礫與廢墟　從泥濘中／摳出黎明　無法缺席的生活／在宴會上她反思自己　從酒液間／提煉黑暗中的心靈　她還保持／莫名的悲傷　每次伸出筷子她被／數字糾纏　讓她的沉默包含不安」，這首詩以女性的視角把生理期的特殊性別經驗提煉為較為抽象化的象徵

符號，「石頭」、「月食」、「泉水」等都是女性生理週期的隱喻和象徵，「野性」、「泥濘」、「黎明」則是對於這種特殊生理過程經驗的形而上的追問，其中蘊含了對性別與生命的別樣思考，這是大部分男性詩人不可能觸及的思想維度，更是女性文學中充滿智性哲思的深沉話語。另一方面，鄭小瓊的詩擁有與生俱來的黑暗氣質，堅硬而犀利，更爲可貴的是她能夠把這種陌生化的風格與公共性意義有機結合，她的詩探究的不只是個人的境遇起伏，同時解剖了時代陰影中的秘密，女工的原始身份又讓他的詩具有了在場的眞實力量，形成了寒氣逼人、疼痛眞切的詩歌風貌。

　　正是像鄭小瓊一樣的一批倡導詩歌燭照生命本質、推進詩歌在現代性藝術向度上不斷進取的「打工詩人」，把「打工詩歌」確實地引入了主流視野而且獲得讚譽無數，同時，也基本確定了「打工詩歌」未來的生存樣態，即風格多元、個性發展、自由抒放的創作狀態。這種變化是符合詩歌內在規律的自然轉型，對於詩人個體和詩壇整體都是值得欣喜的進步，然而無法忽視的是，打工詩人們的各自發展使本就組織鬆散的「打工詩歌」群體越發缺乏組織性，打工詩人們只能遙相呼應，詩歌創作的集體力量大幅削弱，「集團軍優勢」讓位於並不占明顯優勢的個人能力，「打工詩歌」最終或許無法避免地會被幾個耳熟能詳的名字所代替。

　　其次，「打工詩歌」中的抒情主人公、抒情場域和抒情方式已在不知不覺中變了模樣，越來越多的打工詩人不滿足於做一個打工遭遇的傾訴者，並開始以「詩人」的身份出現在作品裏；其抒情場域也早已悄悄走出了廠房，甚至走進了精神理想國的海天之間；從前激烈的抵抗情緒也漸漸變得緩和，把更多的批判轉化爲對生命的思考。具體到鄭小瓊，這樣的變化就顯著得多。鄭小瓊從一個寫詩的女工，眞正地轉化成一位寫女工的詩人，這其中最主要的因素就是在其詩歌創作中抒情主人公的形成與轉變。相較於出道更早的柳冬嫵、徐非等人，鄭小瓊能夠脫穎而出的一個重要原因就是以「在場」女工爲圓心建構的抒情主人公形象的成功塑造，並能利用「在場」的優勢對底層女工的生活境遇做見證性的記錄和詩意化的傳達。然而鄭小瓊最爲人稱道的還是她那種不斷追求超越的創作狀態，鄭小瓊的新近作品中，令人難忘的「女工形象」擁有了新的身份，「她」的視域已經不僅僅包含個人遭逢和周圍人的喜怒哀樂，而是將目光深入到這些情感的核心，關注打工者的內心世界，甚至將「小我情緒」繼續昇華爲對於時代、世界、宇宙的思考，追求外在世界

與詩人內宇宙的相互激發。僅在近作《純種植物》第二輯中，就接連出現了《立場》、《重量》、《底層》、《個體》、《集體》、《女性》、《善惡》等一系列以宏大的生命本質問題爲題目的佳作，其中隨處可見諸如「歷史不在典籍中，在權力的臀部」（《立場》）、「我沒有找到與世界和解的方式」（《底層》）、「肉體與姓名，一座水晶的城，鄉村或城市沉入地平線以下」（《善惡》）……之類的句子，字裏行間透出的都是對國家、民族、歷史、生命的成熟思考，這些早已不是簡單的「道德優勢」可以解釋的了，相較於早期的作品，這些詩句或許缺少「強心劑」般猛烈的刺激感，但卻是激情退去、繁華落盡後的嚴肅詰問。這種創作追求與水準已經達到一個「本質型」詩人的級別了，於是詩中的「女工」越發冷靜、客觀、理性，剔除了埋怨與牢騷，「她」的鬱悲更具哲思與信仰的魅力。「工廠」作爲「打工詩歌」特別是鄭小瓊早期詩歌的主要抒情場域已經發生了質的變化，即被逐漸融入「城市」的理論背景中，前文已有論述，不再贅言。鄭小瓊詩歌的抒情方式從最初的直接抒發個我經驗，逐步發展豐富，形成了一種自我直接經驗和「代言」間接經驗相融合的複雜情感模式。自身具有女工身份的鄭小瓊在書寫底層時天然地具有「平視」態度和平民化特徵，原本就頗具社會責任感的鄭小瓊更加明確了自身的詩歌使命，她不再停留於自我經驗的直接抒寫，而是深刻思考打工群體與社會、國家、歷史間的複雜關係，從本質上闡發底層的境遇與心理，成爲整個底層群體的「發言人」。數以億計的民工仍然像「蟻群」般「在黑暗中蠕動，伸展著」（鄭小瓊《南柯之蟻》），詩人則是明知將被「灼傷」，仍然飛向「淡藍色火焰」的蟻群的中的「蛾」（鄭小瓊《蛾》）。出版不久的《女工記》是鄭小瓊的嘔心之作，花費五年，接觸上千女工，用一百首詩書寫際遇各異的女工，鄭小瓊無疑是女工們的「非典型」代表，她關注的始終是在她成功背後那千千萬萬個失敗的「女工標本」。

最後，在藝術水準上，近年來打工詩歌經歷了從「粗糲」到「圓滑」的轉變，在「打工詩歌」發展初期，其先天優勢和藝術缺陷同樣明顯，來自於底層的吶喊與憤怒當然是眞切的，打工群體被忽視這一事實也在青春的怒吼聲中越發清晰；可畢竟打工詩人們完全來自民間，在文字的調用上並不十分過關，自學成才的詩人們擁有生活中鮮活氣息的同時也缺少必要的藝術薰陶和訓練，這讓他們在求索現代性藝術的道路上逡巡不前。可以說，「打工詩歌」是一場思想儲備足夠而藝術準備嚴重不足的詩歌運動，缺少藝術精品也是「打

工詩歌」早期為人詬病、遭受非議的主要原因。近年來，打工詩人們通過在詩歌藝術上不間斷的實踐和對現代性詩歌藝術的多年揣摩，已經讓「打工詩歌」的藝術表現力突飛猛進。

對比細讀鄭小瓊的新舊作品，令人印象最深刻的變化當屬意象系統的不斷完善和豐富。在早期創作中，詩人使用的是以「鐵」為中心意象的現代工業意象系統，這時的詩作確可稱為「散落機臺的詩」，「鐵」意象的出鏡頻率極高，「鐵」作為意象中心，往往被詩人的各種意象手段所強調，如用「鐵機器」、「鐵欄杆」、「鐵零件」等意象反覆突出「鐵」質的環境，又如用「孤零零的」、「沉默的」、「潮濕的」等修飾結構表達對「鐵」的各種理解與引申，再如用「月光」、「手指」等意象反襯出「鐵」的本質，總之，「鐵」是鄭小瓊寫作中的核心元素，「也是她所創造的最有想像力和穿透力的文學符號之一。」〔註12〕近年來，「鐵」的意象在鄭小瓊的詩中出鏡率大幅下降，這並不是說詩人用「鐵」作為建構核心的世界有了根本性的轉變，而是核心意象加入了更多新鮮的元素，較為重要的有「黑暗」和「火」。鄭小瓊前期的作品在技術性上有一個不容忽視的問題，就是語言的凝練性、情感表述的確定性略有不足，經常是在朦朧、蕪雜、糾纏的語言序列中尋找靈魂深處的最終旨歸，稍顯粗糙。從美學接受的角度，讀者可以充分感受了其語言的黑暗氣質、陌生感和衝擊力，而想真正地跟作者達成心靈契合的審美共鳴還是較有難度的。新詩集中鄭小瓊的詩歌語言實現了一次飛躍，首先，在題目的設置上，如《純種植物》、《我低聲》、《在時間黝黑的背脊上》等題目本身就具有某種美學意義，不再是對詩作發生地的簡單描述，彈性空間和吸引力更大，同時又簡潔凝練，大氣灑脫。其次，在詩體語言方面，詞語的處理變得成熟、老道，表達具有了精微細緻的魅力，短詩《內臟》甚至如「X 光」照影一般，給人以極其清晰直觀的真實感。如同鄭小瓊一樣，不少「打工詩人」都已經完成了在藝術水準上從「粗糙」到「圓熟」的轉變，藝術手段和語言方式也都由簡入繁，不斷尋求更高的藝術平臺。但這樣的改變是否真的符合所有讀者的口味仍需驗證，步入藝術殿堂的打工詩人們一方面要回答這些新作是否「匠氣」太重的問題，另一方面又要說服打工讀者們接受粗狂與刺激的削弱，真可謂是任重而道遠。

〔註12〕謝有順：《分享生活的苦──鄭小瓊的寫作及其「鐵」的分析》，《南方文壇》，2007 年第 4 期。

「打工詩歌」的出現對於傳統的以間接經驗爲主的現實主義詩歌而言，不啻爲一場革命，它的功能不止於記錄，更是詩歌與現實世界溝通的一種有效方式，它的直接、它的眞誠、它的無奈都是這個時代的一種核心縮影。「打工詩歌」所折射出的都市文明與鄉村文明間的複雜關係，和打工者們在夾縫中生存的肉體精神雙重痛苦，也是這個時代最深沉的話題。「打工詩歌」十幾年來的轉變既有可喜之處，也有未定之數，或許在不久的將來「打工詩歌」就能完成歷史使命，成爲一個歷史名詞，那將不是「打工詩歌」的消亡，而是歸宿，我們期待一個苦難不足以被書寫的時代。

第三節　「地震詩歌」現象反思

說起現實主義詩歌的熱潮，是不能不提「地震詩歌」的。對於七年前的災難過度的回憶可能會徒惹傷感；可對於詩歌來說，「國家不幸詩家幸」又一次應驗了。「地震詩歌」的出現和最終形成的熱潮，當然不是一件值得慶祝的事；但不可否認，它是進入 21 世紀後的十幾年來最具社會效應的詩歌事件，也是爲當代詩歌賺足了眼球和掌聲的詩歌現象，對於這場熱潮本身和前前後後的討論該如何理解與反思，更是關乎現實主義詩歌未來道路的問題。

筆者認爲，評判詩歌作品或者詩歌現象的意義，要經過時間的淘煉與沉澱，只有放在時間的鏈條中進行歷時性的審視，才能得出較爲全面而且清晰的認知。七年後，當我們再次回顧 2008 年汶川地震釀成的詩壇震盪，環顧由這場民族災難引發的蔚爲壯觀的詩歌寫作熱潮，以大事件「參與者」或者「過來人」的身份反思那並不遙遠的歷史，仍顯得格外沉重而複雜。這場詩歌熱潮來勢兇猛，撤退得也異常迅疾。沈寂多時的中國詩壇，因爲汶川地震集體爆發，憑藉網絡、民間、官方的合力，頃刻間掀起一片沸騰、喧囂的詩歌海洋，然而海潮退卻之後的沙灘上，留下的到底是珠貝還是沙礫呢？

圍繞著地震詩歌熱潮的爭論，在表面上集中表現爲兩種截然相反的觀點：應該努力接納與地震相關的嶄新經驗，肯定這場「全民皆詩的眞情運動」〔註 13〕，還是應該從詩的美學要求，批判絕大部分作品淪爲「情感反應的原始記錄」〔註 14〕。歸根到底，爭論的關節點說穿了還是「詩人何爲」與「詩

〔註 13〕楊光：《大災難後的中國詩歌》，《北方音樂》，2008 年第 7 期。
〔註 14〕徐敬亞：《大災難中的詩歌悲涼》，《星星》（下半月刊），2008 年第 8 期。

歌何為」的長久命題。一種較為普遍的觀點認為，「5‧12 大地震」之後，詩人們以積極甚至是狂熱的姿態集體出場，完成了一次詩歌面向現實、面向災難的壯舉，重拾起了詩人們蟄伏許久的「公共責任意識」。因為自 90 年代以來，詩人們面對現實節節退守，學院化的寫作姿態使得「詩以載道」的社會責任不復存在。因此，這場規模浩大的詩潮，使得不少人重新確立了對「詩言志」的信心，震醒了詩人的道德感和良知。正如涂國文在 2008 年 6 月 2 日博客上發表的文章《抗震詩歌：中國當代詩歌運動的第三次浪潮》所言，「中國當代詩歌在迷失自我近 20 年後，再次向著中國詩歌『詩言志』和抒情傳統回歸：中國詩歌再一次與蒼生疾苦、與民族命運血肉相連」。歐南在《安魂曲》一詩中也如是說：「只有在普遍的死亡中，我們才集體醒來」。面對突如其來的災難和巨大的人員傷亡，使得詩人們不能再關注於瑣碎的日常，停留在私語化的傾訴，而必須拿起筆來記錄這震顫的瞬間。所有的激情、悲憫、關懷和無奈，都在這一瞬間凝聚成對民族創傷的抒情和記錄。

一、時光沉澱下的輓歌

評判已經時過境遷的歷史事件，就像去挖掘一個富庶的礦藏，無論正說還是戲仿，都足夠「輕快」。阿多諾有一句經典名言，被震後批評家反覆重提：「奧斯維辛以後，詩已不復存在」，阿多諾是在追問浩劫幸存者們如何承擔再次阻止災難發生的責任，人類的文學經驗、知識結構、理性思辨以及感性抒情能否有能力面對人類所遭受的苦難。然而，當人們直面不同年齡段的男女長幼被瞬間擠壓在廢墟瓦礫之間時，專業詩人、作家乃至普通群眾都寫下了大量的抗震詩歌，並以雜誌刊載、網絡傳播和民間傳誦的方式迅速擴展，黃禮孩在當月即編纂《5‧12 汶川地震詩歌專號》併發至全國各地，八月出版《5‧12 汶川地震詩歌寫作反思與研究》。抗震詩歌的數量之大、反應之快、表達之真，都切實地昭彰著詩歌界對汶川地震的關注和精神陣痛。因為這些詩歌大多沒有公之於世，所以對之並不能統計出一個確切的數字，當數以萬計，十萬計，或者上百萬計？如今我們看到的只是抗震詩歌的一部分。

縱觀公諸於世的抗震詩歌，大多屬於艾略特所說的「第二種聲音」，即詩人對一個或一群聽眾講話時的聲音。這些詩作代表，以「幸存者」的身份反思生者的責任，哀悼生命消逝的傷痛。「幸存者是被留下來作證的／證實任何災難／都不能把人／斬盡殺絕／帶著死亡的鐐銬／走出灰燼／在宿鳥都不敢

棲息的廢墟／重建家園」(鄭玲《幸存者》)，詩人將幸存者帶入這一歷史時刻，告訴活著的人們，面對災難應有的態度是去建設，進而重新開始。

而在抗震詩歌中，對孩子的哀悼聲音最為響亮，數量也最為多。這不僅僅因為孩子尚處花季，少年夭折讓人痛惜，更因為情感置換所帶來的恐懼，因為大多數人都有兒女，或者早晚會有兒女。「孩子／你非生於亂世／卻生於天災之年／那生之喜悅／與死之焦慮／摻雜／這一杯酒／足以讓我飲一生／在等待你被抱出產房的同時／我用手機／發了一條捐款短信／為你／僅僅是為了／讓你懂得／將生命／與蒼生／惺惺相惜」(李師江《生命——並回浩波》)。詩人在地震災害持續傳來之際迎接新生命的誕生，在邊看電視直播邊掛念將出世的你的矛盾下，構成了生與死的張力。初為人父的喜悅被巨大的震撼壓制住，對生命的體會多了一份厚重與莊嚴。「孩子，我不得不再次動手／寫你們／我的神經／這些天都在為你們跳動／都在殘酷地折磨自己／……孩子，我沒有辦法伸手／去把你們拉出來／更沒有辦法讓你們／活下來／我只能看著你們／被死亡殘酷地掠走」(中島《孩子》)；一個成年人面對幼小的生命香消玉殞的無能為力和心疼被詩人反覆咀嚼，對災難降臨的無力感反覆折磨著人們的神經，是幸存者的夢魘。「今天，僅僅幾分鐘／曾經鮮活的世界，因此消失——／地動天搖，驚駭莫名！／心中的某些東西，也消失了」(啞石《日記片段：成都》)。時隔多年，再次讀這些詩，依然能夠體會到詩人內心對於苦痛的真實表達，無論情緒是內斂式的抑或是吶喊式的，內心的痛苦、壓抑和掙扎都被完好地傳遞出來，作為「幸存者」見證歷史的巨大創傷，也真切地書寫出了那時的傷痛，它不濫情也不誇張，卻準確地傳達出了心底的悲傷。

當然，除卻這些親歷式抒情詩對死者的哀悼外，還有一些自省式詩歌湧現。富於批判精神的詩人們開始反思這場詩潮本身，包括對詩歌缺乏道德關懷的質疑、對公眾缺乏良知的職責以及對虛偽的「普世情懷」的蔑視。朵漁在震後反思文章《為什麼普遍寫得這麼差》一文裏，不無懷喪地說：「到底哪裏出了毛病？時至今日，在大批濫情的、抒情模式基本一致的地震詩歌面前，我仍然覺得恐怖，也很沮喪，因為我也在其中。」〔註15〕他在詩中這樣寫：「今夜，我必定也是／輕浮的，當我寫下／悲傷、眼淚、屍體、血，卻寫不出／

〔註15〕朵漁：《為什麼普遍寫得這麼差》，《詩歌與人·汶川地震詩歌寫作反思與研究》(總第 20 期)，2008 年。

巨石、大地、團結和暴怒！／當我寫下語言，卻寫不出深深地沉默。／今夜，人類的沉痛裏／有輕浮的淚，悲哀中有輕浮的甜／今夜，天下寫詩的人是輕浮的／輕浮如劊子手，／輕浮如刀筆吏。」（《今夜，寫詩是輕浮的……》），詩人將審視的刀戈轉向自身，指向對詩人的自我批判和道德蒙羞。這不僅是詩人的自我反思，更是對社會的拷問。詩人認為成噸的詩歌廢墟的出現，恰恰暴露了中國人爛俗、貧乏、空泛的精神世界，分行垃圾的出現並不遵從詩人對現實事物的認識和對語言的應和與創造，是對二手經驗和情感的粗製濫造。知識分子理當尊重災區的苦難，否則「自我」的介入就顯得異常虛假，擔當不起道德的維護者，反而起不到對道德訴求的有效表達。「周圍的一些博導們，開始／抽著名煙，喝著茶／（眼神中，不時閃過恐慌）／討論天災的哲學意義、國際影響……／他們都曾經是我很好的朋友／突然，我開始厭惡他們／說不出理由」（啞石《日記片段：成都》），詩人對知識分子朋友們空泛其談而無實質行動的憤怒，與朵漁對詩人們「輕浮」的批判是一致的。所謂的「感同身受」和「深謀遠慮」無非是一種二手經驗，而表面慌張、急切的參與感卻是人們的一種自我感動，更是一種道德自慰。這種間接的破碎體驗對生命、對苦難、對詩歌本身並不尊重，甚至比在獻血車前嬉鬧接吻的情侶更加虛偽。「在這裡，我才知道，以前／我用過的『破碎』，從沒像現在／我看到的這麼絕望、徹底／以至於我懷疑自己，是不是／一直在濫用？……破碎中，我們還有靈魂／是完整的」（林雪《請允許我唱一首破碎的苕西》），面對真正災難的衝擊和絕望，詩人大膽披露了自己此前寫作的膚淺，懷疑自己對「破碎」一詞的濫用。歸根到底，當面對最直接的災難，親歷地震現場後，生命的消逝是切實存在的，此前通過媒體織造的想像，自然而然地就顯得蒼白無力了，這是只有直面死亡才能抒發的憤懣，也是對死者的沉痛輓歌。

二、沉痛背後的「輕浮」

對於忽如其來的詩歌「熱潮」而言，過於理性的批判和反思似乎有些不近人情，畢竟大眾還沉浸在近年來難得一見的詩歌製造的感動和悲憫的氛圍中。然而詩歌研究的一個最重要的任務，就是要找到詩歌創作中存在的偏差和問題，如果只是一團和氣地鼓掌叫好，評論也就成了潮流的附庸而最終失去了獨立存在的意義。

「地震詩歌」的熱潮的文學史意義和快速的社會效應有目共睹，但同樣

不能忽視的是，這場詩歌創作熱潮中的大多數作品，因為時間週期過短，創作速度過快等原因，並未表現出當下詩歌創作水平的真正高度。敏銳的詩歌評論界馬上發現了這樣的問題，並立即組織起較為集中的反思和批判工作。最重要的成果是《詩歌與人》雜誌 2008 年 8 月號《5‧12 汶川地震詩歌寫作反思與究》一書，其中一行的《尚未到來的地震詩歌：一個反思》、周倫祐的《從一首詩談「地震詩歌」》、謝有順的《苦難的書寫如何才能不失重？——我看汶川大地震後的詩歌寫作熱潮》、陳超的《有關「地震詩潮」的幾點感想》、程光煒的《與「5‧12」汶川地震詩歌寫作有關的一點想法》、朵漁的《為什麼普遍寫得這麼差》、耿占春的《短暫的災難，持久的苦難》、西川的《汶川大地震震後問題思考備忘錄》、沈奇的《詩心和詩性——關於「地震詩歌現象」的幾點思考》、王家新《詩歌，或悲痛的餘燼》、燎原的《反向介入時代現場與心靈赴難——關於另一種 5‧12 詩歌的解讀》等評論文章，都是「地震詩歌」反思的經典論述，較有影響的一批詩歌評論家和一些有寫詩評習慣的詩人大規模地出品對某一詩歌現象反思文章，這本身也是不常見的詩歌現象了。可以說，這也是一次近年來難得一見的詩歌評論熱潮，這「第二場」熱潮為大眾和學人理解和研究「地震詩歌」提供了一些清醒的認識。

首先，許多創作水準較高的詩人，在創作「地震詩歌」的思維起點上就充滿猶豫，情緒上有難以克服的天然缺陷。事實上，只有那些對於自身創作具有嚴格標準和要求的詩人，才可能犯這樣的「錯誤」。他們大多在災難發生的第一時間就有寫作的欲望，但轉瞬間就又感到自身創作的無力，相對於不可抗的自然力，無論用何種形式、怎樣天花亂墜的詞語，人類的情緒宣洩都顯得太過微薄蒼白，一部分詩人因此不敢動筆，他們覺得此時寫詩是對別人痛苦的擺弄，即使是再富有悲天憫人情感的詩歌，也是一種幸災樂禍的表現。加上他們對於詩歌本身的責任感和道德感，認為詩歌不能為了激情而摒棄語言本身的藝術性，因而他們選擇詩歌創作的沉默，這雖然導致「熱潮」中的一份遺憾，但這些詩人的選擇是值得敬佩的。另一部分則選擇逃避這種沉重的壓迫感和渺小感，轉而尋找其他的出路，他們要麼用親情沖淡災難的殘酷，要麼老實不客氣地代表全國人民哀悼亡者，這實際上與自媒體上的「點蠟」活動並沒有實際意義的差別，這些詩歌文本雖然不能說粗製濫造，在短時間內也確實或多或少地起到了引起社會關注的作用，但卻不足以進入文學史或成為經典文本。正是出發點上這種怯懦的情緒，導致了面對「5‧12 汶川地震」，

能夠坦誠地表達本體情感的詩人少之又少，這也就決定了「地震詩歌」這場詩歌創作熱潮雖然在當時風生水起，卻不太可能擁有某種超越歷史的永恆魅力。不得不說的是，《今夜，寫詩是輕浮的……》是最早誠實回答詩人們內心疑問的作品，朵漁也在詩中給出了明確的答案，他沒有迴避，沒有掩飾，承認在大災之後寫詩的「輕浮」。不客氣地說，如果沒有朵漁這種深刻反省自身的精神高度和自我犧牲式表達方式，冒然掀起災後的詩歌熱潮，恐怕是缺乏某種道德約束的表現，「國家不幸詩家幸」在一具具破碎的屍體面前更像是無恥的幸災樂禍，給人一種詩歌在利用民族苦難尋求「上位」的可怕錯覺。遺憾的是，像朵漁這樣敢於直面自己精神世界、直面災難後的人性，又能夠忠實表達的詩人實在是太少了。或許在多年後的今天去苛責當時還沒回過神的詩人們，是有些吹毛求疵了，但作爲社會中最敏感的那批人，詩歌對於整個文學甚至是大眾傳媒的導向性，要求詩人在大是大非面前不能有任何搖擺和膽怯的。

　　其次，多數「地震詩歌」情感表達千篇一律，流於表面，缺少獨立、自由的抒情立場，有被主流話語裏挾的嫌疑。由於救災和災後重建工作推進的需要，主流媒體適度地宣傳抗震救災中的光榮事蹟和政府的高效有爲，是十分必要的；然而必須要堅持適度原則，「歌頌」不能掩蓋苦難和責任，「壞事兒變好事兒」的心態是愚蠢和不負責任的。比如當著全國電視觀眾的面，問一個在一天內失去了丈夫、父母、孩子的女民警是否難過，還要等著這個哽咽的可憐女人說出要堅持工作的「關鍵臺詞」。這已經不僅僅是策略的失誤或是態度的不負責了，而是赤裸裸的在傷口上撒鹽的殘忍。「地震詩歌」僅僅依靠文字確實還無法做出這種「令人髮指」的「報導」，但在某種程度上也做了這種荒謬、殘忍「頌歌」的一部分。這主要源於一些詩人有意無意地在災難發生後忘記了獨立思考的立場，或是習慣性地把目光投向「一方有難八方支持」的標語上，沒有考慮到災難背後的推卸責任和醃臢交易，而去歌頌理所應當的救災工作，作品中幾乎沒有自己對於災難的反思，缺乏了高度，詩中的悲憫情緒反倒顯得虛假和重複，根本沒見過「人間地獄」的詩人們空口白牙地講述苦難，倡導堅強，在一定程度上甚至引起了大眾的反感。須知災後的「堅強」是需要政權提供堅實的物質基礎的，而不是某種「強制性」的「倡導」，即使我們不願看到，但也不能要求一個母親不爲失去孩子而大放悲聲，詩歌這種講究情感和道德的文體則更不能如此。缺少了獨立思考和個人立場

的「地震詩歌」，過分地依附於主流話語，這在很大程度上制約了「地震詩歌」創作熱潮中可能達到的思想高度。這種指責並不是說詩歌一定要站在逆反主流話語的立場上，而是要自覺地堅持獨立思考和自由立場，如果人們的思想全都一般無二，也就沒有真正的詩歌，所有人的立場都如鋼鐵般堅定，真實的個人情感恐怕也就淡化了。情感與思想的統一，最終導致文本的乏味無聊，蒼白無力，有種把手帕硬塞在別人手裏等著看人擦眼淚的感覺，用苦難做催淚彈，為了感動讀者而感動讀者。情感的匱乏又加重了藝術上的千篇一律，重複的感情、重複的意象，極易引起審「美」疲勞。這種「惡意煽情」的傾向已經脫離了詩歌的本質，有譁眾取寵的嫌疑，也得到了適得其反的效果，令人反感。

最後，「地震詩歌」中的很多作品，在語言藝術性上乏善可陳。或許是對出於時效性的要求，多數「地震詩歌」都是在災難發生後的一個月甚至半個月內創作的，更有很多作品創作於災難發生當天。這是信息時代帶給現代人的優勢，能夠第一時間瞭解身邊乃至世界發生的一切喜悲，對於災難的關注當然是需要時效性的，能在第一時間傳達關切、做出反應都十點必要；但寫詩卻是需要時間的，畢竟不是所有的詩人都有「五步成詩」或「斗酒詩百篇」的能耐，思想上需要時間來沉澱，語言上更需要時間來錘鍊，「地震詩歌」顯然缺乏這樣的時間。在語言上，這些詩作大多不夠凝練，未經推敲，在這樣題材已經框定而且十分沉重的情況下，戲謔和反諷的手法和口語化的語言習慣當然不適合運用，這更凸顯出多數詩人在語言和藝術上表現平庸的事實，以至於在多年後我們回想「地震詩歌」時，幾乎想不起什麼經典的詩句。

對於「地震詩歌」創作浪潮的反思，幾乎與創作熱潮同步，這是一個並不常見的詩歌現象，而這些反思的成果可能對於當代詩歌的發展更有價值和意義。

三、被高估的「轉折」

「地震詩歌」作為近十幾年難得一見的具有社會影響的詩歌事件，一度成為一門「學問」，引發了詩歌評論界的評論和反思熱潮，這種創作熱潮與反思熱潮伴生的現象，似乎在詩歌史中也是為數不多的特例。當年朦朧詩曾經引起評論界觀點對立的強烈爭議，但也是爭論多於反思，而且是建立在整個詩歌倫理重新建構的理論高發期。「地震詩歌」則不同，它只是一場短暫的針

對突發性災難的詩歌運動，它的出現具有很大的偶然性。對於這樣一場詩歌運動，過分的拔高是不可取的。

必須承認，「地震詩歌」以及相應的反思活動對於當代詩歌發展是有利的。相比於之前詩壇的萎靡和蕭索，「地震詩歌」如同一枚深水炸彈，讓詩壇重新翻起巨浪，並迅速波及到詩歌圈子以外，引來了大眾關注，極大地擴大了詩歌的閱讀群體，它讓很多讀者在人生的歷程中第一次讀到當代詩歌，詩人們在這一刻也能暫時盡棄前嫌，共同承擔社會責任，讓人重新看到了詩歌介入現實的希望。但並不能因此就過高估計這一場詩歌熱潮的作用，其原因有以下幾點：

其一，建立在突發性災難基礎上的「地震詩歌」，並不是詩歌創作的常態，是一種不可復刻的詩歌經驗，有很大的時效性局限。評價和考察一個時代的詩歌創作，要以這一時代的常態寫作作為基準，天災讓詩歌突然有了聽眾，雖然這樣說十分殘酷，但不可否認汶川地震確實給了當代詩歌一個從天而降的機會。然而，這機會並不是永久性的，在社會熱點降溫之後，建立在大眾普遍關注基礎上的詩歌熱潮，也是無法保持熱度的。更為難堪的是，當代詩歌不可能期待再有一次這樣的機會，後來的玉樹地震就沒有再掀起詩歌創作熱潮，更證明了「地震詩歌」熱潮的偶發性。現在看來，在 2008 年的初夏，整個國家事實上陷入了某種特定的精神氛圍中，在這種悲痛與沉重氣氛氤氳、讓人眉頭緊鎖的社會大環境下，詩歌可以作為公眾不良情緒的一個宣洩出口；而當人們漸漸回到正常的生活狀態，災後重建工作有序進行，人腦中的規避機制也隨之啟動，對於苦痛的回憶在不知覺中被掩藏在意識邊緣，以防止頻繁被觸發帶來的疼痛感，這時的「地震詩歌」就顯得十分尷尬了，它成了一種迅速降溫的詩歌經驗，不論是詩人、評論家還是普通讀者都會因為題材問題而放棄對這些詩歌重複研讀，被遺忘成了「地震詩歌」新的使命，或許在極端相似情況再度出現的時候，「地震詩歌」又會被挖出來憑弔一番，但這卻是所有人都不想再經歷的生命體驗。

其二，在這次以慘痛代價換來的「機遇」中，「地震詩歌」卻並沒有表現出應有的水準。這一點從創作與反思兩股熱潮並行這一現象就可見一斑。在創作還沒有停止時，很多反思文章就已經對「地震詩歌」的質量問題提出成規模的質疑。即便是有少數的詩歌文本顯示了當代詩歌創作的真實水平，也無法掩飾大部分作品創作水準低於當代詩歌創作水準平均值的尷尬。我們往

往用一次詩歌創作浪潮中最優秀的作品質量來確定這次浪潮的意義和價值，但如果一場轟轟烈烈的詩歌運動只是倉促上馬的「豆腐渣工程」，人們又怎麼可能爲某一塊特別堅固的磚送去違心的讚美呢？在肯定了「地震詩歌」社會效應和社會責任感的基礎上，幾乎所有的詩歌評論都把矛頭指向了「地震詩歌」中展現出的詩人們捉襟見肘的藝術才華，似乎離開了調侃和諷喻，詩人們就沒有其他方式表達眞實情感了，這其實是當代詩歌缺乏個性和創造性的一次集中體現。因爲過分追求時效性，大多數作品都是倉促而做，殊不知，沒有達到一定水準的藝術性，詩歌文本的社會效應也會大打折扣的。這種「打折」的創作決定了「地震詩歌」創作熱潮只能在事件本身的爭議性和社會實效上謀求某種「熱鬧」的表象，卻難以承擔現實主義詩歌的反映現實生活的眞正使命。

其三，作爲創作主體，大多數詩人們並沒有到過救災第一線，他們的體驗大多來自於大眾媒體，這些已經被篩選過的信息，在經過不無想像成份的加工，所呈現出來的「災難現場」並不完全眞實。這種體驗上的「誤差」，直接引起了情感的「誤差」，最終導致許多文本與現實之間的「謬以千里」。當時要求詩人到災難現場提供在場體驗是不現實的，這是「地震詩歌」的天然缺陷，畢竟在穩當的書房裏，在柔和的燈光下，詩人們只憑想像，是無法抵達「眞實」情境的。於是也就有理由懷疑「地震詩歌」的社會效應是否眞的有益，會不會造成對受眾的誤導，又會不會因爲「無知」而淪爲大眾傳媒和主流話語的幫手。

另外，「地震詩歌」取得所謂的成就，大多建立在受眾並不瞭解當代詩歌，欣賞水平較低的基礎上。當代詩歌的一大弊病就是過於依賴於話題性事件的推動，「地震詩歌」確實體現出了詩人對社會的承擔，但這份承擔是否足夠眞誠在今天看來還是不無疑問的。「地震詩歌」的受眾大多是平時與詩歌距離很遠的工薪階層和勞苦大眾，受教育水平並不高，容易被詩歌作品中的催淚橋段所感染，產生某種說不清楚的「感動」，這種感受型的詩歌鑑賞雖然直接，但卻不足取信，更不能以之作爲「地震詩歌」成就的佐證。

經過近十年的沉澱之後，「地震詩歌」的樣貌已經逐漸清晰起來。誠然，在一段時間內「地震詩歌」是成功的，甚至一度把詩歌推到了「主流文體」的位置，作爲詩歌與世界溝通的一種方式，「地震詩歌」堪稱可貴的嘗試，它提供了在非常態的情況下詩歌與世界互動的範例，也是現實主義詩歌在當下

「無心插柳」的一次熱潮。但是，「地震詩歌」依賴於偶發性的災難，並不能推而廣之成為詩歌創作的普遍經驗，況且在藝術層面，「地震詩歌」還存在著很多問題，且限於時效性這些問題又不太可能有更正和進步的機會。在這種情況下，過分拔高「地震詩歌」的意義和文學史地位就更不可取了。

第四章　自由詩藝的探索與實踐

　　21 世紀詩歌創作在內容和情感上的創新是有目共睹的，深刻介入現實，表現社會與人生，傳達倫理關懷，已經成爲進入 21 世紀後的十幾年來詩歌發展的重要成就，「打工詩歌」、「底層寫作」、「生態詩歌」等概念，也隨之演繹爲當下詩歌創作的個性化「標籤」。可是，研究界在仔細捕捉到這些變化的同時，卻在不經意間忽略了當下詩歌藝術層面的探索。要知道，任何優秀的作品都要達成審美意味同審美形式兩種因素的完美結合，每一個詩歌流派的生成與發展，均與藝術技巧的積極探尋休戚相關；甚至一種詩歌風尚的形成，有時就是由對某種詩歌技巧的高度重視發展而來。比如象徵藝術之於「象徵詩派」、新詩格律之於「新月詩派」、意象藝術之於「現代詩派」、詩歌戲劇化之於「九葉詩派」、口語化創作之於「民間寫作」、敘事化創作之於「知識分子寫作」等等，無不驗證著這種藝術規律。

　　客觀地說，當下詩歌受到的讀者關注並不是很多。讀者對詩歌的關注大約分爲兩種：一種是被頻繁的詩歌活動和詩歌事件在短時間內吸引了眼球，他們實際上並不關心詩歌文本，而只是希圖利用詩歌獲取一些新鮮的談資，這種關注本質上並沒有多少實際意義，它可能讓詩壇變得更加「熱鬧」，但卻不會給詩歌創作提供任何有益的實質性幫助，相反還可能加劇詩歌發展「事件化」的傾向，引得那些焦急渴望關注的「詩人」生產出更加「無釐頭」的鬧劇；另一種關注則是從閱讀當下詩歌創作的文本的經驗出發，被文本打動，真正從內心裏關注詩歌創作的動態，關心詩人的生活處境和詩歌文本中展現出來的人的精神世界。這種關注又存在著兩種可能，一種自然是被詩歌文本內所包含的內容或情感所感動，也包括對於詩人的「打工者」身份、「底層」

身份、「草根」身份、「女性」身份等額外因素產生興趣。更重要的是第二種可能，那就是被當下詩歌創作的藝術水準召喚，為文本中詩人的高超技巧所折服。

當下詩歌一個很重要的特徵，就是講究內容與形式的平衡統一，只重內容不重形式或只重形式不重內容這兩種傾向，都是不可取的。古語說「質勝文則野，文勝質則史」，只有同時把握住內容與形式的各自之道，才有可能攫取詩歌藝術的精髓，觸摸到當詩歌創作靈魂的真實脈動。所以說，對 21 世紀詩歌的考察就既要琢磨其精神及傳播方式的新變，又得兼顧其在藝術技巧層面提供新質素。

那些認為當下詩歌和 20 世紀 90 年代相比，並無實質性的突破，藝術上越發萎縮的判斷，缺乏足夠的依據，也是站不住腳的。坦率地說，在這十幾年裏的中國詩歌中，那種「平地起高樓」式的藝術生長點、創造點的確不是很多；但是在對於 20 世紀已經成型的某些技巧、手法的深化和改造上所下的工夫，卻是十分「對症」、卓有成效的。這種辨析態度，理應作為我們進入 21 世紀詩歌藝術世界的邏輯起點。

第一節　詩歌意象的新內涵

意象是詩學中的一個重要範疇。作為詩歌的構成元素之一，意象是體現詩歌生命的基本結構內核和功能單位。「它是詩歌獨特的敘事方式」。〔註1〕同時，意象作為重要的表現方式和審美理論，在詩歌中始終佔據著極為重要的位置，無論是在表情、達意方面，還是在敘事、說理層面，一直是非常有效的藝術手段；並且在漫長的詩歌史中逐步形成了自己完備充實的理論體系。從《周易》提出的「聖人立象以盡意」，魏晉時期王弼提出的「得意而忘象」，經過《文心雕龍》較為系統的理論闡釋，再到王國維「意境說」的昇華，詩歌意象理論形成了一套較為獨立的完備體系，成為中國詩歌史中重要的理論基石之一。「意象又是一種富於暗示力的情智符號，也是富於誘發力的期待結構。」〔註2〕詩人以想像的方式將預想表達的情感或智慧，通過比喻性、象徵

〔註1〕　鄭敏：《詩歌與哲學是近鄰：結構——解構詩論》，北京大學出版社，1999 年版，第 315 頁。

〔註2〕　王澤龍：《中國現代詩歌意象藝術的嬗變及其特徵》，《天津社會科學》，2009年第 1 期。

性的意象給讀者以暗示，讀者通過對意象的解讀來體驗作者想要傳達的情智。在這樣一個過程中，「意象既不再是對客觀世界的機械反映或描繪，也不再是詩的一種修飾或裝飾，而是一個包含了自在自爲的多元意義的載體，是實際體驗事物的具體形式，是一種思維方式和存在方式，是想像力對眞理的投射」。〔註3〕

　　中國新詩中的意象運用，雖然在古典文論中能尋找到頗多蛛絲馬蹟，但其根本的來源主要還是西方現代主義意象理論。自從20世紀20年代以李金髮爲代表的象徵詩派就將意象論引入到象徵主義詩歌中，之後的百年裏，新詩意象流變儘管曲折離奇，然而每一次變化都與所處時代的總體精神內核基本保持一致，這種發展變化在40年代達到高峰，而後又因爲政治文化形態的制約走向另一極端，在藝術探索層面遇到了坎坷與曲折。20世紀80年以來，中國新詩意象藝術漸漸從思想束縛中解放出來，在回歸20世紀40年代新詩傳統的同時有了較爲深切的變化：先是「朦朧詩」運用意象所造成的朦朧含蓄對抗之前詩歌的「淺白直露」的弊端，實現了對新詩創作傳統的繼承和超越；繼而「後朦朧」詩雖然在理論上倡導反對詩歌的意象化，「拒絕隱喻」，卻在文本實踐中，留下了許多依託於「意象」的文本，即便是在元語言詩歌寫作中也生成了新質的「意象」。這些變化恰好暗合了近三十年中國社會思潮的某種軌跡。處於「回歸傳統」與「銳意創新」十字路口的中國，在任何一件事情上都無法做出簡單明瞭的選擇，常常是在政治、經濟、社會發展進入相對穩定期的時候，社會思潮卻依然處在複雜、動盪的階段，在諸多價值觀念並行的社會中很難尋求到統一的審美標準，這是社會多元化的一種體現。在這種思想狀態下，詩歌意象的形態呈現出了某些「亂象」，使人很難歸納出一種具有統攝力的總體傾向。但有兩個發展方向是比較明確的，一是向古典文化中借用意象，二是延續新詩傳統，推進「現代」意象的進一步發展。

一、古典詩歌意象的借鑒

　　幾千年的文化積澱，給中國詩人提供了無盡的創作資源。中國古典詩歌幾乎是在一個接一個的高潮中走到今天，《詩經》、《楚辭》、唐詩、宋詞遺留下了不少經典化意象原型和「託物言志」的抒情經驗，也自然成爲當下詩歌

〔註3〕　汪耀進編：《意象批評》，四川文藝出版社，1989年版，第28頁。

意象中的無法抹除的文化基因，不論怎樣把學習和傚仿西方現代主義傳統作為新詩的追求，對於古典意象的鍾愛與使用卻始終不曾斷絕。而眾多起興式的「情感——表現詩學」（厄爾·邁納語）更直接啓發了當代詩人回眸傳統、重鑄詩魂的藝術靈感。進入 21 世紀以來，詩人們再度從古典意象系統中「借火」，頻繁地遣用、調配古意盎然的物象入詩，或化用古詩的意象和意境傳遞現時的心靈感受，形成了一種奇特的具有東方神韻的意象藝術特質。

　　詩人們對古典意象系統的「再造」，不約而同地首先選中了自然意象。「對自然物象的相親相近，詩人心靈與自然意象的凝合是古今詩歌意象最為突出的共性特徵，其中深刻烙印著傳統的文化心理情結。」〔註4〕移用古人詩作中的自然之象，既是當代詩人有感於自然景物的曼妙諧趣，同時又是與古人跨時空交流的心靈對話，正如王國維所說：「自然中之物，互相關係，互相限制。然其寫之於文學及美術中也，必遺其關係、限制之處。故雖寫實家，亦理想家也。又雖如何虛構之境，其材料必求之於自然，而其構造，亦必從自然之法則。」〔註5〕這種「求之於自然」的意象選擇傾向，是民族文化心理和審美感知方式的歷史傳承，在這一時間與空間長距離融合的過程中，新世紀詩人們利用跨越千載的「自然之象」營造出獨具韻致的視覺效果。例如楊鍵的詩中常常將月亮、枯葉、荷花、睡蓮、殘雪、細雨、夕陽、飛鳥等自然之物，點綴於「嫋嫋炊煙」、「斑斕古鏡」、「佛性神龕」、漫生苔蘚的古橋和殘破的墓碑之上，由這些意象組成的詩歌畫面極具古意，韻味悠長，同時又鑲嵌在現代詩的形式中，形成古典與現代自然融合的奇妙意境。如「淒美的夕陽光在母羊肚子下漸漸暗淡的時候，／一個人會騎著自行車來到這條長河邊，／帶走幾隻正在咀嚼荒草的羊，／守羊人總是在這時聽見內心的哀告之聲，／卻依舊攏著袖口，同這人寒暄，他抓不住那聲音。／／長河邊有一個兒子帶著他的老母和孩子，／很多年前他就凝視著這條長河上的蕭瑟，／如今這蕭瑟變成一盞燈了，／無論走到哪裏，／它都在眼前閃爍」（《長河》）。以暮靄斜陽中的長河水面作為背景，描繪吃草的羊羔和孤獨的守羊人，全詩中幾乎觀察不到屬於「現代」的意象，似乎這幅安靜「傍晚牧羊圖」跨越千載從未有所改變。而詩中又反覆嫩染了長河及祖祖輩輩生活於此的人們的悲涼處境，

〔註4〕　王澤龍：《中國現代詩歌意象論》，中國社會科學出版社，2008 年版，第 164頁。

〔註5〕　王國維：《人間詞話》，黃霖等導讀，上海古籍出版社，2000 年版，第 2 頁。

他們謹遵祖訓永遠守護著這片「黯然神傷的泥土」，無視時間的座標軸苦苦堅守，卻不知世界早已經不再是一條空間座標軸所能規約的了，這其中的悲涼在極具古典韻味的意象中間自然流露，有種超越時間的悲情感。楊鍵的詩絕非單純的復古、仿古，而是借古之節韻，展現牧羊人固守的前現代生活方式在現代性的催壓下支離破碎的悲慘現實。貫通古今的命運感，賦予了楊鍵詩歌一種悠遠而神秘的氣息。

另一種常用的「借火」方式是直接從古典詩詞名篇中化用意象，陳陟雲在這點上頗爲典型，如他的長詩《新十四行——前世今生》，「薇，帷幕落盡，已隔千年／『春花秋月何時了，往事知多少』／東流的一江春水淹沒歷代／你我的情緣如舟……薇，在月的循環中，圓是短暫的美麗／缺是苦苦期待的漫長。潮起潮落間／疼痛的光芒湧現膚色／一隻杯的孤影，與一匹馬的消逝／共眠於憂傷的弧度／兩手懸置，蒼白的書頁捲起／黯然神色的熱愛，沉澱於一個動詞」。每節均以「薇」起始，濃墨重彩地勾畫出一位身著華服，攜春花秋月、帶一江春水的絕美女子，從晚唐的繁華旖旎中款款而來，上演「畫中人」與詩人的浪漫故事，女子「薇」本身就是極具古典意蘊的意象，象徵意義豐富，「薇」與「我」的前世今生自然地鋪陳在密度極高的唯美修辭中，可謂是古意盎然。長詩中「一江春水向東流」、「牛織的情結，只爲轉世的離愁」、「一泓平湖，源自天意的杯盞」、「百匹綾羅散盡，銀河寂寞如斯」等化用古詩名句爲詩的結構句法，帶給讀者強烈的色彩衝擊感和文化認同潛意識，在借古詞傳達新意的同時，把古典詩詞的內斂凝練轉化成長詩的情感基調，是不可多得的佳作。又如子梵梅的長詩《一個人的草木詩經》，表現的更是直接，全詩的每個獨立單元分別直接以李白的《秋浦歌》、屈原的《離騷·九歌·少司命》、杜牧的《贈別》等古典詩詞曲賦入詩，並抽取其中的意象，架構出區別於原詩的女性意識和性別情懷，把性別視角放置到中國的傳統詩詞之中，發掘在女性思想內部現實存在卻又不易覺察的傳統文化信息。類似的還有一些詩歌，選擇用古典名著或者民間傳說作爲詩歌意象的營養源，經過詩人的妙手調配，呈現出極高的藝術品質，陳先發的《前世》是其中的典範之作：

> 要逃，就乾脆逃到蝴蝶的體內去
> 不必再咬著牙，打翻父母的陰謀和藥汁
> 不必等到血都吐盡了。

要爲敵，就乾脆與整個人類爲敵。

他嘩地一下脫掉了蘸墨的青袍

脫掉了一層皮

脫掉了内心朝飛暮倦的長亭短亭。

脫掉了雲和水

這情節確實令人震悚：他如此輕易地

又脫掉了自己的骨頭！

我無限眷戀的最後一幕是：他們縱身一躍

在枝頭等了億年的蝴蝶渾身一顫

暗叫道：來了！

這一夜明月低於屋簷

碧溪潮生兩岸

只有一句尚未忘記

她忍住百感交集的淚水

把左翅朝下壓了壓，往前一伸

說：梁兄，請了

請了——

「梁祝化蝶」是中國傳統文化中經典而淒美的愛情故事，同時又因其濃鬱的奇幻色彩，被傳唱得最爲廣泛。然而，這種超高的傳唱度在文學創作領域反倒成了無形的藩籬，過多的演繹、改編讓故事本身的可詮釋角度和空間都變得十分狹窄。陳先發的《前世》迎難而上，細緻地描繪了「化蝶」的全過程：首句「要逃，就乾脆逃到蝴蝶的體内去」，寫出了梁祝受迫於父母阻礙等社會因素的無奈，並在開篇第一句就把讀者引入到特定的審美空間内，而後「與整個人類爲敵」，又把二人與肉身、精神乃至人類的身份決裂、一同跳出輪迴的決絕表現得淋漓盡致，那種爲了愛情不惜與世界爲敵的果敢倔強讓人動容。接下來連續五個「脫掉」更堪稱驚人之筆。以往絕大多數描述「化蝶」過程的作品，往往只關注到了「化蝶」過程的美感和其中人物間的綿綿愛意，即便是已經把這一過程具象化的相關影視作品，也沒有完整地展示出「淒美」之外的情感和細節。詩人的成功恰在於此，五個「脫掉」中不僅有決絕和憤懣，更有不捨與疼痛，因爲「化蝶」的過程不僅僅是拋開塵世紛擾，

逃離禮教桎梏和俗世恩怨，放棄入世的理想和追求；更要「脫掉」一生的記憶和一世的相思，「化蝶」的前途未卜，為愛獻身是否就能長相廝守，拋卻肉身和記憶的一刻，梁祝恐怕在祈禱的同時，也必定懷著惴惴不安。特別需要注意的是最後一個「脫掉」，「又脫掉自己的骨頭」這一句頗值得玩味，「骨頭」隱喻的不僅是社會禮教培育出的謙和守禮與賢良淑德，更有作為讀書人的所有理想、抱負和責任，在「化蝶」的故事裏，讀者總是習慣性地認為為了愛情犧牲這些根本無需取捨糾結，事實上這只是用現代人的價值觀做出的身處事外的取捨，而作為當事人的梁祝恐怕要在這一場取捨中倍感矛盾和痛苦。在第一節末尾，詩人用一句「這一夜明月低於屋簷／碧溪潮生兩岸」，把驚心動魄的「化蝶」過程重新拉回了「淒美」的曲調中，畫面感十足的明月碧溪把梁祝的情感推向高潮，只用一句便達成了音、畫、情三者的渾然融合。

　　如果全詩到這裡即告結束，已不失為一篇重新詮釋「化蝶」神話的佳作，但詩人顯然並不滿足於此。最後一小節詩人用「化蝶」後兩隻蝴蝶間的細微動作傳達出了豐富的情感和思考，而這些情感與思考遠遠大於故事本身的容量：化蝶後的祝英臺，獨獨沒有忘記的動作和一句「梁兄，請了」，既是痛苦的化蝶過程後前世姻緣殘留下的餘香，讓人讀後聯想起故事中的前世今生感歎不已；同時，勇敢衝破禮教大防、追求愛情自由的梁祝，在已經脫離人身後唯一記得的動作和話語，卻偏偏是「禮」的殘餘，他們的愛情與犧牲彷彿終究未能換來永恆的自由，讀後又有悵然若失之感，意蘊之深、運筆之妙，在同題材的文學作品中實不多見。

　　陳先發對於語言超強的控制力也在《前世》中顯露無遺，無論故事的起、承、轉、合，都能用恰到好處的語言將情感準確而到位地傳達出來，尤其是現代口語與古典詩詞之間韻律、意境的轉換，更是令人佩服。

　　此外，名勝古蹟牽引出來的懷古之情也是當下詩歌創作中的常客，許多名勝古蹟被詩化為「歷史」意象，如赤壁、三峽、莫高窟、月牙泉、泰山、大雁塔、塔爾寺、新安江、黃鶴樓等，它們這些象徵著華夏文明的文化地理景觀，都曾留下了「現代詩」的足跡。

　　這些飽經歷史風霜、見證無數興衰更迭的古蹟本身就是卷帙浩繁的「大書」，僅僅一個名字就已經能夠從中闡釋出諸多意義和指涉，這使詩人們頻頻產生睹物思人、瞭古思今和回望歷史的心理衝動。懷古詩也就成了詩歌史上經久不衰的題材，把古蹟作為核心意象做現代闡釋的詩歌更比比皆是。《大雁

塔》和《有關大雁塔》的佳話還猶在耳畔迴響,當下詩人就又推出不少相似的詩篇。商震的《瓜洲古渡》寫道,「這裡只有荒草和寂寞的水/渡口,也只能調動/我們從書本裏得來的記憶//曾經從這裡走過的大詩人們/不會相信彙集詩人的地方會荒涼/更想不到我們來這裡/只是為背誦他們的幾句詩」。詩中的「瓜州古渡」儼然演化成為承載歷史的古典鏡象,折射出了「繁華不再」的落寞與哀歎。新時代賦予「瓜州古渡」的意義已然迥異於前,今日的荒涼是時代的進步,而對於歷史而言這又是否是一種薄情的拋棄,詩人在歷史與現代的謎題中悵然若失,這與先賢詩人們所做的懷古詩又有不同,它不僅僅是對歷史鉤沉的歎息或嚮往,而是在思考歷史本身。李少君的《二十四橋明月夜》也借揚州的名勝「二十四橋」為主題物象,將杜牧的《寄揚州韓綽判官》和姜夔的《揚州慢》融為一爐,既有「二十四橋明月夜,玉人何處教吹簫」的悠長,又有「二十四橋仍在,波心蕩,冷月無聲。念橋邊紅藥,年年知為誰生?」的惆悵,同時又能在前人的基礎上找到自身情思的出發點和落腳點。再如古馬詩歌中經常出現的「陰山」意象,幾乎成為其蒼涼沉雄的詩歌風格的一個「標籤」,讀者能夠輕易地從中感受到古馬詩歌中豐富的歷史內蘊。

　　與其說是「仿古」,不如稱之為「借火」。21 世紀詩人這種從古典文化中借用意象的做法,其實並不算什麼特別的創造;但在今天這個各種現代思潮蔓延流行的時代,詩歌創作中出現大規模的古典意象,並且給這些意象賦予了新的意義,這一現象就值得玩味了。「借火」古典文化絕對不是新詩「現代情緒」枯竭的證據,但它也從一個側面說明新詩在反映錯綜複雜的當下思潮的過程中,需要尋求某種「另外」力量的支持,這種力量的新需求和古典文化的基因傳承綜合作用,就導致了詩歌意象「借火」古典文化傾向的出現,這是新詩主動融合現代情緒與古典意蘊的創造性的嘗試。從古典文化中汲取營養特別是古典意象的運用,也是新詩自覺尋找出路的表現,畢竟時至今日說起中國詩歌,絕大多數人依然堅持今不如昔的結論,這結論不論是否客觀科學,但卻印證了師法古人是當下詩歌一條可行的道路。另一方面,在創作中一味地運用古典意象而不主動謀求古典意象的現代意義,就有讓作品淪為古典文化附庸的危險,而這背後詩人們附庸風雅的毛病也當十分警惕,片面的追求「古風」只會使詩歌失去現實的力量,而靠營造古典夢境來逃避現實的做法甚至想法,也是不應出現的,「借火」可以,「仿古」就不免拾人牙慧

之嫌，「媚古」則是對歷史的背叛了。

二、現代詩歌意象的拓展

　　自從新詩發生以來，「現代情緒」始終是伴隨左右的，現代詩的形式也顯然更加適用於展現現代生活和現時情感。新詩的成就和經典創造，還遠不能跟曾經登臨巔峰的古典詩詞相提並論，但在反映「現代」這一點上卻比古代詩詞更爲對症。新詩的一些「現代」意象，儘管沒有古典詩詞中已經內化爲民族文化與精神一部分的那些經典意象，但也有不少頗值得玩味的創造。這些「現代」意象最大的魅力，就在於其所具有的沒有固化的不穩定性，詩人們能在不同歷史條件下根據不同的現實或精神需要，爲它們賦予不同的新的內涵。進入信息化的 21 世紀之後，「現代情緒」已經面目全非，承載這些情緒的意象自然也發生了人們意想不到的變化。當年「施蟄存們」對於現代社會的光怪陸離的不適，今天似乎已經無法理解，就是「海子們」夢裏的故鄉好像也再難尋覓了。也就是說，不僅是古詩，就是新詩裏人們熟視無睹、習焉不察的意象，如今也滲入了某些新的內涵。這裡抽樣式地選取代表性的三個「現代」意象加以分析。

　　如果時光倒退到六十年前，不會有人想到「廣場」這個意象會變得像今天這樣尷尬。廣場並不是一個單純的意象，而是一種言說場域和歷史語境，「廣場」本身作爲無生命的物象見證了這個民族最光榮的時刻和最殘酷的悲劇，人們無法忘記「廣場」曾經帶來的光榮感和神聖感，也接受了「廣場」在後來的平靜生活中扮演的喧囂的角色，在一種「無意識」中又始終憧憬或是恐懼著「廣場」上的某種集體生活。相比於一般的民眾，知識分子對「廣場」或許有更深的精神寄託，這裡是知識分子將自己的理想、抱負付諸實踐的開端。現代知識分子從「象牙塔」走向「廣場」，以啓蒙者的姿態改變了傳統知識分子遠離民眾的自修自爲的形象，成爲公眾的代言人。「廣場」所承載的歷史感和責任感，曾讓知識分子們對它產生了精神的依賴。然而，1990 年後這種依賴變成了無可依賴，轉而成爲怨恨、憤怒與恐慌，這也讓知識分子主動放棄了代言人的角色，「廣場」終於成了整個知識分子群體精神內層的一種難捨難棄又難以接近的「集體情結」。當下詩歌中的「廣場」意象就體現了這種「糾結」的情緒，這中間有懷念、有解構，更多的是想透過廣場上的喧囂與寂靜，揭示當下人們的生存狀態以及精神症候。侯馬《詩章 12》中的「廣場」

意象，就凝結了深刻的歷史反思：「傍晚，威尼斯的一個廣場上黑壓壓站滿了人／他非常吃驚地看到了這一幕／小心翼翼地問，發生了什麼事？／『沒有什麼事，他們就是喜歡聚在這裡』／一個商販告訴他。瞧這一廣場／鴿群般祥和，親切而又獨立的人／歷史的一份活遺產／其中蘊含著極易統一的意志」。「廣場」發生過的那些事已經不再是人們聚集的理由，記憶中無法釋懷的沉重並沒有被歷史銘記，「獨立的人」與「統一的意志」之間，明顯構成反諷的結構，詩句詼諧之中充溢著對「歷史的遺忘」的悲哀與警醒，然而「鴿群般祥和」雖然是一種背叛卻又明明是詩人們最初所追求的理想，理想以這樣一種背叛的形式實現，其中的無奈也是溢於言表。凸凹的《針尖廣場》、冰兒的《穿過一個城市的廣場》等作品中的「廣場」意象中，也都蘊含這種矛盾糾結的複雜情緒。這種情緒的來源其實是「廣場」職能的現實轉變，從一個政治集會場所轉變爲商業中心或是娛樂場所，詩人們對此感到不適，卻又無法質疑如今的「廣場」上發生的喧囂與平靜、苟且與幸福的眞實性和合理性，很多作品就直接描繪了「廣場」意象的轉變，如楊克的《天河城廣場》，「在我的記憶裏，『廣場』／從來是政治集會的地方／露天的開闊地，萬衆狂歡／臃腫的集體，滿眼標語和旗幟，口號著火／上演喜劇或悲劇，有時變成鬧劇／夾在其中的一個人，是盲目的／就像一片葉子，在大風裏／跟著整座森林喧嘩，激動乃至顫抖」，這種記憶或許並不十分美好，卻是詩人難以割捨的內心情結，而這種「先入爲主」的情結讓詩人在描繪「廣場」的變化時倍感失落：「進入廣場都是些慵懶平和的人／沒大出息的人，像我一樣／生活愜意或者囊中羞澀／但他（她）的到來不是被動的／渴望與欲念朝著的全是實在的東西／哪怕挑選一枚髮夾，也注意細節」。繼續保有曾經高尙「理想」已經顯得不合時宜。處在此時此地的人們儘管依然是「被動」的，但這種「被動」不是由於「政治化」的被動，而是出於世俗生存的「商業化」的被動，二者有著天壤之別，詩人有關於這種差別，卻沒有貿然評論優劣。相似的作品還有姚風的《孤單》、遠人的《失眠的筆記——廣場》等。對於「廣場」這一意象的「尷尬」態度，本質上是知識分子在歷史使命問題上的某種搖擺和猶豫，緊張政治環境的緩解讓詩人們有了繼續追求政治理想的衝動，而「廣場」意象所承載的那一份理想卻早已面目全非，在這種「若即若離」的狀態下，詩人們逐步把心中的「廣場」情結轉化爲對廣場上人的思考，這是對從前政治理想的一種繼承和延續，同時又是在新的歷史條件下做出的應變反應。

　　「醫院」作爲意象出現在現代詩歌中的現象，在進入 21 世紀之後十分常見，其出現的頻度和在文本的重要程度都足夠引起重視。面對療治軀體傷痛的醫院時，人們或多或少地都會生發出對生命脆弱的感歎，無論是接受救治的病人，還是作爲旁觀者，都不免要感知、思考生命的問題，檢視生命的苦痛、短暫和疲弱。「醫院」意象的頻繁使用是當下詩歌注重還原生命體驗的重要表現。如李小洛的《到醫院的病房去》就是比較典型地通過對「醫院」意象的描摹來尋找獨特生命體驗的作品，「看一看一個人停在石膏裏的手／醫生、護士們那些僵硬的臉／看看那些早已失修的鐘／病床上，正在維修的老人／看看擔架、血袋、弔瓶／在漏。看一看／柵欄、氧氣、窗外的／小樹，在剪。看看──／啊，再看看：伙房、水塔／樓房的後面，那排低矮的平房／人類的光線，在暗。」詩中的病房、病床、石膏裏的「醫院」的畫面，在沒有過分的情感滲入的情況下，寄寓了對於人生存滅的智性思考。這種對於「醫院」意象的關注其實已經頗有淵源了，在現代詩的初創階段就有類似的作品，高頻度的出現只能說明現代人在沒有戰亂、難以參透生死離別的歷史條件下更加需要從日常生活中汲取相關的生命體驗。「醫院」意象眞正的變化是在對「精神病院」這個意象的關注上，精神病院是社會生活中的特殊的場所，人們既覺得它充滿了神秘感又懷有恐懼感，這兩種感覺同時作用在人們的心理，會生出某些隱秘而矛盾的情感，甚至是不知不覺的精神變異，它可以作爲一面「鏡子」，更多地反觀人自身的精神問題，這也許比面對醫院更能揭示當下時代人們的精神狀態。如盧衛平的《瘋人院》：「在我沒見到那個瘋老頭時／誰說這是瘋人院／我都不相信／你看這裡青山綠水／空氣新鮮／小鳥堅持眞唱／花朵抱著團開放……我甚至想讓自己瘋掉／在親朋好友的護送下／來這裡居住／日後誰要想起我／我會以自己的親身感受／勸他也搬到這裡來／這麼好的地方／怎麼就住著一群瘋子／如果我一天到晚想這個問題／我眞的會瘋掉」。詩人用「瘋人院」的意象與天堂類比，具有很強的反諷意味，究竟是瘋人院裏的瘋老頭有病，還是我們這些貌似正常卻在自己的精神困局中尋不到出路的人更痛苦呢？這裡的「瘋人院」倒成了一個讓人不必懷疑自我身份、無需蠅營狗苟的理想避世之所。巫昂的《請送我去精神病院》顯然表達得更爲直接：「請送我去精神病院／我要當小安的病人……是 22 條清規戒律／關於婦女解放民族主義／你沒有任何看法／你還能苦苦熬過幾天／一打開門／門外是鼓浪嶼／再開一次／是大海／最後開一次／是護士成群的院

子」，詩人對社會生活的厭倦使其萌生了去精神病院成為另一位詩人小安的病人，這當然是一種反諷似的幻想，可精神病院的高牆內與世無爭的生命狀態和牆外那紛繁複雜的社會生活、各種各樣的「清規戒律」形成的鮮明對比，讓人生發出「請送我去精神病院」的想法，很難釐清患上精神病的究竟是誰。「精神病院」曾是一個讓人好奇又懼怕的地點，在現代詩歌中並不是常見的意象，當下詩歌對於「精神病院」意象的關注，折射出現代人精神層面的困苦與鬱悶，是整個社會精神疾病越來越嚴重的必然結果。

　　「車站」意象在現代詩歌中的隱喻功能也是非常明確的。提起車站，人們總是想到漂泊、流浪以及目的不明的「旅行」，它也總是關聯著旅人的焦慮、不安甚至略帶恐懼的心理體驗。當下詩歌在表現「車站」意象時，本質上依然沒有改變其漂泊、流浪的意義指歸，但在側重點上更加偏向於表現旅途中人的複雜精神世界，從而探索現代人的精神症候。例如肖鐵的《一個人的車站》，「有很多人／只有你視而不見／你只想著／你心裏的／那個人／那個人　看不見／那個人　沒有出現在你眼前／那個人　不可能出現在你眼前／所以　你對現場的每一個人／視而不見／一個人的車站／一個寂寞彷徨的車站／一個擠滿了形同虛設的人的車站／一個販賣靈魂寫真的車站／一個沒有人的車站」。詩中的「車站」意象已經成為一個詩人特別設定的場域，一個充滿陌生人的嘈雜的卻各自悲歡各自行走的關係糾結地。漂泊、流浪已經不是「車站」意象的最主要的指涉，相對的，「車站」所造成的那種明明身在人群中卻如同置身漫漫長夜的孤獨感，才是詩作意欲表達的重點。相似的作品還有任知的《火車》、李尚榮的《廣州東站》、路也的《火車站》等。在這些詩作中「車站」意象所象徵的也不再僅僅是旅途漂泊的流浪情懷，而是作為一個聚合眾生悲歡的「場」，「車站」更像是諸種孤獨個體的集散地，也是顯示人的內在心理感受的重要場地之一。無論是自己的遠行，還是送別友人踏上旅途，車站總是能觸動人內心深處最為柔軟、脆弱的地方，尤其是它能將現代人的躁動與內省、搖擺與自重、瑣屑與純粹等對抗性的精神因素完整而統一的展現，更促成其內涵必然發生變化。

　　新批評派認為：「一個孤立的語象在文本中的意義是由它所取代的東西所決定的，也就是說，它代替某事物或某思想而存在，它就是那個意義。」〔註6〕

〔註6〕　趙毅衡：《新批評：一種獨特的形式主義文論》，中國社會科學出版社，1986　　　　　年版，第138頁。

「廣場」、「醫院」、「車站」這三個「現代」意象內涵的轉變和大規模的運用，是社會思潮對詩歌創作發生影響後的產物，從這種轉變中，也不難窺見社會思潮的發展軌跡。

三、意象轉變的心理機制

　　向古典「借火」、內涵質變，是 21 世紀詩歌意象的主要動向，但它們卻遠不是動向的全部。比如當下詩歌中依然有為數不少的鄉土文化意象，這其實也體現出詩歌創作中一股不可忽視的懷舊風尚，詩人們常用「麥地」、「桑樹」、「水井」、「曬場」乃至「蟈蟈」等充滿鄉土氣息的意象，它們帶給讀者許多審美的愉悅和美妙的回憶或是想像。這些美好的詩歌意象在文本中往往多是作為無法排遣的「鄉愁」鬱結而存在的；並且這種「鄉愁」是詩人在鄉村與都市之間遊走、衝突、碰撞、甚至是受傷之後的一種無奈的精神皈依。歸根結底，這是詩人們在現代生活方式中體會到了無趣、無聊、無意義之後，轉而從記憶中尋找快慰的無奈之舉，也是大部分上了年紀的現代人共有的一種精神裂變。即利用對童年生活的選擇性記憶營造出值得懷念的恬靜美好的安平世界，這是詩人們內心對安靜平和生活的嚮往與對現實生活的喧囂煩亂的潛意識的保護機制，在這樣的思想傾向的引導下，一批優美、恬靜的田園意象被創造出來，它們對當下詩歌是難得的貢獻。但也不能就因此而全盤承認這種傾向，詩人們無需熱情地擁抱「現代性」，但也不能一味地逃避現實的問題，孤獨地生活在對童年的美好想像中對詩人來說就是脫離現實生活的徵兆，潛伏著失去創作能力的危險。當然，還有很大一部分詩人運用這類意象來表達生存在鄉土文明和都市文明夾縫中的痛苦，懷念童年在鄉村生活的切實感受，這也是新詩長久以來從未停頓過的一個主題，在此不再贅述。

　　另一個值得注意的現象是在當下詩歌創作中，機床、釘子、生產線等「工業意象」出場頻率極高，以鄭小瓊為代表的打工詩人們常常運用這類意象，給人耳目一新的感覺。工業題材的意象系統其實在 20 世紀五、六十年代的一些詩歌創作中十分常見，在那個曾經「全民皆詩」的年代，工業生產成了全國工作的重心，工業大躍進和全民大煉鋼鐵讓整個民族為之瘋狂，在「以鋼為綱」的指導思想下，幾乎沒有人能夠脫離出去，「工業」和「鋼鐵」既是那時的權力話語又是大眾文化，當時所謂的詩歌也就蛻變為令人哭笑不得的「奇葩」。在接受者沒有任何防備的情況下，工業意象系統在 21 世紀的重新流行，

乍一看去可能會引起一些人對瘋狂年代的不良回憶；而實際上與 20 世紀 50 年代末相比，這些意象所代表的內容早已超出了工業生產和國家目標的範疇，它們重新被使用是近十幾年間「打工者」，開始用詩歌的形式表達群體的願望和情感的結果。這些看似冰冷無生命的意象，內裏蘊含著「打工詩人」們在生產第一線所親歷的殘酷與溫度，帶著一般讀者從未感受也無法完全感受的疼痛感。尤爲明顯的就是「鐵」的意象，在打工詩歌中大規模應用，它時而冰冷壓抑、暗啞無聲，充斥在工廠的每一個角落，構成了冷漠無情的機器迷城，是包圍了詩人整個世界的「固鐵」；時而尖銳冷血，與鮮血相連，與疼痛爲伍，是破碎美好人生的「利鐵」；時而又重如千鈞，壓得人透不過氣，背後藏著現代化的陰謀和金錢的醜陋，硬化了人心，是擠壓心靈的「重鐵」。但不論是哪一種「鐵」，背後都有深長的象徵意味，「鐵」作爲意象中心，往往被詩人的各種意象手段所強調，如用「鐵機器」、「鐵欄杆」、「鐵零件」等意象反覆突出「鐵」質的環境，又如用「孤零零的」、「沉默的」、「潮濕的」等修飾結構表達對「鐵」的各種理解與引申，再如用「月光」、「手指」等意象反襯出「鐵」的本質，總之，「鐵」是鄭小瓊寫作中的核心元素，「也是她所創造的最有想像力和穿透力的文學符號之一。」〔註 7〕以「鐵」爲中心意象的現代工業意象系統，也成爲鄭小瓊詩歌意象的最大看點。〔註 8〕這種傾向也是在打工階層不斷壯大、並用詩歌表達階層訴求之後產生的，是特定階層影響社會整體思維習慣的表現。

古人云相由心生，意象作爲詩歌的「面相」是可以折射出一個時代的心靈狀態的。進入 21 世紀以來，詩歌在意象層面呈現出的「亂象」究竟亂在何處，又因何而起，這已經不是單純的詩歌藝術問題了。說它是「亂象」並不是指責，事實上「亂」在「治」先，詩歌意象很可能正處在某個重要發展際遇的準備期。究其原因，21 世紀中國社會發生了深刻變革，比起曾經的動亂年代，在社會發展平穩期，中西文化、城鄉文化的深度融合，經濟的高速發展，讓社會的每一個角落都在經受轉型期的震動。詩歌意象的轉變是社會思潮在詩歌創作領域發生影響的結果，近年來社會思潮最大的特點就是其多元

〔註 7〕 謝有順：《分享生活的苦——鄭小瓊的寫作及其「鐵」的分析》，《南方文壇》，2007 年第 4 期。

〔註 8〕 羅麒：《從廠房走向殿堂：論「打工詩歌」新變——以鄭小瓊爲中心》，《當代文壇》，2013 年第 9 期。

化發展趨勢，主流思想並不能在社會思想領域「一統江湖」，多樣性成為社會思潮的最基本特徵，在網絡自媒體上人們享有發表意見和表達思想的基本自由，這使文學創作也進入了「新時代」。具體到詩歌創作範疇，不僅僅在題材、方法、情感內容上更具包容性，而且在意象選擇上也擁有了幾乎不受限制的自由，只要是情感表達的需要，幾乎所有的事物和情境都可能成為詩歌意象，一些以往被認為低俗不堪的事物，也進入詩歌成為了詩歌意象。這雖然並不值得大力提倡，但選擇意象的高度自由是當代詩歌發展的必然要求。在這樣一種文化背景下，當下詩歌中出現的意象選擇多元化的趨向就是合情合理的，無論是從古典詩詞中選取經典意象進行重塑，還是給現代詩常用的意象賦予符合當下文化思潮的新意義，都是社會思潮與詩歌內部規律共同作用的結果。換言之，在思想相對開放、各種文化高度融合交流、文學創作選材受限較少的當下詩壇，是難以出現具有「統治力」的創作潮流和技巧的，多種意象選擇傾向也標示著當下詩歌多樣的發展可能。

第二節　詩歌敘事的大量湧現

在大眾的普遍認知中，有著一種難以解釋的刻板認識——認為詩歌是主情的文體。這種定性並沒有錯，詩歌確實是最直接的抒發創作主體情感的文體；但對這種認知的片面理解，則會導致很大一部分讀者把詩歌局限在抒情文體的範疇內。而事實上從詩歌出現以來，敘事就一直是詩歌的重要任務之一，世界各國的古文化中幾乎都會有史詩的傳統，在漢語詩歌中這個傳統雖不十分明顯，但我們的敘事詩傳統依然是十分悠久的。古典詩詞中有許多敘事詩名篇流傳於世，只是在進入新詩時代以後，由於詩歌體式的根本性轉變，敘事詩的概念已經很難界定，敘事在新詩中更傾向於成為某種抒情策略和表達方式，「講故事」很少再成為整首詩的出發點。這一變化與其他文體的崛起是密切相關的，小說、散文、戲劇在敘事領域顯然比詩歌更具優勢，但每種文學體裁都有各自的任務，文體分工也是中國現代文學的一個基本特徵。然而敘事詩的「消失」，絕不代表敘事在詩歌範疇的銷聲匿跡，而是轉化成了一種特殊抒情策略的敘事技巧，也成為現代詩中不可缺少的一部分，甚至在 20 世紀 90 年代形成一股具有指導性和創造性的詩歌創作潮流，進入 21 世紀後，作為對 20 世紀 90 年代詩歌藝術策略的延伸，敘事發展成為一種具有獨特美

感的詩歌藝術方式，同時又潛伏著不能忽視的問題和隱患。

一、21 世紀詩歌敘事的可能

　　長期以來，詩歌內部就存在著敘事與抒情的「疑似矛盾」。說它是「矛盾」，是因為有限的詩歌容量使詩人們很難同時兼顧敘事與抒情，在不同的發展時期，詩歌或是傾向於抒情或是傾向於描摹；說它「疑似」，則因為這對「矛盾」並非是完全相互衝突的，詩歌中的敘事內容往往最終是為抒情服務的，只是在摻入敘事成分後，詩歌的抒情策略就會發生某種偏轉，於是也就有了直抒胸臆和借事抒懷的區別。在這種相對平衡的對抗和融合中，詩歌的重心無論是略微偏向哪個方向都是健康合理的。直到 20 世紀 50 年代末，由於政治需要和歷史原因，詩歌在這個問題上「誤入歧途」，當時的詩歌大多走向兩個極端，要麼是把毫無詩意或是胡編亂造的事物和事蹟強行植入現代詩，形成荒唐可笑的打油詩，既無思想上的「營養」，也沒有真實的情感可言；要麼是情感過度氾濫，通篇肉麻抒情，或是讚頌、或是懺悔、或是諂媚無恥的「感激涕零」，形成令人作嘔的濫觴抒情。今天看來，這兩種創作傾向都是對新詩藝術的極大侮辱和損害。時過境遷，我們不需再苛責那些「詩形垃圾」的創造者，他們有著自己不得已的苦衷和歷史眼光的限制，但這樣的創作風向是不能姑息的。新詩這次「誤入歧途」本質上是在抒情策略上的「一邊倒」，它導致了文本過分直白淺陋，情感缺乏必要的克制。而朦朧詩的成功恰恰是這樣一種由內而外的糾錯行為，它借用意象藝術的含蓄和內斂，從根本上糾正了之前詩歌在抒情策略上的錯誤，既是思想解放運動在詩歌層面的投射，更是詩歌藝術探索道路的重新建構。然而任何事物走向極端後都可能會發生變異，時間一久，朦朧詩則「因意象無節制的氾濫暴露出明顯的局限性。意象對意象的多情，意象間的疊加派生，完全成了蒼白意味的遮掩，矯揉造作，玄乎其玄；詩人把某種內涵裝在意象裏，用大暗示牽動小暗示，由大象徵套迭小象徵，讓讀者去猜，隱喻與象徵的多義、遊走性，使詩漸成無謎底的囈語，背離了生活的可感性。」〔註 9〕在這樣一種背景下，詩歌抒情策略的轉變也就順理成章了，意象藝術的最終實效雖然是詩歌內部規律發展和外部環境變化的必然結果，可其曾經創造的輝煌成就和非凡價值卻是不可磨滅的，只

〔註 9〕　羅振亞：《從意象到事態——「後朦朧詩」抒情策略的轉移》，《詩探索》，1995
　　　　　年第 4 輯。

是實現對意象藝術的解構並重新建構新的抒情策略是需要一個過程的。進入20世紀90年代以後，「在抒情的、單向度的、歌唱性的詩歌中，異質事物互破或相互進入不可能實現。既然詩歌必須向世界敞開，那麼經驗、矛盾、悖論、噩夢，必須找到一種能夠承擔反諷的表現形式，這樣，歌唱的詩歌便必須向敘事的詩歌過渡」〔註10〕。正如西川所總結的那樣，敘事作為抒情策略替代者的出現，避免了詩歌在之前的「不及物」寫作中面對複雜現實情況的失語，把詩歌精神的高蹈轉化為對瑣屑日常生活經驗的表達，由集體「泛政治化」的抒情轉向個人複雜經驗的敘述。既避免了詩歌陷入再次「泛政治化」的危險境地，清除觀念的虛妄和「本質」的幻念，又為詩歌探尋到了一條綜合各種經驗的寫作可能，表現與我們生存息息相關的東西。這種轉化或者說過渡是詩歌精神迫切地向世界展開、與世界相聯繫的結果，而這場抒情策略上的革命最終又是落實在詩歌藝術層面上的，反諷、戲劇性、轉喻、複調、互文、散點透視等，都成為當時詩歌中最常用的藝術手段，創造出了不少佳作名篇，如王家新的《帕斯捷爾納克》對於互文手法的完美運用，伊沙的《無限風光42》中反諷的大面積進入，西渡的《在臥鋪車廂裏》中的散點透視，馬永波的《偽敘述：鏡中的謀殺或其故事》中的敘事視角轉換手法，都成為當代詩歌藝術手段「教科書」中的經典範本。

　　當下詩歌的敘事技巧，從本質上說是20世紀90年代敘事詩歌浪潮的延續，當敘事成為詩歌中重要的抒情策略甚至是主流抒情策略之後，這種「抒情的、單向度的、歌唱性的詩歌」向「敘事的詩歌」的轉變，就已經成為當下詩歌創作的大背景，那些身處當下同時又從朦朧詩一路走來的詩人們，自然而然地就會隨著某種「無意識」的藝術引導，在創作上傾向於用敘事作為主要抒情策略。然而，新生代的詩人們依然有著類似的選擇，則不完全是傳統繼承可以解釋的了，其原因大致有如下幾點：其一，多文體進一步的互滲，是當下詩歌創作較多運用敘事技巧的理論根源。巴赫金曾說過，一部長篇小說要成為真正的小說，必須在文本內包含多種文體和語體。小說創作中借用詩歌或者詩性語言的現象是非常普遍的，這是小說敘事的需要。相應的，在詩歌創作中加入小說、散文、戲劇的文體特徵，在新詩史上也不鮮見，近年來，隨著網絡技術的發展，文學的容量擴大，各個文體都在進行文體擴張，

〔註10〕西川：《90年代與我》，《中國詩歌：九十年代備忘錄》，王家新、孫文波編，
　　　　人民文學出版社，2000年版，第265頁。

文體間的邊界早已沒有那麼涇渭分明了，多文體雜糅已經成爲一種被廣泛接受的文學創作潮流，也就是說，詩歌創作引入其他文體的形式特別是小說或戲劇的敘事技巧，在理論層面是沒有障礙的，而在實際操作層面，也是有著比較成熟的文本雜糅經驗的。其二，現實世界對於詩歌的要求和「及物」寫作的再興，使敘事技巧的「上位」成爲詩歌發展的外部需求。20 世紀 90 年代詩歌創作的「及物」傾向及其在近年的新發展，是當下詩歌發展的主要方向之一。對於詩歌與世界對接的渴求，在當下甚至比 90 年代更爲迫切，網絡化傳播給信息帶來了空前的不確定性，人們很難在第一時間分辨信息的眞僞，建立在信息基礎上的情感表達也就相應地缺乏確定性，傳統的單一的抒情方式在高度網絡化的今天顯然已經缺乏說服力，無論用何種方式詩歌都必須承擔起傳播信息的責任，在詩歌創作中加入敘事技巧，事實上豐富了詩歌的職能，這使得詩歌有了與世界無縫對接的更多可能。「及物」寫作要求詩歌關注現實經驗，反映現實生活，這也就在某種程度上決定了詩歌創作必須借用敘事技巧，以便更爲直接地反映現實、傳達經驗。其三，敘事技巧的大規模應用，是受詩歌藝術發展的內在規律影響和制約的。當下詩歌常用的藝術手法依然是反諷、互文、轉喻、複調等，這些修辭本身雖然並沒有被規定隸屬於哪種文體，但多數是敘事性文體中常用的，它們的使用往往存在某種「捆綁性」，在使用某個修辭手法時，不可避免地就要使用相應的語體格式或語言習慣，這就導致了當下詩歌中大量存在敘述性的語言。而這些修辭手法目前看來在短時間內是不可能被替代的，甚至會長期作爲詩歌的修辭常態而存在。其四，當下詩歌語言的口語化傾向，給詩歌的敘事技巧發展提供了有利條件。在詩歌權利不斷下放，發表門檻不斷降低，寫作群體不斷擴大的背景下，詩歌語言在總體上已經不可能保持古典詩歌的含蓄凝練了，我們只能對爲數不多的優秀詩人提出語言上高度凝練的要求，而現實情況卻是許多口語化後的詩歌語言，依然有相當不錯的語感和內涵，是完全可以成爲詩歌語言的。對語言和體式要求的放寬，讓敘述性的詩歌語言有了一展拳腳的機會，篇幅不再受嚴格控制，運筆也無需逐字推敲，在詩中甚至可以講故事，這可能並不是詩歌語言藝術的進步，但在客觀上確實爲詩歌敘事技巧提供了語言支持。最後，信息時代的高速發展和變化，使敘事技巧成爲某種必然的選擇。我們所處的時代，或許是人類歷史上發展最爲迅速的時代，既然詩歌出於內部和外部的多重原因必須要與世界相對接，那麼反映新事物、闡釋新思想、抒發

新情感，就成為當下詩歌必須面對的課題，而這一切尚處在不斷變化的過程中，即便是情感上的好惡也不應該過早地定性，相對於直抒胸臆表達情感，對於這些新事物而言，敘述性的文字顯然是更為安全可靠的。當然，詩人們並不會意識到他們所謂的「剔除情感」，有時是趨利避害的生物本能起作用的結果。

　　基於上述的原因，敘事技巧在當下詩歌創作中的運用依然是具有必然性和必要性的，同時，基於詩歌內在規律和外部環境的共同作用，敘事技巧在當下詩歌創作中的形態和特點相比於 20 世紀 90 年代，也有了較大的變化。

二、詩歌敘事技巧新變

　　20 世紀 90 年代詩歌的敘事技巧水準，在整個新詩歷史中都處於一個高峰狀態，無論是相關作品的數量還是質量，或是在技巧層面的嫻熟度和創造力，都達到前所未有的高度，甚至可以說，詩歌的 20 世紀 90 年代就是「敘事的時代」。當下詩歌的敘事技巧正是這條道路繼續前行的，兩者的精神內涵和根本目標也基本一致；然而每個時代的詩歌創作主體，都會有某種超越歷史、擺脫「影響的焦慮」、構建自己詩歌時代的衝動，這種衝動驅動著新詩不斷發展，也創造了曾經的輝煌，而這種衝動在當下詩歌中的集中體現，就是敘事技巧上常見的解構敘事傾向。其實，20 世紀 90 年代詩歌本身就是在用敘事手段來解構朦朧詩時代的過分晦澀和矯情的詩歌精神，當下詩歌的解構則更為徹底，它不僅是要擊碎那些高高在上、冷豔清高的精英吟唱，甚至連 20 世紀 90 年代詩歌中那種從身邊事物尋找哲理和意義的「睿智身段」也要一併清除。

　　在具體的創作中，詩人們通常會選取生活中那些經常被用來引發思考和抒情的事件作為出發點，但不再像以往詩人那樣，沿著已有的記憶話語進行追尋和挖掘，而是故意停留在事件本身中，「不邁出那一步」，實現一種從敘事到敘事的「不前進」的敘事結構，達到把讀者從「習慣性」的思考中抽離到生活本身的效果。比如朱劍的《無題》：「我在《人民日報》上／找性病廣告／我相信刊於此報的／定是最權威的／我用雷達般的眼睛／把整版報紙仔仔細細／搜尋了三遍／卻壓根兒沒有／性病廣告的影子／倒有一整版／關於某戰鬥機的介紹／戰鬥機是個好東西／只是我暫時／還用不著」。第一句就設置弔詭的生活場景，在《人民日報》尋找性病廣告，彷彿是諷刺小說的開篇般引人遐思，讀者一不小心就會陷入習慣性的引申和關聯，甚至直接聯想到

詩人嘲諷權威話語的姿態；結果令人驚訝的是，詩人並沒有繼續挖掘所設置場景的反諷意義，而是非常細緻地敘述抒情主人公在報紙中耐心尋找性病廣告的過程，樣子頗為嚴肅認真，彷彿在做一件十分莊重的事情，全無戲謔嘲諷的姿態，但其中意蘊卻已經躍然紙上。這種敘事技巧在敘述中拋棄那些含有特別意義的隱喻和象徵，忠實於對事件原貌的描摹還原，消解事件本身的指涉意義，卻在敘述事件的細節處用細膩的筆觸把想要表達的情感展示出來，這首詩中通過「最權威」、「仔仔細細」、「三遍」、「戰鬥機」等細節傳達出一種解構權威話語的意圖，生動有趣又頗有深意。另一首徐鄉愁的《中國，我的鑰匙也丟了》解構意味就更為明顯。「我的鑰匙也丟了／但跟祖國沒有關係／我記得是把鑰匙掛在腰間上的／開門的時候卻摸了個空／這就叫丟了／我可以到街上再配一把／或者乾脆把鎖撬開／還有一個辦法就是耐心地等一等／我們家的每一個成員／他們身上都各有一把相同的鑰匙／所以這點區區小事／不必去麻煩偉大的祖國／不過／我還是要給祖國提點意見／祖國啊祖國／您能不能把房租降低一點／我也想坐在明淨的窗前／安安心心地／跟祖國抒抒情」。從題目上看，有一定當代詩歌閱讀經驗的讀者馬上會聯想到梁小斌的《中國，我的鑰匙丟了》，這是 20 世紀 80 年代一首膾炙人口的朦朧詩，這兩首詩也確實存在某種獨特的互文關係，但徐鄉愁的詩絕不是對經典作品的傚仿或致敬，而是用瑣碎的敘事結構對梁詩的一種全面解構。詩人「耐心」地敘述著丟鑰匙的過程，可能丟在什麼地方，丟鑰匙的解決方案等等跟「丟鑰匙」這一事件聯繫緊密的生活碎屑，用一種調侃的態度表達出「丟鑰匙」跟祖國無關的態度，這是對梁詩帶有某種挑釁性質的回答，同時也明示了對於那種把所有事情都跟祖國聯繫起來以抒發愛國情感、憂患意識的抒情方式的不屑，而在詩的末尾，詩人還是雲淡風輕地表達出了對現實生活境遇的不滿，並不鄭重地質問「祖國」，全詩在有意地剔除那些跟「祖國」沾邊的高尚情感，用世俗化的敘述語言和細碎的敘事結構解構宏大的歷史話語，在幽默、調侃的筆調中又暗藏了反抗權力話語的聲音。

類似的作品還有不少，比如尹麗川的《笑聲作證》、《挑逗》，馬鈴薯兄弟的《安放》，代薇的《晚餐前的一段時光》，陳子敏的《追上未來》，繆立士的《扛梯子的人》等。它們都是更加專注於敘述事件本身，以期在敘述的細節中蘊含情感，這些作品既是對以朦朧詩為代表的宏大題材的解構，也是對 90 年代「敘事高峰」的意義消解，這些解構行為中事實上暗含著一種「意義」

的預設，它們或是與前代經典作品形成互文結構，或是在文本中暗示某種權威性的存在，並以此爲消解的對象，形成以解構爲特徵、具有消解意義的完整性敘事結構，這是一種已經取得相當創作實績的敘事技巧，在新詩歷史上也是不常見的。

除了較爲明顯的解構敘事傾向，當下詩歌在敘事技巧層面也是多姿多彩的，或者說是多種敘事技巧在共同發展，最具代表性的有以下兩個：其一是「無邏輯」敘事，這種敘事手法在需要故事邏輯的小說中並不常用，但在意識流小說中卻隨處可見，這種方法本身就具有某種「詩的特質」。如閻逸的《電影故事：或一副多米諾紙牌》：「廣告詞脫口而出／觀眾與聽眾／一耳的齒痕。線在線索裏穿過針眼／整個環節在製衣廠附近被縫紉／像一把鎖鎖住了借宿者的離別／少女的名字和淚水／他和她：兩個人站在兩具雕像裏／兩張票根飄到我們中間／左邊是歌劇院，右邊是話劇院／一個背景過場人物無聲地穿過舞臺／他出去買包香煙，然後帶回來／秋日的暈眩，和街上的閒言碎語」。詩中的各種物象和動作看似毫無關聯，也無法在字裏行間尋找到可供理解的線性敘事邏輯，但就像西方意識流小說一樣，每一句詩都可能引申出一個單獨的敘事邏輯，在表面的無邏輯敘事方式下，很多分散的隱性邏輯，配合特有的遲緩、迂迴的節奏，事物之間對峙的張力及其轉換，依然構成了敘事的有效性。這類作品往往會製造出類似於電影蒙太奇式的畫面拼接效果，理解這樣的作品是不能從故事邏輯出發的，更多的應該是感受詩歌的語感。敘事在這種情況下很可能只是一種「障眼法」，詩人想通過沒有邏輯或是邏輯不通的敘事結構掩蓋某些真實體驗或情感，使讀者掉入事先準備好的敘事陷阱中，使情感的傳達有一定的滯後性，以增強文本的含蓄程度；而讀者一旦跳出詩人的敘事邏輯之外，從語感或是語言本身感受到詩人的情感脈絡後，就會有一種「恍然大悟」的閱讀快感和別致體驗。類似的作品還有楊邪的《削吃一隻蘋果》、周斌的《一場非對稱的談話》等。

其二是多種文體、語體進入詩歌成爲抒發情感的藝術手段，並且其中很多形成了別具一格的敘事結構。在小說創作中書信體、對話體和日記體都是比較常見的語體，很多小說乾脆就是通篇書信體或日記體，對話也是構成小說主要情節的語體，它們既是語言格式，也是敘事手段，都有各自特有的敘事效果；而在詩歌創作中，它們似乎很少有用武之地，書信體因爲與情書或寫給特定對象的詩歌（如致某某的詩）類型相似，在詩歌創作中還偶有出現，

對話體和日記體都不是常見的詩歌語體，而把他們引入詩歌創作並且作爲一種敘事手段出現，還屬於當下詩歌的創舉。書信、對話、日記、聊天記錄等新的詩歌素材的引入，不僅意味著詩歌繼續張揚日常性，將詩歌導引回經驗、常識、生存的具體現場和事物本身；同時也意味著活脫通透的日常口語寫作依舊具有強大的生命力，仍將是現在乃至以後很長時段內詩歌表現的重要領域。我們看娜夜的《離婚前夜的一場對話》：

    ——「我的身體已經明顯變形了」

    ——「我也有了許多白髮」

    ——「你的那些情人都比我強」

    ——「也不能這麼說」

    ——「她們年輕　漂亮　還會使用自己的身體　眼淚」

    ——「但你是好女人」

    ——「我也有過自己的秘密」

    ——「人的感情很複雜」

    ——「是的」

    ——「太複雜了」

    ——「我知道」

    ——「找個年齡偏大一點的吧」

    ——「有時候　我也這麼想」

    ——「不早了　睡吧」

    ——「我知道」

全詩都由一對夫妻的對話組成，沒有任何多餘的鋪陳和說明，但卻能讓讀者明確地接收到文本所提供的內容。這是一段夫妻分手前的平靜卻不乏眞誠的交流，沒有慣常的激烈爭吵，對話語調平緩自然，卻又展示出多年夫妻中的點點滴滴以及愛情退去後夫妻之間的複雜情愫。它幾乎可以媲美一篇優秀的微型小說，同時又用敘事代替了直接的情感表達，離婚前夜那種難以言說的複雜情緒就在對話中，成了一首能夠提供新穎的閱讀體驗的詩。再如祁國的《打電話》「喂　您好　是啊／是我　還行　不忙／什麼　噢　知道了／沒問題　小意思　知道了／當然　然而　反正／聽不清　大點聲　聽到了／眞的嗎　哈哈哈　有意思……不早了　有你的　隨便／看看　就這樣　再見」。詩人把幾乎都是寒暄話、語氣詞以及沒有意義的關聯詞扭合在一起，組

成通話記錄，雖然沒有實質性的內容，但卻能夠引起讀者的共鳴，因爲現實生活中很多電話就是這樣無聊無謂，人與人的交流事實上處在極爲荒謬的境遇中，這是詩人對於現代人生活細節的精準把握，也是對現代人心理疾病的披露。

當下詩歌中存在上述兩種具有創造性的敘事方法，本質上是「後現代」的敘事風格。「後現代主義詩歌回到了一種不那麼拔高的、不那麼自我中心的敘事，一種善於接受語言和經驗中鬆散的東西、偶然的東西、無形的東西、不完全的東西的敘事。與之對應，那樣的詩歌接受隨意的非詩歌的語言形式，如信件、雜誌、談話、軼事和新聞報導。」〔註11〕這與當下社會思潮和文學動向都是息息相關的，這些可貴的嘗試也在相當程度上豐富了當下詩歌創作特別是詩歌敘事的手段，是對 90 年代「敘事高峰」的實質性超越；但這種「後現代」的敘事風格過度地進入詩歌創作，確實也帶來了一些意想不到的問題。

三、「狂歡化」敘事的隱憂

近十幾年間，詩歌創作中敘事的成分逐步增加，敘事技巧也有了新的發展。在多種藝術機制和社會需求的共同作用下，「敘事性」甚至已經成爲當下詩歌創作的主流藝術傾向；但不容忽視的是，當下詩歌創作中的敘事性成分或者說敘事手段有著明顯的「狂歡化」〔註12〕特徵。其主要表現爲：基於直接的感官認識，「熱鬧」、「喧囂」的詩學場景彷彿就是一場詩歌的「狂歡節」，良莠不齊的創作現狀正暗合著西方狂歡節的大眾文化特質；對於消弭階層、眾人平等的強調，讓所有人都成爲了狂歡節的參與者，沒有了演員與觀眾的主客之分，這符合當下詩壇的總體特徵，寫作門檻降到歷史最低，大規模湧現的「詩人」已經放棄了對詩歌神聖感的認知以及詩學技藝打磨的追求，有些敘事性詩歌作品顯現出詩人對挖掘生活與詩歌之間內在機連的虔誠與水準，但相當一部分詩歌只能濫竽充數，是對生活的機械複製；「狂歡化」這一

〔註11〕〔英〕史蒂文・康納：《後現代主義文化：當代理論導引》，嚴忠志譯，商務印書館，2002 年版，第 177 頁。

〔註12〕狂歡化」，源於巴赫金的兩篇文章《陀思妥耶夫斯基詩學問題》和《拉伯雷的創作和中世紀與文藝復興時期的民間文化》，這一理論術語源於西方的「狂歡節」傳統，就是在某個特定的日子裏，人們打破教義清規、社會理性等級秩序，在一種放縱的、隨心所欲的、藏污納垢的狂歡式民間活動中盡享歡愉。

概念還蘊含了非理性對理性的拆解、反抗和解構，是「後現代」文化影響的結果。

　　所以我們說當下詩歌創作的敘事浪潮或許是對以往詩歌的一種超越，作為一種另類的情感表達方式和方法，詩歌敘事藝術或許也達到了某種特別的高度。但是，「狂歡化」的敘事浪潮從長遠角度看，恐怕會給「急於求成」的當下詩歌創作帶來更深的隱憂：

　　最明顯的不良影響就是大部分含有敘事成分的詩歌作品「詩味兒」的逐漸喪失。「詩味兒」並不是嚴格意義上的詩學概念，它是從讀者對於詩歌作品的接受出發、描述詩歌應該普遍具有的特徵的詞彙，簡單說，就是詩應該有「詩的樣子」。因為長期以來，讀者普遍接受的詩歌作品樣態都是以抒情詩歌為主的，這關係到一個詩歌標準的變化與讀者接受的不平衡問題。今天詩歌的准入標準其實早已與以往不同，具有敘事成分、甚至敘事大於抒情的文本成為詩歌已經不存在很多爭議了；但隨著近年來詩歌受眾面的萎縮和經典作品的缺乏，詩歌標準的變化並沒有落實到讀者接受層面。在大部分讀者眼中，詩歌還必須是情感充沛，便於朗誦和感受情感的，這就使很多敘事性強的詩歌文本在被閱讀之初就已經注定了失敗的命運，讀者在閱讀後沒有體驗到他們依然固守的所謂的「詩味兒」，就拒絕進行重複閱讀和鑒賞，直接得出「這不是詩」的結論。這種情況自然可能有「曲高和寡」的無奈，但反映出的問題是不能迴避的，敘事性詩歌數量的增加和詩歌中敘事手段的大規模使用，確實讓傳統的抒情詩歌受到嚴重的影響，在大眾的審美情趣並未有實質性突破之前，這種趨勢都會導致讀者對於詩歌文本的不信任和不認同，從而使詩歌的生存的空間進一步被擠壓。而且不可忽視的是，當下詩歌創作中雖然有不少偏重於敘事的優秀詩歌文本，但大部分作品都屬於濫竽充數，在對現實生活的無聊再現中浪費筆墨，這就不僅僅是接受層面的問題了。它可以說是當下詩歌創作在敘事技巧層面片面發展的不良後果，當多數詩人都沉溺於某種詩歌技巧或是形式時，就可能會導致大量詩歌文本的雷同和低質，當敘事已經成為一種詩人在詩歌技巧層面的「狂歡」運動，就會有大量的粗製濫造的類似形式的文本出現，這些文本經不起推敲，也沒有什麼詩學意義可言，在讀者眼中更是一文不名。

　　「身體敘事」的解禁和濫用，有可能導致詩歌精神的退化。近年來「身體敘事」伴隨著「下半身」口號的出現，形成了來勢兇猛的寫作熱潮，「下半

身寫作」中某些理論建樹是值得肯定的，如其對詩歌想像資源非理性的強調，以及剔除文化理性對於寫作的控制和規範。但從總體上講，「身體敘事」依然不能洗脫某種抹黑當下詩歌創作的罪名。創作主體也不再局限於女詩人，許多男詩人也融入到「肉體敘事的狂歡」的浪潮中，作品多以驚世駭俗的「身體舞蹈」，進行純生理層面的本能宣洩，這使「身體敘事」陷入了感官敘事的窠臼，雖然透露出某種反抗意識形態的挑釁姿態，但是多數作品在主動大膽地裸露「下半身」的同時，具有文化符號意味的「身體」已經完全被「一具具在場的肉體」所取代〔註13〕。所以「身體敘事」作為「狂歡化敘事」的主要表徵之一是十分危險的，這種敘事模式長期盤踞在詩歌創作的重要位置，會導致詩人們詩歌創作的情感衝動退化為簡單暴力的荷爾蒙分泌過剩，把詩歌僅僅作為一種「自慰式」的性欲發洩渠道，在這種狀態下創作出來的詩歌文本質量可想而知。即便是在鑒賞尺度比較寬容的當下詩歌評論界，這種創作也是不能被容忍和原諒的；因為它背離了詩歌的本意，陷入感官刺激的濫觴，最終可能導致某種「精神鴉片」的出現，那將是當下詩歌創作追悔莫及的悲慘局面。

原本為了緩解經典化焦慮而出現的「狂歡化敘事」，也會引起更嚴重的經典化焦慮。為了對前代詩歌藝術創造成就實現某種超越，十幾年來，詩人們不遺餘力地豐富敘事技巧，想在詩歌敘事性上尋求藝術突破，這其中當然有成功者，但大多數詩人並不具備藝術創新的能力。藝術潮流的引領從來都是少數人的責任，跟隨的卻一直是大多數，「狂歡化敘事」讓當下詩歌在敘事技巧上無節制地探索，不僅浪費了許多可貴的智慧資源，而且也導致了部分詩人的「自以為是」，他們總是以為自己的某些詩歌藝術手法特別是敘事技巧，與同時代詩人相比具有優勢，對前代詩人更具有可貴的歷史超越性。這種可憐的「錯覺」反倒鼓勵他們在並不理想的道路上越走越遠，不能回頭，結果是沒能在敘事技巧上尋求到新的正確的出路，卻又丟失了真實情感的表達可能，而他們自己依然在「無情感敘述」的藝術美夢中沾沾自喜，「梨花體」和「羊羔體」其實就是這種心態的集中體現。當然，這裡不是在批評趙麗華和車延高兩位詩人，他們的創作成就也絕不是所謂的「梨花體」和「羊羔體」所能概括的，只是這種盲目追求敘事技巧之「新」、在「彎路」上繞的不亦樂乎的創作狀態，是會對當下詩歌的經典性造成損害的。

〔註13〕沈浩波：《下半身寫作反對上半身》，《下半身》（創刊號），2000 年 7 月。

　　從社會學的角度看當下詩歌創作中的「狂歡化敘事」傾向，就是「嘲諷權」的濫用。「嘲諷權」是與「威權」相對應的概念，處在非統治階層的民眾，在不掌握「威權」而且長期受制於「威權」的情況下，會在適當的時機行使自己擁有的「嘲諷權」。這雖然不會在物質層面改變社會現狀，卻會在精神層面一定程度地影響社會思潮。這裡的「威權」就是所謂的主流話語體系，而詩歌就是某種「嘲諷權」的釋放，正如處在初級民主活潑期的國家議會總會出現潑髒水、扔臭鞋、打架鬥毆的現象一樣，在「嘲諷權」剛剛解禁和行使的狀態下，當下詩歌創作中出現的「狂歡化敘事」這種創作傾向，只是一種不成熟的表現。在得到相應的規範和克制之後，這種情況就會好轉，但這需要詩歌評論界的糾錯和詩人們的藝術自律共同發揮作用。

第三節　「口語詩歌」的新形態

　　當下詩歌的語言問題一直是研究者和讀者群體中爭議頗多的焦點，而其中的「口語化」又因是語言藝術探索中的核心現象，就格外引人關注。面對越來越多用日常口語寫就的詩歌文本，支持聲和批評聲對立紛亂，此起彼伏。對之該如何給出一個客觀公正的判斷，則是對每一個詩歌研究者的嚴肅追問。

　　新詩與口語的結緣，遠比與其他語言形式要早。從新詩萌動之時就曾有過「口語」寫作的構想，如「我手寫我口」、「不避俗語俗字」、「方言未嘗不可入文」等口號也都相繼被提倡過；但「口語化」的初見成效，卻比它的提出要晚得多。這一方面，是因為日常口語與書面語即便是在白話文運動進行得如火如荼的 20 世紀 20 年代也沒能完成合流，在當時掌握書面語表達的人，依然是社會中的少數精英，這些受傳統教育或西方教育長大的精英，很難完全拋棄典雅凝練的書面語言習慣，在詩歌寫作中雖極力加入、強化白話文的成分，但還會在不自覺地向傳統文化影響下的書面語言習慣靠攏，直到改革開放以後普遍教育程度獲得大幅提高後，書面表達才不再僅僅精英階層的專利，口語與書面語的合流才成為一種可能，只是至今這種合流還不完全，「口語入詩」也就不可能過早地出現。另一方面，詩歌作為抒情文體的特殊性和古典詩詞的長遠影響，一直在拒斥日常口語進入詩歌，它們通過對大眾接受的影響累積來制約大眾的審美品位，口語詩歌在這種文化背景下很難在藝術上得到認可。所以說，日常口語真正進入到詩歌寫作，還是從 20 世紀 80 年

代末的「第三代」詩歌開始的，韓東、于堅、李亞偉等人發起的帶有強烈後現代主義顛覆、反叛性的「口語詩」運動，矛頭直指朦朧詩時代的精英主義詩學、理想主義情感和詩歌藝術的象徵化、意象化，採用「反英雄」、「反崇高」、「反抒情」、「反詩歌」的策略，通過語言還原、冷抒情、口語化的語感手法，企圖以詩歌呈現生命的本真狀態。隨著「第三代」詩歌在詩壇站穩腳跟，口語詩歌才真正意義上擁有了「准入許可」，用日常口語寫詩也具有了藝術上的合法性。而後經過 20 世紀 90 年代詩歌的進一步錘鍊，口語寫作已然成為一種新的詩歌語言可能，甚至上升到一種新的詩歌標準，佔據詩壇的「半壁江山」。正如沈浩波在世紀之交所說，「在真正意義上的 90 年代，從韓東、于堅、楊黎等對於語言『命題』的完成，到伊沙、余怒對於語言『命題』的重新開發和補充，到『後口語』詩人群在寫作上體現出來的勃勃生機，再到新近湧現出來的『下半身』詩歌群體對於詩歌寫作中身體因素的強調，這十年來，中國先鋒詩歌內部新的生長點不斷湧現著。」〔註 14〕這也是當下詩歌「口語化寫作」的大背景。然而，在詩歌生態、文化思潮、現實環境均已發生巨大轉變的 21 世紀，詩歌語言依然堅持「口語化」的方向，絕不僅僅是對 20 世紀八、九十年代短暫詩歌傳統的慣性延續，而是有其特有的深層動因的。

一、詩歌和語言的共同選擇

在口語詩歌發展的路途上，當下詩歌站在一個歷史的十字路口中間起步的，是繼續堅持 20 世紀 90 年代口語寫作的方向在非議與詬病中艱難前進，還是放下一切包袱冒險去尋找新的途徑？這是一個讓人尷尬的理論問題，而現實的情況則更糟。堅持「口語化」會讓一些固執的讀者嗤之以鼻，因為專業藝術探索與大眾審美發展的不平衡關係，大眾審美在當下是嚴重落後於詩歌藝術探索實踐的，一些優秀的口語詩歌根本無法得到讀者的理解和尊重，一些在口語追求上比較極端的詩人遭遇的責難尤其嚴重。比如趙麗華，本來是一位水準不低的詩人，只是因為幾首探索「口語化」的實驗作品被網友挖出，斷章取義地「惡搞」，成了「梨花體」的代言人而成為眾矢之的，大眾對這一類詩歌的第一反應往往是「這有什麼稀奇」、「我也能寫出來」、「這也叫詩嗎？」這樣的責難，卻不能靜下心來仔細想想作品中究竟是不是有沒被發

〔註14〕沈浩波：《對於中國詩歌新的生長點的確立》，中島主編《詩參考》（民刊）第十六期，2000 年版，第 273～274 頁。

現的意蘊。而直接放棄「口語化」的語言傾向看似輕鬆，但卻難以找到其他出路，新詩經過百年的發展，已經到了某種藝術創新的瓶頸期，今天的情感相比於百年前的情感除了某些時代特徵之外並無實質性的轉變，政治隱喻可以緊跟時代卻並不是每個時代的主流話語都能許可的，今天的詩人想要在詩歌史上留下點兒什麼，似乎也只能在技巧上下工夫了。而語言還是第一個需要解決的問題，片面的回歸古典顯然不現實，今天的詩歌寫作和閱讀都與古典詩詞相去甚遠，而「回到八十年代」又究竟有多大的可能性和藝術前景？拾人牙慧更簡直是不可接受的。這就形成了一個「沒有選擇的兩難選擇」，這也恰恰證明堅持詩歌語言「口語化」方向是艱難卻唯一可能的選擇，這種看似「無可奈何」的選擇原因複雜，它是詩歌和語言合力作用的必然結果。

一方面，在理想主義的情感和政治隱喻的指涉都已經退潮之後，語言就佔據了當下詩歌創作的主體地位。「當代中國詩歌寫作的關鍵特徵是對語言本體的沉浸，也就是在詩歌的程序中讓語言的物質實體獲得具體的空間感並將其本身作爲富於詩意的質量來確立。」〔註 15〕語言曾經只是詩歌抒情的載體，然而中國文學近三十年來的一系列事件和創作潮流都讓語言的地位有了根本性提升，特別是在 20 世紀 80 年代的理想主義被消解意義以及詩歌政治隱喻的失儆之後，詩人們不再相信語言所負載的任何超出語言本體的價值和意義，而是專注構建以語言爲本體的詩歌世界，通過語感的營造使詩歌回到語言自身。這使 20 世紀 90 年代以來的詩歌藝術探索幾乎成了對詩歌語言的探索。這種「語言轉向」業已成爲當下詩歌的主要潮流，並且在近幾年間存在某種極致化的發展傾向。最明顯的表現是「語詞」直接進入詩歌充當語象的現象，這也是當下詩歌創作獨有的一道風景。比如冰兒的《另一種思念》，「一個詞被另一個詞傷害／它揪住自己的疼痛／吶喊　撕咬　一點點從自身剝離／他們在同一張紙的兩個面／隔著一張紙的厚度／非穿透自身無法到達／她嘗試加速　劇烈喘息／掙脫她自己／在詞的內核裏奮力突圍／用尖銳切割詞的邊緣／她在噴湧的火山口被火焰燒傷／兩具赤裸身子閃電般的短兵相接／被各自的利刃擊中」。人們通常會認爲，語詞只是事物的命名符號，語詞不和客觀事物聯繫起來，它只是空洞的能指，沒有意義。正是出於這樣的認識，人們往往是重事物而輕語言，忽略了語言的本體意義。這類作品就是把「語

〔註 15〕張棗：《朝向語言風景的危險旅行》，《最新先鋒詩論選》，陳超編，河北教育出版社，2003 年版，第 458 頁。

詞」作爲一種蘊含無限意義的本體，詞取代了歷史、革命、紛爭、殺伐等文化主體，卻依然產生了強烈的緊張感，產生出一種奇特的陌生化閱讀體驗。讓人驚奇的是這樣的作品並不是個別的孤例，並已形成有相當創作實績支撐的藝術風格。相似的作品還有孔灝的《有些詞燃燒了以後必須回家》、君兒的《我準備離開詞語休息一會兒》、溫志峰的《一個詞在大聲疾呼》等。這些文本的出現不僅是詩人們開始思考語言本質問題的結果，更是語言脫離工具層面成爲詩歌創作核心部分的體現。在詩歌語言的地位發生了根本性的轉變之後，要用什麼樣的語言來寫詩也就成爲一個事關重大的問題。在這種背景下，口語進入詩歌創作也就擁有了理論基礎和實踐準備，在大量的詩歌語言實驗性創作中脫穎而出的口語詩歌，也就有了成爲一種藝術潮流的根本。

　　另一方面，當下詩歌的整體精神是「及物」的，這要求詩歌語言必須能夠如實地傳達現實經驗並被現代人普遍接受。這種「及物」傾向在當下表現爲對日常凡俗生活的關注，這導致那些歌頌英雄、歌頌神靈、歌頌集體的詩歌已經基本落幕了，詩歌要表達平常人的平常情感，自然需要使用平常人的語言，那些佶屈聲牙的典故、天花亂墜的修辭、神秘莫測的象徵，都已經不適合當下詩歌發展的大潮流。詩歌想要與現實生活實現對接就必須同現實生活處在用一個語言環境下，只有這樣，詩歌才能讓人們更清晰地看到我們的時代，詩人們抒發的情感也只有通過通俗的方式才能完成完整的傳達而獲得某種意義和價值。當下詩歌對於私人經驗的重視，讓生活瑣屑替代了「觥籌詩酒」，也驅逐了「自由理想」，成爲詩歌的主要內容構成，生活中的平常物象大量進入詩歌創作，詩歌語言也必須與時俱進地跟上詩歌內容的轉變。而對於社會底層群體的關注，讓詩歌更具時代精神和人文關懷的同時，也讓那些曾經雅致精細的詩歌語言轉向「平白無奇」，因爲詩歌語言的選擇必須以詩歌受眾爲首要考慮的影響因素，詩人們是不滿足於只把詩寫給自己和同行欣賞的，尤其在網絡時代，詩人們希望能夠隨時把自己的情緒轉化成詩，發佈給數以萬計的自媒體關注者，這其實是人的「不耐」心理的直接體現。在情感表達上，如果存在更爲快捷和方便的形式，大部分人都會因爲無法接受漫長的等待過程而選擇便捷的方式，這種便捷是有一定代價的，「口語化寫作」雖然也需要不少成分的藝術加工和抒情主體駕馭語言的超凡能力，但能做到「言文一致」，因此無疑在便捷性上具有極大的優勢，傳播成本和接受成本都相應降低，也讓「口語化」成爲網絡時代詩歌語言的最優選。同時，詩歌寫

作主體的變化讓更多的「普通人」成為詩歌創作者，在中國詩歌史上，從未有哪個年代能有如此眾多的大眾群體成為詩歌創作主體，那些專屬於「精英階層」的詩歌語言也就失去了統治地位，無論詩歌理論和藝術探索達到什麼樣的高度，最終起作用的依然是詩歌創作主體，也就是「人」。詩歌語言樣態的選擇歸根結底要寫詩的人來決定，當下詩歌創作主體的成分十分複雜，既有傳統意義上的專業詩人，也有來自高校象牙塔中的知識分子階層，還有來自民間的「草根」詩人，甚至有來自生產第一線的打工詩人和城市邊緣人。這些人雖然身份地位皆不相同，但都是普通的勞動者，只是分工所有不同，這與古代「士大夫」階層與勞苦大眾之間的文化差距和身份懸殊是不可同日而語的。詩歌語言已經不可能再次淪為被某個社會階層壟斷的工具，現代的詩歌語言也必須擁有「大眾性」，日常口語或許是符合這種標準的第一選擇。總之，「口語化」的語言傾向是當下詩歌依然迫切需要的風向標。

這些原因和條件決定了在未來不短的時間內，「口語化」都將是詩歌語言的主要發展方向，同時，由於語言在詩歌創作領域得到空前的重視，「口語化寫作」將不僅僅局限在詩歌語言範疇，而將對整個詩歌發展構成深遠的影響，甚至改變大眾對詩歌的普遍認識。所以對於當下詩歌而言，繼承 20 世紀 90 年代以來的詩歌「口語化」傳統是個不錯的選擇，當下詩歌的「口語化」雖然在方向上與前代保持了基本的一致；但不可忽視的是，進入 21 世紀後的十幾年間詩歌生態、文化思潮、現實環境已經發生了「翻天覆地」的變化，新一代的詩人們也在「口語化寫作」領域不斷地尋找新的增長點，相比於 20 世紀 90 年代，當下詩歌語言的「口語化」也有了某些新特點。

二、「口語入詩」的新嘗試

日常口語真正進入詩歌創作的時間雖然不長，但是其發展速度卻是極快的，幾乎是像「流感病毒」一樣地擴散開來。到 20 世紀末，日常口語已經是詩歌語言的主要樣態，「口語詩歌」概念已經有了大量的文本作為實踐準備，進入 21 世紀後，隨著網絡傳播把詩歌創作的平臺擴大並高度自由化，用口語寫詩也就成了一件順理成章的事情，而把這些詩歌文本歸結成「口語詩歌」是沒有問題的。相比於發展初期濃重的反傳統和解構經典的意味，「口語詩歌」在當下詩歌創作和藝術探索中有了新的變化和發展，其主要特徵表現為三個方面。

　　一是詩歌語言對於語感的進一步強調。所謂語感，是對語言的有效性和合適性的感覺，是一種經驗色彩濃重的審美能力，涉及學習經驗、生活經驗、心理經驗、情感經驗，包含著理解能力、判斷能力和想像能力等諸多因素。在詩歌創作領域語感也是十分重要的，總有一些經典的詩歌作品並沒有十分華麗的辭藻和工整的格律，但是讀起來就是朗朗上口，它們的用詞和語氣給人一種無法替換的感覺。同時，語感又是遵循或背離某種語言既定用法的敏感性，這就使語感敏銳的詩人往往能用平常的語言創造出不凡的意義，在詩歌語言層面尋找到某些陌生化元素。而口語恰恰是最能體現現代漢語語感的語言樣態，口語寫作「軟化了由於過於強調意識形態和形而上思維而變得堅強好鬥和越來越不適於表現日常人生的現時性、當下性、庸常、柔軟、具體、瑣屑的現代漢語，恢復了漢語與事物和常識的關係。口語寫作豐富了漢語的質感，使它重新具有幽默、輕鬆、人間化和能指事物的成分。也復甦了與宋詞、明清小說中那種以表現飲食男女的常規生活爲樂事的肉感語言的聯繫。」〔註 16〕與書面語的工整規範相比，口語的直接、自然更易於尋找語感，其隨意性和規範性的缺乏反而更容易讓詩人們詩歌語言中背離這些語詞的既定用法，創造出新鮮的語感。「第三代」詩就非常重視詩歌語感的生成，「非非」詩派的周倫祐認爲，語感先於語義，並且高於語義，是詩歌語言中的超語義成分。「他們」詩派的韓東提出：「詩人語感一定和生命有關，而且全部的存在根據就是生命。」〔註 17〕他們也確實用創作實績驗證了這些觀點，創造出一批語感上佳的文本。這一時期口語詩歌的語感往往要借助某種特別的物象來作爲載體，比如楊黎《高處》中的符號 A 和 B，韓東《從自然石頭間穿過》中的「石頭」，朱文《機械》中的「磚頭」，于堅《一枚穿過天空的釘子》中的「釘子」等等。當下口語詩歌在語感層面最大的突破就是把語感的追求完全融入在對現實生活的平凡敘述中，關注日常生活，關注庸常人生的煩惱與困境，具有一種貼近人生的「靈氣」。做到了在親近生活、充滿生活氣息的同時，不失詩歌的「靈氣」，這實則是對於語感的不懈探索起了作用。比如心芳的《一家人》，「在低矮的平房前／一家人圍著一張矮桌子埋頭吃飯／兒子往衰老的父親母親碗裏夾菜／兒子往妻子和女兒碗裏夾菜／小小的女兒搬著她

〔註 16〕于堅：《詩歌之舌的硬與軟：關於當代詩歌的兩類語言向度》，《最新先鋒詩論選》，陳超編，河北教育出版社，2003 年版，第 414 頁。

〔註 17〕于堅、韓東：《太原談話》，《作家》，1988 年第 4 期。

的小矮凳／顫顫巍巍，到爺爺奶奶那裡坐坐／到爸爸媽媽那裡坐坐……」全詩並沒有任何難以理解的詞彙和語句，更沒有過多值得深思的哲理，但就在這種近乎於「絮叨」的語言中，讀者能夠感受到溫暖的親情，有帶著溫度的畫面感，在這裡語感的調度是功不可沒的，而直接用生活場景和日常口語入詩也增強了這種語感的親切。再如白慶國的《下午》，「我要把空水缸裝滿水／母親已經叮嚀三次了／我還要運回一車青草／然而首先要做的是／必須在下午三點以前／從鄉衛生站取回老父的驗血報告／如果有什麼嚴重的情況／必須在天黑之前給遠在蘭州的大哥／寫一封關於父親身體狀況的快信／好讓大哥馬上寄錢回來……」詩人似乎在講一個平白無奇、毫無波瀾的故事，也像是在規劃這個「下午」究竟要做些什麼，整首詩都沒有發現情感的爆發點，但卻通過平時質樸的語言傳達出生活的無奈和詩人的堅韌，這與詩人良好的語感是密不可分的，對於語感的精確把握讓詩句帶有天然的詩性，讓人感同身受，也能夠相對直接地觸摸到詩人的內心世界。總之，相對於 20 世紀 90 年代詩歌中那種欲說還休的語言感覺，當下詩歌語言的語感更具生活氣息和大眾氣質，但又不失巧妙靈活。

口語詩歌在幾年來放下了曾經的精神包袱，呈現出一種自然輕鬆的寫作狀態。口語一開始進入詩歌就帶著某種精神層面的啓蒙或革命色彩，口語寫作也因此承載了太多的精神負擔，要完成許多文本、語言之外的附加任務，這也使口語詩歌一直以來都不僅僅是個純美學問題。口語詩歌始終承載著後現代主義反叛、顛覆、斷裂的文化理念，這其中有像「非非」詩派那樣追求語言的「前文化還原」，使語言進入無語義指涉的游離狀態，凸顯詩歌語言的語音和形象成分，還原詩歌的「聲音」的本源；也有韓東、于堅式的刻意強調詩歌回歸本體，極力將詩歌從意識形態遮蔽下「解放」出來，以期達到「詩到語言爲止」的詩學理想；還有伊沙這種通過詩歌顛覆社會文化形象、解構崇高和英雄意識，在口語詩歌寫作中獨樹一幟。口語詩歌長期承載著詩歌理想和詩學觀念，如藍馬的《膠布》、楊黎的《高處》、于堅的《零檔案》、韓東的《有關大雁塔》以及伊沙的《車過黃河》等等，都因爲一種「前文化」或「反文化」書寫策略，而成爲一個時代的口語詩歌標誌。這固然是源於詩歌的藝術解放與日常口語的雙向選擇，但過度的文化意義就有可能遮蔽口語詩歌本身的藝術特質。近年來，這種類似於「歷史使命」的任務型口語詩歌已經基本告一段落，用口語寫詩越來越成爲一種自然自覺的藝術選擇，這也讓

當下的口語詩歌呈現出一種超越文化的輕鬆與自由，能夠在凡俗生活中構築出新鮮的詩意。如朱慶和的《誰家沒有幾門窮親戚》就還原了窮親戚上門借錢的生活圖景，用幽默的口語傳達出一種悲憫又無奈的情緒，在令人莞爾的同時也隱隱感受到些微的悲劇感。一回的《工傷》則用冰冷得沒有任何感情色彩的口語，刻畫了一個被機器碾斷左手的悲慘的農民工形象，其中甚至不乏調侃的語氣，讓人深切感受到社會底層生活的困窘；同時，口語的運用也讓底層民眾無知無覺的狀態顯露無疑，惹人遐想。這些作品都不是為了達到某種文化上的目的而故意使用口語，但由於再現現實生活的需要，口語成了他們的共同選擇，口語的直觀、直覺、直接能夠作為再現現實過程中便捷的表達工具，而口語的不確定性又能讓詩人更容易地用平凡之語傳達新鮮的詩意，製造出陌生化的藝術效果。

　　口語詩歌的成功推廣，在詩歌語言領域消弭了「知識分子寫作」和「民間寫作」的粗暴區分。口語入詩之初是帶有深刻的「民間」情結的，所謂的「民間寫作」也試圖把口語寫詩作為他們的專利之一，把那些寫「看不懂的詩」的「知識分子」們排除在口語詩歌門外；但隨著近年來人們對這種二元對立思維弊端的重新認識，已經很少再有人以陣營來評判詩歌創作的藝術價值了。而對於口語詩歌而言，這種對立陣營的影響幾乎是零，在進入 21 世紀以後，口語寫詩已經成為大多數詩人的自然選擇，已經是某種詩歌運動的推動或領軍人物的引導無法全部囊括的，它是出於藝術自覺的純粹選擇，本身並不具備立場。我們看路也的這首《婦科 B 超報告單》：「當時我喝水，喝到肚子接近爆炸，兩腿酸軟／讓小腹變薄、變透明，像我穿的喬其紗／這樣便於儀器勘探到裏面複雜的地形／醫生們大約以為在看一隻萬花筒／一個女人最後的檔案，是歷史，也是地理／報告單上這些語調客觀的敘述性語言／是對一個女人最關鍵部位的鑒定／像一份學生時代的操行評語／那些數字精確、馴良／暗示每個月都要交出一份聘禮」。這樣的詩歌到底屬於「知識分子寫作」還是「民間寫作」，簡直沒法回答。即便按照雙方都不很嚴密的詩歌理論和分類標準看，這首詩則既有「知識分子寫作」對複雜經驗的精確處理、把握，及對詞語的選擇、修飾的講求；又符合「民間寫作」那種置身存在現場、注重細節，於凡俗化、平庸化日常生活中提煉詩意的寫作路徑。這一方面說明了口語詩對於「知識分子寫作」和「民間寫作」兩股力量的聚合作用，另一方面也從側面證明了所謂的「論戰」事實上並沒有起到指導創作實踐的

作用，意氣之爭的成分或許更大了一些。口語詩歌能夠消弭「知識」與「民間」在詩歌語言問題上的對立，並非詩人們有意而為之，而是詩歌寫作自然演化的過程，也符合詩歌藝術發展的內在規律。

口語詩歌在近年來的發展和創作實績，證明了「第三代」詩歌對於詩歌語言的重視和口語寫作的探索，是符合詩歌發展的總體潮流的，當年那些不能被完全接受的解構行為如今看來也都成了再正常不過的藝術實驗。可令人疑惑的是，即便是口語詩歌已經大面積佔據當下詩歌創作的情況下，許多評論者仍舊無法接受這種詩歌語言的變化，甚至還有激烈的控訴和批判。那麼，他們提出的口語詩歌的「危害」究竟是否屬實，詩歌語言的「口語化」究竟前景如何呢？

三、被誇大的「口語危機」

在當下詩歌研究界，有一股不可忽視的力量，他們極力反對詩歌語言的「口語化」，舉出了口語詩歌的種種弊端。一時間，似乎當下詩壇多有不盡如人意的地方，都能在口語詩歌中找到根源。這種把口語詩歌定為罪魁禍首的做法顯然是錯誤的。口語詩歌發展到今天，很大程度上是詩人們出於藝術自覺的選擇，而口語詩歌在數量和質量上也確實都達到了比較高的標準。當然，這並不是說我們要「以成敗論是非」，直接用結果推理口語入詩原初的合理性。但過於武斷地把口語詩歌打入「非詩」的大牢顯然也不可取，它忽視了詩歌的進步和發展事實。很多較為冷靜、客觀的批評者認為口語詩歌的「氾濫」，製造出太多藝術水平低下的「口水詩」，這種結論並沒有太大爭議，也暗合了當下詩壇存在著為數不少的「口水詩」濫竽充數、損害了詩歌藝術價值和社會價值的現狀，對於這類作品確實不該姑息。但我們也必須明白，評價一個時代的詩歌水準乃至文學創作的水準時，究竟要以這個時代的最優秀的作品作為考察對象，還是要以那些最差的作品作為對象。事實上，我們在評價以往年代的文學作品時，總是以文學史中的經典作品作為依據，來研究某個時代文學創作所達到的高度；而那些粗製濫造的作品，要麼被遺忘，要麼只作為整體水平的某個極不重要的參考值。這種評價越是概括，那些低質量的文本就越不會被納入考察的範圍。所以，過分關注口語詩歌中的「渣滓」意義不大，倒不如把精力用在發掘和評述那些合乎這個時代詩歌標準的作品上。口語入詩不可能解決當下詩歌面臨的所有困境，同樣也不是口語入詩導

致了所有困境的出現，批評者必須時刻更新對詩歌觀念的根本認識，以順應時代和詩歌的變化。如果時至今天我們還是沿用 20 世紀的批評標準，就該靜下心來好好考慮自身的問題了。我們的詩歌評論往往在方法上願意求新，但在標準上卻有些天真的固執，而這個時代有太多能跟得上時代變遷的事物和思想，這對一些比較守舊固執的批評者來說可能是個「壞消息」。

目前研究界對於口語詩歌的批評和反思，大多存在著過分醜化口語詩歌的嫌疑，這不是說口語詩歌就完美無瑕，它的確有其明顯的發展局限。

一是口語詩歌中「過分敘述」的傾向是值得警惕的。口語確實有便於敘述的性質，相比於書面語，口語講述的故事往往更有可讀性；但詩歌終究不同於敘述型的文體，過多的敘述性語言會讓詩歌作品顯得乏味、囉嗦、冗長，這就對用口語寫詩的詩人們提出了很高的要求，如何用並不簡潔的口語凝練出情感和哲思，而不僅僅停留在對生活和現實的機械複製上。敘述性語言並非一定就沒有韻味和深度，與其說「過分敘述」是口語詩歌的一種局限，倒不如說這是詩人們藝術技巧的某種缺憾。二是一些俗語、俚語甚至是髒話隨著口語進入詩歌創作，對詩歌的嚴肅性發起了挑戰。口語中確實包含了不少糟粕成分，一些不太負責任的詩人，把髒話帶進了詩歌寫作，如果真是情感表達的需要那也無可厚非，比如要表達極端的憤怒、疑惑、失望等情緒時，確實有部分人會無法克制地使用不健康的詞彙；但詩歌的情感是有克制的必要的，一首好詩也必須是情感克制的結果。毫無顧忌地亂鳴亂放，是會把詩歌藝術引向低俗空間的，作為詩歌語言的口語也有必要在日常口語的基礎上，去掉那些不健康詞彙和語句。三是口語在詩歌創作中的大量使用，也導致了很多以往不會進入詩歌的身體意象開始充斥詩的抒情空間。首先必須澄清的是，身體意象並不是骯髒的、下流的，事實上人的身體或許是人類作為生命體最健全和純潔的部分，骯髒下流的思想遠比單純的身體器官危害要大。但是在「下半身寫作」中確實出現了許多不必要的肉體展示，這不僅僅在寫作道德層面觸犯了某些禁忌，而且過分沉迷於肉體狂歡和自慰快感，會讓詩歌成為感官刺激的附屬，失去主體性，而一些格調過於低俗的作品也讓人難以理解。

口語詩歌的問題和局限都沒有想像得那麼嚴重，一味地「口誅筆伐」顯然是有些誇大其詞了，當然其存在的問題不能視而不見。客觀地說，社會思潮、現實環境和詩歌生態的變化，使當下詩歌的語言正處在變革期，這中間

出現一些難以理解的藝術探索現象也是再正常不過的。但另從詩歌創作者的角度看，網絡傳播的巨大力量讓詩歌權力回歸到了個人那裡，這種前所未有的「權力下放」，讓當下詩歌類似於「初級民主活潑期」的發展階段，在這個階段內，不可避免地會有濫用詩歌權力的現象，也只有經歷這樣一個發展準備期，詩歌語言才有可能尋求到或典雅、或凝練、或含蓄以及其他我們無法預測的理想樣態。

第五章　詩歌接受與詩歌批評

　　21 世紀中國詩歌在短短的十幾年間，已經擁有了區別於前代詩歌的一些特質，這一點被很多人明顯地覺察到了。對於它的變化，今天就定性爲了不起的成就，恐怕還爲時過早；但必須予以及時、充分的關注。並且，爲了當下詩歌能夠以最佳狀態再度出發，還要正視其呈現出的「圈裏熱鬧、圈外冷遇」，甚至遭遇的「讀詩的沒有寫詩的多」的慘淡境況，特別是詩歌接受與詩歌創作發展之間極度不平衡的非正常現象。雖然說，很多年來詩歌的邊緣化地位已逐漸讓人「習慣」，可是來自接受層面的大面積冷漠甚至嚴重排斥，仍然讓那些眞正的詩人心有不甘。原以爲能夠在新的世紀裏大展拳腳的中國詩歌，左衝右突，通過種種努力獲得了一些改觀，但卻漸次丟失了大部分「觀眾」。於是那些所謂的改觀抑或是進步，也只有圈內的人才當作一回事，至於普通讀者根本不明就裏，感覺不到當下詩歌發生的變化，自然也不關心當下詩歌創作是否取得了成績。在他們看來，現代詩歌要麼應該像《再別康橋》那樣婉約優美，要麼應該像朦朧詩那樣含蓄蘊藉，唯獨不該像今天的詩歌文本那樣散漫和直白。有了這種觀念作祟，讀者們對於當下詩歌非但缺少公平客觀的對待，有時還會滋生出一種等著看笑話的奇怪心態。這種令人尷尬的局面，再也不能只用「困境」二字來形容了，「困境」二字或許用來概括讀者對當下詩歌創作的接收情況還稍稍貼切一些。不得不說，讀者的審美水平已經嚴重滯後於詩歌藝術的日新月異。面對此情此景，很多人在內心無數次叩問，在這樣慘淡的境遇下，詩歌還有繼續存在的必要和可能嗎？

　　我想不論 21 世紀詩歌的前途如何暗淡，這個問題的答案都應該是肯定的。大眾對於詩歌的不願意接受，並非全無來由，它有著多重主客觀的緣由，

如果能夠抓取到這些主客觀的因素，「對症下藥」，詩歌下一步的突圍和成功還是可以期許的。因爲所謂「大眾」群體，絕不是從來就有的，它是進入工業革命以後，生產標準化的驅動，使工業迅猛發展、財富呈指數級上升後的產物。由於標準化生產只能提供同質化的產品，這些產品又只能滿足同質化的需求。正是有了這樣的前提，以同質化需求來迎合標準化工業生產的巨大社會群體的「大眾」，才慢慢出現並不斷壯大。然而，人的精神需求是多種多樣的，更是高度個性化的，現代工業目前還不能滿足人類所有的需求，尤其那些細膩微妙的情感需求、心理需求，更是現代工業無能爲力、難以企及的區域。而詩歌恰恰能夠提供個性化的「產品」，滿足人們日益增長的情感需求和心理需求。從這個意義上說，長遠地看，詩歌的前景是非常樂觀，目前暫時的接受窘境也是可以解決的，但當務之急是找到 21 世紀詩歌發展和接受窘境的癥結所在。

筆者認爲，造成當下詩歌接受窘境的主要責任有二，一是當下詩歌創作本身存在著諸多問題，一是詩歌批評沒能發揮應有的效能和作用。

第一節　詩歌接受的「窘境」

21 世紀詩歌已走過「熱鬧」非凡的十幾年，眞正熟悉當下詩歌創作現狀的讀者，會對它的耕耘和追尋做出一個恰當的評價。「正當不少人認爲詩壇『蕭條冷落』，詩人已經『邊緣化』，甚或發出『詩人，你爲什麼不憤怒』的譴責的時候，一輪不溫不火的詩歌熱卻在中國大陸悄然興起。」〔註 1〕吳思敬對於當下詩歌的基本評價已經成了詩歌研究界的共識，「不溫不火的詩歌熱」，是對這十幾年來詩歌現狀最恰切的寫照。關注詩歌動態的人不難發現，在短短的十幾年間，詩歌搭上了網絡傳播革命的快車，正逐步擺脫著詩歌被邊緣化的困境，重新成爲最活躍的文體之一，在創作方式和閱讀方式層面上也做到了與時俱進，詩歌生態變得更加開放、健康；創作主體的身份認同越發清晰，詩人能夠在現代社會中尋找到恰當的身份定位，同時又能在詩歌創作中自覺地實現身份與藝術的融合，使當下詩歌創作呈現出多元化的樣態；詩人們努力地追求詩歌與現實世界的對接，「及物」創作傾向再次興起，並且有了新的

〔註 1〕　吳思敬：《仰望天空與俯視大地——新世紀十年中國新詩的一個側面》，《文藝爭鳴》，2010 年第 19 期。

特質和更為成功的創作實踐，現實主義詩歌的傳統得以延續和發展；藝術層面的創新繼續推進和深化，詩歌語言的重要性被提升到前所未有的高度，拋棄了過度的藝術之外的指涉和糾結，當下詩歌呈現出了純然的藝術特質。這些變化或許算不上多麼重大的成就，但確確實實是 21 世紀初整個中國詩歌界通過不懈追求取得的階段性進步，由此說來，「詩歌熱潮」的定性絕不過分。然而詩歌歸根結底是寫給人看的，要如實地評價一個時代的詩歌創作，首先要考慮的指標則是詩歌文本被接受的情況。

　　說到「接受」，即便是最熱情地肯定當下詩歌創作的「樂觀派」也必須承認，當下詩歌面臨著「無人問津」的窘境。這雖然不是說真的沒有人讀詩或者關心詩歌現狀，但事實卻是不會有哪個「圈內人」願意真的去做一份問卷調查，因為調查的結果恐怕很難不讓熱愛詩歌的人心寒。不得不說，不論詩歌界內部有多少熱鬧的活動，大眾的關注焦點也不是詩歌本身，他們只是把這些「鬧劇」當成跟「娛樂八卦」一樣的飯後談資而已；更讓人難過的是，作為「談資」的詩歌活動，在關注度和持續時間上也是可憐的「小眾趣味」。這種圈內熱鬧、圈外冷落的接受現狀，或許才是當下詩歌創作中最令人唏噓的真實本相。面對這樣的窘境，當然可以找到很多託詞：生活節奏的高速，讓人們很難有靜下來欣賞詩歌作品的時間；信息爆炸導致信息渠道的多重交錯和信息量的巨大龐然，讓接受個體應接不暇，詩歌上負載的情感信息已經不是什麼「稀罕對象兒」，而且接收成本更大，「性價比」不足；消費社會的形成和經濟效益的催逼，令商業化程度不高的詩歌相比於小說更難被「市場」接受，而在「市場」上受了冷遇的詩歌，就難免被扣上廉價無用的帽子；多數閱讀者審美水平還停留在「朦朧詩」階段，無法接受當下詩歌中的後現代藝術和反諷詩學；媒體在中間推波助瀾，有意擴大一些不利於詩歌發展的事件影響，有意抹黑當下詩歌……我們誠然可以從理論到實踐，陳列出諸多的客觀因素，這些因素或多或少地都在阻礙著大眾對當下詩歌的接受；但過分糾結於這些客觀因素，就未免有些自欺欺人了。圈裏圈外的冷熱迥異，歸根結底還是詩歌創作自身出了問題，當下詩歌本身就存在著一種「娛樂化和道義化，邊緣化和深入化，粗鄙化和典雅化，一切都呈現為對立而又互補的態勢。」〔註2〕換句話說，詩歌本身並沒有在大眾面前呈現出穩定的形態和精神，多數讀者根本「看不懂」這些所謂的藝術；然而這些「看不懂」恰恰又成了

〔註2〕　羅振亞：《與先鋒對話》，吉林出版集團有限責任公司，2009 年版，第 160 頁。

詩人們普遍追求的東西，套用消費社會的常用語言，就是產品沒有對應上消費者的需求。當然，作爲藝術的詩歌是需要獨立性和自主性的，不可能也沒有必要一味迎合大眾的欣賞口味。但在文學作品的接受過程中發生了這樣大的矛盾和偏差，把責任都推給讀者顯然也是不負責任的，當下詩歌創作中確實存在不少明顯的缺陷，這些缺陷才是導致「接受窘境」的罪魁禍首。

一、詩歌「經典化」焦慮

詩歌經典，是凝聚了人類的美好情感與智慧，能夠引起不同時代讀者的共鳴，藝術上具有獨創性，內容上具有永恆性，能夠穿越現實與歷史的時空，經受得住歷史滌蕩的優秀詩歌文本。一方面，詩歌經典本身必須在內容、藝術上質量過硬，那些不嚴肅、不真實或是在藝術創造性上乾癟乏味的詩歌作品，是不可能成爲詩歌經典的。另一方面，詩歌經典必須經得起歷史的考驗或者說具有某種歷史性，比如新詩草創時期的一些經典作品，放在今天或許在藝術性上並不出眾，但由於其重要的歷史意義和在特定歷史時期內和條件下特有的開創性，而具有了無可取代的經典性。也就是說，沒有相應的一段比較長的時間的藝術沉澱，詩歌經典的生成是不可能的。如果按照這樣的標準去考察，當下詩歌因爲在時間沉澱的條件上無法滿足要求，是不太可能產生詩歌經典的。在時間距離過近的環境下，所謂的「經典性」的生成往往是自封的，也是站不住腳的。就像艾略特說的那樣，「經典作品只是在事後從歷史的視角才被看作是經典作品的」〔註3〕。

然而奇怪的是，進入 21 世紀以來詩人們過早地陷入了經典化焦慮中，無法自拔。必須澄清，對於詩歌文本經典性的追求本身沒有問題，也只有詩人們在創作之初產生這種追求和願望，才會自覺地去探索詩歌藝術的新高度，才不至於僅僅把詩歌創作當作一種文字遊戲或情緒宣洩的工具。那些致力於經典創造的詩人，往往注重創作的嚴肅性和藝術性，這是詩人內在的歷史基因帶來的正面激勵，有利於詩歌藝術的進步。但這個「激勵」的度是極難把握的，「激勵」不夠，詩人們就會產生虛無感，認爲自己的創作毫無意義，不可能走向經典化，從而自暴自棄，主動放鬆對於文本創造的嚴格要求，退而單純追求寫作時的精神快感，容易陷入自說自話、自我封閉的謎團中，最終

〔註3〕 艾略特：《什麼是經典作品？》，見《艾略特詩學文集》，國際文化出版公司，1989 年版，第 189～190 頁。

難以捧出直擊心靈的作品。而這種「激勵」過度或詩人們「感受過度」，就會產生或輕或重的經典化焦慮，在受到讀者或評論者不同層次、不同程度的肯定之後，一些本就自信的詩人們就會天眞地認爲自己的創作已經超越了歷史上的詩歌經典，並且應該也必須成爲詩歌經典；卻不會靜下心來，去分辨得到的肯定究竟是否過多、是否眞實，從而使很多完全出於鼓勵的誇獎被詩人們當作了一種認可甚至於崇拜，這種情緒滋生的自我迷失幾乎成爲不可逆轉的結局，從此目中無人、自大成狂，不再潛心提高藝術修養和思想深度，而是陷入大師的「自我催眠」，不僅在創作上難更進步，嚴重的可能無法再融入現實生活，正常與他人交流。這種「經典化」焦慮其實在任何一個時代，都是客觀存在的，但在當下詩壇集中爆發卻是有深層的原因的。一是詩歌的邊緣化地位，對詩人的心理產生了某種不良影響，相比於「詩人」還是榮譽桂冠的過去，現代社會對於「詩人」的身份已沒有任何崇拜可言，甚至缺乏必要的尊重，如今的詩人們想要實現人生價值，就要靠寫出出類拔萃的作品，這讓一些能力不足的詩人心理失衡，盲目地渴望、追求他人的肯定。二是網絡的推動力，讓詩歌的權力不斷下放，許多從前的「販夫走卒」現在也可以成爲詩人，一些傳統的詩人急於跟這些半路出家的詩人劃清界限，並且對底層詩歌寫作不屑一顧，片面地認爲自己處在更高的藝術層次上理應被經典化。三是信息時代讓一切事物的節奏都加快了，詩歌也不例外，成名變快了，但銷聲匿跡也跟著變快了，一些創作持久力不足的詩人被迫急功近利地追求被經典化，以逃避被遺忘的命運。這些都讓當下詩歌創作中的經典化焦慮越發明顯和嚴重，其主要表現有以下幾點。

首先，詩人們創作的速度和數量都有大幅度的提高。從表面看這似乎體現了詩人們「效率」的提高，單位時間內創作出了更多的詩歌文本；但是詩歌不是一般的工業產品，它是智慧和情感的結晶。即便是現代人掌握了數量更多的信息，情感更豐富，智慧也有所增加，可畢竟每個個體的情感和智慧還是十分有限的，寫詩「效率」的過度提高，只能說明每首詩所包含的智慧和情感的縮減。換句話說，寫詩本來就不是一件講究「效率」的事情，數量與速度都不重要，質量上的精益求精才是詩歌創作最根本的要求。就像張若虛一生只寫一首《春江花月夜》就已足夠，現下的詩人們顯然並不太明白這個道理，在微博上甚至能看到所謂的詩人每天寫出三到五首詩。當然也不排除這些詩人的人生際遇極其豐富多彩，情感生活極端複雜多變，每天有說不

完的感慨情愫；只是每貼出一首詩還要炫耀似得說這是「今天的第五首」，實在是讓人啼笑皆非。這種情況的大量出現嚴重地導致了詩歌文本質量的下降，這些文本不僅絲毫沒有成爲經典的可能，反而很多都更加空泛無聊。而這種企圖用詩歌的數量和頻度來叩開「經典化」大門的做法，不但於事無補，反而會加重「經典化」焦慮，形成一種惡性循環。因爲這種「趕工」式的創作是對詩人才華的極大浪費，一方面妨礙了那些需要沉潛的具有詩歌經典潛質的優秀文本的出現，另一方面過大的寫作強度無形中讓詩歌創作成爲一種精神負擔，創作實績的蒼白無力又加重了這些詩人的「經典化」焦慮。不知就裏的他們可能會更「勤奮」地創作，殊不知在錯誤的方向上越是勤奮就可能離成功越遙遠。在這樣一種大背景下，很少再有詩人能夠守得住寂寞，不斷打磨自己的作品和技巧，大多數把寫作和發表的過程合二爲一，像是在寫博客日志一樣地創作，大量的作品中缺少詩人必要的反思，藝術上的進步也就很難體現，幾乎都是想當然的「魯莽」的創作行爲，發佈之後也缺乏必要的回顧，這種風氣最惡劣的影響就是使具有詩歌經典潛質的優秀文本稀缺，詩歌舞臺被「無能之輩」長期佔據，讀者又不可能細緻地探察、尋訪那些優秀的文本，對詩壇略一看去就盡是無聊之作，自然會產生當下詩歌沒有精品的觀感。

其次，詩人圈子中「江湖」氣濃重，爭做「大師」、拉幫結派、相互傾軋的現象十分嚴重。縱觀當下詩壇，確實是新人輩出，頗具活力，而老一輩詩人也是風采依然，代際眾多、各具特色，人才儲備豐富。但是不論是哪個代際、哪個流派，都缺少能夠代表這個時代的「大師」級詩人。正是這種「眾望所歸」的詩人的缺席，讓整個詩壇滋生出了嚴重的「大師情結」，沒人能擔負「大師」之名，那就意味著人人都有希望；於是也就有了自吹自擂的自封「大師」，也就有了諂媚無聊的互相吹捧，以及那些最惹人討厭的聲色俱厲的相互傾軋和謾罵。遍數十幾年來大大小小的詩歌論爭就會發現，論爭雙方罕有解決理論問題的客觀態度，短兵相接間彌漫的多是意氣、名分之爭。無論是「垃圾派」與「下半身」之間的論爭，沈浩波與韓東的「沈韓之爭」，還是伊沙與沈浩波之間的「伊沈之爭」，究其原因，都不乏一種詩歌江湖中的名分爭奪的因素，詩人地位問題遠遠大於詩學本身問題，讓詩壇論爭成了排座次、爭山頭的「江湖」打鬥。最著名也綿延最久的「知識分子寫作」與「民間寫作」之爭，究其實無非也是這種模式，「出於爲確立自己在 90 年代詩歌史上

位置的文學史焦慮，兩個『陣營』在利益驅動下，競相進行狹隘的派系經營和話語權力爭奪，功成名就者希望藉此鞏固在詩壇的霸主地位，邊緣的新貴們欲藉此贏得詩壇的確認。」〔註4〕這就讓本該促進詩歌創作反思的詩學論爭，失去了最重要的嚴肅性和客觀性，也就失去了意義。這種對於詩歌地位和話語權的爭奪根源，說穿了就是「經典化」焦慮；尤其是處在轉型期的當下詩壇，喧囂蕪雜是一種常態，很多人以為如果不能在這樣的環境中確立自己的詩歌位置，擁有影響詩歌導向的話語權，就會失去「經典化」的機會。這種心理嚴重地忽略了文本質量的重要性，而片面地強調了歷史意義的重要性。同時，詩人們相互的傾軋和謾罵，在圈外的讀者看來十分荒謬可笑，當讀者偶然瞭解到詩歌內部的論爭原來只是在小圈子間的利益誘惑和排除異己時，失望之情可想而知。遺憾的是，那些在論爭中沒有占到便宜的詩人，自然不會遵守「閉門切磋」的規矩，而會不遺餘力地誇大那些「鬥爭的醜惡」來掩飾自己的失敗，這些在讀者看來就更加不堪了。

最後，詩人們的寫作心態發生了普遍的偏移。寫詩應該是自由的情感表達，而不是跟風行為，如今詩人們在創作心態上普遍具有某種生怕落於人後的毛病，其根源依然是不想失去任何一個可能「快捷經典化」的機會。最明顯的例子就是地震詩歌運動中一些詩人的表現。他們熱熱鬧鬧地組織詩會，聲淚俱下地發表演說，身先士卒地募集捐款，待到活動過後，則聚在餐館、酒吧、咖啡屋高談闊論，這樣的「詩人」和創作心態，說他們別有用心或許有些苛刻，但說他們沒心沒肺顯然又是過於寬容了。「因為寫詩不是趕浪潮，也不是簡單的表態。對於地震時期詩歌的火熱炒作，在某種程度上，是對死者的不敬，也是對詩歌的無知。」〔註5〕王家新這樣的總結是一針見血的，面對災難，真實地表達哀思或是保持緘默雖然是不同的選擇；但都是詩人承擔社會責任和對藝術負責的表現，用災難炒熱自己的詩歌，再借詩歌活動擴大名氣，甚至以此謀取利益就實在令人無法深受。可悲的是，懷著類似寫作心態的人並不少見，即使沒有充足的考慮匆匆動筆也是不可取的，我們尊重那些在災難過後深刻反思並如實用詩歌記錄哀思和苦難的詩歌行為；但對於那

〔註4〕　羅振亞：《朦朧詩後先鋒詩歌研究》，中國社會科學出版社，2005年版，第229頁。
〔註5〕　王家新：《「地震時期」的詩歌承擔及其困境》，《詩探索》（理論卷），2009年第1輯。

些出於想「分一杯羹」的心態寫作的所謂「地震詩歌」，應該給以全面的否定，這是詩人們在「經典化」焦慮影響下產生的欲望和急躁導致的惡果，往往是那些在創作上水平平庸，但又自以為是的詩人常犯的毛病，對於他們，簡單的一句「戒驕戒躁」顯然是不夠分量，也起不到任何作用的。我們在考量這個時代詩歌水準的時候，或許真的涉及不到這樣「不入流」的詩人；但他們的大量存在會拉低詩歌創作的標準，會讓創作的功利心成為一種可怕的趨勢，最終導致真正有創作力的詩人越發被孤立。

當下詩歌最難以解決的頑疾，說到底還是經典性文本的匱乏，而好作品的稀少非但沒有引起詩人對於詩歌質量的重視，反而造成了大部分詩人患上了嚴重的「經典化」焦慮症，它們總是想通過文本以外的快速途徑，來實現本該屬於未來的詩歌經典化願望，又妨害了優秀文本的生成，形成了圍繞詩歌經典的一個惡性循環，這恐怕也是讀者對於詩歌創作的並不買賬的根本原因。

二、大眾接受中的詩歌「事件化」

近十幾年的詩壇之所以給人以「熱鬧」的印象，一方面是詩歌文本的數量增多和詩人群體的擴容，讓作為虛擬概念的「詩壇」容量擴大；另一方面則是在大眾傳媒的偶而關注下，詩歌總是不時地帶來一些「爆炸性新聞」。彷彿許多詩人每天不是在寫詩，而是在專心「搞事」，相比於佳作不多的尷尬現狀，當下詩歌能被大眾記住的倒只是一堆雞零狗碎的「事件」名詞連綴了。什麼「梨花體」、「羊羔體」、「裸體朗誦」、「詩漂流」、「詩歌污染城市」、「詩人假死」、「極限寫作」、韓寒與詩人們的「罵戰」……不可否認，每一個時代的詩歌界都會有這樣那樣的掌故、糾葛、恩怨乃至鬧劇，只是傳播途徑的相對閉塞讓它們統統消失在歷史的塵埃中，留下來的只是那些經得住時間考驗的作品。本來生活在當下的人，也可以「一廂情願」地相信在未來的某一天，我們回望現代的時候只會看到那些刻著時代印記的詩歌文本；但網絡的出現並漸成主流傳播渠道，徹底消滅了這種「一廂情願」的美好幻想。網絡作為一種新型的網狀傳播媒介，每一個傳播節點都可能成為傳播主體，而詩歌在網絡傳播中找到新的棲息之地的同時，不可避免地也必須為網絡提供某些具有「話題性」的信息，這種「利益交換」並不是詩歌本身可以決定的。網絡傳播的一大特性，就是不斷地從各個傳播節點上挖掘一些具有「話題性」的

信息碎片，然後經過其他傳播節點的複雜加工而形成新的能夠吸引關注的信息。這就好比「你來比劃我來猜」的遊戲，經過幾輪的不完整的信息傳遞，最初的眞實信息早已是「面目全非」。從這個角度去看當下詩歌的「事件化」特徵，其實倒像是一種開脫了。客觀地講，當下詩歌在大眾讀者眼中這種「事件化」連綴的存在樣態，確有網絡傳播推波助瀾的一部分責任，許多「事件」因爲「話題性」的要求在傳播過程中已經被篡改和利用，最終接收這些信息的人只看到了「事件」荒誕不經的一面；即便是有一些信息接收者根據以往的常識或是相關專業知識，產生了對信息可信度的懷疑，也不會爲了這些「無關緊要」的事情而花費巨大的時間成本去還原信息的最初眞實。這就讓當下詩歌面對這些所謂的「話題性」事件時百口莫辯。雖然有許多客觀因素導致了當下詩歌以「事件化」形態出現在公眾面前，但老實地說，這些「事件」的根源還是詩歌創作本身出了問題。

　　這其中影響較大，也是比較常見的一類事件，是源於詩人在藝術上的「先鋒」追求與讀者的閱讀習慣、審美取向的嚴重失和。其中最具代表性的，當屬沸沸揚揚的「梨花體」事件。事件的始末其實並不複雜，只是詩人趙麗華的幾首口語詩被貼在網上流傳，諸多網友在並不瞭解趙麗華創作特點和實際情況的前提下，頗帶惡搞和戲謔的意味模仿這幾首口語詩，並質疑當代詩人的創作水準，而後詩歌評論界參與其中，並引來「倒趙派」與「挺趙派」之間的激烈論戰，霎時間網絡中出現一片烽火狂瀾的熱鬧景象，彷彿突然多出了一批深藏不露的「詩歌評論家」。平心而論，趙麗華並非十分出色的詩人，尤其引發爭議的這幾首口語詩也無法代表其創作的眞實水準，詩人本身並沒有借機炒作的企圖，也不該受到過多的苛責。畢竟藝術上的創新追求是具有一定的個體差異的，哪怕是專業的評論家也不一定能夠完全理解，更何況是並不具備專業知識的普通讀者。而那些以「惡搞」態度戲仿「梨花體」作品的網友，在不涉及人身攻擊的前提下，是擁有在網絡上自由發言和遊戲詩歌的權利的，即便有一定的道德責任也不能算是「罪魁禍首」。整個事件其實是多種因素聚合的結果，而其中最重要的原因還是創作群體與接受群體在藝術審美上的發展極度不平衡，讀者並不瞭解當下詩歌發展的最新進展，在讀者看來詩歌還應該停留在 20 世紀 80 年代的模樣，這與基礎教育中對於當代詩歌的忽視是有關係的，大部分讀者並沒有對當代詩歌發展有最基本的瞭解，詩人們又不願意放下身段主動迎合讀者趣味，這就造成了詩人與讀者之間的

審美「斷層」，甚至導致無法相互理解和解釋，「梨花體」這樣的事件接連出現也就不難理解了。相比之下，「羊羔體」事件本質上與「梨花體」事件相類似，但情況更爲複雜，因爲「羊羔體」事件中讀者的情緒很大程度上是在質疑「魯迅詩歌獎」評獎的公正性，在詩人得獎之前圈外人鮮有關注，而其創作水準也真的缺少十足的說服力。而在對專業文學獎項評判公正性的質疑過程中，大眾在某種程度上說是在享受質疑甚至解構權威的政治快感，其間許多複雜的心理機制，是跟時代政治風向直接相關的，它們不是單單在詩歌或是文學範圍內能夠解釋的問題。總之，這類事件其實是詩歌藝術探索達到一定高度和深度後的自然現象，詩人和讀者在事件中也並沒有直接責任，雙方能夠做的無非也就是調和與等待，短時間內，相似事件的再次發生恐怕是無可避免的，這樣的事件對整個詩歌藝術的發展也沒有本質上的侵害。畢竟從始至終人們的關注點依然還是在詩歌文本上，質疑甚至謾罵也都源於詩歌文本，這甚至可以說一件「好事」，當下詩壇最缺乏的就是這種對文本本身的關注。大眾媒體如能長期這樣關注時下的詩歌作品，相信總會有詩人和讀者相互理解的那一天，只是在這之前可能還需要漫長的大眾審美儲備期。

少部分別有用心的炒作者，利用詩歌界的「經典化」焦慮大做文章，搞出一些莫明奇妙的活動意圖牟利。近年來，詩壇頻頻傳出有關詩歌文稿拍賣的消息，如 2007 年蘇菲舒在北京論重量叫賣他的長詩《喇嘛莊》，重量足足有一噸，標價「500 克百元」。接著，「首屆中國漢語詩歌手稿拍賣會」舉行，蘇菲舒的《十首關於生活研究的詩》拍得 30 萬元，李亞偉的《青春與光頭》拍得 11 萬元，而《中文系》拍價更是高達 110 萬元。正當人們爲詩歌能夠「一字千金」而驚奇不已時，竟然傳出這位「神秘購買者」竟然是詩歌拍賣會的籌劃者之一的消息，讓人大跌眼鏡的同時又有些哭笑不得。詩歌本就不該是「商業化」的東西，即便是「與時俱進」加入市場機制，也不能搞出這樣欺騙大眾的「鬧劇」，這種活動雖然在短時間內似乎博得了眼球，甚至好像賦予了詩歌新的重大意義，那些「天價手稿」彷彿具備了某些神奇的「經典化」含義；但騙局戳穿之後的難堪，是當下詩壇不能承受的恥辱。類似的想通過「搞怪」來「炒熱」詩歌的做法層出不窮，即便暫不考慮這些活動對詩歌嚴肅性的踐踏，即便我們可以寬容地接受它們的存在，這些活動又真的有什麼作用嗎？「鬧劇」只會讓公眾瞭解真相後，收起鄙夷的笑容，投來厭惡的目光。而對於那些無辜的詩歌作品，其影響也是極壞的，比如李亞偉的《中文

系》本來是一篇具有詩歌經典潛質的優秀作品，但「拍賣」事件讓這篇有口皆碑的佳作成了炒作的主角，很多不明真相的公眾就會把李亞偉和《中文系》當成靠炒作「上位」的小丑，這直接損害了詩人和作品的聲譽。更惡劣的影響是，這種行為讓詩歌身上沾染了「銅臭」，在某種意義上成為了被買賣的商品，對於讀者來說，也就毫無神聖感和新鮮感可言，與「爆米花電影」無異，恐怕還更無聊些。

　　還有一些詩歌事件根本就是「鬧劇」，但卻被美其名曰「行為藝術」。其中的代表有「詩人假死」、「裸體朗誦」等事件，這些事件是對詩歌精神的侮辱，毫無意義，甚至低俗下賤的行為，更是對社會主義精神文明建設的褻瀆。它們不僅不能被納入到正常詩歌研究的考察範圍內，即便是放在社會上，也是有傷風化的「鬧劇」。其目的無非是借機炒作，本質上與演藝圈的緋聞不斷、狗仔偷拍沒有什麼區別，都是低級做作的自我炒作和不知廉恥的低等媚俗。他們所鼓吹的「後現代」，也完全是被曲解的，真正的詩人和有辨別能力的讀者自然會對這樣的行為嗤之以鼻；當然，也有不少頭腦混沌的讀者真的相信這就是當下詩歌創作的常態，這無疑對詩歌的接受造成了非常惡劣的影響，越是不瞭解真相的群眾越容易成為這種「文化暴行」的宣傳幫兇。對於這些毫無爭議的「非詩化」事件，過多的探究和關注完全是浪費研究者的時間，我們也必須接受每個時代、每個領域中都會有個別道德素質低下的渣滓，最好的辦法就是不要抱著獵奇的心理去關注他們，而讓其自生自滅。

　　十幾年來，詩歌就是在這樣的一場場事件和活動的此起彼伏中消磨著時光，詩人們總是在詩歌事件中疲於奔命，反而無暇潛心創作。應該說，要求每個詩人都能放下爭名逐利的念頭是不現實的，畢竟不少人寫詩的初衷就是青春期的炫耀心理和表演欲望的發洩需要，指望他們能成為成熟的具有詩歌精神的詩人，無異於「非分之想」。面對這些事件創造出來的「熱鬧」甚至「詩歌復興」的幻象，我們能做的也只有兩件事：一是堅持相信詩人們總能普遍的成熟起來，一是把注意力集中在那些優秀的詩歌作品上。

三、對詩歌精神的不同理解

　　詩歌的出現首先是情感表達的需要，但是如果僅僅把詩歌作為表達情感的一種方式，就顯然沒有觸摸到詩歌的本義。表達情感的方式有許多，最簡單的無非是大哭大笑，但無論是開懷大笑還是梨花帶雨，都沒有成為一種藝

術形式存在於人類文化序列中，這說明詩歌中除了情感還有其他的要素。相應地，詩歌是一門語言文字藝術，它具有文字上的美感和語言上的可朗誦性，但這並不是說有了情感和語言藝術就能組合成詩歌的本真，很多優秀的流行歌曲既有內在的情感抒發，也有可以朗誦吟唱的語言載體，但我們仍然無法把它們歸類在詩歌中。作為一首詩，它除了真實的情感和優美的語言載體之外，顯然還有其他獨有的特質。

詩歌精神或許就是對這些特質的一種總結與統攝，在詩歌創作中它往往表現為對於某種超越個人情感的類群責任的承擔。這種承擔不僅僅是時代環境對於詩歌創作的影響作用力，更是詩歌在精神維度上與時代、與文明、與人類對話的基礎。就像新詩的歷史上既有《再別康橋》、《沙揚娜拉》這樣的「純美」文本，也會有聞一多的《死水》、《紅燭》、戴望舒的《獄中題壁》和《我用殘損的手掌》、艾青的《大堰河，我的保姆》、袁可嘉的《上海》，以及北島的《履歷》、舒婷的《祖國啊，我親愛的祖國》、梁小斌《中國，我的鑰匙丟了》等。這些經典文本的共同點是，在具有藝術性的語言載體和真實存在的個人情感、體驗背後，承載著詩人們對於時代的某種訴求和回應。換言之，經典詩歌往往能夠完成承擔非個人化情感和思想表達的任務，這種承擔又沒有妨礙其藝術性的生成，甚至讓文本在藝術上得到某種更高層次的錘鍊。

然而令人唏噓不已的是，在當下詩歌創作中，我們似乎很難再尋覓到擁有這種承擔精神的蛛絲馬蹟，似乎詩人們突然忘記了自己的「歷史使命」，許多詩歌成了單純的情感抒發和藝術炫技，它們很大程度上降低了詩歌藝術在讀者心目中的形象。這當然不是說，我們的詩歌創作必須無條件、無節制地關注那些所謂的「重大題材」；恰恰相反，一味關注這些「重大題材」而不顧及情感的真誠，本質上就是對詩歌藝術的背叛。更確切地說，當下詩歌缺少的並不是對「大事件」的關注，而是在精神層面對現實世界觀照不夠，雖然「及物」寫作傾向在 21 世紀初的十幾年間重新興起並有了新的發展；但不得不遺憾地承認，詩歌與世界的橋接或者說關聯，始終沒有被真正構建出來，詩歌精神的散落事實上應該對這樣一個結果負主要責任，這種散落主要表現在兩個方面。

大多數詩人深受商業化語境的影響，見「利」而忘「義」，他們「趨之若鶩般投身於花樣百出的詩歌活動之中，失卻詩歌沉潛寫作的耐心與意志……無意深入現實的『重大題材』，以一種『明哲保身』的態度刻意迴避，自我壓

抑和屏蔽介入現實、處理現實題材的衝動，完全喪失作爲知識分子的社會責任感。」〔註6〕宋寶偉所提到的這種「知識分子的責任感」，並不是狹義上從事科學研究的知識分子，而是廣義的從事精神文明建設的範圍更大的知識分子群體，詩人作爲這個群體中的特殊一員，是必須要承擔一定的社會責任的，就如同愛德華・薩義德曾主張的那樣：「知識分子代表的不是塑像般的偶像，而是一項個人的行業，一種能量，一股頑強的力量，以語言和社會中明確、獻身的聲音針對諸多議題加以討論。」〔註7〕作爲詩人，除了情感與技藝，精神上的「自覺」顯然更爲可貴。雖然站在人類文明的高度寫作是一個過分拔高的要求；但詩人們至少要有這樣的胸懷和志向，或者說從創作中表現出來自某些更宏觀、更廣闊的精神維度的痕跡。如果詩人的精神世界跟芸芸眾生完全相同，而且絲毫「不以爲恥，反以爲榮」的話，即便這是藝術創作出發點選擇的自由，也是不值得宣揚的。當然，詩歌作爲藝術，考察它時不能像研究大航海時代歷史那樣，遵從「出發選擇決定論」〔註8〕的金科玉律，以藝術創作的出發點的高尚與否來框定一個詩人所能達到的藝術成就的高低。可如果創作的出發點都不包含絲毫的「高尚」成分，那麼這種創作也就很難在審美情趣層面有什麼高等級的可能。即便許多詩人在盡力排斥這種崇高以求詩歌創作的純粹，但起碼不應該讓詩歌轉向另一個「崇低」的極端，出發點上詩歌精神的缺席或許並不會完全決定詩人創作的水準高低，但卻是增加了詩歌走向平庸、走向低俗的危險。這種「低開低走」的現象對於詩人本身或許只會導致創作失敗，算不得什麼大危害。畢竟在寫詩之外，詩人還有豐富的個人生活，那些把詩歌本身作爲生命基本訴求甚至是唯一訴求的「本質型」的詩人，是值得欽佩的；但不能要求所有人達到這樣的標準。只是如果那些「娛樂型」的詩人漸漸的多起來，詩歌精神就會在漫長的沉潛中失去光彩，最終無處尋覓。對於這樣的詩歌創作風尚的形成，完全歸咎於詩人們的思想境界是不客觀的，這與社會風氣、文化思潮、經濟發展等因素都有密不可分

〔註6〕　宋寶偉：《喧囂詩壇下的隱憂——論新世紀詩歌的負面效應》，《北方論叢》，2014年第1期。

〔註7〕　〔美〕愛德華・薩義德：《知識分子論》，單德興譯，三聯書店，2002年版，第65頁。

〔註8〕　近年來，在「大航海時代」歷史研究領域最爲流行的學說，主要觀點是「大航海時代」的洲際移民在從歐洲出發時，所選擇的移民目的地事實上遵循著某種特有的民族性和文化規律，同時這種選擇也決定了所移民地區在之後的開發和民族形成中可能形成的國家樣態。

的關係，消費文化的侵襲也已經滲透在社會生活的方方面面，信貸的精神世界是否要保持崇高的姿態，已經是個人自由選擇的問題，任何人、任何文化都不應該強迫他人擁有某種樣態的精神世界。但是，正如愛德華‧薩義德所說的那樣，詩人並不僅僅是普通人，在享有作爲人的自由平等權利的同時，詩人必須有所承擔，即便不是每個詩人都必須選擇「承擔」，但在總體上詩歌必須有「承擔」的精神。

　　小部分詩人及他們的作品與主流話語靠得過近，沒有拉開必要的審美距離，在讀者接受時難免引起逆反心理。詩歌網絡傳播的普及和相對寬鬆的政治環境，已經使「當代賀敬之」越來越少了；但依然有不少身居高職的體制內「票友詩人」熱衷於歌頌體詩歌的創作，這在互聯網時代幾乎是天然的網民嘲笑對象。在這一點上，相比那些思維較爲正常的詩歌作品，這些歌頌體詩歌或許還有些優勢，它們有意無意地承擔了某些網絡娛樂的職能，形成了「一本正經地搞笑」的喜劇效果，也算是一種「成就」。對於這類作品的評價和警惕，在網絡上和社會中已經達成了基本的一致，除非能用讀者願意接受的方式表達出對祖國、對黨眞摯無私的熱愛和歌頌，否則那些「歌功頌德」的應景文章在當今時代尤其在知識階層中基本上已經沒有了市場，這類作品所造成的不良影響也就十分有限。而且不能不完全忽略的是，這些作品中還是有個別詩作在藝術上略有創新的，也在客觀上增強了當下詩歌創作的豐富性。然而一種十分具有隱蔽性的「讚歌」是不得不警惕的。它們並不是以讚歌的傳統形式存在，而是在詩歌運動或創作風潮中自覺充當某種迎合主流話語的充滿導向性的作品。這些作品在藝術上一般具有一定的水準，在情感上也足夠煽情催淚，比如在 2008 年汶川地震後，許多地方作協就「要求」詩人們集中創作「地震詩歌」，和所謂的「立意」必須符合主流話語的宣傳導向。「大批文人作家不假思索、大言不慚的抒情文字、詩歌的出籠證明了我的擔心。此刻他們倒騰著『二手死亡』……除了說明他們還活著，活得很積極、很職業甚至專業，又有什麼意義呢？」〔註9〕這種傾向的危害就像一顆定時炸彈，在災難之初讀者們沉浸在悲傷的氣氛中無法自拔，也不可能對「地震詩歌」產生反思情緒；但在時過境遷後，一些敏銳的讀者再次看到這樣的詩歌，就會懷疑詩歌承擔社會責任的誠意和初衷。

〔註9〕　韓東：《地震日記》，載《5‧12 汶川地震詩歌專號》，《詩歌與人》2008 年 5 月，第 19 頁。

對於當下詩歌的接受窘境以及其中難以解決的弊端和症候，詩人們是沒有太多辦法的。既不能勉強詩人們主動迎合讀者，更不可能在短期內提高讀者的藝術鑒賞能力，對於處在轉型期或者說質變準備期的中國詩歌，過度地干預和糾錯都是不明智的。詩人們能夠做到的，就是立足於優秀文本的創作，心無旁騖，努力克服「經典化」焦慮，適當降低對各種詩歌活動的熱情度，無需刻意拔高、但也絕不主動貶損詩歌精神，剩下的，就是在潛心創作中靜靜地等待新的詩歌時代的到來。而對於評論者，情況則有所不同，在詩歌的接受窘境中他們也必須承擔相當一部分的責任，並且做出相應的改變，才配得上一個詩歌評論者的身份，詩歌創作的質變準備期事實上應該成為詩歌評論的「發力期」。

第二節 詩歌批評面臨的挑戰

面對當下詩歌「圈裏熱鬧、圈外冷遇」的窘境，詩人們能夠做出的改變並沒有多少，或許堅守文本創作的質地，是目前唯一可以正確選擇的方向。對於詩歌批評來說，目前的詩歌局面是讓人頭疼的。詩歌評論界不僅沒有找到書寫當代詩歌史的好辦法，在處理越來越多樣化的詩歌文本時，也開始顯得力不從心；甚至詩歌接受遭遇的窘境，在很大程度上要歸咎於詩歌批評的不力，它沒能在詩人與讀者之間起到「橋樑」的作用。要想改變現有的詩歌局面，從詩歌批評入手，可能也是更為有效的應急方案；因為相比於等待詩歌創作轉變的漫長過程，在詩歌批評中尋找詩人與讀者相互理解的方式，或者通過有的放矢的詩歌批評指導創作，在短期內引導健康的創作風尚的形成，都是能夠實施的最理想的解困途徑。不錯，近十幾年來詩歌批評取得了不俗的成績，也湧現出一批高水準的詩歌評論家（前文緒論中已有詳述）；但若要徹底改變詩歌接受的困局，這些已經取得的成就恐怕還僅僅是個開始。

客觀的說，詩歌批評在當下社會是面臨著很多現實困難的：其一，網絡傳播機制讓詩歌創作的速度和頻度呈指數級增長，作為詩歌評論者，廣泛關注所有詩人的新作幾乎是不可能的，在具有權威性的完整詩歌數據庫尚未建立之前，在文本的獲得渠道上，必然要面對混雜不清、真偽難辨的困難，即便是重點關注幾位詩人或者某一群體的詩歌創作，材料收集的工作量也是巨大的。其二，消費文化的侵襲使文學批評漸漸沾上「銅臭」氣，在人們普遍

追求經濟效益的大環境下，能夠坐得住「冷板凳」的研究者實在不多，詩歌評論尤其不是「賺錢的買賣」，甚至難以跟評職和科研項目掛得上鉤，「投入」遠遠大於「產出」。其三，多媒體時代的到來讓人與人之間的交流成本大幅度降低，這也導致了詩人與詩歌評論者之間的距離過近，形成一種「低頭不見抬頭見」的尷尬局面，情感、關係等因素的介入，決定了評論者很難做到完全的客觀公正，就詩論詩。其四，在後現代文化影響下的詩人和詩作，往往呈現出某種難以理解的特質，文本的「不可解」性更勝以往，這在無形中加大了詩歌評論的難度，很多人只能淺嘗輒止。其五，讀者乃至大眾的不理解和非議，讓詩歌評論者顯得有些委屈，相比於文學的電子閱讀成爲主流，文學評論還沒能跟讀者消除心理上的隔膜，詩歌評論往往只是寫給「圈裏人」看的，受眾面的狹小導致評論者價值感的缺乏。這些或許都是造成詩歌評論貧困、乏力的客觀原因，諸多不利的因素也的確給當代詩歌評論增添了不少困難；但這些實際上都只是外因，真正導致詩歌批評話語衰微的，是詩歌批評內部三個難以解決的問題，這三個問題就像「三座迷城」，詩歌批評者在「迷城」中逡巡不前、左顧右盼、不知所以，既走丟了方向，也迷失了主體意識，走不出這「三座迷城」，詩歌評論想要做出改變幾乎是不可能的。

一、詩歌標準：迷惑中的建構

關於詩歌標準的大討論，也許是進入 21 世紀以後詩歌評論界最有價值和意義的學術討論了。幾乎從進入 21 世紀以來，評論界就普遍認識到了詩歌標準問題的存在和重要性，現實生活和詩歌創作生態的變化，讓固有觀念中的詩歌標準發生了某種動搖或轉變；但評論界並不十分明確這些動搖的具體軌跡和發展趨勢，於是才有了這場綿延數年，至今依然沒有結局的大討論。

然而，詩歌究竟是否應該有標準呢，這是每一個參與討論者必須首先面對和回答的問題。大多數評論者認爲答案是肯定的，陳仲義的回答是其中最完滿的之一，他認爲：「從終極意義上講，詩和美一樣，是無法定義，無法窮盡的。詩什麼也『不是』，詩什麼也『沒有』，詩就是詩。人們只能不斷地逼近她，卻永遠無法抵達她，她是無極、無限可能的。在終極意義上，詩猶如黑洞一樣，可以把一切界定、闡釋、標準吸收殆盡。然而，在過程意義上，就其中某一個環節，詩又是可評說的、可判斷的、可闡釋的、可誤讀的、可分級的。沒有過

程意義上的千姿百態，不可企及的『終極』是不是有些虛？」〔註10〕這段話可以很好地給那些認為詩歌不該有既定標準的評論者作為解釋，認可詩歌標準的存在，也就不再是爭議激烈的問題了。

　　真正引起爭議的問題還是集中在詩歌標準的多和少、鬆和緊上。在兩千多年的詩歌閱讀經驗中，人們發現對於同樣一篇詩歌作品的判斷，不同的人、不同的時代會存在著極大的差異，甚至有著戲劇性的差異效果。由於審美情趣差異的存在，導致在趣味層面的爭辯永遠不可能有科學的結果，它總會陷入到「公說公有理、婆說婆有理」的無解局面；而不同時代、不同評價個體的審美差異，也導致詩歌標準是不具備永恆性的，即便是經典作品也可能出現前後評價不一的情況。比如胡適的《嘗試集》在新詩草創時期有著重要的地位，雖然在當時就有褒貶不一的現象，但在很長一段時間內在藝術上都被視為具有一定的創新性，也被普遍認可為新詩經典。然而用今天的審美眼光去重新審視的話，其中的詩句在藝術性上或許還不如街邊播放的流行歌曲，但因為其特殊的歷史地位和開創意義，依然不失為新詩的經典文本。可見雖然詩歌標準一直是處於發展和變化的狀態，但還是有某些準則得以傳承下來。而不同評價、個體間的審美差異的存在，確實會影響詩歌品質高下的評判。比如對於不易讀懂的詩歌作品在審美上就容易產生差異，一些讀者因為領悟能力和生活經驗的不足，無法領略文本的真意，往往就會憑藉第一印象把這種作品判定為「次品」甚至是「垃圾」；而那些欣賞水平相對較高的讀者，則會深深被文本打動，並對文本做出褒獎。而在詩歌評論界這樣的差異就不那麼明顯了，在具有相近或相同的專業素質的人群中，康德所說的那種「人類感受的同一性」就更容易起作用。所以，審美差異雖然決定了詩歌標準必將存在某些不穩定的因素；但在一個並不很廣大的範圍內（當下中國詩歌），在多種限定性的規約下，尋找到某種具有統一性的詩歌標準是有其根據和可操作性的。於是參與討論的評論者們紛紛撰文表達自己的意見，其中有寬容者，如謝冕先生者認為好詩的標準就是感動，沒有必要像陳仲義的「四動」說得那樣複雜，能讓人感動的詩就是好詩。這樣的詩歌標準足見謝冕先生作為德高望重的前輩，對於當代詩人們的寬容和愛護；但是作為同代人的評論

〔註10〕陳仲義：《感動　撼動　挑動　驚動──好詩的「四動」標準》，《海南師範大學學報》，2008 年第 1 期。

者，則必須保持更嚴格的態度。令人感動的詩不少，其中當然有真正的好作品，但也有很多作品只是在特定的時間內引起讀者某些潛意識中的情緒，產生感動的錯覺，是經不起推敲的情感暗示，這樣的手法其實並不是多麼高明的，也不應該被過度拔高，帶來感動只是詩歌職能的一個方面，一首好詩的功能應該是多方面的、多層次的。在這個問題上，陳仲義稱得上集大成者，他的「四動」說（感動、撼動、挑動、驚動）具有一定的科學性和總結性，可以視為詩歌標準大討論的階段性成果。他主張在「感動」基礎上，加入其他尺度，精神層面上的「撼動」、詩性思維層面上的「挑動」、語言層面上的「驚動」，只有滿足這四個標準才能算是一首真正意義上的好詩。客觀地說，這樣的標準是有些苛刻的。對於「四動」說，評論界的意見也並非是一邊倒的支持，在 2007 年末的第二屆閩南詩群年會上，江浩、南方、顏非、子梵梅、舒城、小河、周麗、高翔、岸子、高蓋、陳功、吳銀蘭等二十餘位詩人和評論者，特別針對陳仲義的「四動」說展開了討論。

筆者是贊同陳仲義關於詩歌標準的「四動」說的，如果作為「好詩」的標準甚至是詩歌經典的標準，這「四動」比較恰當。但也必須看到，大多數參與討論的詩評家都忽略了一個潛在問題，那就是詩歌標準究竟是「詩」的標準還是「好詩」的標準這個看似簡單卻影響甚大的問題。「詩」的標準決定著哪些文本可以稱之為詩，也決定了大量的網友自發創作的私人寫作能否納入詩歌研究的視野。可以肯定，並不是詩人創作的詩歌形式的文本才叫「詩」，而這個範圍究竟要怎樣劃定仍然是一個問題，筆者認為只要是用詩歌形式寫成的，具有情感表達的文本，都應該被劃定在詩歌範圍內。另一方面「好詩」應該是詩歌中的「高標準」，而究竟高到什麼程度，就涉及到詩歌作品是否有品級這樣一個頗有爭議的問題。筆者認為詩歌起碼應該有四個品級：平庸的詩、一般的詩、優秀的詩、經典的詩，所謂的「好詩」應該是「優秀」等級以上的作品。那麼究竟哪個才算是真正的詩歌標準呢？筆者認為，詩歌標準應該實行「雙軌制」，讓「詩」的標準和「好詩」的標準並行不悖，每個文本都要經過這兩個標準的認證：「詩」的標準應該根據現實情況逐步放寬，以吸引更多的創作者加入到詩歌創作的隊伍，也會為詩歌帶來新鮮血液，提供某些從前未曾設想過的新可能；「好詩」的標準則應該保持高標準、嚴要求，這樣一方面能夠在一定程度上緩解詩人們的「經典化」焦慮，杜絕那種「經典」和「大師」滿天飛的浮躁的創作行為和心態，另一方

面，可以給評論者和讀者更明確的閱讀選擇和更便捷的閱讀體驗。換言之，一個客觀的公正的詩歌標準，不應該輕易判斷出「非詩」、「反詩」的結果；但也不能輕易認證出「好詩」，無論是從歷史的經驗還是現實表現的維度看，「好詩」都是不常見的。

這樣空口白說或許有些太過枯燥，也不能體現這種「雙軌制」標準的可操作性，我們不妨找一個新近的評判對象來做實驗和例證。

余秀華是近年來詩歌界最響亮的名字之一。從 2014 年底到 2015 年初，余秀華和她的詩，或許更重要的是她的「故事」橫掃微信朋友圈，在短短數月間讓當下詩歌創作重新佔據大眾的關注視野，甚至有「寫得真好！我早已對新詩絕望，今天我看到它又在呼吸！」這樣「歌頌式」的評價，余秀華也被譽為「中國的艾米麗・迪肯森」。然而這一切都來得太突然，我們甚至沒有系統地考察過余秀華作為詩人所提供的具有一定數量的詩歌作品，有幸的是，筆者在 2015 年新年伊始拿到了她那部引得「洛陽紙貴」的詩集《搖搖晃晃的人間》，〔註11〕這是她的自選集，基本可以代表她的創作水準。通讀整部詩集和她散落的詩篇，發現之前一再被傳媒熱炒的《穿過大半個中國去睡你》，確實堪稱她的代表作。詩中展現出的詩人的生命力和原始力量的充沛，在當下詩壇堪稱獨步；但問題是在展現精神力量的同時，詩在藝術上卻夠不上余秀華最優秀的作品，甚至有點「標題黨」的嫌疑，代表性和話題性足夠但藝術性不足，作為「詩」是不該有爭議的，而是否夠得上「好詩」就見仁見智了。相比之下，那首《梔子花開》則更出色，「梔子花開白成一場浩劫，芬芳成一種災難／那些隱匿的聲音一層層推出來，一層層堆積，再散開／是的，無話可說了／白，不是一種色彩……它任何時候都在打開，是的，它把自己打開／打得疼／疼得叫不出來／從它根部往上運行的火，從一片葉上跌落的水／還有萬物看它的眼神／這些都是白色的／無法阻擋地白，要死要活地白」。這首詩既有《穿過大半個中國去睡你》中勃發的生命力，同時又用象徵的手法讓這種力量變得含蓄而綿長，作品對於梔子花的描寫也具有一定的畫面感，引人遐思，語言節奏也更為流暢自然，基本上可以達到「好詩」的標準。類似水準的詩歌還有不少，如《每個人都有一朵桃花》、《我沒有看見我被遮蔽的部分》、《雪》、《我在夜色裏去向不明》、《香客》等。這些文本都

〔註11〕余秀華：《余秀華詩選：搖搖晃晃的人間》，湖南文藝出版社，2015 年 2 月出版。

能夠用更爲含蓄的方式表達詩人勃發的生命力，余秀華的詩最有價值也最能打動讀者的就是這種來源於生命本源的力量，這也正是我們的社會比較缺乏而余秀華能夠提供的某種素質。然而過分的情感爆發是會影響詩歌藝術性的，詩歌情感需要眞摯、需要力量，有時甚至需要一些看似「不講理」的態度；但本質上依然要求情感的克制，余秀華詩歌最大的問題就是情感克制的不足，從她的詩歌中我們能夠清晰感受到某種出於自卑的堅持和倔強，這當然跟詩人個人情況關係較大，但這種自卑感過分滲入創作就會造成不良影響，所以那部分能夠做到克制情感的作品往往能把更多的精力用在藝術調試上，反倒呈現出更優秀的品質。總體說來，余秀華是一位不錯的詩人，她的詩有獨到之處，但在藝術技巧上也有比較明顯的不成熟。可我們需要明確的是，純熟的詩歌技藝是可以經過後天努力學習和練就的，現在的不成熟恰恰留給了未來的余秀華在詩歌藝術上巨大的發展可能，而眞摯的情感和獨特的人生經歷並不是每個詩人都能擁有的，生活的悲劇對於詩歌創作層面的余秀華來說，不啻爲一種可貴的財富。這樣的詩人或許還不夠成熟，但卻是我們這個時代最需要的那種能夠給詩歌帶來力量感的詩人，如果考慮到余秀華的詩所具有的歷史性，她的部分作品是可以夠得上「好詩」標準的。

詩歌標準的建構或許並不能保證詩歌批評的有效性，但詩歌標準的模糊或者漂浮不定卻一定會導致詩歌批評的失重和失眞。目前，詩歌評論界經過十幾年的探索和研究，已經讓詩歌標準的建構初見成效，但任務依然沒有完成，對於詩歌標準學界依然爭議不斷、意見不一。任何學術問題當然都不會歡迎「一言堂」，但對於像詩歌標準這樣的標杆性質的問題還是需要評論者們達成基本一致的，因爲這關乎到整個詩歌批評的心理底線和藝術高標，評論界需要盡快地深化對詩歌標準問題的理解。前文提到的「雙軌制」的詩歌標準劃分方法或許是一條可行的道路，有達成基本共識的潛在可能。

二、詩歌評獎的「信任危機」

詩歌獎項並不是進入 21 世紀之後才出現的，但近年來詩歌評獎受到了公眾大規模的關注卻是不爭的事實，這種關注已經遠遠超出了詩歌評獎本身的意義。詩歌評獎作爲詩歌批評的一部分，旨在褒揚和宣傳那些在創作上有較高成就的詩人和藝術上、思想上、情感上都經得住最嚴格批評的詩歌文本。但由於「獎」的特殊性，這種形態特殊的詩歌批評活動卻漸漸變了味道。一

方面，「獎項」帶來的專業人士的認可，是大多數詩人孜孜以求的榮譽，有些詩人甚至以獲得榮譽爲寫作的根本目的，詩人們雖然嘴上總是說不在乎評獎結果，甚至聲稱根本不關心對自己作品的批評文字，但在行動上總是很「誠實」的，他們往往會在詩歌評獎結果公佈出來以後「大放厥詞」，以「率性」、「不羈」的詩人本性作掩護，向詩歌評論界和評獎組織開炮，順帶「黨同伐異」般地打擊那些在評選中戰勝自己的「幸運兒」。另一方面，近年來的詩歌獎項中，「以資鼓勵」不再是獎狀上的一句套話，許多分量較重的詩歌獎項獎金不菲，對於大多數並不算富裕的詩人來說是一筆不小的收入，於是一些「善良」的評委在評獎時難免要考慮獎金的最終歸屬問題，這就讓詩歌評獎在某種程度上成了一種「福利」。

近年來比較有影響的詩歌獎項主要有柔剛詩歌獎、魯迅文學獎之詩歌獎、人民文學詩歌獎、十月詩歌獎、艾青詩歌獎等。幾乎每次評獎都會有或多或少的爭議，而其中最具爭議性的當屬「羊羔體」事件。2010 年 10 月 19 日晚，車延高的詩集《嚮往溫暖》摘得魯迅文學獎詩歌獎項。就在同時，有網友在微博上發出一首名爲《徐帆》的詩歌，「徐帆的漂亮是純女人的漂亮／我一直想見她，至今未了心願……後來她紅了，夫唱婦隨／拍了很多叫好又叫座的片子」。發佈者說，這首很明顯在描寫著名演員徐帆的詩，是第五屆魯迅文學獎詩歌獎得主、武漢市紀委書記車延高的詩。詩人、魯獎得主、紀委書記、淺白的口語詩這幾個關鍵詞的聚合，結果是超越了一般網友的想像，剛開始時多數人以爲這只是在「惡搞」，而後被證實是眞的。在短短的幾分鐘內，這則微博就被網友瘋狂轉發，幾小時後，「羊羔體」的名字已經成了魯迅文學獎和當代詩歌創作共同的「經典笑料」了。網友們開始肆無忌憚地諷刺、嘲笑甚至謾罵，車延高也沒有做過多的回應，接著詩歌評論界開始了針對「羊羔體」的集中討論和批評，一場熱鬧的「詩歌事件」就這樣被炮製出來了。而眞實的情況是，《徐帆》是車延高在 2010 年 9 月爲《大武漢》雜誌專欄創作的系列詩歌中的一首，此系列詩歌一共三首，寫武漢的徐帆、謝芳、劉亦菲等三個演員。而其參加魯獎評獎的作品是詩集《嚮往溫暖》，《徐帆》一詩並沒有收錄在其中。中國作協書記處書記陳崎嶸隨即也表示，車延高的《嚮往溫暖》達到了魯迅文學獎所確定的標準，詩集裏面大部分的詩具有比較高的水準。事實上詩集中的《屬於世界的屋脊》、《琴斷口》、《時間是說話的青天》、《日子就是江山》、《一瓣荷花》等作品都的確具有比較高的水準的。而

是否夠得上魯獎的標準，評委們也自有選擇，不必筆者多言。

如今時過境遷，我們可以冷靜下來推演一下整件事的始末，其中至少有幾個關鍵點值得玩味：首先，微博發佈的時間十分微妙，幾乎與魯獎獲獎結果同時出現於網絡，微博的發佈者並沒有信口開河，提供的信息確實為真實信息；但卻有意遮蔽了《徐帆》並沒有收錄在《嚮往溫暖》和車延高以《嚮往溫暖》獲得魯獎這兩個十分重要的事實，混淆視聽的意圖十分明顯，企圖把大眾的引向「《徐帆》獲得魯獎」的錯覺。遺憾的是，高明的「陷阱」並不是普通網友能夠分辨的，於是大多數網友都產生了「這樣的詩都能獲得魯獎」的錯誤認識，之後的「惡搞」、嘲笑也就不難理解了。其次，微博發佈者並沒有對《徐帆》這首詩做絲毫的背景介紹，故意沒有選擇車延高的其他口語詩歌，而單單選擇《徐帆》也是別有用心的，這首詩的題目和內容不僅具有與大眾娛樂相關的部分，更能引起大眾某種涉嫌色情的聯想。最後，也是最為狠辣的一招是，發佈者有意強調了車延高的行政職務，這讓閱讀到信息的人產生了錯誤的關聯邏輯，認為紀委書記、口語詩、魯獎三個因素中間有了某種必然性的聯繫，這樣再煽動網友的情緒也就來的「水到渠成」了。這可以說是一場徹頭徹尾的陰謀，抹黑魯獎以及攻擊車延高本人的目的是比較明顯的，聯想到消息製造者（與微博發佈者並不一定一致）對於詩壇和車延高的熟悉，以及對於魯獎評獎結果消息的靈通程度，筆者幾乎可以合理推斷這是「圈內人」所為，甚至就是魯獎評選的直接參與者或入圍詩人。當然，這種推測是沒有根據的，筆者也情願相信這只是一次偶然到可以作為小說情節的巧合。

雖然「羊羔體」事件可能是個別別有用心的人有意煽動的，而且是建立在網友們對於文化權威的逆反心理的基礎上的。但也必須看到詩歌評獎在類似的爭議中，所表現出來的不足也是客觀存在的。這些問題直接導致的結果就是詩歌評獎公信力的下降，不論評獎是否嚴格按照設立的標準和程序進行，結果是否真實公正，公眾都可能會選擇站在「不相信」的立場上質疑評選過程和結果。這種質疑本身是一種好事，至少其中有公眾開始關心詩歌的？象可尋；但反過來看，詩歌評獎的公信力缺失，真的只是因為公眾的偶然「選擇」嗎？答案當然是否定的，打鐵還需自身硬，「信任危機」的根源還在詩歌評獎或者說詩歌批評自身。

其一，評選標準、入圍資格、評選過程、投票結果都不夠透明。不知道

是出於何種原因，各大詩歌評獎都不會完全公佈評選全程，保護評委和未獲獎者的隱私的好意是能夠被理解的；但是作為公眾人物，詩人和評委們都應該做好被質疑甚至被批評的準備。說到底，詩歌評獎是一件公事，每一位詩歌讀者即便不能參與其中，也應該有權利作為監督者，主動接受公眾監督，也是詩歌獎項組織者的義務，不能寫進章程了事，而是要切實把相關的評選信息公之於眾，這些材料又不涉及保密問題，不肯透明化實在是不明智的選擇，也是對獎項的公正性的某種不自信在作祟的表現。

其二，詩歌評獎過程中的學術自主性不足。比較重要的幾個詩歌獎項都是由各級作協等相關機構發起的，這種現狀確實根源於我國缺少獨立的學術協會的現實國情，由國家機關單位發起也能夠最大程度地整合學術資源；但是評委們是有保持學術獨立性和自主性的可能的。只是那些在評選過程中主動排斥主流話語和國家權威影響的評委，很有可能被認定為不受歡迎者，很難再次出現在評委名單中，以致最終詩歌評獎的專業性將遭受巨大的損失，評獎的結果也就很難得到公眾的普遍認可。官方的藝術尺度往往比較嚴肅，但「看客」的心理卻是五花八門的，而且一些人具有「看到手就聯想到亂倫」的特殊聯想能力，這無疑對藝術構成了一種損害。

其三，個別評委的個人品質不過硬，存在拉票甚至是賄選的行為。大多數評委還是能夠抱持專業態度做到對藝術負責的，但總有少數評委並沒有把這當成是一件嚴肅的工作。尤其是一些詩人，為了得獎到處拉關係、求選票，「人情味」過於濃重，這些都不僅僅是詩歌評獎的問題，甚至是我們這個民族都要反思的「壞習慣」。全社會有這種土壤，學術腐敗蔓延到詩歌評獎領域也就不值得奇怪了。各大獎項的評委會都應該考慮確定、出臺某些賄選懲罰機制和措施，但歸根結底，透明化評選過程和堅持客觀的立場，依然是根本性的解決方法。

令人欣慰的是，2014 年的魯獎評選已經在上述幾個方面做出了重大的調整，大力倡導公開化的評選。但遺憾的是，評選結果還是因為現代舊體詩寫作者周嘯天獲獎而引發了爭議。柳忠秧與方方對薄公堂，也成為一時的新聞熱點，直到方方敗訴而拒絕道歉，柳忠秧因病過世，事件才算是塵埃落定，不論誰是誰非，對於當下詩歌創作恐怕都不是好事。或許只要有詩歌獎項的存在，爭議就永不會消失。然而，重要的是詩歌評獎已經開始走上了正軌，只要堅持這樣一種態度，詩歌評獎的「信任危機」就能夠有解決的一天。

三、批評的立場、頻率與尺度

詩歌批評是一項歷史悠久的事業，自古就有專事釋詩、品詩的批評家，也有許多經典的詩歌批評文本傳世。新詩產生以來，詩歌批評始終與新詩相伴相生，發展到今天，已經有了相當大的規模和積累，從事詩歌批評的專業團隊和基地已經陸續出現，詩學理論建構也在不斷地前進、深化。但是，詩歌批評卻越來越成為一個不受尊重的行業，這種「不尊重」主要來自於詩人，很多成了名的詩人紛紛表示對詩歌評論不屑一顧；但在著名詩評家表揚、肯定他後，他又要在自媒體上吹噓一番表示「英雄所見略同」。「不屑一顧」並不能算是不尊重，那是作為詩人的自由選擇；但一邊「不屑一顧」一邊又把評論家的讚譽作為炫耀的資本和駁斥他人的證據，就顯得很不嚴肅了。然而這樣的「不尊重」也不能完全歸咎於詩人，而是更要從批評主體身上找原因。從表面上看，當下詩歌批評最大的問題就是「不負責任的好評」太多和「不負責任的差評」太集中，形成這樣一種局面的根源，就是批評主體在三個問題上犯了嚴重的錯誤。

首先，在批評立場層面，除了少數已經掌握話語權並具有一定名望的詩歌批評家之外，大多數詩歌批評主體是難以堅守住客觀的批評立場的。單純的詩歌評論在學術界是沒有市場的，批評主體必須把評論發展成具有問題性的學術論文，才可能找到發表途徑，才能將刻苦勞動轉化成現實效益，說的通俗一些，只有發表了論文才能拿學位、評職稱、漲工資。在這樣一種大環境下，如果完全堅持客觀的批評立場就會遇到一些困難；尤其是對於那些還剛剛入行的新人來說，尖銳的批評雖然能夠彰顯出學術勇氣。但殘酷的現實情況卻是，如果批評的是籍籍無名之輩，就顯得這種批評更像是一種人身攻擊或者主動挑釁，而且也不具備什麼特別的學術價值；如果批判的是那些在詩壇地位較高的詩人，則有直接喪失發表機會的風險，雖然很多期刊提倡爭鳴和對話，但那也要求這些爭鳴和對話發生在「門當戶對」的學術實力之間，人微言輕的新人是很難有機會參與詩壇爭鳴的。於是批判的這條路看來是很難走通了，這時如果再有詩人不失時機地拋來橄欖枝，許以發表論文的機會，捫心自問，客觀立場的堅持真的還能繼續下去嗎？適當的迎合詩人的意思，作一篇「九分誇讚一分缺憾」的「軟文」也就成了合情合理的選擇，也並不會引來同行的側目。「敦厚長者」們也並沒有覺得這有什麼不對，可長此以往，詩歌批評就成了簡單粗暴的宣傳文稿，充當了「學術廣告」。而隨著詩人與批

評主體合作的深入，漸漸會形成某種創作和批評無法分離的循環系統，「詩歌圈子」就此形成，批評主體的客觀立場也就成了一句空話。人有親疏遠近，這是客觀存在的現實，要求詩歌批評主體摒棄親疏、就詩論詩，已經很有難度了，更何況長期的合作共生，讓批評主體的思維模式和審美取向漸漸固化，從此便只能欣賞這一類型的詩歌作品，也習慣了閱讀這些詩人的創作，最終成了被催眠的評論者。換句話說，詩歌批評客觀立場的丟失，很有可能直接導致詩歌批評生命的枯竭。

其次，在詩歌批評的頻率上批評主體應該把握最起碼的「度」。詩歌批評不僅需要公正的態度和專業的知識儲備，更需要敏銳的藝術感受力和創造性思維，這就決定了詩歌批評必須兼具學術文章的嚴謹和文學作品的生動。在這樣的要求下，即便是學養再高的著名評論家們也不太可能總是一蹴而就，佳作頻出。可巡視一下詩歌理論園地，這些評論家不僅每年都有不少論文面世，而且日常還要承擔繁重的教學、行政、社會工作；最驚人的是他們每年基本都要參加十數場研討會或座談會，這樣的工作量實在是讓人匪夷所思。當然，作為資質魯鈍、學養不足的詩歌評論者，我們暫時可能無法理解更高層次的學術人生，畢竟這種工作量也表現出了詩歌批評家們努力的一面，並沒有足夠的被責怪的理由。但問題比較大的是詩歌批評活動的頻率過快，這些研討會一部分是由詩歌協會牽頭、各高校或機關承辦，也有一些是由比較有經濟實力和社會人脈的詩人出資或找來贊助。前一種研討會多數情況下都處於敷衍應付的狀態，除了年會等較為正式的詩歌國際研討會之外，質量都不很高，可喜的是這樣的研討會雖然營養不夠，但也不會造成太大危害。另一種有詩人直接參與組織的就比較複雜了，其中有一種個人詩歌創作研討會，被邀請的專家在提交相關論文後都有可能會得到數字不小的「潤筆費」或「評審費」，如果是個人出資的話，這是公民享有的權利自由，依法納稅即可，但如果是由機關單位或企業參與其中，這種「規則」顯然違背了詩歌批評的本意和國家的法規政策。即便這一切都是合理合法的，這種研討會也不會對詩歌批評起到任何積極的作用。那些比較負責任的批評家會比較認真地撰寫相關論文，但由於被邀請的「面子」和「潤筆」的票子的存在，文章的批判性是靠不住的，這在社會生活層面是很容易理解的，主辦方「好吃好喝好招待」，難道是請人去「罵」他的嗎，於是在學術的不嚴謹和做人的「不厚道」之間必須做出痛苦的抉擇，對於這樣的研討會，最好的辦法或許就是抵

擋住誘惑拒絕參加。總之，批評主體在進行詩歌批評活動時，必須注意批評的頻率，一方面要保證詩歌批評的高質量，另一方面在參加相關活動時，要懂得節制和篩選，也要對主辦方負責任。

最後，批評主體有責任和必要保持穩定的批評尺度。說到尺度問題，歸根結底還是詩歌標準問題，對於詩歌標準的回答，在每個批評者內心都有相應的答案，這些答案具體都呈現為怎樣的形態，是鬆是緊其實並不要緊，因為每個個體審美取向的差異，詩歌標準的差異化也是常態。但一個特定批評主體的詩歌標準在同一歷史條件下應該是穩定的，也就是對於同一時期評價的不同詩歌文本，要做到「一碗水端平」，不能區別對待，不搞「雙重標準」。這種錯誤傾向往往在對底層詩歌或者說「草根詩歌」的批評中比較明顯。鄭小瓊、余秀華、許立志這些身份特殊的詩人，在創作上確實有特點、有水平，他們詩中的那種直面社會現實的疼痛感和力量感，是這個時代不可多得可貴的詩歌品質，但詩歌批評首先要立足文本，在評價文本的優劣時不應該摻雜個人的情感，即便是「同情心」也是危險的，那些文本以外的需要弘揚和銘記的東西，應該歸到詩歌歷史意義中。像鄭小瓊、余秀華、許立志這樣的詩人的創作是具有很強的時代意義的；但以此就推論出他們的詩歌文本已經達到「爐火純青」的境界，就是一個徹頭徹尾的邏輯錯誤。這種錯誤聽來荒謬，但在實際的詩歌批評操作中往往難以避免。這就要求詩歌批評主體要嚴守自己相信的詩歌標準，杜絕個人情感的潛入，做到「按規律辦事」，而不是憑一時好惡。這樣才能擁有穩定的批評尺度，詩歌批評也才能真正起到作用。

走不出這三座「迷城」，詩歌批評的前景是不容樂觀的。所幸我們已經走在通往正確道路的途中，只是仍然還有許多誘惑和荊棘的干擾。在互聯網時代，詩歌作品從來就不缺評論者，任何人都可以在任何時間對任何網上發佈的詩歌文本進行評論。這雖然是作者與讀者之間有益的互動；但其對於詩歌創作的作用卻是十分有限的。詩歌創作缺少的恰恰是「建設性的批評」，想要讓詩歌批評最終反作用於詩歌創作，開創更美好的詩歌時代，詩歌批評者還有很長的路要走。

結　語

　　回望中國詩歌在 21 世紀走過的十幾年，其「熱鬧」的圖景和深刻的變化，
是處於世紀之交的人們在當時根本就無法想像的。有目共睹，這十幾年來的
中國詩歌，從骨子裏沿襲、承繼了 20 世紀中國新詩的許多優秀品質，又在複
雜的文化語境中，獲得了快速的生長，呈現出諸多令人目不暇接卻又無法拒
絕、繞開的新現象：詩人數量陡增，不論男女長幼均有不俗的表現，作品浩
如煙海，若要完全閱讀幾近無法；各種關於詩歌的創作、研討、交流活動此
起彼伏，規模、方式和效果姚黃魏紫，色調紛呈；雖然打旗稱派的不比 20 世
紀 80 年代，可是眾多創作群落還是不時崛起，並且成熟度和影響力漸次上揚，
至於「好詩人」、「好文本」也明顯超越了以往的詩歌歷史。眾多詩歌現象或
活動的共同敦促，讓詩歌獲得了重新回歸大眾讀者視野的可能，並且營造出
某種詩歌「復興」在即的「熱鬧」景象。而另一方面，進入 21 世紀以來詩歌
事件繁多，接連不斷，彷彿是憑藉著一個個事件的支撐，才在匆忙、慌張中
度過了這十幾年艱難的時光，和詩歌沈寂、邊緣的命運相對應，讀者們紛紛
遠離繆斯，對詩歌文本的瞭解度和閱讀量，都有許多不盡如人意之處，甚至
有相當的一部分人已經完全失卻了關注的興趣和耐心。當然，這種複雜、喧
囂的詩歌「陣痛」的現狀，並不能遮掩住十幾年來中國詩歌的進步和發展的。

一、21 世紀中國詩歌的總體趨向

　　通過對眾多詩歌現象的還原、梳理和分析，21 世紀初中國詩歌的整體脈
絡和內裏變化，已經比較清晰地展現在人們面前。相比於 20 世紀的詩歌創作，
當下詩歌已經形成相對明顯的四個基本特徵：一是從傳播方式和機制的角度

看，網絡傳播對於當下詩歌的影響是巨大的，傳播方式的網絡化讓詩歌權力回到了大眾手中，並引發了當下詩歌表層、數量上的創作「新熱潮」。網絡詩歌成爲當下詩歌創作和傳播的主流方式，而傳統紙媒詩歌刊物「退居二線」，逐漸完成了艱難的策略轉變，以積極配合和適應新的傳播語境。網絡傳播與紙媒詩歌刊物共同組成了全新的詩歌傳播格局，而且對詩歌創作生態產生了深遠的影響，網絡傳播帶來了詩歌創作空前自由的「園地」，傳統紙媒詩歌刊物則用詩歌選本等傳統方式，堅守著當下詩歌的「經典性」追求，從而玉成了一種較爲健康而又具有良好發展前景的詩歌生態。二是從詩歌創作主體的角度看，新詩草創以來的「詩人」身份，事實上進入 20 世紀 90 年代後已經失效，詩歌權力的回歸和下放，讓在更廣闊範圍內的大眾擁有了寫詩的可能。詩歌創作主體的結構也因之發生了較大變化，大量的女性、農民、清潔工、賣菜者、流水線工人、殘疾人等曾經的文化弱勢群體，日益成爲創作主體的重要組成部分。個人基本屬性的差異取代了傳統意義上的「詩人」身份，成爲創作主體身份認同的新可能。這其中女性詩歌在 21 世紀取得了長足的進步，同時產生了區別於剛剛「浮出歷史地表」時的新動向，以年齡屬性劃分的 60 後詩人、70 後詩人、80 後詩人，在當下詩歌創作中顯現著截然不同的特點和趣向，以地域性爲劃分標準的地方詩人群體，也凸顯出了詩歌創作的地域性差異，也就是說，幾乎所有的詩歌寫作者都在新的身份認同方式中，找到了較爲理想的出口。三是從詩歌創作與現實世界的互動關係看，20 世紀現實主義詩歌傳統在當下詩歌創作中得到了恢復、繼承和再發展，20 世紀 90 年代詩歌的「及物」傾向不斷深化和自行糾偏，形成了詩歌關注現實世界、關注底層生活和重大事件的新的詩歌與世界的互動關係，並在十幾年來的創作實踐中，尋找到了切實關注社會問題的新視角，和智性提升日常經驗的新方法。身爲當下現實主義詩歌代表的「打工詩歌」和「地震詩歌」，雖然仍有許多問題需要反思；但對於現實都具有一種承擔精神，甚至開始產生某些對現實世界的反作用。四是從詩歌藝術探索角度看，21 世紀初的詩歌藝術並沒有提供多少「平地起高樓」的革新性探索，而主要是以深化和發展 20 世紀 90 年代詩歌藝術特質爲主，在意象藝術層面一方面向古典詩詞「借火」，一方面給廣場、醫院、車站等現代意象賦予新的內涵，呈現出「亂中有序」的意象特色，詩歌敘事技巧在近年來獲得了新的提升，完成了對 20 世紀 90 年代詩歌敘事的解構與超越，同時呈現出一定的「狂歡化」傾向，至於日常口語進

入詩歌的程度也在進一步加深，口語成爲當下詩歌創作的主要語言形態，形
成了獨特的口語詩歌風貌。

　　不難發現，21 世紀以來的十幾年間，中國詩歌在傳播方式、詩人身份認
同、反映現實策略和詩歌藝術手段諸方面，均已產生了較爲深刻的變化，這
些變化也確實引起了詩歌文本創造的進步，一些優秀的詩歌文本被創作出
來，成爲 21 世紀以來詩歌創作上不可小覷的實績。而詩歌創作活動中作者、
讀者、世界、文本四個要素的相應變化，也釀成了當下詩歌區別於 20 世紀 90
年代的某些特徵。

二、詩學建構的新成就

　　在總體趨向的籠罩和統攝下，21 世紀以來的詩歌創作和傳播，已經完成
了一系列與以往詩歌歷史大不相同的開創性詩學建構，這些趨向和成就正在
引發詩歌本質的變化。首先，在新的傳播格局和創作主體身份認同的多樣化
發展因素的共同作用下，「天賦詩權」已然成爲當下詩歌創作、傳播中毫無爭
議的基本共識。創作者無論社會身份或社會屬性如何，也不論創作水準的高
低好壞，只要有詩歌寫作的欲望和意願，就能夠行駛詩歌寫作的普遍權力。
這一方面是創作主體不斷爭取、不懈耕耘的結果，另一方面則有賴於詩歌批
評界關於「詩歌倫理」的討論，較爲及時地樹立了更加寬容的詩歌理念，它
讓底層寫作和「打工詩歌」等創作潮流相對容易地獲得了創作的合法性，也
爲詩歌在未來尋求廣闊的發展平臺和空間奠定了基礎。進入 21 世紀以來的十
幾年，在一定程度上可謂詩歌從精英階層走入「尋常百姓家」的十幾年，詩
歌從本質上說已經不再是文化壟斷階層的「文學遊戲」。這種空前的開放姿態
爲中國詩歌脫離邊緣化處境和進一步發展提供了可能。其次，「敘事化」、「口
語化」等詩歌藝術手段的廣泛應用和深化，以及詩人和詩歌數量的大幅增加，
讓「詩歌標準」的重新制定成爲顯在問題，並引發了研究界的大討論。「天賦
詩權」放寬了詩歌創作主體的屬性要求，當下的「詩歌標準」則降低了對於
詩歌文本的准入門檻，很多在藝術上更具特色甚至某些帶有「非詩歌」特質
的文本，也都被新的詩歌標準納入到了詩歌範疇；而相應的「好詩」的標準
隨著詩歌創作水平的普遍提高，也在逐步走向嚴格。這樣，就達成了「天賦
詩權」的普遍性與「天賦詩才」的特殊性的統一，使詩歌能在普遍意義上接
納更多的作者和讀者，以更加多元化的審美準則，來適應網絡時代的藝術創

作，乃至引導某種藝術風向；同時又能以嚴肅、高標的「好詩」標準，保持詩歌創作的藝術性和寫作難度，以便產生出可供後世緬懷的經典文本。最後，詩歌介入現實的力量大幅度提升，詩歌創作與網絡自媒體的聯動關係越發緊密，也使得「許立志自殺」、「余秀華一夜爆紅」等詩歌事件在短時間內引發全社會的關注；並且迅速地反作用於現實生活，使許立志、余秀華的詩歌創作以及現實的生活得到了切實的幫助。由此，詩歌創作已經不僅僅是局限於書本與精神上的社會意識產物，更是與其他社會活動緊密相連的「實業」。而這實際上是擴大了詩歌的功能，使詩歌的作用不只限於審美層次。

　　21 世紀初詩中國歌的這些新特點和新趨勢，已經使自己的身影立體化地站立起來。需要指出的是，這些結論都是從諸多詩歌現象中總結、提煉出的階段性思考，尚不足以作為劃分詩歌時代的證據和標準。所以我們可以說，當下詩歌具備了某些「新世紀」或「跨世紀」的特質；但直接將其定性為「新世紀詩歌」，以作為全新的詩歌時代恐怕還為時尚早。

三、當下詩歌發展的不足與展望

　　21 世紀初的中國詩歌表現出了某些新的特質，相比於 20 世紀 90 年代的詩歌創作，有著明顯的進步態勢；但在詩歌接受層面，當下詩歌依然沒有徹底擺脫被邊緣化的處境，甚至從另外的向度上說還面臨著更為嚴重的接受危機，時刻遭受著「寫詩的人比讀詩的人多」的冷遇。這種接受「窘境」，一定程度上是由於讀者的藝術鑒賞力滯後於詩歌創作的藝術探索，造成了接受對象對文本的隔膜，文學的邊緣化處境也在深層限制了詩歌的傳播和接受。但更重要的原因則是當下的詩歌自身還存在著許多不可忽視的問題或癥結。或者正如俗話所說，「打鐵還需自身硬」，詩歌接受「窘境」的形成恐怕還是內因在起作用。一方面，當下詩歌創作中，「經典化」的焦慮越發嚴重，蔓延甚廣，其直接影響了詩人的創作心態和行為準則，導致很多詩歌創作者陷入了為急於解決「經典化」焦慮的困擾，將工夫用於「詩外」，而忽視文本的創造、缺乏優秀文本的惡性循環；過多的詩歌事件又分散了文本創作的注意力，使詩歌給讀者的印象基本上停留在事件層面，以致有時讓詩歌淪為生產話題和談資的「笑柄」；詩歌精神的「下沉」，更讓詩歌原本「崇高」的志向進一步跌落，乃至跌向「崇低」的泥淖，給讀者以不嚴肅、不正經的印象。另一方面，接受「窘境」的生成，也有詩歌批評的一部分責任，當下詩歌批評中存

在著詩歌標準不夠明確、詩歌評獎公正性難以保證、批評主體對於批評尺度、頻度和立場的把握不嚴等問題和弊端，這些因素造成讀者無法從詩歌批評中瞭解詩歌創作的真實樣態，也在很大程度上失去了對詩歌批評和詩歌創作的信任與支持。這些問題和弊端都嚴重妨礙了詩歌接受，加劇了詩歌的邊緣化，也打擊了詩人和讀者的創作積極性和閱讀意願，最終也會阻礙詩歌的進一步發展。

　　21 世紀初的中國詩歌，處於相對穩定的社會發展階段和劇烈變化的歷史語境中，這就決定了它將是對 20 世紀中國新詩的傳承和新的社會條件、歷史語境下的開創性發展的綜合體，是傳承性與開創性的統一。由於詩歌進入 21 世紀時間還比較短暫，那些能夠改變中國詩歌整體運行軌跡的「轉折性」事件尚未發生，或者還未表現出相應的「轉折性」。進入 21 世紀以來的詩歌發展依然處在「質變準備期」，蘊有無限的發展可能；但卻不該對之過早地蓋棺定論。21 世紀的中國詩歌若想獲得進一步的發展，必須立足於文本，盡可能地排除掉那些「非詩」、「反詩」事件、活動和因素的負面影響，努力承擔詩歌的社會責任，藝術地反映現實；只有如此，才能用優秀的創作實踐，為即將到來的詩歌時代做好充分的準備。作為詩歌研究者，則要保持客觀冷靜的心態，對於當下詩歌創作既不過分地拔高其成就，更無須因為現實的問題和弊端對其絕望地否定；而應專注於客觀專業的文本批評，提供出某些可供參考的專業意見，進而為詩歌創作的繁榮盡一份綿薄之力。

參考文獻

著作類

1. 〔德〕埃德蒙特‧胡塞爾：《現象學》，李光榮譯，重慶出版社，2006 年版。

2. 〔德〕埃德蒙特‧胡塞爾：《純粹現象學通論》，李幼燕譯，商務印書館 1992 年版。

3. 〔英〕安吉拉‧默克羅比：《後現代主義與大眾文化》，田曉菲譯，中央編譯出版社，2000 年版。

4. 〔英〕邁克‧費瑟斯通：《消費文化與後現代主義》，劉精明譯，譯林出版社，2000 年版。

5. 〔法〕吉爾‧利波維茨基：《空虛時代——論當代個人主義》，方仁傑、倪夏生譯，中國人民大學出版社，2007 年版。

6. 〔美〕雅克‧巴尊：《古典的，浪漫的，現代的》，侯蓓譯，江蘇教育出版社，2005 年版。

7. 〔法〕讓‧波德里亞：《消費社會》，劉成富、全志鋼譯，南京大學出版社，2000 年版。

8. 〔美〕哈羅德‧布魯姆：《影響的焦慮》，徐文博譯，三聯書店，1989 年版。

9. 〔美〕傑姆遜：《後現代主義與文化理論》，唐小兵譯，北京大學出版社，1997 年版。

10. 〔美〕斯蒂文‧小約翰：《傳播理論》，陳德民、葉曉輝譯，中國社會科學出版社，1999 年版。

11. 〔美〕約翰‧費斯科：《傳播研究導論：過程與符號》，許靜譯，中國人民大學出版社，2008 年版。

12. 〔英〕史蒂文·康納：《後現代主義文化——當代理論導引》，嚴忠志譯，商務印書館，2002 年版。

13. 〔法〕加斯東·巴什拉：《夢想的詩學》，劉自強譯，三聯書店，1996 年版。

14. 〔英〕維特根斯坦：《哲學研究》，李步樓譯，商務印書館，1996 年版。

15. 〔俄〕巴赫金：《詩學與訪談》，白春仁等譯，河北教育出版社，1998 年版。

16. 〔德〕瓦爾特·本雅明：《發達資本主義時代的抒情詩人》，張旭東譯，三聯書店，1989 年版。

17. 〔德〕威廉·狄爾泰：《體驗與詩》，胡其鼎譯，三聯書店，2003 年版。

18. 〔法〕薩特：《自我的超越性——一種現象學描述初探》，杜小真譯，2001 年版。

19. 〔美〕馬爾科姆·考利：《流放者歸來——二十年代的文學流浪生涯》，張承謨譯，重慶出版社，2006 年版。

20. 〔英〕安東尼·吉登斯：《現代性的後果》，田禾譯，譯林出版社，2006 版。

21. 〔美〕塞繆爾·亨廷頓：《文明的衝突與世界秩序的重建》，周琪等譯，新華出版社，2010 年版。

22. 〔英〕維克托·邁爾舍恩伯格，〔英〕肯尼思·庫克耶：《大數據時代：生活、工作與思維的大變革》，浙江人民出版社，2013 年版。

23. 〔英〕邁克·費瑟斯通：《消費文化與後現代主義》，劉精明譯，譯林出版社，2006 年版。

24. 〔英〕舒馬赫：《小的是美好的》，李華夏譯，譯林出版社，2007 年版。

25. 〔加〕查爾斯·泰勒：《現代性之隱憂》，程煉譯，中央編譯出版社，2001 年版。

26. 〔法〕波伏娃：《第二性》，鄭克魯譯，上海譯文出版社，2011 年版。

27. 〔英〕特雷·伊格爾頓：《二十世紀西方文學理論》，伍曉明譯，北京大學出版社，2007 年版。

28. 〔德〕西美爾：《貨幣哲學》，陳戎女等譯，華廈出版社，2007 年版。

29. 〔美〕凱特·米利特：《性的政治》，鍾良明譯，社會科學文獻出版社，1999 版。

30. 〔英〕邁克·克朗：《文化地理學》，楊淑華、宋慧敏譯，南京大學出版社，2007 年版。

31. 王一川：《大眾文化導論》，高等教育出版社，2004 年版。

32. 王一川：《中國形象詩學》，上海三聯書店，1998 年版。

33. 吳思敬：《詩學沉思錄》，遼寧人民出版社，2001 年版。

34. 王岳川：《中國鏡象：90 年代文化研究》，中央編譯出版社，2001 年版。

35. 王岳川：《後現代主義文化研究》，北京大學出版社，1992 年版。

36. 王光明：《現代漢詩的百年演變》，河北人民出版社，2003 年版。

37. 王光明：《面向新詩的問題》，學苑出版社，2002 年版。

38. 程光煒：《中國當代詩歌史》，中國人民大學出版社，2003 年版。

39. 程光煒：《中國當代詩歌史》，中國人民大學出版社，2003 年版。

40. 李新宇：《中國當代詩歌藝術演變史》，浙江大學出版社，2000 年版。

41. 喬以鋼：《中國當代女性文學的文化探析》，北京大學出版社，2006 年版。

42. 喬以鋼：《中國女性與文學——喬以鋼自選集》，南開大學出版社，2004 年版。

43. 張清華：《猜測上帝的詩學》，北京大學出版社，2010 年版。

44. 羅振亞：《朦朧詩後先鋒詩歌研究》，中國社會科學出版社，2005 年版。

45. 羅振亞：《與先鋒對話》，吉林出版集團有限責任公司，2009 年版。

46. 陳仲義：《中國前沿詩歌聚焦》，《中國社會科學出版社》，2009 年版。

47. 陳仲義：《現代詩：語言張力論》，長江文藝出版社，2012 年版。

48. 陳仲義：《扇形的展開》，浙江文藝出版社，2000 年版。

49. 耿占春：《失去象徵的世界——詩歌經驗與修辭》，北京大學出版社，2008 年版。

50. 劉納：《詩：激情與策略》，中國社會出版社，1996 年版。

51. 陳超：《中國探索詩鑒賞辭典》，河北人民出版社，1989 年版。

52. 陳超：《中國先鋒詩歌論》，人民文學出版社，2007 年版。

53. 楊匡漢：《中國新詩學》，人民出版社，2005 年版。

54. 南帆：《文學的維度》，上海三聯書店，1998 年版。

55. 陳曉明：《剩餘的想像》，華藝出版社，1997 年版。

56. 陳曉明：《表意的焦慮》，中央編譯出版社，2002 年版。

57. 陳曉明：《中國當代文學主潮》，北京大學出版社，2009 年版。

58. 謝有順：《先鋒就是自由》，山東文藝出版社，2004 年版。

59. 王寧：《後現代主義之後》，中國文學出版社，1998 年版。

60. 劉小楓：《詩化哲學》，華東師範大學出版社，2011 年再版。

61. 劉小楓：《拯救與逍遙》，上海三聯書店，2001 年版。

62. 唐曉渡：《唐曉渡詩學論集》，中國社會科學出版社，2001 版。

63. 劉士傑：《走向邊緣的詩神》，陝西教育出版社，1999 年版。

64. 鄭敏：《詩歌與哲學是近鄰》，北京大學出版社，1999 年版。

65. 洪治綱：《中國新時期作家代際差別研究》，人民出版社，2014 年版。

66. 張桃洲：《現代漢語的詩性空間——新詩話語研究》，北京大學出版社，2005 年版。

67. 呂周聚：《中國先鋒詩歌研究》，中國廣播電視出版社，2001 年版。

68. 歐陽江河：《站在虛構這邊》，三聯書店，2001 年版。

69. 奚密：《現代漢詩：一九一七年以來的理論與實踐》，上海三聯書店，2008 年版。

70. 敬文東：《抒情的盆地》，湖南文藝出版社，2006 年版版。

71. 敬文東：《詩歌在解構的日子裏》，北京大學出版社，2008 年版。

72. 洪子誠主編：《在北大課堂讀詩》，長江文藝出版社，2002 年版。

73. 張閎：《聲音的詩學》，中國人民大學出版社，2003 年版。

74. 孫基林：《崛起與喧囂——從朦朧詩到第三代》，國際文化出版公司，2004 年版。

75. 王先霈主編《新世紀以來文學創作若干情況的調查報告》，春風文藝出版社，2006 年版。

76. 霍俊明：《新世紀詩歌精神考察》，河北大學出版社，2014 年版。

77. 霍俊明：《尷尬的一代：中國 70 後先鋒詩歌》，廣西師範大學出版社，2009 年版。

78. 朱大可：《話語的閃電》，華齡出版社，2003 年版。

79. 葉維廉：《中國詩學》，人民文學出版社，2006 年版。

80. 周瓚：《透過詩歌寫作的潛望鏡》，社會科學文獻出版社，2007 年版。

81. 一行：《詞的倫理》，上海書店出版社，2007 年版。

82. 張德明：《新世紀詩歌研究》，暨南大學出版社，2013 年版。

83. 張德明：《網絡詩歌研究》，中國文史出版社，2005 年版。

84. 張德明：《新詩話：21 世紀詩歌初論（2000～2010）》，九州出版社，2011 年版。

85. 柳冬嬌：《鄉村到城市的精神胎記——中國「打工詩歌」研究》，花城出版社，2006 年版。

86. 陳曉明主編：《後現代主義》，河南大學出版社，2004 年版。

87. 陳超編：《最新先鋒詩論選》，河北教育出版社，2003 年版。

88. 盧楨：《現代中國詩歌的城市抒寫》，中國社會科學出版社，2012 年版。

89. 涂子沛：《大數據：正在到來的數據革命》，廣西師範大學出版社，2012 年版。

90. 柳鳴九編：《從現代主義到後現代主義》，中國社會科學出版社，1994 年版。

91. 王岳川、尚水編：《後現代主義文化與美學》，北京大學出版社，1992 年版。

92. 汪民安、陳永國編：《後身體：文化、權力和生命政治學》，吉林人民出版社，2003 年版。

93. 王家新、孫文波編選：《中國詩歌 九十年代備忘錄》，人民文學出版社，2000 年版。

94. 李震：《母語詩學論綱》，三秦出版社，2001 年版。

95. 李金輝：《多維視域內的現象學研究》，人民出版社，2014 年版。

96. 高楠、王純菲：《中國文學跨世紀發展研究》，人民文學出版社，2008 年版。

97. 劉春：《一個人的詩歌史》，廣西師範大學出版社，2010 年版。

98. 劉春：《朦朧詩以後》，崑崙出版社，2008 版。

99. 張祥龍：《現象學導論七講——從原著闡發原意（修訂新版）》，中國人民大學出版社，2011 年版。

100. Language Shattered: *Contemporary Chinese Poetry and Duoduo*, Leiden: CNWS, 1996.

101. *Chinese Poetry in Times of Mind, Mayhem, and Money*, Leiden: Brill, 2008.

作品類

1. 周倫祐主編：《刀鋒上的群鳥——後非非主義從理論到作品》，西藏人民出版社，2006 年版。

2. 黃禮孩編：《'70 後詩人詩選》，海風出版社，2001 年版。

3. 安琪、遠村、黃禮孩編：《中間代全集》（上、下），海峽文藝出版社，2004 年版。

4. 張清華主編：《1978～2008 中國優秀詩歌》，現代出版社，2009 年版。

5. 康城、黃禮孩、朱佳發、老皮編：《70 後詩集》，海風出版社，2004 年版。

6. 楊克編：《2000 中國新詩年鑑》，廣州出版社，2001 年版。

7. 楊克編：《2001 中國新詩年鑑》，海風出版社，2002 年版。

8. 楊克編：《2002～2003 中國新詩年鑑》，天津社會科學院出版社，2004 年版。

9. 楊克編：《2004～2005 中國新詩年鑑》，海風出版社，2006 年版。

10. 楊克編：《2006 中國新詩年鑑》，花城出版社，2007 年版。

11. 楊克編：《2007 中國新詩年鑑》，花城出版社，2008 年版。

12. 楊克編：《2008 中國新詩年鑑》，花城出版社，2009 年版。

13. 楊克編：《中國新詩年鑑十年精選》，中國青年出版社，2010 年版。

14. 楊克主編：《2011～2012 中國新詩年鑑》，江蘇文藝出版社，2012 年版。

15. 譚克修編：《明天》（第壹卷、第貳卷），湖南文藝出版社，2003 年版。

16. 譙達摩、溫皓然編：《第 3 條道路》（第二卷），九州出版社，2005 年版。

17. 譙達摩、溫皓然編：《第 3 條道路》（第三卷），九州出版社，2006 年版。

18. 朵漁編：《詩歌現場》（總第壹期、第肆期、第伍期、第陸期），澳門原木出版及文化推廣有限公司，2006、2008、2008、2009 年版。

19. 譚五昌主編：《21 世紀詩歌排行榜》，百花洲文藝出版社，2010 年版。

20. 李少君、張維主編：《2000～2010 十年詩選》，江蘇文藝出版社，2010 年版。

21. 《詩刊》，（2000～2014），中國作家協會《詩刊》社編。

22. 潘洗塵編：《星星》（下半月理論版），2007～2012 年版。

23. 張新穎編：《中國新詩 1916～2000》，復旦大學出版社，2001 年版。

24. 馬鈴薯兄弟編：《中國網絡詩典》，江蘇文藝出版社，2002 年版。

25. 譚五昌編：《中國新詩白皮書（1999～2002）》，崑崙出版社，2004 年版。

26. 李少君主編：《21 世紀詩歌精選：草根詩歌特輯》，長江文藝出版社，2006 年版。

27. 黃禮孩主編：《異鄉人——廣東外省青年詩選》，花城出版社，2007 年版。

28. 程光煒主編：《歲月的遺照》，社會科學文獻出版社，1998 年版。

29. 張曙光編：《小丑的花格外衣》，文化藝術出版社，1998 年版。

30. 唐曉渡編：《先鋒詩歌》，北京師範大學出版社，1999 年版。

31. 孫文波等編：《語言：形式的命名》，人民文學出版社，1999 年版。

32. 蕭開愚等編：《從最小的可能性開始》，人民文學出版社，2000 年版。

33. 洪子城、程光煒選編：《第三代詩新編》，長江文藝出版社，2004 年版。

34. 中國作家協會《詩刊》選編：《2003 年中國年度最佳詩歌》，灕江出版社，2004 年版。

35. 中國作家協會《詩刊》選編：《2006 年中國年度最佳詩歌》，灕江出版社，2007 年版。

36. 中國作家協會創研部編選：《2005 年中國詩歌精選》，長江文藝出版社，2006 年版。

37. 符馬活編：《詩江湖·2001 年網絡詩歌年選》，青海人民出版社，2002 年版。

38. 民刊《詩歌與人——中國 70 年代出生的詩人詩歌展》，2001 年版。

39. 《詩歌月刊》（下半月），安徽省文學藝術界聯合會主辦，2006 年 12 月。

40. 《詩歌月刊——詩歌地理特大號》，安徽省文學藝術界聯合會主辦，2006 年 8 月。

41. 黃禮孩主編：《詩歌與人——5·12 汶川地震詩歌專號》，2008 年 5 月。

42. 《詩選刊》（上半月刊），2009、2010、2011 年。

43. 劉春編：《70 後詩歌檔案》，中國海洋大學出版社，2008 年版。

44. 高春林主編：《21 世紀中國詩歌檔案 2》，重慶大學出版社，2013 年版。

45. 伊沙編選：《新世紀詩典 第一季》，浙江文藝出版社，2012 年版。

46. 余秀華：《余秀華詩選：搖搖晃晃的人間》，湖南文藝出版社，2015 年版。

47. 許立志：《新的一天》，秦曉宇 編選，作家出版社，2015 年版。

48. 論文類

49. 謝冕：《行進著和展開著——我看新世紀詩歌》，《文藝爭鳴》，2006 年第 1 期。

50. 謝冕：《世紀反思——新世紀詩歌隨想》，《河南社會科學》，2004 年第 3 期。

51. 吳思敬：《城市化視野中的當代詩歌》，《河南社會科學》，2004 年第 3 期。

52. 王一川：《網絡時代文學：什麼是不能少的？》，《大家》，2000 年第 3 期。

53. 羅振亞：《喧囂背後的沈寂與生長：新世紀詩壇印象》，《天津師範大學學報》，2008 年第 4 期。

54. 張清華：《持續狂歡·倫理震盪·中產趣味——對新世紀詩歌狀況的一個簡略考察》，《文藝爭鳴》，2007 年第 6 期。

55. 張清華：《價值分裂與美學對峙——世紀之交以來的詩歌流向的幾個問題》，《文藝研究》，2007 年第 9 期。

56. 張清華：《「底層生存寫作」與我們時代的寫作倫理》，《文藝爭鳴》，2005 年第 3 期。

57. 張清華：《當代詩歌中的地方美學與地域意識形態——從文化地理視角的觀察》，《文藝研究》，2010 年第 10 期。

58. 張清華：《當代詩歌中的地方美學與地域意識形態》，《文藝研究》，2010 年第 10 期。

59. 陳仲義：《「崇低」與「祛魅」——中國「低詩潮」分析》，《南方文壇》，2008 年第 2 期。

60. 陳仲義：《新世紀：大陸女性詩歌的情慾詩寫》，《福建論壇》，2009 年第 1 期。

61. 喬以鋼：《性別：文學研究的一個有效範疇》，《文史哲》，2007 年第 2 期。

62. 陳超：《重鑄詩歌的「歷史想像力」》，《文藝研究》，2006 年第 3 期。

63. 陳超：《新世紀詩壇印象：詩歌精神與當代言説》，《當代作家評論》，2012 年第 2 期。

64. 謝有順：《鄉愁、現實和精神成人——論新世紀詩歌》，《文藝爭鳴》，2008 年第 6 期。

65. 王家新：《當代詩歌：在「自由」與「關懷」之間》，《文藝研究》，2007 年第 9 期。

66. 王家新：《詩歌與消費社會》，《揚子江評論》，2013 年第 1 期。

67. 樂黛雲：《文學：面對重構人類精神世界的重任》，《文藝研究》，2007 年第 6 期。

68. 孟川、傅華：《當代先鋒詩歌的敘事性書寫的詩學意義》，《文藝爭鳴》，2008 年第 6 期。

69. 張德明：《論網絡詩歌生產與消費的快餐化》，《文藝爭鳴》，2008 年第 6 期。

70. 李建軍：《我看文學獎》，《文學自由談》，2009 年第 1 期。

71. 李祖德：《「農民」與中國新文學的敘事動力》，《文藝理論與批評》，2009 年第 2 期。

72. 姜濤：《「全裝修」時代的「元詩」意識》，《文藝研究》，2006 年第 3 期。

73. 張大爲：《當下詩歌：文化實質與文化實體》，《星星》詩歌理論版，2013 年第 5 期。

74. 宗仁發：《新世紀詩歌的疑與惑》，《文藝爭鳴》，2006 年第 1 期。

75. 張清華：《經驗轉移‧詩歌地理‧底層問題——觀察當前詩歌的三個角度》，《文藝爭鳴》，2008 年第 6 期。

76. 趙彬：《論當下打工詩歌中的精神困境主題》，《文藝理論與批評》，2013 年第 6 期。

77. 孫留欣：《衰微與期待——對當下詩歌邊緣化的探討》，《文藝理論與批評》，2008 年第 2 期。

78. 魏斌宏、吳長青：《中產階級詩歌，另一種可能？——公共立場視閾下當代詩歌寫作的困境與突圍》，《文藝爭鳴》，2013 年第 2 期。

79. 董迎春：《「內歌唱」：當下詩歌寫作追求》，《南方文壇》，2011 年第 4 期。

80. 王昌忠：《當下詩歌的修辭策略》，《中國社會科學報》，2012 年 8 月 10 日第 B01 版。

81. 陳衛：《後現代理念與新世紀詩歌生存狀況》，《海南師範大學學報》，2013 年第 4 期。

82. 馬海：《科學思潮與中國現代詩歌思維方式的轉換》，《北方論叢》，2013

年第 1 期。

83. 高玉：《當代詩歌寫作及閱讀中的「反懂性」》，《文藝研究》，2006 年第 3 期。

84. 邵波：《振聾發聵的詩意——論新世紀詩歌的生態詩學》，《文藝評論》，2013 年第 11 期。

85. 霍俊明：《1989～2009：中國女性詩歌的家族敘寫》，《南開學報》，2010 年第 2 期。

86. 霍俊明：《重返「政治」和社會學批評——對新世紀以來一種流行的詩歌批評傾向的批評》，《南方文壇》，2010 年第 5 期。

87. 陶東風：《網絡交往與新公共性的建構》，《文藝研究》，2008 年第 1 期。

88. 王家新：《「地震時期」的詩歌承擔及其困境》，《詩探索》（理論卷），2009 年第 1 輯。

89. 謝有順：《分享生活的苦——鄭小瓊的寫作及其「鐵」的分析》，《南方文壇》，2007 年第 4 期。

90. 周怡：《代溝與代差：形象比喻和性質界定》，《社會科學研究》，1993 年第 3 期。

91. 陳愛中：《靜默地諦視世界——論張曙光的詩》，《文藝評論》，2012 年第 11 期。

92. 王澤龍：《中國現代詩歌意象藝術的嬗變及其特徵》，《天津社會科學》，2009 年第 1 期。

93. 宋寶偉：《喧囂詩壇下的隱憂——論新世紀詩歌的負面效應》，《北方論叢》，2014 年第 1 期。

94. 劉波：《論新世紀詩歌的信任危機和精神突圍》，《創作與評論》，2014 年第 24 期。

後　記

　　在我用熟悉的鍵盤敲下這兩個陌生的字之前，幾乎從未想過自己有一天會寫出一本學術專著。往事一幕幕由近至遠出現在眼前，第一次上講臺的汗流浹背，畢業答辯會上的如釋重負，論文攻堅階段檯燈下的新春祝福，孤身在荷蘭求學的自在與孤獨，考研成績發佈時輾轉反側的不眠夜……我從前並不相信，現在卻切實地感受到，當可回憶的事逐漸多起來，衰老就已經悄悄開始，同時也終於明白自己一直渴求的順遂人生，其實需要步步艱辛來連綴。

　　比起回憶艱辛，我更想表達的是感謝。

　　從七歲入學一直到今天，我似乎從未離開過學校的環境，在教過我的上百位老師中，碩士、博士研究生導師喬以鋼教授無疑是對我影響最深、最大的，本書最初的構想是在我與她深談後才確定下來，最終的成文也是在她悉心指導和修改下完成的；然而這些相比於她曾傳授的做人、爲學的道理和給予我的無私幫助，已經顯得不那麼重要了。作爲我此生追隨的榜樣，喬老師給我人生中最重要的十年指明了方向。對於她的感謝難以言表，今後需加倍努力育人爲學以報親恩。還要特別感謝在博士論文的開題、撰寫和最終答辯階段對我幫助頗多的南開大學文學院中國現當代文學學科的李新宇教授、李瑞山教授、耿傳明教授、李錫龍教授。感謝母校的沈立岩教授、周志強教授、劉俐俐教授、陳千里老師、劉堃老師等在我求學階段教授我豐富的知識和治學的方法。感謝宋寶偉、盧楨、邵波、柴高潔、周軍、徐寅、楊博雅等一路走來陪伴在我身邊的朋友，願我們的友誼地久天長。

　　學術研究之路，準備期長，過程艱苦，回報率低；但就因爲一份熱愛我始終堅持也將繼續堅持下去。在這條路上，家人的幫助和理解是至關重要的。

在父母面前我似乎總是個孩子，總讓他們爲我細心的規劃然後焦急地等待，這其中的虧欠不足爲外人道，感謝母親楊麗霞女士、父親羅振亞先生的全力支持。妻子房廣瑩女士是我的賢內助，多年來持續向我輸送著最大限度的理解和關懷，女兒羅潤知是上天給我和她最美好的禮物，我也將此書的出版作爲送給女兒的一份禮物。

公元 2012 年 6 月，我旅居在臺北市辛亥路三段的臺灣大學國青旅社已有半年，在某個初夏夜，我獨自坐在宿舍樓下的便利店暢想過自己的未來，看過臺灣的山山水水，感受過歷史與人文，我十分期望自己的學術研究能與臺灣這片土地產生聯繫，但一直未有合適的契機。那年七月，我回到大陸，驚聞祖父已經於一週前去世，那一天或許正是在臺北的那個不眠之夜，我回想起來臺前最後一次與祖父的見面，他用幹了一輩子農活兒的手緊緊抓住我的手，嘴裡含糊地說著「著書立說」，那一幕至今已七年有餘。如今在花木蘭文化事業有限公司與李怡老師的幫助下，夙願得償，萬分感激！

坦白講，對於自己的研究成果我並不是很有信心的，一想到要把它們公之於世，接受來自各方面的審視和批評，就覺得十分惶恐。所幸經過多年的努力，本書中的大部分章節已經在國內一些重要期刊發表，並獲得了一定的反響，這給了我極大的信心。對於曾經賞識和幫助我的這些期刊、編輯表示衷心的感謝。文章發表的具體篇目和刊物、刊期以及反饋情況列舉如下（以發表時間爲序）：

1.《21 世紀傳播新格局下的詩歌生態》，《現代中國文學與文化》總第 22 輯，2017 年 12 月。

2.《21 世紀詩歌：女性詩歌的熱潮與性別認同》，《當代作家評論》2017 年第 3 期，《人大複印資料》2017 年第 5 期全文轉載，《中國社會科學文摘》2017 年第 8 期全文轉載。

3.《詩與世界互動：21 世紀的「新及物寫作」》，《揚子江評論》2017 年第 2 期。

4.《21 世紀詩歌敘事的演進與困惑》，《江漢論壇》2016 年 6 期。

5.《古典翻新與現代拓展：21 世紀詩歌的意象新變》，《南方文壇》2016 年第 3 期。

6.《21 世紀詩歌：「代際」寫作中的身份認同》，《學術交流》2016 年第 3 期，《人大複印資料》2016 年第 5 期全文轉載。

7.《21世紀：詩歌接受的「窘境」》，《文藝爭鳴》2016年第1期。

8.《從廠房走向殿堂：論「打工詩歌」新變——以鄭小瓊爲中心》，《當代文壇》2013年第9期。

9.《「雲端」的詩——新世紀詩歌的網絡化存續與變異》，《新文學評論》2013年第9期。

感謝吳思敬先生賜序扶植。

感謝我所在的天津師範大學文學院的領導與同事們對我的幫助與支持。

感謝遙遠的萊頓小鎮，以及那一年的寧靜時光給我的良好心態，讓我在晦暗的日子裡依然不曾放棄。

感謝那些每天努力，爲把世界變得更美好一點的人們！

羅麒
2018年4月於天津陽光100寓所